我的第一套
最美神话故事

杨东龙 / 主编

霍桑给孩子的奇书神话

A Wonder Book for Girls and Boys

［美］纳撒尼尔·霍桑 / 著　　耿 丹 / 译

人民东方出版传媒
东方出版社

图书在版编目(CIP)数据

霍桑给孩子的奇书神话/(美)霍桑著;耿丹译.-- 北京:东方出版社,2015
ISBN 978-7-5060-8185-6

Ⅰ.①霍… Ⅱ.①霍… ②耿… Ⅲ.①神话—作品集—美国—现代 Ⅳ.①I712.73

中国版本图书馆CIP数据核字（2015）第099731号

霍桑给孩子的奇书神话

[美]纳撒尼尔·霍桑 著 杨东龙 主编 耿 丹 译

责任编辑: 张 旭 杨朝霞
出 版:東 方 出 版 社
发 行:人民东方出版传媒有限公司
地 址:北京市东城区东四十条113号
邮政编码: 100007
印 刷:北京富达印务有限公司
版 次:2017年5月第1版 2017年5月北京第1次印刷
开 本:710毫米×1000毫米 1/16
印 张: 12.5
字 数: 173千字
书 号: ISBN 978-7-5060-8185-6
定 价: 45.00元
发行电话:（010）85924663 85924644 85924641

不一样的"霍氏"神话（上）

提到神话，你最先想到的是什么呢？

通常而言，神话被理解为一种古老的、散文式的口头创作，它是原始人类最初依照想象而形成的，是先民们对自己以外的世界作出的一种解释。限于当时的认知水平和科学条件，先民们对很多的自然现象都不能作出科学的解释，于是，他们就创造出了很多基于现实又超越现实的神的形象，并以神话为形式幻想出了一系列关于神的故事。神话记录了早期人类对自然和自身的理解，对于宇宙万物的认识，以及在这一认识过程中所表现出的独特的思维方式。而神话故事，既是一种经典性的文学体裁，也是远古人类的一种知识体系和信仰体系。因此，科学来源于哲学，哲学来源于神话，要想帮助儿童打开世界文明和世界文学的窗口，甚至让他们爱上现代科学，恐怕首先还是要让他们先触摸神话故事。

古希腊作为西方历史和文明的始祖，它是神话当之无愧的开源之地。古希腊神话诞生于公元前8世纪以前，源于古老的爱琴文明，以卓越的天性和不凡的想象力而著称。这些神话里面，包含了许多无所不能的神和许多美丽的故事，它会告诉你天空中美丽星座的由来，告诉你一年为何会有四季，告诉你为何人间会有火种……

那么，现在你手头的这本书，就是关于希腊神话的。而且，这是一本神奇的书。

它就像是一个快乐优雅的精灵，不仅能激发你的想象，而且还可以带你任意遨游在充满幻想的太空。阅读这本书，就像是一次温暖、理想、唯美、勇敢的探险，不知道它在哪一个地方就会突然撞开你的心扉，让你在无比奇妙和炫丽的神话世界里，找到自己最想要的感动和精彩。你会不断地发现，原来自己竟然可以从中学到丰富的知识，体悟到善良的意义，培养出博大的胸怀和非凡的勇气！

说它是一本神奇的书，是因为这本书是由美国19世纪最伟大的浪漫主义作家纳撒尼尔·霍桑（Nathaniel Hawthorne）先生改写的希腊神话故事！他们两者之间的结合，就像是一杯会冒泡的苏打水，既让你觉得新奇，又给你提供丰富的营养。霍桑把这些经典的古希腊神话故事改写得既温暖又美丽，既纯洁又深刻，一定会让你在天马行空的神话世界里，找到一双神奇的"鞋子"，穿上它，你就可以飞翔或驰骋在五彩缤纷的神话乐园里，任意想象，随意幻想，获取属于你的快乐和成长。而这一点，相信只有在独特的"霍氏"神话乐园里才能体会和感受得到。

那么，大名鼎鼎的霍桑又是何许人也呢？我们还是先来了解一下这位作者先生吧。

1804年，纳撒尼尔·霍桑出生在美国的马萨诸塞州，大学毕业后就开始从事写作。他特别善于用浪漫主义形式反讽现实，作品中总是充满了丰富的想象力，深受成人读者的喜欢。但是，在霍桑的内心深处，他一直认同儿童文学创作的重要性。从1846年开始，霍桑就一直"处心积虑"地想为孩子们写点东西，试图创作一些儿童故事集。到了1850年，他的代表作《红字》（*The Scarlet Letter*）正式出版，旋即轰动整个世界文坛。也就在同一年，霍桑举家搬到了莱诺克斯（Lenox）乡村的红色别墅。在这里，他终于找到了动笔的时机，开始创作这部日后大受欢迎的神话故事集，而这座红房子也顺理成章地成为了这两本神话故事集中丛林别墅的原型。

在这本故事集里，霍桑塑造了一位名叫尤斯塔斯·布莱特（Eustace Bright）的18岁少年，同时也带来了许多天真可爱的小朋友。这些小朋友总会在假期里相聚在丛林别墅，几乎每天都会央求尤斯塔斯给他们讲故事。于是，尤斯塔斯先后为孩子们讲述了六个希腊神话故事。每个故事都由三个部分组成：引言、正文和尾声，引言和尾声部分是尤斯塔斯和孩子们在丛林别墅的经历；而丛林别墅的门廊、繁阴溪边、游戏室、火炉边、山坡上和秃顶峰，都是孩子们听故事的地方。所以，在阅读这本书时，除了感受到希腊神话故事本身的魅力之外，小读者们还会不知不觉地被带进那个美丽的别墅和伯克希尔山间，和书中的人物一起体会美国雷诺克斯独特的乡村景色和春夏秋冬的四季变迁。

那么，霍桑先生的这些希腊神话故事与古希腊的神话故事到底有什么不一样呢？他又是怎样改写的呢？为什么说他在这里讲述的是一个个会"冒泡"的希腊神话故事呢？这些故事又是怎样让孩子们体会到不一样的快乐呢？那就要先说一说希腊神话本身啦。

你知道吗？与中国古典神话不同，古希腊神话里的神既有人的体态美，也有人的七情六欲，懂得喜怒哀乐，并参与人的活动。因此，古希腊神话在推崇心灵的救赎、人性的拯救、对美好事物的追求和对丑陋事物的鞭挞的同时，也从来不回避各种人性的邪恶和丑陋。它歌颂民族英雄对人类作出的伟大贡献，倡导坚韧、勇敢、执着和善良；但许多美好的故事，其实往往起源于某位神祇的嫉妒和贪婪……这种冲突的世界观，无疑会让小朋友在阅读过程中产生不小的迷惘。

于是，霍桑就这样当仁不让地来了。这位19世纪最伟大的文学家"勇敢地"砍掉了可能会导致种种迷惘的地方，将一个个经典的希腊神话改写成了适合小朋友阅读的纯净故事。

我们就以其中的《孩童乐园》为例吧。这个故事的原型是潘多拉的盒子，在古希腊神话故事中，潘多拉是火神用黏土做成的第一个人类女人，她的诞生本身就是主神宙斯对普罗米修斯盗火的惩罚，只为将她派到人间去诱惑普罗米修斯的哥哥，并将一个装满邪恶的盒子带给人类。虽然最后盒子的最底层飞出了"希望"，但潘多拉本身无疑是"嫉妒、仇恨、邪恶和诱惑"的化身。而《孩童乐园》里的潘多拉，却被霍桑写成了一个从不知忧愁和悲伤的孩子，她和普罗米修斯的哥哥是最好的朋友，纯真而快乐，从而巧妙地隐去了古希腊神话中黑暗和丑陋的一面。这个故事强调了小朋友旺盛的好奇心和偶尔的小淘气，很可能也会带来不可挽回的后果，从而教会孩子该如何去面对未知事物并控制自己的情绪。最后他还借"希望"之口对小朋友们说："'希望'会永远和你们在一起……伴随你们一生，永远不离不弃……亲爱的孩子们，我确信，你们终将会得到那个世界上最美好的东西！"

你发现了没有呢？冷冰冰的古希腊神话在遇到霍桑先生之后，竟然开始变得温暖、纯净和简单起来。小朋友只需记住故事本身的寓意，记住每一个神话故事传递给你的快乐和想象，这就足够啦！无需去管希腊众神中谁是谁的敌人、谁曾伤害了谁、谁曾辜负了谁。孩子本该是快乐的天使，阅读本来就是唤醒，就是要让孩子在快乐的成长中摆脱自私、冷漠和忧虑，获得勇敢、善良和无私。谁能做到这一点，谁就能赋予孩子最有意义的阅读体验。而善于提炼故事精华和揭示深刻寓意的霍桑，就是要给你一次这样的阅读经历，他会将你带入这本神奇的故事书当中，补偿经验世界的不足，获得快乐的成长。

本书中的其他故事也都是经典改写之后的精品，你知道砍下蛇发女妖美杜莎头颅的珀尔修斯有了怎样的改变吗？因痴迷黄金而失去至亲的国王弥达斯发生了什么样的变化呢？赫拉克勒斯寻找金苹果时得到了谁的帮助？两个老人博西斯和菲利门遇到了什么新鲜事？找到飞马的柏勒洛丰又有了怎样的奇遇呢？

这里的每一个神和每一位英雄人物都来源于古希腊神话，但在霍桑笔下又都有了自己全新的经历和冒险，然后在这些经历和冒险之中，他会告诉你一个深刻的道理，让你获得健康向上的成长。试想一下，还有能比这样的霍氏神话更能打动你的希腊神话故事吗？无论是磅礴瑰丽的希腊神话背景，还是霍桑用心良苦的打造，都会让你发现，这些全新美丽的希腊神话故事必定会在你成长的道路上永远熠熠生辉，永远快乐地"冒着泡儿"！

为了更好地帮助小朋友读懂霍桑留下来的这部经典神话，我们专门为每个故事增加了古希腊神话故事中的出场角色，其中包括各位人类英雄、众多神祇和怪物神兽。这是因为，古希腊神话体系过于纷繁浩大，故事枝节横生，所有神祇和英雄人物都彼此有着千丝万缕的联系，虽然霍桑并没有刻意保留某些故事元素，但他却完整保留了故事背景和众神及英雄人物的角色，因此也正是他在导演这些"演员"上演着一幕幕精彩绝伦的神话戏剧。

值得一提的是，本书中为小读者奉上精美插画的不仅包括19世纪末英国最伟大且最具影响力的儿童插画大师瓦尔特·克兰（Walter Crane，1845—1915）的手绘插图，还包括来自15—20世纪世界各地绘画大师创作的经典名画，这不仅是一次绝对惊艳的视觉享受，同时也会开启了解世界经典绘画作品的窗口，更会极大增强故事的阅读性，无疑会让孩子身临其境般地走进一个个故事当中，和故事中的角色一起感受惊心动魄、跌宕起伏的冒险经历。

好吧，就让我们一起走进霍桑的希腊神话世界中去吧，去徜徉在那个温暖、美好和幻想交织在一起的神奇乐园，去体会霍桑带给你的不一样的希腊神话。在这个被数字媒体过度熏染的时代，它一定会是你成长道路上最纯净、最营养、最难得一见的精神食粮之一！

本书与丛书中的《霍桑的丛林别墅神话》是姊妹篇，分别首次出版于1851年和1853年。霍桑为何要再次追加另外六个希腊神话故事？这期间到底发生了什么？敬请关注《霍桑的丛林别墅神话》和"不一样的'霍氏'神话（下）"。

译　者
2015年3月

前言

长久以来，笔者一直坚信许多经典神话可以被改编成适合儿童阅读的故事。怀着这个初衷，他完成了这六个故事，并最后出版成册奉献给大家。对于这个写作计划，笔者保留了很大的自由度；但每个尝试用自己的智慧来改编这些传奇的人都会发现，他的神话故事不同于任何仅仅风靡一时的风格和情境，它们恒久留存，并且在改编之后依然保持其独有的魅力。

对于希腊神话这一被尊奉了几千年的古典之作，笔者无意去冒犯，但随着想象力的游骋，本书中的故事确实是被作了一定的修改。任何一个时代都没有人能自诩是自己创作了这些永恒的寓言故事，这些故事似乎天然存在，而非经过人工雕琢，只要人类存在，它们就永不磨灭。不过正因为如此，任何一个时代都可以赋予它们极具时代特色的风俗和情感，并会倾注符合那个时代的道德评判。而本书中的希腊神话已经被改头换面，它们与经典片段相去甚远，或者说，笔者并未刻意保留，甚至可以说它们已经披上了哥特式或浪漫主义的外衣。

这是一个令人愉快的写作任务，也是笔者文艺创作中最愉快的经历之一，因为它的确非常适合在温暖的天气里完成。他并没有为了迎合儿童的理解能力而故意把故事写得粗浅，也没有花太多工夫去修饰，只是完全追随原文的走势和自己的情感，不遗余力地使故事的主题尽量明亮开朗。只要故事简洁明了，无论立意如何高深，孩子们总是有着非凡的想象力和感知力去欣赏的，而矫揉造作和人为的复杂化却只能使他们更加困惑。

纳撒尼尔·霍桑

写于莱诺克斯

1851年7月15日

目　录

戈耳工的头

- 丛林别墅的门廊—— 引言 / 001
- 戈耳工的头 / 008
- 丛林别墅的门廊—— 尾声 / 036

点金术

- 繁阴溪边—— 引言 / 038
- 点金术 / 042
- 繁阴溪边——尾声 / 062

孩童乐园

- 丛林别墅游戏室——引言 / 065
- 孩童乐园 / 070
- 丛林别墅游戏室——尾声 / 090

三个金苹果

■ 丛林别墅火炉边——引言 / 092

■ 三个金苹果 / 099

■ 丛林别墅火炉边——尾声 / 122

神奇的罐子

■ 山坡上——引言 / 125

■ 神奇的罐子 / 129

■ 山坡上——尾声 / 151

喀迈拉

■ 秃顶峰——引言 / 153

■ 喀迈拉 / 158

■ 秃顶峰——尾声 / 184

戈耳工的头

丛林别墅的门廊

引　言

这是一个美好的秋日的清晨，在乡间丛林别墅的门廊下，聚集着一群快乐的孩子，中间还有一个身材高高的年轻人。孩子们正计划一次探险，他们要去采坚果，而且此时已经迫不及待，就等着山坡上的薄雾快些散去。秋日的暖阳将洒满田野和草场，洒向色彩斑斓的丛林中的各个角落；到那时，这个美丽宜人的世界就会迎来最美好的一天。可直到现在，晨雾还依然弥漫整个山谷。

山谷中一个地势平缓的山坡高处，矗立着一所大大的房子。

房子周围的景色已经被山雾遮蔽起来，只能看见几枝树梢在忽隐忽现，红的、黄的，连同雾气一起被晨曦染上了金边。南边四五英里处就是纪念碑山，山顶像是飘浮在云端；更远处则高耸着塔克尼克圆丘，看上去朦胧中透着微蓝，水汽氤氲，飘渺得就像是浮在海面上。而近处，那些与山谷相邻的小山丘则半隐在雾中；山间散布着环状的云，层层环绕到山顶。总的来说，满眼望去尽是云雾，几乎看不到地面。

孩子们铆足劲，向下冲出了丛林别墅的门廊，尽情奔跑在石头小路或是沾满露珠的草坪上。我几乎数不清到底有几个孩子，可能至少有九个或十个，但绝不会超出十二个，有男孩有女孩，年龄不等，各有不同。他们有的是亲兄妹，有的是表兄妹，还有其他家庭的几个孩子，都是普林格尔夫妇邀请前来丛林别墅一起玩的，好让所有的孩子都能享受这宜人的天气。说实话，我不敢说出他们的真实名字，也生怕给他们取了其他孩子常用的名字，因为以我的经验，作家常常会因为不小心把真实名字用到故事角色中而招惹上麻烦。所以，我特意给他们取了几个新名：樱草花、长春花、香蕨木、蒲公英、蓝眼草、三叶草、黑果木、流星花、南瓜花、小乳草、车前草和金凤花。可以确定的是，比起称呼小孩子，这些可能更像是一群小精灵的名字。

小家伙们的家长肯定不想看到，在没有大人监督的情况下，就让孩子在树丛和田野里四处乱跑。可事实上，的确有人在管着他们。还记得故事开头提到的那个高个子年轻人吗？就是站在孩子们中间的那个，他的名字叫作尤斯塔斯·布莱特。对于他，我是必须要说出真实姓名的，因为他本人可是把这个讲故事的角色当作一种荣耀。尤斯塔斯是威廉姆学院的学生，我想，那时他应该是十八岁，一个会令小孩子们肃然起敬的年龄。所以他面对的只是一群年龄只及他一半或是三分之一的小家伙们，在樱草花、蒲公英、黑果木、南瓜花、小乳草这些孩子面前，他俨然就是一位长者。因为眼睛出了一点小毛病，尤斯塔斯只能在学期一开始时就请了一两个星期的假（如今许多大学生都有这个毛病，好像眼睛没有毛病就不能证明他们学习勤奋似的）。但在我看来，没有谁的眼睛能比尤斯塔斯·布莱特的眼睛看得更远。

和所有美国北部的大学生一样，我们这位博学的尤斯塔斯身材修长，脸色有些苍白，但神采奕奕，身体敏捷得像是鞋子上长了翅膀。顺便说一句，他一向喜欢赤脚过河和穿过草甸，而为了这次的小探险，他特地穿上了牛皮靴，而上身则穿着亚麻衬衫，头上戴着一顶布帽，鼻梁上架着一副绿色眼镜；与其说是为了保护眼睛，还不如说是为了让自己看上去更稳重一些。其实，不管是出于什么理由，他还真不该戴这副眼镜，因为淘气的黑果木很快就趁着尤斯塔斯坐在门廊台阶上休息时，偷偷爬到他身后，一把抓下眼镜，架到了自己的鼻子上。结果，这位大学生将眼镜忘得一干二净，而那只眼镜也只能一直静静地躺在草丛里，直到第二年的春天。

要知道，此时的尤斯塔斯·布莱特已经在孩子中间赢得了极高的名望，因为他有满肚子的故事。尽管当孩子们再三纠缠要他再多讲一个故事时，他会假装生气，但我觉得，除了给孩子们讲故事，再没什么事能让他更快乐。大家一直在等待晨雾散去，于是三叶草、香蕨木、流星花、金凤花和众多的伙伴们，开始纷纷恳求尤斯塔斯能讲一个故事。你看，一听到要他讲故事，尤斯塔斯的眼睛都亮了。

"没错，尤斯塔斯表哥，"十二岁的樱草花说，这是一个极其聪明的小女孩，眼睛里总是笑盈盈的，鼻子微微向上翘起，"你的故事总是会让我们迫不及待要听下去，也肯定特别适合今天这样的清晨。我们尽量不会在你讲到最精彩的时候睡着，免得伤害到你的感情，就像昨晚我和小流星花那样！"

"你好坏，"六岁的流星花喊道，"我没有睡着，只是在闭着眼睛想象尤斯塔斯表哥说的画面。晚上听他讲故事真好，可以在梦里想着他的故事。当然，早上听也很好，也可以在醒着的时候想！所以，真想让他现在就讲个故事！"

"谢谢你，小流星花，"尤斯塔斯说道，"看在你为我辩护的分上，就该得到一个最棒的故事。只是孩子们，我已经给你们讲了那么多故事，所以有些怀疑，是不是这些故事，都已经让你们听了两遍以上。如果我再讲一遍，还真怕你们会睡过去。"

"不会，不会！"蓝眼草、长春花、车前草和其他几个孩子大喊道，"听了两三遍以后，我们会更喜欢那个故事的！"

对于孩子们来说，的确是这样。一个故事，当讲过不止两遍、三遍，甚至是无数遍之后，却反而能增加孩子对故事的兴趣。不过对于有着一肚子故事的尤斯塔斯·布莱特来说，他却反而不屑于让自己像一个年长的"故事家"那样，利用这个特点来给孩子们讲故事。

"先不说我有丰富的想象力，就像我这样一个有学问的人，面对你们这群小孩，如果还不能每天都找来一个新故事的话，那就太遗憾了。"尤斯塔斯说，"我现在来讲几个古老的神话故事吧，这些故事可是人类的地球奶奶还是个穿连衣裙的小女孩时，用来逗她玩的。故事大概有一百个，可我一直都很奇怪，这些神奇的故事，直到不久前才被编成适合男孩女孩阅读的绘画书。可在此之前，却只有那些长着灰白胡子的老爷爷在啃着发霉的希腊文大部头，做着无聊的学问，还在研究这些故事是在何时何地出现的，以及怎么出现和为何出现的。"

"好吧，好吧，尤斯塔斯表哥，"孩子们嚷了起来，"别再说这些故事是怎么来的了，快开始吧。"

"那你们可要乖乖坐好，"尤斯塔斯说，"得像蹑手蹑脚的小老鼠一样安静，否则如果有谁打断我，不管是任性的樱草花，还是蒲公英，或是其他人，我就用牙齿把故事咬断，把没讲完的部分吞下去。不过首先，我想问问你们，有谁知道戈耳工吗？""我知道。"樱草花说。

"好吧，"尤斯塔斯说道，他倒宁可这个女孩不知道，"大家都别讲话，我要给你们讲一个非常好玩的故事，一个有关戈耳工脑袋的故事。"

就这样，尤斯塔斯开始了，接下来你就会看到他的故事。作为一名大二学生，他极尽巧思地将自己的学问和从安通教授那里得到的大量素材融合在一起；可尽管如此，每当他大胆灵活的想象力迫使他不得不打破陈规时，他都会毫不顾忌任何古典文学的权威，按照自己的想法对这些美丽的希腊神话故事进行了改编。

出场角色

ACTORS

（*注：此处提及的众神及英雄和神兽等角色，其角色关系均出自于传统经典古希腊神话故事，其故事情节与霍桑在本书中的改写有所不同，且按出场顺序排列。）

戈耳工（Gorgon）：古希腊神话中三个恐怖的蛇发女妖，长有尖牙、头生毒蛇，她们当中的典型代表即是最小的女妖美杜莎（Medusa）。

珀尔修斯（Perseus）：古希腊神话中的大英雄，主神宙斯（Zeus）与凡人女子达那厄（Danae）之子。达那厄的父亲是阿耳戈斯王国的国王阿克里西俄斯（Acrisius），他听神谕说自己将死于外孙之手，于是便将女儿锁在一座铜塔里，不让她与外界接触。主神宙斯便化为金雨，令达那厄生下珀尔修斯；阿克里西俄斯只好将刚出生的婴儿和女儿一起赶走，将他们锁进木箱扔进大海，后来母子俩被渔夫救起，珀尔修斯在众神的暗中帮助下长大成人，之后又在众神的帮助下完成一系列伟大事迹，如砍下美杜莎的头、营救被锁在岩石上的仙女安得洛墨达（Andromeda），等等。

美杜莎（Medusa）：古希腊神话中戈耳工三女

妖之一，是戈耳工中唯一不能长生不死的，所以珀尔修斯才能砍下她的头颅并杀死她。

水银（Quciksilver）： 即古希腊神话中的赫尔墨斯（Hermes）、罗马神话中的墨丘利（Mercury），主神宙斯之子，希腊神话中的众神信使。他们都有着一样的外表特征，脚穿带翼的凉鞋，头戴带翼的宽边帽，手持双蛇杖。本书中提到的水银的妹妹，很可能就是古希腊神话中的智慧女神雅典娜（Athena）。

格赖埃三姐妹（Graiae）： 古希腊神话中海神福尔库斯（Phorcys）和海怪刻托（Ceto）的三个女儿，她们外表貌似天鹅，生来就共同享用一只眼睛和一颗牙齿，共用的东西靠手传递给彼此。

众神女（Nymphs）： 也作"纽墨菲"，古希腊神话中居于山林水泽的神女，大地女神盖亚（Gaea）的女儿们。

THE GORGON'S HEAD

戈耳工的头

珀尔修斯的母亲达那厄是一个国王的女儿。当珀尔修斯还是个婴儿时，一些恶毒的坏人就把他们母子扔进一个箱子，推到海里任他们漂走。海面上，狂风卷集的波浪推着箱子离开了海岸。惊涛骇浪中箱子上下颠簸，而箱子里的达那厄则将孩子紧紧搂在怀里，惊恐万分，生怕那些泛着泡沫的巨浪会吞噬他们母子两个。箱子就这样漂啊，漂啊，奇怪的是，它既没有沉没也没有被颠翻。在夜晚快要来临时，箱子漂到了一个岛屿附近，落在了一个渔夫的网里，最后被拉上了海滩。这个小岛就是塞里福斯岛，统治者是国王波吕得克忒斯，而这个渔夫恰好是国王的兄弟。

令人高兴的是，渔夫真是一位仁慈正直的好人，他始终善待达那厄和她的儿子，直到珀尔修斯长大成人。此时，年轻的珀尔修斯英俊强壮，充满活力，善于使用各种武器。但长久以来，国王波吕得克忒斯却一直关注着这对随着箱子漂泊而来的母子，他可不像他的兄弟那样善良友好，反而心地歹毒，于是他决定派珀尔修斯去执行一项危险的任务，最后借机杀掉他，并想方设法折磨达那厄。狠毒的国王想了很久，到底什么样的危险任务才能让那个年轻人送掉性命呢？最后，一个恶毒的想法浮上心头，他终于想到一个极其危险的任务，足以致珀尔修斯于死地。于是，他召来了年轻的珀尔修斯。

年轻人来到皇宫，看到国王正坐在高高的宝座上。

"珀尔修斯，"国王波吕得克忒斯狡黠地笑了笑，"你已经长大了，而且变成了一个如此出色的年轻人。你和你善良的母亲，一直受到我和我兄弟的照顾，希望你别介意，你是否也能回报点什么给我们呢？"

"请说吧，陛下，"珀尔修斯答道，"我愿意献出我的生命来报答您。"

"很好。"国王脸上的笑容并未退去，他继续说，"那么，我想请你去完成一个小小的冒险；你是一位勇敢而有魄力的年轻人，所以一定会抓住这个难得的机会，来证明你是出类拔萃的。你知道，珀尔修斯，我一直想娶美丽的希波达米亚公主为妻。按照惯例，我必须要送给公主一份来自异邦的礼物。但我不得不承认，到底什么礼物才能取悦这位品位高雅的公主，着实让我费了不少脑筋。不过就在今天早上，我很得意自己终于想到了一个极妙的礼物。"

"我能帮助陛下拿到这份礼物吗？"珀尔修斯心急地问。

"如果你和我想象中一样勇敢，就可以。"国王波吕得克忒斯尽可能和善地说道，"我想献给美丽公主的礼物就是，蛇发女妖戈耳工姐妹中美杜莎的头。帮我把那颗头颅带回来吧，全靠你了，亲爱的珀尔修斯。我急着想要迎娶公主，所以你越早带回戈耳工的头，我就会越开心。"

"明早我就会出发。"珀尔修斯答道。

"拜托了，勇敢的年轻人。"国王开心地说，"对了，珀尔修斯，你

《珀尔修斯系列——充满劫数的岩石》（*The Perseus Series: The Rock of Doom*），油画，英国浪漫主义流派代表画家爱德华·伯恩-琼斯（Edward Burne-Jones，1833—1898）于1884年创作，154×128.6cm 。

画中珀尔修斯正在营救被锁在岩石上的仙女安得洛墨达（Andromeda）。

在割下戈耳工的头时，挥剑要利落点，千万不要伤了她的脸。你一定要完好无损地把头带回来，这样才符合希波达米亚公主高雅的品位。"

珀尔修斯离开宫殿，他并没有听到波吕得克忒斯在他离去后发出的狂笑，这个阴险的国王得意洋洋，因为年轻人已经落入他的圈套。珀尔修斯要去砍下美杜莎的头，这个消息很快便传开了，所有人都很高兴，因为岛上的大多数居民都和国王一样邪恶，他们很想看到达那厄母子遭遇巨大的不幸；而那个渔夫却是邪恶的塞里福斯岛上唯一的好人。所以每当珀尔修斯走过，这些人就在他背后指指点点，挤眉弄眼，提高声音嘲笑他。

"嘿！嘿！"他们大喊，"美杜莎头上的蛇会把他咬死的！"

现在，让我们再来看看戈耳工姐妹是谁。她们可是世界上最奇怪、最可怕的怪物，不仅前所未有，而且未来也不可能出现，我甚至不知道她们到底是属于哪种怪物。三姐妹都有点像是女人，可实际上却是可怕的恶龙。总之，你很难想象这三姐妹到底是怎样邪恶的生物；令人难以置信的是，她们头上的头发竟然是一百条巨蛇，互相盘绕，不断地扭动、蜷曲，还吐着信子，信子尖上还长着叉状的利刺。这些蛇发女妖长着可怕的长獠牙、黄铜色的爪子，全身披着鳞片，那些鳞片像是钢铁，坚硬得根本无法穿透；她们还有一对非常漂亮的翅膀，每根羽毛都由闪亮的纯金做成，当女妖在阳光下飞行时，这对翅膀无疑是非常耀眼的。

不过，每当她们闪闪发光地盘旋在半空中时，都不会有人会停下来看，反而会尽可能快地跑开并躲起来。你可能会想，他们是不是害怕被戈耳工头上的蛇咬伤？或是害怕会被她们丑陋的獠牙啃下脑袋？或是害怕被她们的铜爪子撕个粉碎？当然，可以肯定的是，这些都是极其危险的事，但却不是最危险的，也不是最难以抵挡的。这些丑陋的女妖，她们最可怕的地方就在于：一旦有哪个可怜的家伙看到她们的脸，他就会立刻从温热的血肉之躯变成冰冷的石头！

现在，终于知道那个邪恶的国王为了陷害无辜的珀尔修斯，提出的是一个多么可怕的要求。珀尔修斯仔细想了想，很快就发现能平安带回美杜莎头颅的希望很渺茫，反倒是自己很可能会被变成石头。先不说其他困难，仅仅变成石头就足以难倒一个比珀尔修斯还老练的战士，他不仅要和长着金翼、铁鳞、长牙、铜爪和蛇发的怪物作战，而且还必须要时刻闭着眼睛，一眼都不能看向敌人，否则只要刚刚抬起胳膊准备作战，自己就已变成了石头，而且还要这样站上好几百年，直到在风吹日晒中化为碎片。这对于一个想要在明朗美丽的世界里，作出一番大事业，并努力追求幸福的年轻人来说，的确是一件令人悲伤的事。

珀尔修斯想到这里，甚至有些不忍心告诉母亲自己已经接受了这个任务。于是，他拿起盾牌，带上宝剑，从小岛渡海来到一片大陆，找了一个人迹罕至的地方坐下来，几乎就要落下眼泪。

正伤心时，一个声音在他身后响了起来。

"珀尔修斯，"那个声音问道，"你为什么如此伤心？"

珀尔修斯抬起头，循声望去。他一直以为这里只有他一个人，没想到还有一个陌生人。这是一个动作灵活、机智聪慧且看上去相当精明的年轻男子，肩上披着斗篷，头上戴着一顶怪帽子，手里拿着一个奇怪的弯手杖，身上还挂着一把弯曲的短剑。这个男子的身体非常灵活，像是经常接受训练，非常擅长跳跃和奔跑。总之，陌生人看上去十分开朗、通达、热心（虽然还有些小恶作剧），但珀尔修斯只是这样看着他就感觉很快活了；况且作为一个勇敢的年轻人，珀尔修斯实在不想让人看到自己像个胆怯的孩子一样眼含泪水，毕竟，现在还没有到彻底绝望的地步。于是珀尔修斯擦擦眼睛，尽可能装出一副勇敢的样子，轻快地和陌生人说起话来。

"我并不是很伤心，"他说，"只是在想着即将要进行的一次冒险。"

"噢！"陌生人答道，"那和我说说吧，也许我能帮得上你。我曾

帮过许多年轻人，让他们完成了那些起初看上去都非常艰难的冒险。你可能也听说过我，我的名字还不止一个，不过'水银'是最适合我的。说说吧，我们可以好好聊聊，看看都能做些什么。"

陌生人的这番话的确让珀尔修斯的伤心一扫而空。他决定把所有的困难都告诉给水银，因为这样做也不会让他比现在更糟糕，何况这个新朋友说不定还能给他点意见，最后帮他渡过难关。所以他简要地说了一下目前的状况，比如国王波吕得克忒斯想要得到美杜莎的头，作为新婚礼物送给美丽的希波达米亚公主，以及他如何答应国王去拿到这件礼物，可又害怕会因此变成石头。

"那真是太遗憾了，"水银调皮地笑了笑，"你肯定会是一尊非常英俊的大理石像，在被风化吹走之前，还能站上好几百年。当然，谁都想当活生生的年轻人，而不是什么石头像。"

"噢，那当然，"珀尔修斯大声说，眼里又充满了泪水，"而且，我亲爱的妈妈怎么办，她心爱的儿子竟然变成了石头。"

"好吧，让我们祈祷结果不会那么糟，"水银安慰他说，"如果这世上还有人能帮你的话，那也只能是我。虽然现在看上去前途险恶，不过我和妹妹一定会竭尽全力帮你安全完成这次冒险。"

"你妹妹？"珀尔修斯问道。

"是的，我妹妹，"陌生人答道，"我敢保证，她聪明极了；至于我，也是相当机智的。如果你足够胆大心细，听从我们的安排，就绝对不用担心会变成石像。不过首先，你必须擦亮你的盾牌，直到它闪亮得能像镜子一样照出你的脸。"

就这样开始一段冒险，对珀尔修斯来说的确非常奇怪。他原本以为更重要的是让盾牌更加坚固，好抵挡戈耳工的利爪，而不是把盾牌擦得能照出人影。不过，他相信水银比自己懂得更多，于是便马上开工。珀尔修斯

世界名画 《珀尔修斯系列——寻找美杜莎》（*The Perseus Series :The Finding of Medusa*），油画，爱德华·伯恩-琼斯于1882年创作，152.5×137.7cm。

勤快而用心地擦拭着盾牌，盾牌很快就闪亮得像一轮满月。水银在一旁微笑地看着，并赞许地点点头，然后便解下自己的弯短剑，把它挂在了珀尔修斯的身上。

"只有我的剑才能帮助你，"水银说，"这把剑的剑刃极为锋利，刺穿铜铁就像是削掉最嫩的枝条。现在，我们出发，去寻找格赖埃三姐妹，她们会告诉我们，在哪里能找到众神女。"

"格赖埃三姐妹？"珀尔修斯叫道，对他来说，这是此次冒险中的又一个新困难，"格赖埃三姐妹是谁？我从来没听说过。"

"她们是三个非常古怪的老妇人，"水银笑着说，"三个人只有一只眼睛和一颗牙齿，而且只能在星光下或暮色中才能找到她们，因为她们从来不会在太阳和月光下活动。"

"可是，"珀尔修斯追问道，"为什么要浪费时间去找这三个姐妹呢？我们马上出发去寻找可怕的戈耳工不是更好吗？"

"不，不，"这位朋友说道，"在找到戈耳工之前，我们还有些事要做，必须先找到格赖埃三姐妹，遇到她们时，戈耳工也就不远了。走吧，出发！"

珀尔修斯对这位伙伴的远见卓识有足够的信心，于是便不再反对，同意马上踏上冒险的征途。两个人走得很快，快得让珀尔修斯觉得自己很难跟上水银的脚步。说实话，珀尔修斯一直有个奇怪的想法：水银是不是穿了一双带翅膀的鞋子？所以才能一路健步如飞。珀尔修斯用眼角的余光瞥了一眼水银，发现他脑袋的两侧似乎长出了翅膀，可等他转过头仔细看时，却什么都没发现，只有他那顶古怪的帽子。原来是水银手中的弯拐杖帮了他大忙，可以让他跑得飞快，就算是珀尔修斯这么灵活的年轻人，也跟得上气不接下气。

"拿去吧！"水银终于把手杖丢给了珀尔修斯，他早就知道珀尔修斯要跟上他的脚步会很吃力，"你比我更需要它。在塞里福斯岛上，还有比你跑得更快的人吗？"

"要是我有一双带翅膀的鞋，也能走得很快。"珀尔修斯狡黠地瞥了一眼同伴的脚。

"看来我也必须帮你弄一双！"水银答道。

不过，魔杖还是帮了珀尔修斯的大忙，他一点都不觉得累了。事实上，珀尔修斯手里的魔杖似乎拥有生命，还能借一些力量给他。现在，他可以一边和水银轻松前行，一边谈笑风生。水银给珀尔修斯讲了许多以前冒险的故事，以及大多数情况下自己是怎么运用智慧解决难题的，珀尔修斯开始觉得他非常神奇，显然，他见多识广；对于一个年轻人来说，这样一个通晓一切的朋友无疑会令人着迷。珀尔修斯越听越觉得兴奋，很希望自己能在聆听的过程中增长智慧。

最后，珀尔修斯终于想起来，水银曾提起过他的妹妹，并说她会助他们一臂之力。

"她在哪里？"他问道，"我们为什么不去马上见她？"

"适当的时候自然会见到她，"水银说，"不过你要知道，她和我可完全不一样。她很严肃，很少微笑，而且从不大笑。除非是特别深刻的东西，否则决不多说一个字；除非和她说话的人特别有智慧，否则她从不屑于听别人说话。"

"噢！"珀尔修斯叫出了声，"看来我还是一个字都别说了。"

"可我向你保证，她是一个多才多艺的人，"水银继续说，"她精通各种艺术和科学，总之她很聪明，以至于许多人都奉她为智慧的化身。不过，说实话，在我看来，她实在不够活泼。我想，如果让她来做你的旅伴，你肯定会觉得无趣，不可能像和我在一起这么开心。当然，她也有她的优点，当你遇到戈耳工时，就会发现她的好处了。"

此时天已经很黑。两个人来到一片极其荒凉的野地，到处都是乱蓬蓬的灌木，周围死一般的寂静，似乎没有人到过这里。昏暗的暮光下，这片废弃和荒凉的地方一点点变得模糊起来。珀尔修斯看了看四周，不禁有些担心，于是问水银是不是路还很长。

"嘘，"水银低声说，"别出声。我们该遇到格赖埃三姐妹了，就在这里。小心别让她们先发现我们，虽然她们只有一只眼睛，可却抵得上普通人的六只眼睛。"

"可遇到她们时，我该做些什么？"珀尔修斯问。于是水银告诉珀尔修斯，格赖埃三姐妹在使用她们仅有的一只眼睛时，似乎习惯三个人轮流用，那只眼睛就好像是一副眼镜，更准确地说，是一副单片眼镜。其中一个姐妹用了一段时间之后，就会把眼睛从自己眼窝里取出来，给下一个姐妹，然后下一个人会立即把眼睛装到自己头上，以窥视这个世界。这就很好理解，格赖埃三姐妹时时刻刻都只有一个人能看到世界，其他两位则是"眼前"一片黑暗；另外当眼睛在手里传来传去时，可怜的三姐妹就什么也看不到了。我平生也听到过许多奇怪的事，也亲眼目睹过一些，可对我来说，没什么能比格赖埃三姐妹只用一只眼睛看世界更加奇怪了。

珀尔修斯听完之后也非常震惊，还以为水银在开玩笑，世界上真有这样的老妇人存在吗？

"你很快就会知道我说的是真是假，"水银说道，"听！轻一点，嘘，她们来了！"

透过浓重的暮色，珀尔修斯果然看到不远处走来了三个老妇人。由于光线太暗，他辨别不清她们的身形，只看到她们长长的白发；等到走近一些后，才看清三姐妹中有两个人的额头中间只有空空的眼窝。但第三个人的额头正中，却有一只硕大、明亮的眼睛，就像是戒指上的巨大钻石在闪闪发光；而且这只眼睛看上去非常机警。珀尔修斯忍不住在想，这只眼睛

世界名画 《墨丘利》（*Merkur*），墨丘利即为本书中的水银，作者未知。

一定拥有一种能力，能在最黑暗的午夜看清所有东西，就像在白天一样；而这唯一的一只眼睛一定是三姐妹的眼睛融化后凝结成的精华。

就这样，三姐妹悠然自得地走了过来，就像每个人都有眼睛一样。而暂时拥有眼睛的那个人用手牵着另外两个人，一直警惕地看着四周，那眼神异常锐利，珀尔修斯有些担心她甚至能透过密密的灌木丛，看到藏在后面的自己和水银。噢！被这样一只机警的眼睛看到，简直太恐怖了！

可还没等她们接近灌木丛，其中一个姐妹便发话了。

"姐姐！稻草人！"她大叫道，"你的时间够长了，也该轮到我了！"

"再让我多看一会儿，噩梦妹妹，"稻草人姐姐回答说，"我好像看到那边密密的灌木丛后面有什么东西。"

"噢，你怎么能这样？"噩梦有些急躁，"你能看穿那个灌木丛，我就不能吗？眼睛是你的，也是我的，我当然知道怎么用它，说不定我能看得比你清楚。快给我看看！"

第三个名叫"摇关节"的姐妹终于开了口，她抱怨说本该轮到自己用眼睛了，可稻草人和噩梦总是想把眼睛据为己有。为了解决这场纷争，稻草人把眼睛从自己的脑袋上摘了下来，握在手里。

"好吧，随便是谁，赶紧拿去！"她大叫，"这样争吵真是太愚蠢了。对我来说，我还乐得休息一会儿呢。不过你们动作快点，否则我就再把它装回自己头上去！"

噩梦和摇关节都立即伸出了手，急切地摸索着，想要从稻草人手里抢走眼睛。可是由于两个人什么都看不见，很难找到稻草人的手；而稻草人此时也和另外两姐妹一样什么都看不见，也没办法立即找到她们两个的手。聪明的小听众们，你们用半只眼睛也能看得出来，此时此刻这三姐妹正陷入一场古怪的混乱之中。虽然稻草人手上的这只眼睛像颗星星一样闪闪发光，可三姐妹越是急躁，就越拿不到它，结果三个人同时陷入了完全的黑暗之中，连一丝光亮都没有。

看到摇关节和噩梦两个人正摸索着想要拿走眼睛，三个人正在彼此互相指责，水银忍不住笑了出来。

"机会来了！"他低声对珀尔修斯说，"快！冲过去！赶在她们任何一个人抓到眼睛塞进自己头上之前，从稻草人手里把眼睛抢过来。"

就在三姐妹还在相互指责时，珀尔修斯一下子蹿出灌木丛，抢走了眼睛。这真是一只神奇的眼睛，珀尔修斯把它捧在手里，看它发出明亮的光芒，机警地盯着自己的脸，像是能一眼看穿自己的心思。这只活灵活现的眼睛，似乎只要给它一双眼皮，就能立刻眨起来。可格赖埃三姐妹好像还不知道发生了什么，都以为是另外的姐妹拿走了眼睛，于是她们又开始争吵起来。最后，就连珀尔修斯也不想让这些体面的老妇人陷入更大的麻烦，他觉得自己应该出面解释一下。

"敬爱的夫人们，"他说道，"请不要这样。如果真的有谁做错了什么，那就是我；因为是我有幸拿到了你们这只明亮非凡的眼睛。"

"你！是你拿走了我们的眼睛！你是谁？"格赖埃三姐妹尖叫了起来；她们十分害怕，因为这是一个陌生的声音，而且眼睛此时正落入一个她们根本猜不到是谁的人手里，"啊！我们该怎么办，姐妹们？该怎么办？我们现在什么都看不见！把眼睛还给我们！那是我们唯一的眼睛，还给我们！你自己已经有了眼睛！快把我们的眼睛还回来！"

"对她们说，"水银低声对珀尔修斯说道，"只要她们告诉你去哪里能找到众神女，让你拿到飞行鞋、魔法袋和隐身头盔，就把眼睛还给她们。"

"亲爱、善良而又令人尊敬的夫人们，"珀尔修斯对三姐妹说，"你们不用这样惊慌，虽然让你们陷入如此的恐惧之中，但我绝对不是一个坏珀尔修斯与格赖埃三姐妹（瓦尔特·克兰，Walter Crane，1845—1915，手绘插图。）

人。只要你们告诉我，去哪里才能找到众神女，我就立刻把眼睛完好无损地还给你们，它还会和以前一样明亮。"

"众神女！噢！姐妹们，他说的是什么？"稻草人大叫道，"人们所说的众神女是指很多神女，有的在林中狩猎，有的住在树上，还有的喜欢住在泉水里。可我们和她们并不熟，我们只是三个游荡在暮色之中的可怜的老太婆，三个人只有一只眼睛，还被你偷走了。噢，亲爱的陌生人，把眼睛还给我们吧！——不管你是谁，请把它还给我们吧！"

说着三姐妹摸索着伸出双手，竭力想要抓到珀尔修斯，可被珀尔修斯小心地躲了过去。

"敬爱的夫人们，"受到过良好教育的珀尔修斯十分礼貌地说道，"我现在正牢牢地抓着你们的眼睛，我会替你们好好保管它，直到你们愿意告诉我去哪里才能找到这些神女。我是说，那些拥有魔法袋、飞行鞋和隐身头盔的神女。"

"可怜可怜我们吧！姐妹们！这个年轻人到底在说什么？"三姐妹惊恐地大叫着，"飞行鞋？看他说的。如果他傻得能把那种鞋穿上的话，他的脚跟会飞得比头还高。还有那个隐身头盔！头盔怎么能隐身呢？除非头盔大得能把他完全罩住。魔法袋！我真怀疑它能用来做什么？不，不，年轻人，我们根本不知道这些神奇的东西。你自己不是有眼睛吗？而我们三个人只有一个。比起我们三个瞎眼的人，你好像更容易找到这些神奇的东西。"

珀尔修斯听到这里，开始真的认为这三姐妹完全不知情，而且他也为自己给她们带来这么多麻烦而感到难过，于是他准备把眼睛还给她们，然后再为自己抢走眼睛的无礼行为向她们道歉。可这时水银突然抓住了他的手。

"别被她们给骗了！"他说，"这世上只有格赖埃三姐妹才知道去哪里找到那些神女；而且如果没有她们的消息，就永远不可能成功砍下美杜莎的头。把那只眼睛抓牢，事情会很顺利的。"

果然，水银是对的。世界上很少有能像视力这样会永远受到人们珍视的；何况，格赖埃三姐妹要想与常人无异，本该拥有六只眼睛，可现在她们把六份感情全部投注到了唯一的这只眼睛里。一旦发现除了向珀尔修斯和盘托出，再没有其他办法可以取回眼睛时，她们也没有别的选择。珀尔修斯得知有关神女的消息后，立即满怀敬意地把眼睛装回了一个姐妹的额头上，并向她们表示了感谢，之后礼貌告别。还没等年轻人走远，三个姐妹又开始了争吵。原来，珀尔修斯刚刚碰巧又把眼睛安到了稻草人的头上，而在碰到珀尔修斯之前，她本该是把眼睛让给其他姐妹的。

格赖埃三姐妹总是习惯于争吵，从而破坏了她们之间的和谐，这倒是挺可怕的。更何况失去任何一个姐妹，她们其实都会觉得非常不便，她们注定要相互依存、永不分离。作为一个基本的做人准则，我建议所有小朋友，不管是兄弟姐妹，不分年龄大小，如果你们也彼此共用一只眼睛，那么请一定要培养相互容忍之心，而不是争先恐后地想夺走眼睛。

此时的水银和珀尔修斯正沿着一条最近的捷径去寻找众神女。三姐妹给了他们详细的指引，使得他们很快就找到了神女。原来这些神女和三姐妹完全不一样，她们年轻美丽，每个人都有一双异常明亮的眼睛，并且目光和善地看着珀尔修斯。她们似乎和水银非常熟悉；当水银和她们说起珀尔修斯即将完成的冒险任务时，她们毫不吝啬地把自己的宝贝送给了他。首先，她们先拿出了一个像是小钱包的东西，由鹿皮制成，上面绣着奇特的纹饰，神女们请珀尔修斯一定要把它保管好，因为这就是魔法袋。接着，她们又拿出一双鞋子，看上去像是拖鞋或凉鞋，鞋跟处还有一对漂亮的小翅膀。

"穿上它，珀尔修斯，"水银说，"这样在接下来的旅程里，你会发现自己的脚步会随心所欲且轻盈无比。"

珀尔修斯在众神女的帮助下全副武装（瓦尔特·克兰，手绘插图。）

于是珀尔修斯开始穿鞋，他拿起其中一只，把另一只放在身边。可没想到这只鞋展开了小翅膀，扑腾着飞离了地面。如果不是水银一个箭步当空抓住，它可能就飞跑了。

"小心一点，"水银一边把鞋子还给珀尔修斯，一边说，"如果让鸟看到有只鞋子在空中和它们一起飞，可是会被吓到的。"

当珀尔修斯把两只神奇的鞋子穿上后，身体已经轻飘飘地完全没法在地面上行走。看！他只走了一两步，就完全蹦到了空中，飘在了水银和神女的头顶上，而且想要回到地面都很困难。这双长了翅膀的鞋子，和所有类似的高空飞行器一样，在完全适应之前，都很不容易驾驭。水银打趣着身不由己的珀尔修斯，告诉他不要着急，要等拿到隐身头盔才能正式上路。

善良的神女们这时拿出一个头盔，头盔上插着一根黑色的羽毛，准备戴到珀尔修斯的头上。我要说的是，此时发生的事真叫离奇！在戴上头盔以前，站在我们面前的珀尔修斯是一个英俊的年轻人，金色的卷发，红润的脸颊，腰间挂着弯弯的佩剑，手里拿着锃亮的盾牌，简直就是一个浑身充满了勇气、活力和光辉的英雄。可当头盔盖住他白皙的额头之后，珀尔修斯却不见了！除了空气，什么都没有！就连那顶头盔也消失了！

"你在哪儿，珀尔修斯？"水银问。

"为什么这么问，我还在这里啊！"珀尔修斯平静地说，声音听上去就像是从透明的空气里发出来的，"就在我刚刚站着的地方。你看不见我吗？"

"还真是看不见，"水银说，"你完全被藏在头盔底下了。不过，如果我看不见，那戈耳工也不会看见。走吧，跟我练习一下该如何熟练使用这双长翅膀的鞋。"

说着，水银帽子上的翅膀也伸展开来，头似乎就快要飞离肩膀；可事

实上，他的整个身体都轻飘飘地升到了空中，珀尔修斯也跟了上去。两个人升到几百英尺的空中时，珀尔修斯开始觉得，能够离开沉闷的地面，像鸟儿一样轻快地飞在空中，真是一件愉快的事情。

此时正是深夜。珀尔修斯抬头望去，看见了又圆又亮、闪着银光的月亮，心里涌起一股迫切的渴望，真想飞上月亮，在那里度过余生。他又低头向下看，看见地球上的大海和湖泊，还有银色的河道，以及积雪的山峰、辽阔的田野、黑色的树丛和城市里白色的大理石建筑；而月光沐浴下的景色看上去简直可以和星星月亮媲美。他还看到了塞里福斯岛，那是他亲爱的母亲所在的地方。有时，他会和水银靠近一片云朵，远远看去，这些云就像是银色的羊毛，可一头扎进去，却发现周围根本全都是湿冷的灰色雾气。不过他们飞得很快，一瞬间，就又从云朵里钻了出来，飞翔在月光下。还有一次，一只高飞的老鹰竟直直地冲向隐形的珀尔修斯！不过最壮丽的景象还要属流星，它们会闪着光突然迸射而出，像是在空中点亮了篝火，让他们周围几百英里以内的月光都显得黯然失色。

两人就这样在天上飞着，珀尔修斯突然听到身边似乎有衣服沙沙作响的声音。虽然他只能看见水银，但这响声却并不是水银发出的，而是来自他身体的另一边。

"是谁？"珀尔修斯问道，"我身边一直有沙沙的声音。"

"哦，是我妹妹，"水银答道，"我和你说过的，她现在正和我们一起飞。没有她的帮忙，我们可什么都做不成。你想象不到她的智慧，而且她还有一双神奇的眼睛。看，虽然你现在正在隐身，可她却能把你看得清清楚楚。我敢肯定，一定会是她最先发现戈耳工。"

他们在空中急速飞行，此刻大海已经出现在眼前，而且很快，他们就飞到了海面上。远处，巨浪在海的中央剧烈地翻滚，时而在长长的沙滩上翻起层层白浪，时而撞上岩壁峭崖，溅起水花，发出雷鸣般的声音；而这

世界名画 《珀尔修斯系列——珀尔修斯的召唤》（*The Perseus Series: The Call of Perseus*），布面油画，爱德华·伯恩-琼斯于1877年创作，152.5×127cm。

一切传到珀尔修斯耳中时，已变成了温柔的低语，就像是婴儿入睡时说的梦话。这时，一个声音从珀尔修斯身边传来，像是悦耳的女声，虽称不上甜美，但却庄重而温和。

"珀尔修斯，"那个声音说道，"戈耳工就在那里。"

"在哪儿？"珀尔修斯叫出了声，"我看不到她们。"

"就在下方岛屿的海岸上，"那个声音答道，"扔一块小石子下去，正好可以砸到她们。"

"我就说肯定是她会第一个发现她们，"水银对珀尔修斯说，"戈耳工就在那里！"

珀尔修斯看到下面两三千英尺的地方有一座小岛，海浪拍打在周围布满礁石的海岸上，激起层层的白沫，只有一侧是白色的沙滩。他下降之后认真地看着那簇或是那堆闪着光的东西，那光就在陡峭的黑色岩石脚下。啊，那正是可怕的戈耳工姐妹！伴着大海巨浪的轰鸣，她们正躺在那里睡觉。要把这样凶残的怪物哄睡，需要的正是这种对于人类来说震耳欲聋的声响。戈耳工的翅膀懒懒地垂在沙滩上，在月光的照耀下，她们的钢鳞和金翼正闪闪发光；那些可怕的铜爪，正紧紧抓着被海浪冲击成碎片的岩石，梦中的她们也在把哪个可怜的家伙撕成碎片。她们头上的那些毒蛇头发似乎也在睡觉，偶尔会有一两只扭着身子，抬着头，吐着信子，发出沉沉的咝咝声，然后又扎进其他蛇发之中。

这三个姐妹看上去更像是可怕的巨型昆虫，比如硕大的金翼甲虫，或是蜻蜓之类的，虽然丑陋，但却十分华丽，只是比普通昆虫的身形要大上成千上万倍。除此之外，她们也有一点像是人类。对于珀尔修斯来说，还好她们的睡姿把脸完全遮住了，否则只要看上一眼，他会立刻变成毫无知觉的石头像，从空中重重地摔下来。

"就现在，"水银飞到了珀尔修斯身边，低声说，"现在正好动手！

快，不然等到其中一个醒来就太晚了！"

"要对付哪一个？"珀尔修斯说着拔出剑，身子也降了下去，"这三个看上去都差不多，都有蛇发，到底哪一个是美杜莎？"

要知道，在这三个龙形怪兽当中，珀尔修斯只能砍下美杜莎的头。因为其他两个，任凭他拿着的是一把最锋利的宝剑，即使砍上一小时，也丝毫伤不了她们。

"小心点，"之前那个冷静的声音又响了起来，"其中一个戈耳工马上就要在睡梦中翻身，那个就是美杜莎。不要看她，否则你会变成石头！你可以利用手中明亮的盾牌，看到她脸庞和身体的倒影。"

珀尔修斯现在才明白当初水银为何极力劝说他把盾牌擦亮，此时他可以安全地通过盾牌表面，看到戈耳工脸庞的倒影。月光正倾泻下来，戈耳工可怕的面容在光亮的盾牌里一览无遗。毒蛇们正在美杜莎的额头上不安地扭动，而那张脸，是超出所有想象的最凶狠最可怕的脸，可同时又散发着一种奇特而又令人生畏的野性美。美杜莎双眼紧闭，正陷入沉沉的昏睡中，但又带着些许不安和焦躁的神情，这个怪兽像是在做噩梦，咬牙切齿，铜爪正深深地嵌入沙子之中。

那些蛇似乎感应到了美杜莎的梦境，也越来越不安起来。它们打着结的身体在剧烈地扭动，闭着眼睛，抬着蛇头，发出咝咝的叫声。

"就现在！"水银有点心急地轻声说，"快冲上去！"

"一定要镇定，"那个悦耳的声音又在珀尔修斯身边响起，"你飞下去时，眼睛一定要看着盾牌，并且一定要一剑命中。"

珀尔修斯小心翼翼地飞了下去，同时从盾牌里盯着美杜莎的脸。他越来越接近，而美杜莎恐怖的面容和铜爪铁鳞也显得越来越可怕。最后，在距离美杜莎只有一臂之遥时，珀尔修斯举起宝剑，而那些蛇也都同时蹿向空中，美杜莎睁开了眼睛。可惜她醒得太迟了，宝剑如此锋利，只见剑光

珀尔修斯与戈耳工三姐妹（瓦尔特·克兰，手绘插图。）

一闪，女妖美杜莎的头就从脖子上滚落了下来。

"太好了！"水银大叫道，"快！把她的头捡起来，装进魔法袋。"

令珀尔修斯惊讶的是，那个一直挂在他脖子上的绣花小袋子，原来只有钱包大小，此时却在一瞬间突然变大，足够装得下美杜莎的头。珀尔修斯于是立刻把头捡起来扔进神袋，那些毒蛇还在扭动着身体。

"你的任务完成了，"那个一向冷静的声音又响了起来，"现在就起飞吧，否则其他两个戈耳工会竭尽全力为美杜莎报仇。"

的确，必须得飞起来，因为珀尔修斯所做的这一切并不是悄无声息的。落剑的声音、毒蛇的咝咝声，以及美杜莎的头滚落到沙滩上的闷响都足以惊醒另外两个怪兽。她们立刻坐起来，用铜爪揉着惺忪的睡眼，头上的毒蛇也都立刻惊恐地高高耸起，喷射着毒液，不知道发生了什么事。当两个戈耳工看到美杜莎带鳞的尸体没有了头，皱缩的金色翅膀半展着倒在了沙子上，她们立即发出一声恐怖的尖叫。再看她们头上的一百条毒蛇，也一齐发出咝咝声，引得魔法袋里美杜莎头上的毒蛇也在咝咝地回应。

清醒之后的戈耳工立刻冲向空中，挥舞着铜爪，呲着可怕的獠牙，猛烈地扇动着巨大的翅膀，抖落了一地的金色羽毛。直到今天，这里可能还到处散落着那些金色的羽毛。飞到空中的戈耳工怒视着四周，希望能逮住谁把他变成石头。只要看看她们的脸，或是不小心落入她们的利爪，珀尔修斯就再也亲吻不到可怜的母亲了。可珀尔修斯小心地避开了她们，因为自己正戴着隐身头盔，戈耳工并不知道该朝哪个方向追他；况且他又有一双飞行鞋，直直向上飞了差不多一英里，之后那些可怕生物的叫声才渐渐远去。珀尔修斯就这样径直飞向塞里福斯岛，准备把美杜莎的头带给国王波吕得克忒斯。

我实在来不及细说珀尔修斯在回家路上所遇到的一些神奇的事：他曾遇到一只正要吞食美丽少女的海怪，于是便杀死了它；他只是让一个庞大

的巨人看了一眼美杜莎的头，就把巨人变成了一座石头山。如果你还不太相信的话，可以抽空去一下非洲，去看看那座石头山，正是用那个古代巨人的名字命名的。

最后，勇敢的珀尔修斯终于到达了塞里福斯岛，此时他迫切想要见到自己的母亲。可就在他不在岛上时，那个歹毒的国王对达那厄非常不好，逼得她只好躲进一座神庙，那里有几个善良的老祭司对她很好，而这些老祭司，还有那个当初发现箱子的善良渔夫，可能是这个岛上仅有的正直的人了。而岛上其他人，包括国王波吕得克忒斯，都是品行极其不端的人，现在，他们就要遭到报应了。

一发现母亲不在家中，珀尔修斯就直接奔向王宫。他立即被带到国王面前，可波吕得克忒斯看到他后却怎么也高兴不起来，这个坏心肠的国王以为戈耳工早就把这个可怜的年轻人撕成了碎片，吞了下去。谁知道，他居然安全地回来了！国王只好假意笑着迎上去，询问珀尔修斯是怎样成功完成任务的。

"你实现诺言了吗？"他问道，"有没有帮我带回蛇发女妖美杜莎的头？如果没有，年轻人，那你可要接受重罚；因为我必须拿它作为新婚礼物送给美丽的希波达米亚公主，没有什么东西能比美杜莎的头更能博得她的欢心。"

"是的，请放心，陛下，"珀尔修斯平静地答道，似乎对他这样的年轻人来说，这并不是什么大不了的事，"我已经给您带来了戈耳工的头，包括蛇发！"

"真的吗？让我看看，"国王波吕得克忒斯说道，"如果传说是真的，那肯定是一件稀奇的东西。"

"陛下说得很对，"珀尔修斯答道，"这件东西的确会令所有看到它的人目瞪口呆。如果陛下觉得合适，我建议您可以为此设立一个节日，

让大家一起来庆祝，把所有的臣民都召来一起亲眼看看这个稀奇的东西。我想，他们中很少有人看到过戈耳工的头，恐怕以后也不会再有机会看到。"

国王知道自己的那群臣民都是一群懒散的家伙，所以也肯定会像其他懒人一样爱凑热闹，所以他采纳了珀尔修斯的建议，派出传令官和信使，吹响号角，通知在街角、市场和路口的所有人都来到宫殿。果然，一大群游手好闲的人都来了，他们个个幸灾乐祸，希望珀尔修斯遇到戈耳工时会发生不幸。如果真是什么好人（我倒是真心希望能有几个好人，可事实上故事告诉我这个岛上并没有什么好人），他们本应该安静地留在家里，做自己该做的事，管好自己的孩子。而这里的大多数居民，都一窝蜂地拥向宫殿，互相推搡着、拥挤着，一个挨一个，争着挤向阳台，想要看看手里拿着绣花魔袋的珀尔修斯。

在视野开阔的阳台上，威严的国王波吕得克忒斯坐在大臣中间，一群谄媚的侍臣正簇拥着围成半圆。此时，国王，以及所有大臣、侍臣和子民，都正眼巴巴地盯着珀尔修斯。

"快让我们看看那个脑袋！给我们看看！"人群中爆发出喊声，声音中充满冷酷和残忍，似乎只要珀尔修斯拿不出他们想看到东西，就冲过去把他撕成碎片。

"快给我们看看美杜莎的头！"

年轻的珀尔修斯心头涌上一阵悲伤和同情。

"噢！波吕得克忒斯国王，"他大声说道，"以及你们各位，我真不情愿让你们看到戈耳工的头！"

"啊！这个坏蛋！懦夫！"人群中的喊声比之前更加激烈，"他在捉弄我们！他根本就没有戈耳工的头！如果有，就快点拿出来给我们看看，否则，我们就把你的头当足球踢！"

珀尔修斯拿出了戈耳工的头（瓦尔特·克兰，手绘插图。）

邪恶的大臣们在国王耳边低声出着坏主意，侍臣们则在窃窃私语，说珀尔修斯不恭敬他们的国王；而尊贵的国王波吕得克忒斯则摆了摆手，用坚定、低沉的语调威胁珀尔修斯快点拿出头颅。

"把戈耳工的头拿出来。否则，我就砍下你的头！"

珀尔修斯叹了口气。

"快点拿出来，"波吕得克忒斯重复道，"否则，你就得死！"

"好吧，那么请看！"珀尔修斯大声喊道，声音洪亮得如同一声号角。

就在他拿出戈耳工脑袋的一瞬间，坏国王波吕得克忒斯，以及他邪恶的大臣们，还有所有残忍的子民，还没来得及眨一下眼睛，就全都变成了石头像，他们就这样带着那时那刻的表情永恒地被定了格。看到可怕的美杜莎头颅的一瞬间，他们全都变成了苍白的大理石！而珀尔修斯则将那颗头收回进魔法袋，找到亲爱的母亲，并告诉她从此再也不用害怕坏国王波吕得克忒斯了。

TANGLEWOOD · PORCH ·
AFTER · THE · STORY ·

戈耳工的头

丛林别墅的门廊

尾 声

"这个故事好不好玩？"尤斯塔斯问道。

"噢！好玩，好玩！"流星花拍着小手叫道。

"那些奇怪的老婆婆，三个人才有一只眼睛！我从来没听说过这么奇怪的事！"

"她们还轮流使用一颗牙齿，"樱草花说道，"不过好像也没什么神奇的。我想那肯定是颗假牙。不过你把墨丘利变成了水银，还说到他妹妹！这可有点荒唐！"

"她不是他妹妹吗？"尤斯塔斯问道，"如果是我早想到的这个故事，我肯定把她描述成一个将猫头鹰当宠物的老姑娘！"

"好吧，不管怎么样，"樱草花说道，"你的故事似乎真的把浓雾赶跑了。"

的确，随着故事的展开，雾气已经渐渐从地表散去。眼前展现的美景与之前截然不同，人们几乎会觉得，这所有的一切都是在短短的时间里被重新创造出来的。半英里外的山谷脚下是一片美丽的湖泊，完美地倒映着岸边的树林和更远处的山峰。湖面平静无波，闪烁着琉璃般的光泽。湖泊的远处横卧着纪念碑山，一直绵延过几乎整个山谷。尤斯塔斯把这座山比作是一个没有头的巨大斯芬克斯①像，肩上披着一条波斯披肩。秋日的山林的确就是这样丰富多彩，用波斯披肩这个比喻来形容它的斑斓色彩一点也不夸张。山脚下，在丛林别墅和湖泊之间，是一片丛生的树木和树林，由于比山坡上的树受到了更多的霜冻，所以林子边的树木都披着金色或深棕色的叶子。

在这片美丽景色的上方，是和煦的阳光和飘浮的轻云，给所有这一切都抹上了一种难以言说的温柔。多么美好的深秋！孩子们抓起小篮子，雀跃着出发了。而尤斯塔斯则像主持这场聚会的主持人，和孩子们古怪的小动作相比，他的新式跳跃可是谁都模仿不了的。跟在众人后面的是一条善良的老犬，名叫"本"，他可是最可敬、最好心的四足动物之一，此时可能觉得自己也有责任照看这些父母不在身边的孩子；而且比起有些孩子气的尤斯塔斯，他还自以为是更好的照看者呢。

---

① Sphinx，希腊神话中一个长着狮子躯干、女人头面的有翼怪兽。——译者注

THE GOLDEN TOUCH

SHADOW BROOK

点金术

繁阴溪边

引　言

中午，孩子们聚集在了一片林中谷地上，谷地深处流淌着一条小溪。这里地势狭窄，两侧山势陡峭，沿着溪岸向上生长着茂密的树丛，多是核桃树和板栗树，其中也夹杂着几棵橡树和枫树。夏天时，密布丛生的树枝在小溪上方盘横交错，投下大片的阴影，即使是正午时分，溪面也会被荫蔽得像是蒙上了一层暮色。于是，便有了"繁阴溪"这个名字。不过现在，自从秋天走进这个隐秘的地方，所有的深绿色都转变成了金色，因此与其说是给谷地罩上了林荫，还不如说是金色点亮了整个谷地。即使是阴天，明亮的黄色树叶也像是要把日光留下来，叶子纷纷落在溪水上，漂向两岸边，将这些地方洒满"日光"。就这样，这块本是夏天里最为阴凉的角落，现在却比任何地方都要明丽。

小溪沿着金色的小路奔流而来，到这里歇歇脚后，形成了一个小小的池塘，鱼儿在这里来回穿梭，溪水又快速地匆匆向前，似乎急着赶往那片湖泊；可途中似乎又忘了看路，一不小心就被河床中央伸展的树根"绊倒"了。如果听到小溪被"绊倒"时抱怨的咕哝声，你肯定会笑出声来；而且已经跑过去这么久了，小溪还在自言自语，像是十分烦恼。我想，它一定是被吓到了，因为原本阴暗的谷地突然变得如此明亮，而且还听到那么多孩子的闲聊和欢笑声。所以它只好加紧脚步，最后一头扎进了湖里。

尤斯塔斯和孩子们决定在繁阴溪谷用午餐。他们用篮子从别墅里装了许多好吃的，然后把它们摆在树墩上，或是摆在长着青苔的树干上，开心地狼吞虎咽起来，这真是一顿很棒的大餐！吃完之后，谁都不愿意再动了。

"就在这里休息一下吧，"几个孩子建议道，"尤斯塔斯表哥，再给我们讲一个好听的故事。"

尤斯塔斯上午刚刚完成一次的伟大"壮举"，此时的确和孩子一样累坏了。这位大学生当时正站在地面上，可下一秒就蹿上了核桃树的树梢。蒲公英、三叶草、流星花和金凤花差点以为他穿上了那双带翅膀的鞋，就是众女神送给珀尔修斯的那双。然后他又在孩子们的头上摇动核桃树，摇下一阵阵的核桃雨，孩子们便争相把核桃捡到篮子里，忙得不可开交。总之，整个上午尤斯塔斯就像是松鼠和猴子一样蹦来蹦去，现在只能躺倒在黄色树叶上，似乎是想要休息一下。

可孩子们却没这么仁慈，也不懂得体贴别人，只要别人还有一口气，他们就要用这口气来给自己讲故事。

"尤斯塔斯表哥，"流星花说道，"早晨那个故事很好听，能再讲一个吗？"

"好吧，孩子，"尤斯塔斯说着把帽檐盖在眼睛上，准备打个盹，

"如果愿意，我可以讲一打的好故事，说不定比早晨那个更好。"

"噢，樱草花，长春花，你们听到他说的话吗？"流星花又叫又跳，"尤斯塔斯表哥准备给我们讲一打的故事，都比早晨那个好听！"

"我可没答应过，小笨蛋！"尤斯塔斯说着假装有些生气，"可我看你们是非听不可了……唉，这就是名声太大的代价！我真希望自己比现在更无趣，或者不要表现得天生就这么聪明，也许我就能安静舒服地睡上一觉了！"

可就像我之前所说的，这位尤斯塔斯表哥实在太爱讲故事，就像孩子们太爱听故事一样。他思维活跃、无拘无束，喜欢让大脑不停地运转，几乎不需要任何外力就可以工作。

这种天生才能和后天勤奋非常的不同。后者通常更容易由长期习惯培养而成，而且一旦养成，就算辛苦工作也不是什么难事，那时工作可能就是一天当中最重要的心理慰藉，而其他意义反而可以忽略不计。好吧，这段文字，可不是说给孩子们听的。

无需更多的恳求，尤斯塔斯就要开始下一个精彩绝伦的故事。他仰躺在那里，看着大树的树梢，发现秋日已经把每一片绿叶染成了纯金色，忽然一个故事跃上了心头。每个人都见过叶子由绿变黄的景象，而这种转变十分神奇，正如尤斯塔斯接下来要讲述的这个有关弥达斯国王的故事。

出场角色

ACTORS

（*注：此处提及的众神及英雄和神兽等角色，其角色关系均出自于传统经典古希腊神话故事，其故事情节与霍桑在本书中的改写有所不同。）

弥达斯（Midas）：古希腊神话中佛律癸亚国王戈耳狄俄斯（Gordius）和女神库柏勒（Cybele）收养的儿子，当他还是婴儿时，蚂蚁曾向他嘴里运送食物，预示了他将来必然成为巨富。他曾帮助酒神找到失散的同伴，于是酒神为了报答这件事，许诺给予弥达斯任何他想要的东西，弥达斯选择了点金术。本书中带着光环的神秘陌生人应该就是酒神狄俄尼索斯（Dionysus）。

狄俄尼索斯（Dionysus）：古代希腊人信奉的葡萄酒之神。一天，狄俄尼索斯和追随者从色雷斯出发去维奥蒂亚，中途他以前的老师森林之神老西勒诺斯（Silenus）不巧跟队伍走散。老西勒诺斯喝得醉醺醺的，躺在国王弥达斯的花园里酣然大睡，弥达斯盛情款待了老山神五天五夜，然后派向导护送他回到了狄俄尼索斯的身边。

点金术

很久很久以前，有一个非常富有的国王，名字叫作弥达斯。弥达斯有个小女儿，除了我，还没有人听说过她的名字，可就连我现在也完全不记得她的名字了——也可能从来就不知道。不过我喜欢给小女孩取奇怪的名字，所以就叫她"金盏花"吧。

对于国王弥达斯来说，这个世界上他最喜欢的东西就是金子。他十分珍爱自己的皇冠，因为皇冠是由贵重的金子做成的。如果说还有他喜欢的人或物，或者说能赶得上他对金子一半的喜欢程度，那就是他的小女儿了，金盏花会经常在父亲的脚凳边开心地玩耍。可弥达斯越喜欢女儿，他就越渴望并追求财富。他认为一个人为他珍爱的孩子所能做的最好的事，就是留给她从创世开始就累积起来的成堆的金币——金灿灿、亮晶晶的金币。真是一个愚蠢的人啊！就这样，他把所有的心思和精力都放在了这个唯一的目标上。每当瞥见被落日染成金色的云朵，他就希望那是金子做的，好被他抓下来藏到柜子里去。每当金盏花捧着一束金凤花和蒲公英跑来见他时，他总是不屑地说："孩子，这些看上去亮闪闪的花朵，要真是金子做的，那才值得去采。"

就在还没有如此疯狂地追求财富之前，国王弥达斯其实是很擅长赏花的。他曾修建了一座花园，里面种满了玫瑰花。这些花朵硕大美丽、香气扑鼻，都是世人从没见过的花朵。现在，这些玫瑰花依然长在花园里，花瓣依然那么硕大、可爱、芳香，就像当年，那时的弥达斯曾经一连几个小时盯着这些花，嗅着它们散发的芳香。可如今，如果说他还愿意看上花朵一眼，那也是要趁机计算一下如果这无数的玫瑰花瓣都是金箔做的，那会值多少钱。他还曾经十分喜欢音乐（尽管一个无聊的故事中曾提到过他长着驴一样的长耳朵①），可现在对于可怜的弥达斯来说，唯一的乐声就只是金币互相撞击的叮当声了。

随着年龄的增长，人总是会变得越来越愚蠢，除非能小心翼翼让自己更加明智。弥达斯此时已经变得不可理喻，他简直无法忍受看见或是碰到任何不是金子做成的东西。因此，他每天都要花上大把的时间待在一个阴暗沉闷的房间里。房间建造在宫殿的地下，用来安置他的财宝。每当弥达斯想让自己开心时，就会来到这个比地牢好不了多少的地洞。在这里，他会小心地锁好门，拿出一袋金币，或是一个脸盆大小的金杯，或是一锭重的金条，或是一配克②的金沙，然后把这些东西从隐秘的角落转移到光亮处。从一扇天窗一样大小的窗子外会射进一束狭长的光线，他十分珍爱

---

① 来自于古希腊神话。一次，弥达斯被邀请去当音乐比赛的裁判，比赛双方是光明之神阿波罗和牧神潘。双方演奏结束后，弥达斯判定潘为获胜者。但阿波罗无法容忍弥达斯拙劣的音乐欣赏能力，于是将他的耳朵变成了驴耳朵。——译者注

② peck-measure，容量单位，1配克相当于2加仑，约为7.57升。——译者注

世界名画 《阿波罗与潘的比赛》（*The contest between Apollo and Pan*），油画，16世纪末、17世纪初最重要的佛兰德斯画家之一亨德里克·德·科勒克（Hendrick de Clerck，1570 —1629）于1620年创作，43×62cm。见本书P43注释①。

这束阳光，不为别的，只因为如果没有这束阳光的帮忙，他的宝贝们就无法闪闪发亮。最后他会反复数着袋子里的金币，将金条抛上抛下，任金沙从指间滑落，或是从亮闪闪的金杯边看着自己滑稽的倒影。他总会自言自语："噢，弥达斯，富有的国王弥达斯，你是多么幸福啊！"他的影子映在锃亮的金杯表面，正咧着嘴对他笑。这样的场景真是好笑极了，就连杯子也知道他的行为愚蠢透顶，正顽皮地取笑他。

弥达斯称自己是幸福的人，但又感觉自己幸福得还不够。除非整个世界都变成他的宝库，堆满属于他自己的金子，这才能让他达到幸福的顶点。

现在，聪明的小听众们，不用我提醒，你们也能明白了，在弥达斯国王生活的那个古老的年代，曾经发生过许多事，这些事如果在今时今日发生在我们的国度，那简直就像是奇迹。当然，从另一个角度来说，今天发生的许多事，不仅对我们来说非常神奇，就连那个古老年代的人见了也会目瞪口呆。总之，我认为相比之下，还是我们这个时代更奇怪一些。好吧，不管怎样，现在还是继续讲故事。

一天，正当弥达斯像往常一样陶醉在宝库里时，他发现成堆的金子上突然出现一个影子。他猛地抬起头，发现在那道明亮狭长的光束里，居然正站着一个陌生人！这是一个脸庞红润、神态轻松的年轻人。不知是因为把一切都想象成了金色，还是别的什么原因，弥达斯国王情不自禁地感觉陌生人的微笑里似乎透着金色的光芒，虽然陌生人挡住了阳光，可眼前这一堆堆宝贝却反而闪着更加明亮的金光。而当陌生人一笑，宝库里最远处的角落里甚至也被火一般的亮光照得通明。

弥达斯知道，自己已经很小心地将门锁住，普通人是闯不进来的，所以这个来访者肯定不是普通人。其实，告诉你们这个人到底是谁并不重要；在那时，地球还是个新生事物，地球上住着许多被赋予了超自然能力陌生人出现在了弥达斯面前（瓦尔特·克兰，手绘插图。）

的神，他们经常饶有兴致地关注着周围的男女老少，关注着他们的喜怒哀乐，一方面是为了好玩，一方面也是出自真心。弥达斯在此之前就曾遇到过这样的神，所以这一次很高兴再遇到他们。说实话，这个陌生人看起来非常友好和善，即使不是前来赐福，至少也没理由怀疑他会带来什么灾祸。他很有可能是来帮助自己的，可除了让财富翻倍，自己还有什么其他需要帮忙的吗？

陌生人看了看房间，明亮的微笑照亮了屋里所有的金子，然后他又转向弥达斯。

"我的朋友，弥达斯，你很富有，"他说道，"我觉得地球上不会再有这样的房间，能装这么多的金子。"

"没错，我是很富有，"弥达斯并不满意，"不过，如果你能想到这是耗尽我毕生之力才得到的，你就会觉得这点财富根本不值一提。如果一个人能活到一千岁，肯定会有更多时间变得足够富有。"

"什么！"陌生人大惊，"这么说，你还不满足？"

弥达斯摇摇头。

"那么，请问什么才会让你满足？"陌生人问道，"仅仅是出于好奇，我很想知道。"

弥达斯沉思了片刻。他预感到这个拥有金色光芒和友善微笑的陌生人一定愿意并有能力满足他最大的心愿。所以，现在就是最幸运的时刻，只要他开口，任何想要的东西，不管合理与否，他都能得到。所以他绞尽脑汁，想象着一座又一座金山，可总觉得怎么也不够大。最后，弥达斯国王冒出了一个聪明的点子，这点子就和他所挚爱的黄金一样闪着亮光。

他抬起头，盯着这个全身熠熠生辉的陌生人。

"好吧，弥达斯，"陌生人说，"我想你一定是想到了，那么告诉我你的愿望吧。"

"这个愿望……"弥达斯答道，"我竭尽全力收集起来的财富，也只是这么小小的一堆，我厌倦了这样大费周折，所以，我希望我触碰到的任何东西都能变成金子！"

陌生人的微笑更加灿烂，就像是闪耀的太阳照亮了撒满金秋黄叶的繁阴溪谷，这微笑让房间里所有的金子都沐浴在了光亮之中。

"点金术吗？"陌生人说，"我的朋友，弥达斯，你居然会想到这么聪明的主意，的确值得称赞！不过，你确信，这个就能让你满足吗？"

"当然！"弥达斯说。

"你确定永远都不会后悔拥有这个能力吗？"

"还有什么比这个更有吸引力呢？"弥达斯说，"其他的我都不要，只要拥有这种能力，我就心满意足了。"

"那就如你所愿，"陌生人说着挥手告别，"明天早上，当太阳升起时，你就会发现自己拥有了点金的能力。"

然后陌生人的身影变得异常明亮起来，弥达斯不由自主地闭上了眼睛。等到再睁开眼睛时，只见一束金色的阳光，正笼罩着他毕生囤积起来的宝贝上，在他周围闪着光。

那天晚上，弥达斯是否和往常一样睡得安稳，故事里并没有说。但不管是睡着还是醒着，他大概总是会无比兴奋的，就像是一个知道第二天一早就会拥有新玩具的小孩。无论如何，当弥达斯国王完全醒来时，太阳还没爬上山坡。他从被窝里伸出胳膊，开始去触碰所有能够碰到的东西，急着想要确认陌生人承诺的点金术是不是已经实现。他把手指放在床边的椅子上，以及各种各样的东西上，可让他大为沮丧的是，所有的东西都还是原来的样子。事实上，他非常担心那个光彩照人的陌生人只是一个美梦，或者那个家伙只不过是和他开了一个玩笑。如果是那样，拥有点金术的希望就会落空。他只能再用平常的办法，一点点把金子积攒起来。可如果不

会点金术，那将会多么让人伤心！

此时天色已经蒙蒙亮，天边挂着一抹鱼肚白，可弥达斯并没有发现。他正一直闷闷不乐地躺在床上，一直在为希望落空而遗憾，并且越想越难过。直到旭日的光芒穿过窗子，照亮他头上的天花板。弥达斯这才发现，明亮的金色阳光照在了他白色的床罩上，那景象似乎有些异常。于是他凑近一看，惊喜地看到原来那张床罩已经不再是亚麻的，而是由最纯最亮的金子织成的！第一缕阳光真的给他带来了点金术！

弥达斯从床上跳了起来，欣喜若狂地在房间里疯跑，看到什么就抓什么。他抓住一根床柱，床柱立刻变成了有着凹槽的金柱。为了更清楚地看到自己所创造的奇迹，他拉起窗帘的一边，结果手里的流苏变沉了，最后变成了一块金子。他又从桌上拿起一本书，可手刚一碰到，那本书就变成了镀着金边的大部头，就和今天的书差不多；可等到他开始用手指翻动书页时，啊！书页竟然变成了一叠金箔，连那些蕴含智慧的文字都难以辨认了。弥达斯急忙穿上衣服，喜出望外地发现自己穿着的竟是一套纯金服，虽然有些沉，但依然柔软而富有弹性。他又拿出手帕，那是金盏花亲手为他缝制的。手帕于是也变成了金子，手帕四角是金盏花干净漂亮的针脚，连线都全部变成了金线！

可最后这个变化并没有让弥达斯高兴起来。他更希望女儿做的手帕还能保持原样，就像金盏花爬上他的膝头时，把手帕递到他手中的样子。

不过，他大可不必为了这样的小事而烦恼。现在，为了更好地看清楚周围，弥达斯从口袋里拿出眼镜，架到了鼻梁上。在那个时代，普通人使用的眼镜还没有出现，不过各位国王已经在使用，否则，弥达斯怎么会有眼镜呢？可让他困惑的是，虽然这副眼镜很出众，但他却发现自己透过眼镜什么都看不到。事实上，这再自然不过了，因为他取下眼镜后，透明的水晶片已经变成了金片，尽管金子很值钱，可作为眼镜来说，它却变得毫

无价值。这对弥达斯来说实在太不方便了：虽然他如此富有，却再也不能拥有一副能用的眼镜。

"这也没什么大不了的，"弥达斯豁达地自言自语道，"我们不能指望凡事都完美无缺。不管怎么说，如果一个人的视力不是太糟糕的话，还是值得为点金术牺牲一副眼镜的，至少我并没有牺牲眼睛。我的视力还可以胜任日常生活，而且金盏花就快长大了，到时她就能读书给我听了。"

聪明的国王弥达斯有了这样的好运，真的非常高兴，小小的王宫似乎已经容不下他了。于是，他跑下楼梯，看到楼梯栏杆随着手指的触碰变成了闪闪的金栏杆，不禁笑了起来。他又拉起门把手，跑进花园，而之前那些不过是黄铜的门把手，在弥达斯的手指松开后，已经变成了金的。在花园里，他看到了无数朵美丽的玫瑰花正在盛开，有的还是蓓蕾，有的则是含苞待放，在晨风的吹拂下散发着甜美的芬芳。这些娇艳的红晕当然是世界上最美的风景，它们是那样温和柔美，甜蜜而静谧。

不过在弥达斯看来，还有一种办法能让这些玫瑰变得更加珍贵。于是他强忍被花刺划伤的疼痛，不辞辛劳地在花丛中钻来钻去，施展神奇的点金术，直到每一朵花、每一个蓓蕾，甚至是花心里的虫子，都变成了金子。等到完成这项伟大的工程，国王终于打算享用早餐。清晨的空气十分清新，这让他胃口大开，于是他急忙返回王宫。

在弥达斯那个时代，国王的早餐通常会是什么样子？我真的不太清楚，现在也无从考察。我想，在这个特别的早上，国王的早餐应该会有热饼、美味的鲑鱼、烤土豆、新鲜的煮鸡蛋，还有咖啡，这些都是国王应该享用的，而他的女儿金盏花，则应该还有一大块面包和一大杯牛奶。无论如何，这样的早餐都够得上国王享用的标准。总之不管是不是这样，弥达斯的早餐应该不会比这个更好了。

金盏花还没来，于是弥达斯派人去叫她，然后自己坐在桌边等女儿来一起享用早餐。其实说句公道话，弥达斯真的很爱女儿，而今天由于好运的降临，他觉得自己更爱女儿了。很快，走廊那边就传来了女儿大哭的声音，这让他十分奇怪，因为夏日里的金盏花是最快活的孩子，就算一年十二个月，也几乎看不到她流眼泪。所以听到哭声后，弥达斯决定给金盏花一个小小的惊喜，好让她高兴起来。于是，他探过身子，伸出手碰了一下女儿用的小碗，那是一个绘满漂亮图案的瓷碗，最后变成了亮闪闪的金碗。

金盏花这时才闷闷不乐地推开门，慢吞吞地走进来，用裙子擦着眼泪，还在伤心地哭着。

"怎么了，亲爱的女儿，"弥达斯说道，"在这样一个明媚的早晨，你是怎么了？"

金盏花还在用裙子擦着眼睛，只是伸出一只手，拿着一朵刚刚被弥达斯变成金子的玫瑰花。

"好漂亮的花！"父亲称赞道，"这么美丽的金玫瑰，怎么会惹你不高兴呢？"

"噢！亲爱的父亲！"小姑娘有些哽咽，"它一点也不漂亮，是世界上最丑的花！我穿好衣服后就跑去花园，想采几朵玫瑰花送给您，因为我知道您很喜欢它们，尤其是我为您采的。可是，噢，天啊！您知道发生什么了吗？太糟糕了，所有漂亮的玫瑰花全都被毁掉了！它们原本那么香甜，那么娇艳，可现在全都变成了黄色，就像这枝，而且一点香味都没有！它们到底怎么了？"

"哦，亲爱的孩子，别再为这个哭泣了！"弥达斯说道，他有些不好意思承认，正是自己才让女儿如此难过，"坐下来，享用面包和牛奶吧，你会发现，用一枝金玫瑰换一枝普通玫瑰，可是很划算的呢。金玫瑰能保存好几百年，可普通玫瑰，却会早上开花，晚上凋谢，只有一天的生命。"

"可我一点也不喜欢这样的玫瑰!"金盏花不屑地扔掉了金玫瑰,"它没有香味,花瓣也硬邦邦的,还弄痛了我的鼻子!"

说着,金盏花已经坐在了桌边,可她还一直在为毁掉的玫瑰花而伤心,根本没有注意到自己的瓷碗已经有了神奇的变化。也许这样更好,因为金盏花已经习惯欣赏碗上新奇的图案,那些都是画在碗边的奇异树木和房子;可现在这些图案已经从金碗上完全消失了。

这时弥达斯刚刚倒好一杯咖啡,当然,不管咖啡壶是什么材质的,等他放下时已经变成了金的。他暗自在想,作为一个生活一向简朴的国王,现在使用的餐具全都是黄金的,真可以说是太过奢华了。接下来,他又开始为如何安全地收藏这些黄金宝贝而担心,把这些值钱的金碗金壶放在碗柜和厨房里,可太让人担心了。

他边想边把一勺咖啡送到唇边,轻轻啜吸。可让他惊讶的是,他的嘴唇刚一碰到咖啡,咖啡就变成了熔化的金子,再下一个瞬间就凝固成了金块。

"啊!"弥达斯被吓了一跳,大叫了出来。

"怎么了,父亲?"金盏花看着他,眼里还带着泪水。

"没什么,孩子,没什么,"弥达斯说,"快喝牛奶吧,别凉了。"

弥达斯又从盆里拿出一条美味的鲑鱼,试着用手指碰了一下鱼尾巴。让他惊奇的是,这条炸得美味可口的鲑鱼立刻变成了一条金鱼,当然,这可不是被人们养在圆玻璃缸里用来装饰客厅的鱼,而是一条真正用金子做成的鱼,看上去就像是由世界上最棒的金匠精心雕刻而成的,小小的骨头变成了金丝,鱼鳍和鱼尾变成了薄薄的金片,上面还留着叉子的印痕;这条炸得美味酥脆的小鱼变成了纯正的金鱼。你可能会觉得,这是一件多么漂亮的艺术作品啊,可对于弥达斯国王来说,他真希望盘子里是一条真正

世界名画 《国王弥达斯》（*King Midas*），油画，巴洛克时期著名意大利画家安德里亚·瓦卡罗（Andrea Vaccaro，1600—1670）创作，71x54cm。

的鱼，而不是既精致又值钱的工艺品。

"真不明白，"他心里想道，"我现在该怎么吃早餐？"

于是他又拿起一块热气腾腾的面饼，可还没等把饼掰开，令人痛苦的事情再次发生了，刚刚还是雪白的面饼，现在变成了一张金黄色的印度饼。说实话，如果这真是一张热气腾腾的印度饼，弥达斯倒还觉得会好一点，可饼的硬度和重量却让他痛苦地发现，这只是一块金子。他几乎绝望地又去拿煮蛋，可和鲑鱼、热饼一样，鸡蛋也变成了金子。这个金蛋甚至会让人误以为是故事书里那只著名的母鹅生卜的蛋[①]，可现在国土弥达斯就是那只母鹅！

"好吧，真是难办，"他一边想着，一边将后背靠向椅子，眼睛里有些泛红，看着金盏花，她正津津有味地享用着她的面包和牛奶，"面前放着这么丰盛的早餐，可我却什么都吃不了！"

于是为了免去麻烦，弥达斯打算在点金术生效之前快速了事，于是迅速拿起一块热土豆，试图塞进嘴里赶快吞下去。可他的点金术实在太灵敏了，他发现嘴里塞得满满的并不是粉嫩的土豆，而是坚硬的金块。灼热的金块烫伤了舌头，他大叫着从桌边跳起来，又惊又痛地在房间里蹦来蹦去。

"父亲，亲爱的父亲！"金盏花叫道，她可是个非常体贴的小女孩，"您怎么了？嘴巴烫伤了吗？"

"噢，亲爱的孩子，"弥达斯痛苦地呻吟，"你可怜的父亲真不知道该怎么办！"

没错，亲爱的小朋友们，你们可曾听说过这么悲惨的事？这的确是呈献给国王的最奢侈的早餐，可正是它的奢侈，却让它一无所用。尽管弥达斯国王精美的早餐价值不菲，和同等重量的金子一样珍贵，可即使是最

---

① 来自伊索寓言《生金蛋的鹅》。——译者注

贫穷的劳工，坐在自己的硬面包和冷水面前，也远远要比这位国王幸福。该怎么办？现在还是早餐时间，弥达斯感到非常饥饿。可等到午餐时，情况就能变得稍微好一些吗？到时他会有多么渴望能享用到晚餐，可毫无疑问，到时放在他面前的还会是同样无法消化的食物！想想看，面对这样"丰盛而昂贵"的食物，他该怎么活下去？

这些想法困扰着聪明的弥达斯国王，最后他开始怀疑，财富是不是真的就是这个世界上唯一值得拥有的东西。他甚至还开始怀疑，财富究竟是不是值得拥有。不过这样的想法只在他脑海中一闪而过。弥达斯还是过于陶醉金子的光辉，不愿意为了不值一提的早餐就放弃点金术。想想看，用放弃点金术来换回一顿饭，那可是多大的代价！那样做就相当于是为了一只炸鱼、一个鸡蛋、一块土豆、一片热饼和一杯咖啡而花费了上百万的金币，而且还可能会放弃不可胜数的财富。

"噢，这代价的确太大了。"弥达斯这样想着。

可不管怎么样，巨大的饥饿感和此时的迷惑感，让弥达斯又开始痛苦地大声呻吟起来。可爱的金盏花再也忍不住了；她一直盯着父亲，试着用自己的小脑袋瓜想清楚父亲到底是怎么了。然后，她再也控制不了难过和悲伤，从椅子上站起来，跑向弥达斯，用手臂温柔地抱住了父亲的膝盖。弥达斯也弯下腰亲吻女儿，突然感到来自女儿的爱似乎比那些通过点金术得到的财富更珍贵百倍千倍。

"亲爱的，亲爱的金盏花。"他喃喃着。

然而，金盏花却没有回答。

啊！他究竟做了什么？那个陌生人的礼物真是要命！弥达斯的嘴唇刚一碰到金盏花的额头，瞬间一切就都发生了变化。金盏花甜美、红润的脸庞曾是那样温柔，可如今却变得金光闪闪，脸颊上还凝着金色的泪珠，漂亮的棕色卷发变成了金发，柔软的身体僵在父亲环绕的臂弯里。啊！多么

弥达斯的女儿变成了金子（瓦尔特·克兰，手绘插图。）

可怕！多么不幸！都怪他对财富贪得无厌，害得金盏花不再是个孩子，变成了一座黄金塑像。

是的，她就站在那里，脸上满是关切、悲伤和遗憾。这真是世间最美也是最悲伤的景象。金盏花的身形和样貌都没有改变，甚至连可爱的小酒窝也依然挂在她金铸的脸颊上。然而，这尊金像越是酷似真人，她的父亲就越是痛苦，从此以后，他的女儿就只能是一座塑像！从前，每当弥达斯特别疼爱女儿时总是会说：女儿就像金子一样宝贵。想不到今天却被他不幸言中。他终于意识到，一颗温暖、体贴、热爱他的心，远远要比财富更加宝贵！哪怕那些财富从地面堆积到云霄！可一切都已经太晚了！

弥达斯已经从原先的心满意足，变成了现在绞着双手苦苦哀叹，这是多么令人悲哀的画面。他既不忍心看金盏花，却又舍不得把视线从她身上移开。除非双眼紧紧盯着雕像，否则他真的无法相信女儿已经变成了金子。可当弥达斯再次看向那个珍贵的小雕像时，看到了她金色的脸颊上挂着金色的泪珠，满脸哀怨和温柔的表情，又觉得那神情似乎可以软化黄金，使她的身体恢复红润的颜色。可是，这是不可能的。弥达斯只能痛苦地绞着双手；如果失去所有的财富就能让女儿的脸色恢复红润，他宁愿自己是这个世界上最贫穷的人。

正当他沉浸在绝望混乱的心情中时，忽然看到一个陌生人正站在门边。弥达斯于是低下头，一言不发，因为他已经认出那正是一天前在宝库里遇到的那个人，就是他赋予了自己能带来灾难的点金术。陌生人的脸上依然带着微笑，整个房间也都罩在了金色的光辉之中，这笑容照亮了金盏花的塑像，还照亮了所有被弥达斯变成金子的器物。

"好吧，我的朋友，弥达斯，"陌生人说道，"你的点金术用得怎么样？"

弥达斯摇了摇头。

"我很痛苦。"他说道。

"很痛苦，真的吗？"陌生人惊呼，"怎么会这样？我没有如实兑现我的诺言吗？你没有得到你想要的一切？"

"金子不代表一切，"弥达斯答道，"我失去了我所真心在乎的一切。"

"噢！也就是说，从昨天到今天，你已经有了新的想法？"陌生人说道，"那就让我们看看，你会觉得以下两样东西哪个更有价值，点金术还是一杯清水？"

"噢，当然是水！"弥达斯大叫道，"可它再也无法湿润我干燥的喉咙！"

"那么，"陌生人继续问道，"是点金术还是面包呢？"

"面包，"弥达斯答道，"它抵得上世界上所有的金子！"

"好吧，"陌生人继续发问，"是点金术还是一小时之前还温暖、温柔、可爱的金盏花？"

"噢，我的女儿，我亲爱的孩子！"弥达斯边哭边痛苦地绞着双手，"就算给我能把整个地球变成金块的能力，我也不愿用她的一个小酒窝来交换！"

"你比以前更有智慧了，弥达斯国王！"陌生人严肃地说，"我想，你的心还没有完全从血肉变成金块。如果是那样，你将真的无可救药。不过还好，你懂得，每个人身边触手可及的平常事物，往往胜过众多世人所感叹和追求的财富。现在，请告诉我，你真的不再想要点金术了吗？"

"我讨厌它！"弥达斯回答。

这时，一只苍蝇停在了他的鼻子上，但马上又落到地上，因为苍蝇也变成了金子。弥达斯不禁打了个寒颤。

"那好吧，"陌生人说道，"你可以跳进流过你花园的那条河，然后

舀上一罐清水，把水洒在所有你想恢复原先模样的东西上。如果你很认真并诚恳地去做，就可能会修复你因贪婪而犯下的错误。"

弥达斯国王深深地鞠了一躬；等他再抬起头时，带着光辉的陌生人已经消失了。

接下来你肯定会想到，弥达斯立刻抓起一个巨大的陶壶（可是，唉，等他碰到水壶时，就已经不再是陶壶了），急忙冲向河边。他一路跑着，冲进灌木丛，身后的叶子立刻变得金黄，那景象真是美不胜收，似乎秋天从不会去别处，只会到这里。到了河边，他一头扎进水里，连鞋都没来得及脱。

"嗬！嗬！嗬！"弥达斯国王从水里冒出了头，"太好了，真是让人神清气爽！点金术应该已经被洗掉了吧。现在，我要灌满我的水壶了！"

他把水壶浸到水里，看见它又变回了之前那个朴素的陶壶，心里充满了喜悦。他还渐渐感觉到了自己身上的变化；之前胸口一直像有个冷冰冰、硬邦邦、沉甸甸的东西，此时似乎也消失了。毫无疑问，他的内心之前曾渐渐失去人类器官的特征，正变成毫无知觉的金属，不过现在又恢复了柔软，变得有血有肉。弥达斯看到河岸上长着一株紫罗兰，于是伸手碰了一下，竟喜出望外地发现这娇嫩的花朵还依然保持着紫色，并没有变成金黄色。点金术的魔咒，终于真正地从他身上消失了。

弥达斯急忙赶回王宫。我想，那些看到国王如此小心翼翼捧回一壶水的仆人们一定很奇怪，不知道发生了什么事。不过对于弥达斯来说，这壶水却能够挽回自己的错误所带来的恶果，比纯金熔化后变成的海洋还要宝贵。不用说，他做的第一件事，自然是要把水一捧捧地洒在金盏花的金像上。

水一落在她身上，女孩的双颊就恢复了玫瑰般的红润，然后开始打喷嚏，噗噗地往外吐着水；这真是令人高兴！而小女孩发现自己浑身湿淋淋

抓着陶壶的弥达斯（瓦尔特·克兰，手绘插图。）

的，父亲正不停地往自己身上洒水时，却又非常吃惊！

"不要这样，父亲！"她大叫道，"你把我的漂亮裙子都弄湿了，这可是我今天一早才换上的！"

金盏花并不知道自己曾变成了一座小小的金像，也并不记得自己伸手去安慰可怜的弥达斯国王之后到底发生了什么。

父亲觉得没有必要告诉女儿自己之前有多么愚蠢，但他很想告诉女儿自己现在已经变得更有智慧。于是他带着金盏花来到花园，把水壶里剩下的水洒在了玫瑰花丛上。果然，几千朵玫瑰花又像以前一样美丽绽放。不过，只要弥达斯国王还活着，就总会有两件事不断提醒着他曾经拥有过点金术，一是河里像金子一样闪闪发光的沙子；另一个就是金盏花再也变不回去的金色头发，这是她被变成金像之前所没有的。不过这个变化也不错，金盏花头发的颜色比以前更加亮丽了。

弥达斯国王变得越来越老，金盏花的孩子们会常常在他膝上玩耍。他喜欢给孩子们讲这个神奇的故事，就像我讲给你们一样。那时，他总会抚摸着他们的金发，告诉他们，这有着金子般光泽的头发完全遗传自他们的妈妈。

"老实说，小家伙们，"弥达斯国王总是一边开心地陪伴着孩子们，一边说，"从那天清晨起，除了这头秀发，其他像金子一样的东西就都会让我讨厌了。"

点金术

繁阴溪边

尾 声

"**好**吧，孩子们，"尤斯塔斯非常喜欢从听众那里得到一点明确的想法，"到现在为止，在你们听过的所有故事里，还有比'点金术'更棒的吗？"

"嗯，你是说弥达斯国王的故事吗？"调皮的樱草花说道，"这个著名的故事早在尤斯塔斯·布莱特先生出生以前一千年就有了，如果布莱特先生不在了，这个故事也依然会一直流传下去。不过，某些人的确拥有一种特殊技艺，或许我们可以叫它'点铅术'，他总能把故事里的角色弄得又愚笨又沉闷。"

"樱草花，你年纪不大，倒是挺聪明伶俐的，"尤斯塔斯对她尖刻的批评感到吃惊，"不过，你这个任性的小鬼一定很清楚，我把弥达斯点金术的故事重新塑造一番，会让它比过去任何时候都要光彩动人。再说金盏花吧！你难道没有觉察到我在其中下了很多工夫？还有，我是怎样巧妙引出这个故事的寓意的？然后又加以升华？你们也说说，香蕨木、蒲公英、三叶草还有长春花，你们有谁在听了这个故事之后，还傻乎乎地想要拥有点金术？"

"我想要，"长春花说道，这是一个十岁左右的小女孩，"我想要右手食指拥有点金术。不过，如果我觉得金子不好玩，那还想要左手食指拥有消除点金术的能力。要是能拥有这些魔力，我就知道我今天下午该做些什么了！"

"做什么？"尤斯塔斯问道。

"嗯，"长春花说，"我会用左手食指触摸树上每一片变成金色的叶子，让它们全都变回绿色。这样，我们就能马上把夏天找回来，而且讨厌的冬天也不会来啦。"

"噢，长春花！"尤斯塔斯叫了出来，"这是不对的，那可不是什么好事，如果我是弥达斯，我什么都不会做，只会让这金色的秋季一直持续下去。哦，我脑子里那些最好的点子总是来得有点慢，我为什么不告诉你们，老国王弥达斯来到了美国，把美国本来和其他国家一样黯淡的秋日，变成了像现在这里的美景？他把所有的叶子都镀上了大自然里最美的颜色。"

"尤斯塔斯表哥，"香蕨木开口了，这是一个乖巧的小男孩，总是喜欢问巨人到底有多高，小精灵到底有多小，"那金盏花有多大呢？她变成金像后又有多重？"

"她和你差不多高，"尤斯塔斯说，"金子可是很重的，所以她的金像至少有两千磅重，可以做成三四万枚金币，那个樱草花能值这一半的钱就不错了。好吧，孩子们，我们离开这儿，去周围看看。"

就这样，他们离开了谷地。此时距离正午已经过去一两个小时，太阳西斜，阳光洒满空谷。柔和的阳光涌在四周的山坡上，就像是金色的美酒从碗中溢了出来。这样的天气实在让人忍不住赞叹："这么美的日子真是少有！"虽然昨天也是这样，明天也会是这样。啊！可在一年十二个月的轮回里，这样的日子毕竟太少了！十月的秋日如此神奇，日子也过得那样散漫。尽管一年里的这个季节中，太阳总是升起得较晚，落下去得较早，就像需要早睡的孩子一样，六点就落下了山。因此，我们不能说此时的白天会很长；但美丽的秋日却用它丰富的内容弥补了这种短暂，当凉爽的夜晚来临时，我们依然能够感知到从清晨就开始的旺盛的生命力。

"快，孩子们，快来！"尤斯塔斯大喊道，"多采些坚果，越多越好，把你们的篮子都装满。这样等到圣诞节时，我会帮你们砸开这些坚果，还给你们讲好听的故事！"

于是，孩子们兴高采烈地跑开了，除了蒲公英。很遗憾，他刚刚坐到了板栗刺上，屁股被扎得像个满是细针的针垫。噢！他一定非常难受。

THE·PARADISE·OF·CHILDREN·

孩童乐园

丛林别墅游戏室

引 言

和往年一样，金色的十月就这样过去了；深棕色的十一月接踵而至，之后又悄然离开；转眼间，寒冷的十二月也过去了大半，欢乐的圣诞节终于来了。尤斯塔斯·布莱特的到来，给节日增添了不少欢乐的气氛。他从大学放假归来的第二天，就遇上了一场巨大的暴风雪。而在此之前，这个冬天还是比较收敛的，给了人间不少温和的好日子，就像冬日满是皱纹的脸上流露出了笑容。在许多能够避开风雪的地方，比如南坡山脚和石栏边的背风处，小草还是绿油油的。就在一两周前，也就是十二月初，孩子们还曾在繁阴溪边找到一朵盛开的蒲公英，正随风飘出那个溪水绕行的山谷。

不过现在，再也找不到绿色的小草和盛开的蒲公英了。这场暴风雪很猛，要不是漫天飞舞的雪花有些阻碍视线，从别墅的窗子望出去，甚至能看到别墅和圆丘之间的土地全都被风雪覆盖住，到处回旋着雪片，把外面的一切都吹得雪白雪白的。远远看去，群山就像是正在互相打雪仗的巨人，只是这样的游戏规模太大了。飞舞的雪片层层叠叠，许多时候甚至连半山腰的树木都给遮住了。不过有时，被大雪困在别墅里的"小囚犯们"还能看到纪念碑山模糊的轮廓，还有山脚下的湖水，结了冰的湖面光洁雪白，以及近处又黑又灰的大片丛林；不过所有这些都只能透过漫天的暴风雪才能窥见。

在这样的天气里，孩子们依然可以玩得很开心。他们已经习惯了风雪，喜欢翻着跟头扎进高高的雪堆中，而打雪仗时的样子就和前面提到过的伯克希尔山脉一样。现在，他们已经回到了宽敞的游戏室，这里和大客厅一样宽敞，到处堆放着各种玩具，大大小小。最大的就是摇摆木马，那只木马看上去就像是一只真的小矮马；除了玩具娃娃，还有一整套玩偶，有木头的，有蜡制的，有石膏，还有陶瓷的。地上散放着积木，多得足能搭起一座邦克山纪念碑；还有九柱①、皮球、会发声的陀螺、板球拍、游戏棍、跳绳和许多贵重玩具，整整一页纸都写不完。不过比起这些玩具，孩子们还是最喜欢雪。因为这意味着明天以及接下来的冬日里会有许多又刺激又好玩的事——坐雪橇、堆雪人、山谷滑雪、建造冰雪城堡，还有打雪仗！

所以孩子们非常喜欢暴风雪的到来，他们开心地看着雪越下越大，盼望道路上能积起高高的雪堆，甚至高过他们所有人的头顶。

"啊，我们要被大雪困到明年春天了！"他们兴奋地大叫，"真可惜，这房子太高了，雪都盖不住！看那边的小红房子，屋檐以下都快被雪埋住啦。"

"小傻瓜，你们要那么多雪干吗？"尤斯塔斯走了过来，他看了几本小说，感到有些无聊，于是来到游戏室，"这些雪还不够讨厌吗？害得我不

---

① nine-pins，一种滚球游戏，类似于现在的保龄球。——译者注

能溜冰，我一冬天可就期待这一件事情。恐怕四月之前，我们再也看不到湖了！对我来说，今天才是大雪的第一天。有没有一点同情我，樱草花？"

"哦，当然！"樱草花笑着说，"不过，为了安慰你一下，可以再给我们讲个老故事，就像你在门廊下和繁阴溪边给我们讲的。如果赶上晴朗天气，或是有坚果可以采，我可能还不太爱听你的故事。可现在反正也无事可做，我没准会喜欢。"

于是，长春花、三叶草、香蕨木以及别墅里所有的孩子，都围到了尤斯塔斯身边，强烈央求他再讲一个故事。这位大学生打了个哈欠，伸了下懒腰，然后在孩子们崇拜的目光下，把椅子当跳马来回跳了三次，并向孩子们解释说，这是他在整理思路。

"好吧，好吧，孩子们，"做好准备活动之后，尤斯塔斯说道，"既然你们这么坚持，况且樱草花也下定决心要听，那就看看我能为你们做些什么吧。知道吗？在世界上还不存在暴风雪之前，日子是多么的快活！我现在就给你们讲一个非常古老的故事，那个时候，这个世界就像香蕨木的新陀螺一样崭新，一年只有一个季节，那就是最舒服的夏季，而且世上的人们都是一个年纪，那就是孩子。"

"我从来没听说过这个。"樱草花说道。

"你当然没听说过，"尤斯塔斯说，"这个故事除了我，谁都没有想到过。孩子本就该生活在乐园里，无忧无虑，可就因为一个像樱草花这样任性的孩子在胡闹，美好的一切就都消失得无影无踪了。"

于是尤斯塔斯在椅子上坐好，把流星花抱在腿上，让小听众们都安静下来，然后开始讲述一个有关孩子的故事。这个孩子既可怜又任性，名字叫作潘多拉，她还有个小伙伴，名叫厄庇米修斯。

接下来，就仔仔细细地阅读这个故事吧。

（*注：此处提及的众神及英雄和神兽等角色，其角色关系均出自于传统经典古希腊神话故事，其故事情节与霍桑在本书中的改写有所不同。）

潘多拉（Pandora）：希腊神话中用黏土做成的第一个女人，作为对普罗米修斯（Prometheus）盗火的惩罚送给人类。众神赠予了使她拥有更诱人魅力的各种礼物：火神赫菲斯托斯（Hephaestus）给她做了华丽的金长袍，赋予她妖媚与诱惑男人的力量；众神使者赫耳墨斯（Hermes）教会了她言语的技能。神灵们每人给她一件礼物，唯独智慧女神雅典娜拒绝给予她智慧，所以潘多拉的行动都是不经思考的。在众多的礼物中，还有一件最危险的礼物，那就是一个漂亮的魔盒。一旦这个魔盒被开启，各种精通混沌法力的邪灵将会从里面跑出来危害世界。尽管众神告诫潘多拉千万不要打开盒子，但潘多拉最终没有听众神的劝诫，在强烈的好奇心的驱使下，最终打开了魔盒。虽然她及时关闭了盒子，但整个世界已在一刹那间被从魔盒中释放出的各种邪灵所充斥而陷于混沌之中。后来便以"潘多拉的盒子"来比喻会带来不幸的礼物。

厄庇米修斯（Epimetheus）：古希腊神话中普罗米修斯的弟弟，是只有短见、事后聪明的"后思"之神。因不听哥哥的劝告，与神造出来的美女潘多拉结婚，给人间带来数不清的祸害、疾病、不幸和死亡。

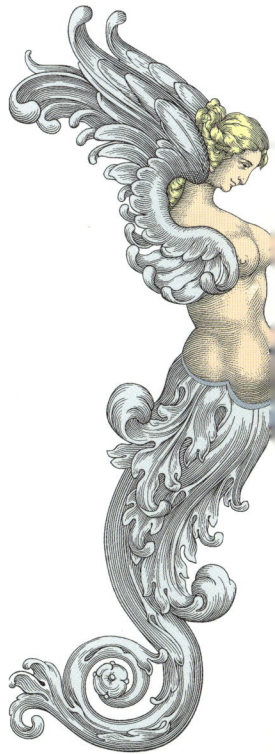

THE·PARADISE·OF·CHILDREN

孩童乐园

很久很久以前，这个古老的世界还处在婴儿期，一个名叫厄庇米修斯的孩子，既没有父亲也没有母亲；不过，他并不孤单，因为还有一个和他一样无父无母的孩子跟他生活在一起，并且成了他的小伙伴和好帮手。她就是来自遥远国度的潘多拉。

潘多拉走进厄庇米修斯的小屋时，一眼就看见了一个大盒子。于是她刚一跨进门槛就问：

"厄庇米修斯，这个盒子里是什么？"

"亲爱的潘多拉，"厄庇米修斯答道，"这是个秘密，你最好不要问有关它的任何问题。有一个人把这个盒子留在这里，并让我妥善保管，可我自己也不知道里面是什么。"

"是谁给你的？"潘多拉追问道，"盒子又是从哪里来的？"

"这也是秘密。"厄庇米修斯回答。

"真是讨厌，"潘多拉噘起小嘴，"真希望这个难看的大盒子离我远一点！"

"好啦，别再想盒子了，"厄庇米修斯说，"我们出去找别的小朋友玩吧。"

厄庇米修斯和潘多拉生活在千年万年以前，那时的世界和现在非常不同。所有人都是孩子，不需要父母的照顾，因为既没有危险，也没有烦恼，更没有需要缝补的衣服，却永远都有充足的食物。孩子想吃饭时，就会发现树上的果实就是美餐。如果早上看到一棵树，那么晚上树上的果实就会变得更多；如果黄昏时分看到一棵树，那么第二天的早餐就会开始冒出花骨朵。这真是令人开心的日子，孩子们不需要劳动，也不需要学习，每天要做的就是运动和跳舞。他们用甜美的声音彼此交谈，或是像鸟儿一样唱歌，到处都是他们欢乐的笑声。

而最神奇的事情就是，孩子们从不会争吵。他们从来不哭，也从不会躲到角落里去生气。生活在那个时代是多么的幸福！事实上，那个时候根本不存在"烦恼"，可这种长着翅膀的丑陋的小妖精，如今却几乎和蚊子一样多。潘多拉没有弄清那个神秘盒子的秘密，有些烦恼，可这种烦恼或许就是那时的孩子最大的忧愁了。

起初，这种烦恼只是一丝淡淡的阴影；可日复一日，这个阴影越来越大；没多久，厄庇米修斯和潘多拉的小屋就再也不像其他小屋那样阳光明媚了。

"盒子是从哪里来的？"潘多拉不断地想着，不停地问着，"盒子里面到底有什么？"

"别总是说那个盒子了！"厄庇米修斯最后终于忍受不住，他对这个话题实在厌烦透了，"亲爱的潘多拉，真希望你能试着说点别的。走吧，我们去采点熟透的无花果当晚餐，就在树下吃。我还知道有一根葡萄藤，上面的葡萄最甜美了，你肯定没吃过。"

"你就知道葡萄和无花果！"潘多拉任性地说道。

"好吧，"厄庇米修斯说，他和那时的大多数孩子一样脾气温和，"我们出去和小伙伴们玩吧。"

"我已经厌倦了快乐的日子，就算以后再没有快乐，我也不会在乎！"任性的潘多拉说道，"而且，我从没有真正的快乐过。那个难看的大盒子！我脑袋里总是想着它，还是请你告诉我，里面到底是什么吧。"

"我已经说过很多次了，我真的不知道！我又怎么告诉你呢？"厄庇米修斯也有些生气。

"你可以打开它啊，"潘多拉斜着眼睛看着厄庇米修斯，"那样我们就能亲眼看看都有什么了。"

"潘多拉，你到底在想些什么？"厄庇米修斯大声说。

听到潘多拉要打开盒子，厄庇米修斯十分害怕，当初盒子被托付给他时，他曾被告知无论如何都不能打开。看到厄庇米修斯吓成这个样子，潘多拉于是也不好再提，可还是忍不住要打听盒子的事。

"那至少，你可以告诉我，这个盒子是从哪里来的。"她说。

"就在你来这里之前，一个人把它放在了门口，"厄庇米修斯说，"那个人看上去很和善，也很聪明，放下盒子时还在强忍着不笑出声。他穿着一件奇怪的斗篷，戴着一顶奇怪的帽子，那帽子有一部分似乎是用羽毛做成的，看上去就像是长着翅膀。"

"他拿着手杖吗？什么样的手杖？"潘多拉追问道。

"嗯，是你见过的最奇怪的手杖！"厄庇米修斯大声说，"就像是两条蛇绕在一根棍子上，而那两条蛇被雕刻得很逼真，我开始还以为它们是活的呢。"

"我知道这个人是谁，"潘多拉若有所思，"除了他，没有人会用这样的手杖。他肯定是水银，我也是被他带到这里的，和这个盒子一样。毫

潘多拉对盒子十分好奇（瓦尔特·克兰，手绘插图。）

无疑问，这盒子肯定是专门为我准备的。里面可能藏着漂亮的裙子，或是让我们一起玩的玩具，要不就是好吃的！"

"也许吧。可在水银回来之前，我们谁也没有权利打开盒子。"厄庇米修斯说着转身离开了。

"真够傻的！"潘多拉看着厄庇米修斯离开小屋，嘴里嘟囔着，"真希望他能勇敢一点！"

自从潘多拉来到小屋，这是厄庇米修斯第一次没有叫她一起出去玩。他独自一人去采九花果和葡萄，还和其他小伙伴玩了一会儿。潘多拉永远在提盒子，他真是厌烦透了，真希望水银，或是什么其他名字的信使，能把这个盒子留在其他孩子小屋的门口，这样潘多拉就不会看到它了。她真是太执着了！一直在说盒子、盒子，除了盒子就没其他东西了！这盒子就像是被施了魔咒，似乎连小屋都装不下它，不仅潘多拉总是被它绊倒，就连厄庇米修斯也常常会被绊倒，两个人的小腿被撞得满是乌青。

没错，可怜的厄庇米修斯从早到晚都在听着盒子、盒子，真是太为难他了。尤其是在那个快乐的年代，孩子们可能都不太习惯烦恼，也不知道有了烦恼以后该怎么办。所以这个小小的烦恼着实让他们心神不宁，就像现在我们会为比这大得多的烦恼而困扰一样。

厄庇米修斯离开后，潘多拉依然站在那里紧盯着盒子。她总是在说盒子难看，其实，不管怎样贬低它，盒子本身还是非常漂亮的。不管放在哪个房间，都是一件很不错的摆设。盒子是由一种漂亮的木材做成的，表面布满了黑色的纹理，被打磨得十分光亮，潘多拉甚至能从盒子表面照出自己的脸。那个时候，人们还没有能够当作镜子的东西，单凭这一点，她也应该喜欢这个宝贝盒子。可奇怪的是，她就是不喜欢它。

盒子的棱角都是用最顶尖的技艺雕刻的，边缘周围刻着面容俊美的男男女女，都是世上最漂亮的孩子，他们正在繁茂的花丛和绿树中间休息或

游戏。这些各不相同的人个个精美绝伦，放在一起又显得十分和谐，那些花朵，那些绿树，还有那些人，像是交织在一起的美丽花环。可是偶尔，透过盒子上雕刻的花草树木，潘多拉似乎还能看到一张并不美丽的脸，或是其他什么令人不快的东西，让整个盒子都黯淡了下来。可当她凑近细看，并用手指触摸那张脸时，又完全看不到什么丑陋的东西。可能是一张本来漂亮动人的脸吧，只要她斜眼一看，就立刻变丑了。

盒盖的中央是一张最美丽的面孔，使用的是高凸浮雕①工艺。除了盒子本身是乌黑光洁的木料，以及中央这张戴着花冠的脸庞之外，盒子也没有什么其他稀奇之处了。潘多拉一直盯着这张脸，想象着如果脸上的嘴巴愿意，就能像活人的嘴巴一样，莞尔一笑，或是抿住嘴角。的确，这张脸的表情十分生动，而且相当顽皮，看上去像是要从满是雕刻花纹的盒盖上冲出来。

如果这嘴巴能开口，它可能会这样说：

"别怕，潘多拉！打开一个盒子又能有什么危险？别在乎那个可怜又愚蠢的厄庇米修斯！你可比他聪明多了，也比他勇敢十倍。打开盒子吧，看看是不是能找到最漂亮的东西！"

差点忘了说，盒子已经被牢牢锁住了，并不是那种普通的锁或是其他类似的东西，而是一条被打上复杂绳结的金线。这个绳结看上去既没有头，也没有尾；还从没见过绳结可以打得这么巧妙，线头在里面来回穿进穿出那么多次，调皮地抵抗着所有试图解开它的手指，就连最灵巧的手指也不能。

可是绳结越复杂，潘多拉就越有兴趣，想看看绳结到底是怎样打上的。有那么几次，她已经将身体趴在了盒子上，甚至用拇指和食指掐起了绳结，但就是没有下定决心解开它。

---

① 一种浮雕形式，雕刻的图像会凸出表面。——译者注

潘多拉非常渴望打开盒子（瓦尔特·克兰，手绘插图。）

　　"我觉得，"她自言自语道，"我可能真的知道该怎么打开这个结。或许，我可以在解开绳结后再把它打上，这肯定没什么问题。即使厄庇米修斯知道了，也不会怪我。不过没有那个傻男孩的同意，我根本不需要打开盒子，当然也不应该打开，即使我能把绳结解开。"

　　如果潘多拉有事可做，或是能有其他事占据她的脑子，情况也许就会好很多，她就不会总是想着盒子的事。可在"烦恼"来到这个世界之前，孩子们的日子实在太轻松了，他们总有大把的空闲时间。当地球母亲还处在婴儿期时，他们总不能永远都在花丛中玩捉迷藏，或是用花环蒙上眼睛玩躲猫猫，或是其他任何能够想到的游戏。当生活的全部内容就只有游戏时，辛苦劳动倒成了真正好玩的事。那个时候，每个人真的是无事可做。我想，对于潘多拉来说，每天的任务最多可能就是打扫小屋，采几朵鲜花（那时到处都是花），然后再把花朵插进花瓶。最后剩下的时间，就只能交给那个盒子！

　　不过，对于潘多拉来说，惦记盒子说不定也会是件好事。至少她可以思考，而且只要有人听，她还有东西可以说！心情愉快时，她能欣赏盒子光洁的表面，还有边缘四周漂亮的人脸和花花草草。心情不好时，她完全可以推开它，还能任性地用小脚端它。这盒子可是挨了她不少踢（就像我们即将看到的，这可是个会恶作剧的盒子，也应该被踢）。不过，话说回来，如果没有这个盒子，思维活跃的潘多拉还真不知道该如何像现在这样打发时间。

　　盒子里到底是什么？这可真是个无休无止的工作！里面到底会是什么？小听众们，想想看，如果你家也有这么一个大盒子，你的小脑袋该有多忙啊。你可能会猜想，里面装的是不是崭新漂亮的圣诞礼物或新年礼物？你觉得，你的好奇心会不会和潘多拉一样大？当只有你一个人面对盒子时，你会不会也很想把盒子打开？不过你应该不会这样做。噢，不，不！如果一想到里面可能会是玩具，恐怕你也不会轻易放弃瞥上一眼的机会。我不知道潘多拉是不是想要玩具，因为在那时，整个世界就是孩子们的大游乐场，也许还没发明出来什么玩具。可潘多拉认为，盒子里一定是既漂亮又贵重的东西，所以她很想能偷偷看上一眼，就像在场的每个女孩一样。当然她可能比你们更要好奇，不过这个我也不能确定。

于是，那一天终于来了。就像我们一直所说的，潘多拉越来越好奇，最后终于在那一天达到顶点。她靠近盒子，已经下定一大半决心要去打开绳结。噢，任性的潘多拉！

起初，她试着把盒子抬起来；可盒子很重，对于潘多拉这样一个柔弱的孩子来说，实在有些困难。盒子的一端只被她抬起了几英寸，随着一声巨响，又重重地摔回在地上。过了一会儿，她似乎听到盒子里有动静，于是便把耳朵尽可能地贴上去，里面果然有闷闷的咕哝声。是不是耳鸣？还是自己的心跳声？总之无论是否听到声音，潘多拉都已经不再满足于此；不管怎样，她的好奇心更加强烈了。

潘多拉缩回头，目光落在了金线绳结上。

"打这个结的人真是心灵手巧，"潘多拉心想，"不过，我觉得自己能够解开这个结，至少我能找到金线的两个头儿。"

于是她伸出手，抓住绳结，仔细查看这个复杂的绳结到底是怎样缠上的。几乎就在不知不觉中，潘多拉很快就陷入了忙碌，忙着解开绳结。此时明亮的阳光正从打开的窗户射进来，远处孩子们快乐的嬉闹声也一起传了过来，其中可能还夹杂着厄庇米修斯的声音。潘多拉停了下来，听着外面的吵闹声。这是一个多么美好的日子！她为什么就不能聪明点，把复杂的绳结放到一边，再也不去想这个盒子，而是跑出去和小伙伴们一起玩呢？

可潘多拉的手指还是不自主地开始解绳结。她恰好瞥见了盒盖上那张

OTRS

世界名画 《潘多拉》（*Pandora*），布面油画，法国学院派画家亚历山大·卡巴内尔（Alexandre Cabanel，1823—1889）于1873年创作， 70.2×49.2cm。

一直戴着花环的脸，那张脸似乎正狡黠地朝她咧着嘴笑。

"这张脸看上去很淘气！"潘多拉想着，"她是不是在嘲笑我做错了事？我还是逃走吧，管他什么盒子！"

可碰巧的是，就在此时，她只是扭了一下绳结，神奇的事情就发生了。金线像是中了魔法一般自动松开，现在，这个盒子再也没有了锁。

"真是太奇怪了！"潘多拉大叫了起来，"厄庇米修斯会怎么说？要怎么把绳结再重新打上？"

她试了一两下，想要重新把结打上，可很快就发现自己根本做不到。由于绳结是突然被解开的，她根本不记得金线的缠法，于是她努力回忆绳结当初的形状，却发现自己什么都想不起来了。所以，她索性什么也不做，只是让盒子保持这个样子，直到厄庇米修斯回来。

"可是"，潘多拉又想，"当他回来发现绳结被打开，一定会怀疑我做过什么。要怎么才能让他相信我并没有看过盒子里的东西呢？"

于是，一个念头突然闪过她顽皮的小脑袋瓜，既然自己会被怀疑看过盒子里的东西，那还不如现在就索性看上一眼。噢，潘多拉真是又任性又愚蠢！她应该只想着做正确的事，不做错误的事，而不是琢磨着厄庇米修斯会怎么想或怎么说。如果不是盒盖上那张迷人的脸庞一直在诱惑她，如果不是她更加清楚地听到了盒子里轻轻的咕哝声，她也许就不会犯傻。她有些分不清楚，这一切究竟是真的还是自己的幻想。但她的确听到了低语声，但也可能是自己的好奇心在作祟。

"放我们出来吧，亲爱的潘多拉，让我们出来吧！只要让我们出来，我们都会是你的好朋友！"

"会是什么？"潘多拉想着，"盒子里的东西是活的吗？好吧，我还是看上一眼，就一眼，然后再把盖子盖上，就像原来一样安全！只看一眼，应该不会有什么危险。"

现在，再让我们看看厄庇米修斯正在做些什么吧。

自从和潘多拉住在一起以来，这是厄庇米修斯第一次在潘多拉不参加的情况下独自出去玩。不过一切都并不那么顺利，他没有以前那么开心。他没找到甜美的葡萄和熟透的无花果（如果说厄庇米修斯有什么缺点的话，那就是他太喜欢无花果），要不就是无花果熟过了头，太甜太腻。以前和小伙伴们玩时，他的快乐总是会化为笑声从嗓子里喷涌而出，让周围的小伙伴也跟着快活起来，可现在他却一点也高兴不起来。总之，他感到很不安，其他孩子并不知道厄庇米修斯出了什么事，其实就连他自己也不是特别清楚，自己到底为何会心神不宁。你们一定还记得，我曾说过在故事发生的那个时代，快乐是每个人的天性，也会是始终如一的习惯。那个世界还并没有学会其他东西，孩子是最早被派到这个美丽地球上的生命，任何一颗心灵或是身体都从没经历过病痛或创伤。

最后，厄庇米修斯发现自己怎样都开心不起来，于是决定不再玩了，还是回去找潘多拉，她此时的心情可能更会和自己"同病相怜"。于是，为了逗她开心，厄庇米修斯采了几枝花，编成了花环，打算戴在她的头上。这些花朵真是可爱，有玫瑰花、百合花、橙子花，还有许多其他的花，厄庇米修斯带着它们，身后留下了一路花香。花环编得很不错，对于一个男孩来说，有这样的技术已经非常难得了。我常常觉得，女孩的手指最适合编花环，但那时的男孩也能做得到，比现在的男孩灵巧多了。

现在，我必须要告诉大家的是，从刚才开始，天上就已经聚集了一大片乌云。尽管还没有完全遮住太阳，可厄庇米修斯一到小屋门口，乌云就吞噬了所有的阳光，天地间忽然阴沉了下来，让人感觉非常悲伤。

他轻轻走进屋子，想在潘多拉发现之前偷偷到她身后，把花环戴在她头上。可事实上，他根本没必要那样轻手轻脚，反而完全可以大踏步子，就算他的脚步声像成年人或是大象那么沉重，潘多拉也根本注意不到，因为她实在太专注了。厄庇米修斯走进小屋时，这个任性的女孩把手放在盖子上，正要打开这个神秘的盒子。厄庇米修斯看到这样的情景，如果能大声叫出来，潘多拉或许就会把手缩回去，那么神秘盒子里那些致命的秘密就可能永远也不会被人发现。

然而，厄庇米修斯并没有叫出口，因为他也很好奇盒子里到底是什么。看到潘多拉正打算揭开这个秘密，他突然觉得不该只有潘多拉是这屋子里唯一的知情者。如果盒子里真有什么漂亮珍贵的东西，他自己也想分到一半。因此，尽管他曾经为阻止潘多拉的好奇心说过许多冠冕堂皇的话，可到头来还是一样犯了傻，和潘多拉一样犯下大错。所以，当我们责怪潘多拉时，也别忘了要对厄庇米修斯摇摇头。

就在潘多拉揭开盖子的同时，屋里突然暗了下来。天上的那片乌云已经完全吞噬了太阳；又过了一会儿，在一记低沉的闷响之后，天空中迸发出一道惊雷。可潘多拉一点都没在意，她只顾打开盒盖，然后往里面看去。盒子里突然冲出一大群长着翅膀的生物，从她身边急速掠过，就在这时，她听到厄庇米修斯发出一声惊呼，好像十分痛苦。

"啊，我被蜇到了！"他大叫着，"我被蜇到了！潘多拉！你为什么要打开盒子？"

潘多拉这才放开手中的盖子，开始看向四周，想要弄清厄庇米修斯到底发生了什么事。此时雷雨和乌云完全遮住了天空，屋里十分昏暗，她有些看不清周围的东西。不过她似乎听到了一种恼人的嗡嗡声，像是一大群大苍蝇，或是大蚊子，又或是金龟子、大甲虫之类的虫子，正在屋里横冲直撞。等潘多拉慢慢适应了昏暗的光线之后，竟看到了一大群丑陋的小东西正在飞，长着蝙蝠一样的翅膀，看上去凶神恶煞，尾巴上还带着可怕的长刺；就是这样的长刺刺到了厄庇米修斯。很快，潘多拉也开始大叫，那

潘多拉打开了盒子（瓦尔特·克兰，手绘插图。）

种痛苦和惊吓一点也不比厄庇米修斯少，本来闹哄哄的屋子里变得更加嘈杂。还有一只丑陋的小怪物竟然停在了潘多拉的额头上，要不是厄庇米修斯跑过来把它赶跑，还不知道潘多拉会被蜇成什么样子。

现在，如果你想知道从盒子里逃出来的这些丑陋家伙究竟是什么，那么我就来告诉你，它们就是人间所有的"烦恼"：邪恶的激情，各种各样的忧虑，上百种伤心，数不尽的疾病、悲惨和痛苦，还有更多不值一提的顽皮和无礼。总之，这个神秘的盒子里关着的正是能够折磨人类身心的各种邪恶，厄庇米修斯和潘多拉本该去好好守护它，让世上快乐的孩子们免受其苦。如果他们能够信守承诺，那么一切都会好好的。直到现在，成人不会忧伤，孩子也不会落泪。

话说回来，你们已经看到了，一个人的错误行为是如何给整个世界带来灾难的。就是因为任性的潘多拉打开了灾难性的盒子，厄庇米修斯又没有及时阻止，所以这些"烦恼"从此缠上人类，恐怕短期之内都不容易被赶跑了。你们应该会想到，两个孩子根本无法把这样一大群丑陋的东西关在自己的小屋里，事实正好相反，他们的第一反应就是打开门窗，希望把这些东西赶跑。于是，这些带着翅膀的"烦恼"飞到了屋外，开始困扰各地的孩子们，害得他们从此以后再也不能像原来一样快乐地大笑。更奇怪的是，从前地球上所有带着露水的花朵都是永不凋谢的，可从那以后，这些花只要盛开一两天就会枯萎凋零。孩子自己也原本都是可以永葆青春的孩子，可从此他们也开始一天天长大，并在不知不觉中很快变成了少男少女，之后再变成男人女人，最后又变成垂垂老者。

此时，任性的潘多拉和同样顽皮的厄庇米修斯还一直留在小屋里。两个人已被折磨得痛苦不堪，对于他们来说，这是创世以来第一次感受到疼痛，所以尤其难以忍受。他们当然不习惯这种痛苦，也根本不知道这种痛苦意味着什么。除此之外，他们还在生气地埋怨着彼此，却又沉浸在自责

的痛苦之中，厄庇米修斯阴沉着脸坐在房间的角落，背对着潘多拉；而潘多拉则扑倒在地上，正把头靠在那个致命又可恨的盒子上。她放声痛哭，心仿佛都要碎了。

忽然，盒子里又传来了轻轻的叩击声。

"是什么？"潘多拉哭着抬起了头。

可厄庇米修斯根本没听到，或者说他实在没心情去听。总之，他没有作声。

"你太狠心了，"潘多拉又哭了起来，"都不和我说话！"

又是一声叩击！听上去像是小精灵正用小小的指节在盒子里调皮地轻敲着。

"你是谁？"潘多拉的好奇心又冒了出来，"你是谁？为什么躲在这个邪恶的盒子里？"

盒子里传来了一个纤细甜美的声音：

"只要打开盒子，你就会看到我啦。"

"不，绝不！"潘多拉说着又哭了起来，"我已经受够惩罚了！你就待在盒子里吧，淘气的小东西，你就应该待在那里！你那些丑陋的兄弟姐妹已经飞得到处都是，可别想再让我把你放出来，我才没那么傻！"

说着她朝厄庇米修斯看了一眼，希望能从他那里得到一点赞许。可这个满脸阴沉的男孩只是小声说了句"聪明"——只是这聪明劲儿来得太晚了点。

"啊，"那个甜美的小声音又响了起来，"你最好还是让我出来，我可不是那些用尾巴蜇人的讨厌家伙，他们也不是我的兄弟姐妹，你只要看我一眼就会知道。来吧，来吧，漂亮的潘多拉！我相信你会让我出来的！"

的确，这语气中似乎带着某种令人愉快的魔力，让人无法拒绝它的请

求。听到盒子里飘出的这个声音，潘多拉的心情不知不觉中轻松了许多。厄庇米修斯虽然还是坐在墙角里，但也已转过了大半个身子，心情看上去比刚才好多了。

"亲爱的厄庇米修斯，"潘多拉说，"你听到这个声音了吗？"

"当然，"他回答道，只是兴致还不是很高，"那是什么？"

"我该不该把盒子打开？"潘多拉问道。

"你随便吧，"厄庇米修斯说，"反正你已经闯了这么多祸，再多一个也无所谓。这么一大群'烦恼'都被你放了出来，再多一个也没什么区别。"

"你就不能温和一点吗！"潘多拉边擦眼泪边轻声说。

"哈，淘气的小男孩！"盒子里的小声音笑了起来，"他心里清楚，他自己也想看看我。来吧，亲爱的潘多拉，打开盒子。我有点着急，想安慰一下你。只要给我新鲜的空气，你马上就会发现，事情并不像你想象中那么可怕！"

"厄庇米修斯，"潘多拉大声说，"不管怎么样，我决定把盒子打开！"

"盒盖看上去有点重，"厄庇米修斯边说边跑了过来，"我来帮你！"

于是，两个孩子齐心协力再次打开盒子，里面飞出了一个温暖亲切、满脸笑容的小家伙，在房间里盘旋着，所到之处留下一片光亮。你有没有试过用一块小镜子反射太阳光，好让光线跳进黑暗的角落？现在就是这样。看，这个长着翅膀的陌生的小精灵在阴暗的房间里飞来飞去，飞到厄庇米修斯身边时，还用手指轻轻碰了碰刚刚被"烦恼"蜇肿的地方，红肿立刻消失了。然后它又亲了亲潘多拉的额头，她的伤口也痊愈了。

做完这些之后，愉快的小精灵又在两个孩子头上欢快地扑闪着翅膀，温柔地看着他们。两个孩子也开始觉得自己的行为并没有那么糟糕，因为如果不打开盒子，这位快乐的小客人就要和那些长着尾刺的小恶魔一样成

世界名画　《潘多拉的盒子》（*Pandora's box*），布面油画，作者未知。

为囚犯了。

"美丽的小精灵，请告诉我们，你是谁？"潘多拉问道。

"我叫'希望'！"浑身闪着光的小精灵答道，"我很活泼，很亲切，会让人愉快，所以也被放进了盒子，好弥补那群丑陋的'烦恼'带给人类的罪孽。它们注定要被放出来，别怕！不管它们如何作恶，我们都能应对。"

"你的翅膀就像彩虹，真漂亮！"潘多拉赞叹道。

"没错，就是彩虹，"希望说道，"因为，虽然快乐是我的天性，但我也是由泪水和微笑共同组成的。"

"那你会永远、永远和我们在一起吗？"厄庇米修斯问道。

"只要你们需要我，"希望愉快地笑着，"我就会和你们在一起。我将伴随你们一生，永远不离不弃。也许在某一年、某一月，或是某个季节，你们会偶尔觉得我已经彻底消失，但一次次在你最意想不到的时候，就会看到我的翅膀正在屋里的天花板上闪闪发光。是的，亲爱的孩子们，我确信，你们终将会得到这个世界上最美好的东西！"

"噢！告诉我们，请告诉我们那是什么？"两个孩子一齐叫出了声。

"先不要问，"希望把手指放在了它蔷薇色的嘴唇上，"不过，即使你们一生都没有得到，也一定不要绝望，请相信我的承诺，这是千真万确的。"

"我们相信你！"厄庇米修斯和潘多拉异口同声地说道。

他们的确相信。不仅仅是他们，世界上所有的人都会相信"希望"。说实话，我很高兴，愚蠢的潘多拉偷看了盒子里的东西（当然，对她来说这的确非常任性）。毫无疑问，那些"烦恼"直到今天还在世界各地到处乱飞，它们非但没有减少，反而又增加了许多。它们的确是非常丑陋的恶魔，而且还带着剧毒的尾刺。我自己也曾被"烦恼"缠绕，而且随着年龄

的增长，我想我遇到的"烦恼"还会更多。可我们还有那个可爱明亮的小精灵！还有"希望"！如果世界上没有它，我们又该怎么办？是"希望"赋予了这个世界灵魂；是"希望"让这个世界永葆青春。"希望"会告诉我们，即使是世间最幸福、最明亮的时刻，都终将是未来无尽极乐的一个剪影！

TANGLEWOOD PLAY ROOM

孩童乐园

丛林别墅游戏室

尾　声

"樱草花，"尤斯塔斯捏了捏她的耳朵，"你觉得我故事里的这个潘多拉怎么样？你和她是不是很像？不过你肯定不会像她那样，犹豫那么久才打开盒子。"

"然后我就该因为任性而接受巨大的惩罚，"樱草花机灵地回嘴道，"盒子打开后，跳出来的第一个东西肯定是长得和'烦恼'一模一样的尤斯塔斯先生。"

"尤斯塔斯表哥，"香蕨木开始发问，"盒子里装着的是这个世界上所有的烦恼吗？"

"所有！"尤斯塔斯回答，"包括现在的这场暴风雪，害得我没法去溜冰。"

"那盒子有多大呢？"香蕨木追问道。

"嗯，大概有三英尺长、两英尺宽、两尺半高吧。"尤斯塔斯说。

"啊，尤斯塔斯表哥，你在和我开玩笑呢！世界上哪有这么多烦恼，能装满这么大的一个箱子！说到暴风雪，它才不是烦恼，它只会带来快乐，所以它不会在那个盒子里的。"香蕨木说道。

"听到没有，"樱草花又得意起来，"他真是太不了解这个世界上的烦恼了。可怜的小东西，等他长到我这么大时就会变得聪明一点。"

说完，她就去跳绳了。

此时白天已经快要结束。门外的景色看上去相当沉闷，天一点点黑下来，远处飘着雪花，一切都灰蒙蒙的；天和地融为一体，看不到任何其他的踪迹。别墅门廊的台阶上满是积雪，显然已经好几个小时没人进出过。如果此时只有一个孩子站在别墅窗前，看着外面天寒地冻的景象，他也许会感到悲伤。可此时是六个孩子正聚集在一起，虽然无法把世界变成乐园，但大家聚在一起也能消除寒冬和风雪带来的忧郁。尤斯塔斯更是发明了好几种新游戏，让孩子们兴奋不已，一直闹到了晚上睡觉时间；而这些新奇的游戏倒是可以帮助孩子们打发接下来的几个风雪天。

三个金苹果

丛林别墅火炉边

引　言

大雪又下了整整一天。屋外后来是什么景象，我就不知道了。不过不管怎样，晚上时雪还是停了。第二天早上，太阳升了起来，阳光照耀在荒凉的伯克希尔山间，就像世界的其他地方一样灿烂。窗玻璃上结着厚厚的霜花，几乎看不清外面的风景。等待吃早餐时，别墅里的孩子们用指甲把霜花划出个小黑点，发现眼前的一切竟让他们欣喜不已。除了险峻的山边还有一两块光秃秃的土地，以及黑色松林在雪中投下的灰色阴影，所有的东西都是那样的洁白无瑕。这是多么美妙的景色！而更加美妙的是，外面明明冷得能把人的鼻子冻掉，可对于能抵挡得住寒气而身体又强壮的人来说，却没有什么会比明晃晃、硬邦邦的霜冻更令人振奋了，它会使人热血奔腾，让血液在血管里翻滚，就像是山坡上倾泻而下的溪流。

刚刚吃过早餐，孩子们就用毛皮棉袄把自己裹了起来，深一脚浅一脚地走进了大雪之中。在这样冰天雪地的天气里，他们玩得真开心！一次次乘着雪橇滑下山谷，根本没人在意会滑出多远。为了让游戏更好玩，他们多半会故意弄翻雪橇，跌个四脚朝天，总是不肯老老实实地平安到达谷底。一次，为了保证安全，尤斯塔斯带着长春花、香蕨木和南瓜花坐在了同一个雪橇上，然后全速滑向谷底。可不妙的是，雪橇在半路撞上了一个隐藏在雪地里的树墩，四个乘客被甩成了一堆！他们挣扎着站起来，却发现南瓜花不见了！她跑到哪去了？大家正纳闷地四处张望时，南瓜花唰地从一个雪堆里钻了出来，脸蛋冻得通红。我敢说，你们从没见过这么通红的小脸，整张脸蛋就像是在隆冬乍然盛开的大红花。接着大家都大笑了起来。

玩腻了雪橇之后，尤斯塔斯就让孩子们找个最大的雪堆，然后在里头挖了个大洞。可不幸的是，洞刚挖好，孩子们就一个个挤了进去，洞顶却在这时突然塌了下来，砸在他们的头上，把所有人都埋了起来！不过一眨眼，孩子们的小脑袋就又齐齐地从雪堆中冒出来，高大的尤斯塔斯在他们中间，褐色的卷发里夹杂着雪粒，看上去就像是一个庄重的白发老者。为了惩罚尤斯塔斯表哥建起的洞穴太不堪一击，所有孩子都一齐用雪球打他，打得他四处逃窜。

于是他跑进了树林，接着又拐到了繁阴溪边。这里被厚重的冰雪覆盖得几乎不见天日，溪水却仍在冰层下流动，他能听到水流发出的汩汩声。每一个小瀑布旁都垂坠着冰凌，又亮又硬。他来到湖岸，看到脚下是一片杳无人迹、洁白无瑕的平原，一直延伸到纪念碑山。太阳快要落山了，尤斯塔斯感觉自己从未见到过如此清新纯净的景色。他庆幸孩子们没有跟来，因为他们太过活泼，嬉戏打闹声会赶走现在这种高远、肃穆的感受。如果他们在身边，他可能只会感到快乐（这一整天他都很快乐），但却永远不会知道冬日山间的日落竟是这样美丽。

太阳差不多完全落山后，尤斯塔斯走回别墅吃晚餐，吃完后又走进书房，我想他可能是想写一篇颂歌，或是几首十四行诗，或是什么别的诗句，来赞美一下落日时紫金色的灿烂云彩；可还未来得及推敲好第一个韵脚，门就突然被打开，樱草花和长春花走了进来。

"噢，孩子们！我现在可没空陪你们玩！"他转头看了一眼两个孩子，手里握着笔说道，"你们想干什么？我还以为你们早就睡了。"

"听他说什么，长春花，他还以为自己是个成年人呢！"樱草花说道，"他好像忘了，我今年都十三岁了，晚上想几点睡都行。不过，尤斯塔斯表哥，你得放下成人的架子，跟我们去一下客厅。孩子们正在谈论你讲的那些故事，连我父亲都想听，因为他想判断一下你的故事会不会产生什么坏的影响。"

"喂！樱草花！"这位大学生有些生气，"我觉得在成人面前讲这些故事可能不太合适。再说，你父亲是一位古典文化学家，我倒不是因为他的博学而觉得自己不行，只是怕他的学问用到现在，也会像把餐刀一样生锈过时。不过他一定不会赞同我在希腊神话故事里加入自己的东西，可就是因为有了这些奇思妙想，我才能深深吸引住像你们这样的孩子。一个人如果在年轻时就读过经典希腊神话，那么到了五十岁，他就绝不可能领会到我修改这些故事的妙处。"

"也许你说的很对，"樱草花说，"可你必须得去一下客厅！如果你不再给我们讲点云里雾里的故事，我父亲就不会看书，母亲也不会弹钢琴。所以还是乖乖听话吧，跟我走。"

虽然表面上装得有些恼怒，可尤斯塔斯细想之后还是觉得有些开心，因为他可以抓住这个机会向普林格尔先生证明自己如何才智超群，能把远古的希腊神话讲述得和现代如此契合。在二十岁以前，一个年轻男子可能会羞于展示自己的诗文，但却很相信只要自己的作品能为人所知，就一定会将自己置于文学之巅。于是，他几乎不再反抗，就任由长春花和樱草花把他拉进了客厅。

这是一间宽敞大气的房间。房间一头是半圆形的窗户，窗户凹处立着一尊大理石塑像，是格里诺[1]名作《天使与孩子》的仿品，火炉旁的书架上摆满了厚重而装帧华丽的书，无影灯[2]的白光和炉火的红光交织在一起，使房间显得明快而温馨。火炉前是一张大大的扶手椅，普林格尔先生正坐在上面。他身材高大、相貌英俊，头顶有些微秃，坐在椅子里，显得舒服极了，椅子也和这个房间十分相称。他一向衣着考究，就算是不修边幅的尤斯塔斯，见他之前也要停在门口先整理一下衬衫领子。可现在，尤斯塔斯的两条胳膊正被樱草花和长春花扯着，于是只好狼狈地走进客厅，那样子就像是在雪堆里滚了一整天。不过事实的确如此！

普林格尔先生转过头，温和地看着他。尽管他很和气，可尤斯塔斯还是觉得有些不自在，因为自己的样子实在太随便了，就连思维也是乱糟糟的，毫无条理。

"尤斯塔斯，"普林格尔先生微笑着说，"我得知你最近在丛林别墅的孩子世界里名气很大，讲的故事都很受欢迎。这孩子，'樱草花'，你是这么叫她吧，还有那些孩子也都一样，他们都一直大力称赞你的故事，我和普林格尔夫人也很想听听。我很感兴趣，因为你的故事似乎在远古经典神话里加入了一点现代风格的想象和情感。至少，我从他们的话里是这么推测的。"

---

① Horatio Greenough，霍拉肖·格里诺，1805—1852，美国著名雕塑家、作家，与霍桑是同时代的人。——译者注

② astral-lamp，这里应该是指一种圆筒芯灯，内有平坦的环形凹槽，用来盛灯油，灯的结构使桌上不会产生影子。——译者注

"先生，您可不太适合听我的那些奇谈神话。"这位大学生说。

"可能的确不太合适，"普林格尔先生答道，"不过我觉得，对于一位年轻作家来说，最有力量的评论者往往是他最不愿意选择的读者。所以还是讲给我听听吧。"

"我觉得，评论者是否能与作者感情相通，与他是否适合担当评论者，还是有些关系的，"尤斯塔斯小声抱怨道，"不过，先生，如果您能耐心地听下去，我就一定会大胆地讲下去。不过请您记住一件事，我的故事面向的是孩子，是孩子的想象力和情感，而不是您。"

此时，尤斯塔斯瞥见壁炉上正放着一盘苹果，于是脑海中顿时浮现出一个故事。他迅速抓住这一闪而过的念头，将故事娓娓道来。

出场角色

ACTORS

ACTORS

（*注：此处提及的众神及英雄和神兽等角色，其角色关系均出自于传统经典古希腊神话故事，其故事情节与霍桑在本书中的改写有所不同。）

赫斯珀里得斯（Hesperides）：古希腊神话中的仙女三姐妹，负责与百头巨龙拉冬（Ladon）看守位于极西方的金苹果圣园，园子里生长着一棵金苹果树。

赫拉克勒斯（Hercules）：古希腊神话中的大英雄，父亲是主神宙斯，母亲是珀尔修斯的孙女阿尔克墨涅（Alcmene）。他曾被要求完成十二个艰巨的任务，也称十二伟绩，寻找金苹果是其中之一。

革律翁（Geryon）：古希腊神话中居住在极西的巨人，长着三头、三身和六臂、六腿，是世界闻名的富户、绰号"黄金宝剑"的意卑利亚国王的四个儿子之一（意卑利亚后来分成了西班牙和葡萄牙）。

海德拉（Hydra）：古希腊神话中经常出现的怪物，身躯硕大，性情凶残，生有九个头，其中八个可以被杀死，但第九个头，即中间直立的一个，却永远都无法杀死。

希波吕忒（Hippolyta）：古希腊神话中的人物，传说是亚马逊部落的女王，好战英勇，战神阿瑞斯（Ares）的女儿，拥有一条神奇的腰带。

维纳斯（Venus）：古罗马神话中的爱神、美神，同时又是执掌生育与航海的女神，相对应于古希腊神话中的阿芙洛狄忒（Aphrodite）。

马尔斯（Mars）：即战神阿瑞斯，古希腊神话中为战争而生的神，奥林匹斯十二神之一，被视为尚武精神的化身。

安泰俄斯（Antaeus）：古希腊神话中的巨人，大地女神盖亚和海神波塞冬（Poseidon）之子，居住在利比亚。他力大无穷，只要保持与大地的接触，就不可战胜，因为这样他就可以从大地母亲那里获取无限的力量。后来在与大力神赫拉克勒斯的打斗中，被赫拉克勒斯用计打死。

阿特拉斯（Atlas）：古希腊神话中的擎天神，属提坦巨神（Titan）一族，因反抗宙斯失败，被惩罚在世界最西方用头和手顶住天。传说北非国王是阿特拉斯的后人，北非阿特拉斯山脉正是以他来命名的。

THE·THREE·GOLDEN·APPLES

三个金苹果

你有没有听说过赫斯珀里得斯花园里生长的金苹果？假如今天还能在果园里找到一两颗这样的果子，那该是多么的昂贵！我想，在如今这个广阔的世界上，没有一棵树能结出这么神奇的果实，连种子也没有。

很久很久以前，赫斯珀里得斯的花园里还没有长满杂草。但即使是在那久远得几乎被人遗忘的岁月里，仍有许多人怀疑这世界上是不是真有能结出金苹果的树。所有人都只是听说，但从没有人见过。尽管如此，孩子们还是会常常听到金苹果的故事，他们边听边惊讶地张大嘴巴，下定决心等自己长大，就去寻找它们。而那些充满冒险精神的年轻人，要想比同伴们更勇敢地建立功业，也会去寻找这种珍贵的果实。他们当中许多人都一去不返，没有一个人会带着金苹果归来。据说，金苹果树下有一条恶龙在看守，长着一百个头，并以五十个头为一组分别负责时刻守卫和休息睡觉。难怪没有人能拿到金苹果！

在我看来，实在不必为了一个金苹果而冒这么大的风险。但假如那些苹果味道甜美、鲜爽多汁，那就是另外一回事了。哪怕树下有这么一条百头巨龙，也值得冒险去尽力摘一个尝尝。

不过，就像我刚才所说，那些厌倦了安逸生活的年轻人，还是常常想去赫斯珀里得斯花园寻找金苹果。一次，一位英雄就这样踏上了冒险的征程，虽然他从出生以来就很少有过什么安逸的时光。在我的故事里，这位英雄手持巨大的木棒，背上背着弓箭，按现在的方位来看，他当时一直在美丽的意大利附近徘徊，身上裹着狮皮，那是世界上最大最凶猛的狮子，是被他亲手杀死的。尽管总的来说，他品德高尚、仁慈大方，但总是怀揣着一颗狮子般勇敢的心。一路上，他不断向别人问路，问能不能走到那个著名的花园。可当地人并不知道花园在哪里；而且要不是看到这个外来人带着一根大木棒，很多人还很可能会笑话他。

他只有不断地赶路，并且仍然一路问着同样的问题。最后，他来到一个河边，看见一群美丽的少女正坐在那里编花环。

"美丽的女孩，你们是否能够告诉我，这条路能不能通向赫斯珀里得斯花园？"这个外来人问道。

少女们正玩得起劲，忙着把花朵编成花环，互相戴在彼此的头上；她们的手指似乎拥有魔力，那些掐在指间的花朵好像比长在枝头上时还要新鲜润泽、明艳芬芳。不过，听到外来人的提问，她们不禁扔下了手上的花朵，吃惊地看着他。

"赫斯珀里得斯花园！"一个少女惊叫道，"还以为凡人经历了那么多次的失败后，都已经厌倦了，不会再有人愿意去寻找金苹果了。那么请问，这位勇敢的旅人，你去那里是为了什么？"

"我的表哥是一位国王，"他答道，"是他命令我为他带回三个金苹果。"

"许多寻找金苹果的年轻人，"另一个少女说，"要么是为了他自己，要么是为了把苹果献给心爱的女孩。你对那位国王的爱有那么深吗？"

"不，"外来人叹了口气，"他一直对我又严厉又残忍，可我命中注定要服从他的命令。"

"那么你知道吗？"第一个说话的少女又问道，"那棵树下有一条百头巨龙在看守。"

"我知道，"外来人平静地答道，"可自从小时候起，我就擅长对付蟒蛇和恶龙，甚至把那当作游戏来打发时间。"

少女们看着眼前的这个人，他手里拿着硕大的木棒，身上披着毛茸茸的狮皮，体态强健昂扬。她们彼此低语了一阵，认定这个年轻人胆识过人，也许能建立不凡的功业。可树下的那条百头巨龙！一个凡人就算有一百条命，又怎能逃过它的尖牙利爪？这些少女心地善良，她们不忍心看到这样一位勇敢英俊的旅人去冒险，不想让他葬身于巨龙那一百张贪婪凶恶的大嘴之中。

"你还是回去吧，"少女们大声说，"回家去吧。你的母亲看到你能安全归来，会流下快乐的泪水。就算你赢得了伟大的胜利，她也无非会如此，还能怎么样？别管那些金苹果了，也别管那个狠毒的表兄和冷酷的国王。我们真的不愿看到你被那条恶龙吃掉。"

听到这样的劝告，外来人似乎有些心急。他毫不费力地举起硕大的木棒，打在身边一块半掩在土中的岩石上。只是被他这样不经意地一打，那块大石头瞬间就变成了粉末，这是只有巨人才能完成的事，可这位年轻人竟毫不费力地做到了，就像那些少女用花朵轻抚姐妹的脸颊一般轻松。

"你们还不相信吗？"他笑着说，"像这样的一击，总能打烂一个头吧。"

赫拉克勒斯与众神女（瓦尔特·克兰，手绘插图。）

接着他坐在草地上，向少女们讲述了自己的故事。从一出生起，他就被放在一个勇士的铜盾上，就在这时，有两条巨蛇爬了过来，张着血盆大口，想一口吞掉他，那时他还不过是几个月大的婴儿，可却用两只小手抓住了凶猛的巨蛇，把它们勒死了。长大后，他又杀死了一头巨狮，个头几乎和身上的这张狮皮一样大。后来，他又和一只丑陋的九头蛇搏斗，那个名叫"海德拉"的怪兽长了九个脑袋，每个上面都长着锋利无比的牙齿。

"可你要知道，"一位少女说，"赫斯珀里得斯的巨龙有一百个头！"

"虽然如此，"外来人答道，"比起九头蛇，我倒宁愿和两头这样的巨龙斗一斗。当时对付九头蛇时，每砍下一颗头，原地就立刻长出两颗新头，最后还有一颗头怎么都杀不死，砍下之后还在一直凶恶地咬我，所以我只好把它埋在了石头下。毫无疑问，那颗头至今还活着，可剩下的八颗头还有躯干却再也不能作恶了。"

少女们早就准备好了面包和葡萄，因为她们感觉这个人的故事一定还很长，所以想让外来人吃点东西提提神。她们愉快地招待他吃了点面包，有的少女还时不时地把甜葡萄塞进自己红润粉嫩的唇间，生怕外来人不好意思一个人享用。

他开始继续讲述自己的故事。他曾追赶过一只敏捷的雄鹿，一直追了一年，从没停下喘口气。最后，他终于抓住了鹿角，将它活捉。后来，他还曾和一群怪人作战，那些怪人半人半马，最后出于责任心，他还是把他们全都杀死了，免得这群丑陋的生物继续存在于世上。除了这些，他还提到自己曾清扫过一个马厩，并对此颇为得意。

"这也算是伟业吗？"一个少女笑着说，"这里任何一个傻瓜都能做到！"

"如果只是一个普通的马厩，"外来人答道，"我当然提都不会提。

但清扫这个马厩的任务却十分艰巨，要不是我灵光一现，想到挖一条渠道，将河水引进马厩，那得花上一辈子的时间来清扫。这下好了，一下子就可以冲洗干净了！"

看到美丽的听众们急切的表情，他接下来又讲述了自己如何杀掉了恶鸟，生擒了野牛，然后又放了它，还驯服过野马。他还讲述了自己怎样征服了亚马逊人的女王希波吕忒，这个女王尚武好斗，并提到他还拿到了希波吕忒的魔法腰带，后来将它献给了表兄国王的女儿。

"是不是维纳斯的腰带？那个爱与美之神，"其中一个最美丽的少女问道，"它能使女子的面貌秀丽无双。"

"不，"外来人说，"是战神马尔斯的剑带，只会让佩戴者英勇无畏。"

"一个旧的剑带而已，"那个少女摇着头说，"送给我，我也不稀罕。"

"没错。"外来人说。

他继续讲述精彩的故事。他告诉她们，他曾经历过的最奇怪的历险，就是和六腿巨人革律翁战斗。那可是一个又怪异又恐怖的家伙，任何人看到他在沙地或雪地上留下的足迹，都会以为是三个好朋友在结伴同行。远远听到他的脚步声，人们都会理所当然地以为来了好几个人。可实际上，那只是怪人革律翁在用六条腿行走！

六条腿！还有一个庞大的身躯！看上去显然就是个奇异的怪物。还有，噢！他得浪费多少双鞋啊！

外来人讲完这些历险后，看了看周围，发现少女们正在聚精会神地听着。

"或许，你们以前也听说过我，"他谦虚地说，"我就是赫拉克勒斯！"

"我们已经猜到了，"少女们说，"你的英雄事迹人人都知道。你去寻找赫斯珀里得斯的金苹果，的确没什么不妥。好吧，姐妹们，让我们给这位英雄戴上花冠！"

接着她们纷纷把美丽的花环戴到赫拉克勒斯气宇不凡的头上，以及他强壮有力的肩膀上，赫拉克勒斯身上的狮子皮也完全被玫瑰花盖满了。她们又拿起他硕大的木棒，在上面缠满了最明艳、最柔软、最芳香的花朵。现在，这根橡木做成的木棒根本看不到原来的木色，简直就像是一个巨大的花束。最后，她们手牵手，围着他跳舞，唱着优美如诗的词句，这些小曲渐渐变成一首颂歌，歌颂着杰出的英雄赫拉克勒斯。

赫拉克勒斯十分高兴，能让这些年轻美丽的姑娘知道自己即将不畏艰险，完成壮举，世间的任何英雄都会高兴不已，赫拉克勒斯也不例外。不过他并不满足，他不认为自己取得的成就值得受到这样的赞誉，世界上还有许多艰难的历险正在等着他。

"亲爱的女孩，"他趁少女们停下来喘口气时说道，"既然你们已经知道了我的名字，那么请告诉我，怎样才能到达赫斯珀里得斯花园？"

"噢！你这么快就要走吗？"她们叫嚷着，"你已经创造了那么多奇迹，已经尝尽了艰辛，为何不能在这个宁静的河岸边休息一下？"

赫拉克勒斯摇了摇头。

"我必须马上出发。"他说。

"好吧，"少女们答道，"你要先去海边，找到一位老者，逼迫他来告诉你去哪里可以找到金苹果。"

"老者？"赫拉克勒斯重复着少女们的话，觉得这个古怪的名称有点好笑，"那么请问，那个老者是谁？"

"当然是海中老人！"一个少女答道，"他有五十个女儿，有人说她们个个美丽无比。不过我们觉得还是别和她们有什么瓜葛，因为她们都长着海绿色的头发，下半身就像鱼一样。你必须要和这个海中老人谈一谈，

世界名画 《赫斯珀里得斯的花园》（*Garden of the Hesperides*），蛋彩水粉油彩画，英国浪漫主义流派代表画家爱德华·伯恩-琼斯（Edward Burne-Jones，1833—1898）于1869—1873年创作，119×98cm。

他会在海里游荡，并对赫斯珀里得斯花园了若指掌，因为那个花园就在他经常去的一个岛上。"

赫拉克勒斯于是问她们在哪里最有可能遇到这位老者。少女们告诉他之后，赫拉克勒斯便立刻踏上了征程。出发前，他为她们的帮助表示了感谢，感谢她们的面包和葡萄，以及可爱的花环和载歌载舞的赞美。而最令他感动的，则是她们告诉了他正确的路。

没走出多远，一个少女在后面叫住了他。"如果你抓住了那位老者，请一定不要放手！"她微笑着大声说。为了让赫拉克勒斯记住这一点，她还举起了手，"不管发生什么事，都不要感到惊奇。只要紧紧抓住他，他就会告诉你想知道的事。"

赫拉克勒斯再次向少女表示感谢，然后继续前行。少女们则坐下来继续愉快地编织花环，直到少年英雄离开很久以后，她们还在谈论着他。

"当他杀掉百头巨龙，带着三个金苹果胜利归来时，我们要把最美丽的花环戴在他的头上。"

此时的赫拉克勒斯正继续坚定地前行，他跨过山峰和谷底，穿过人迹罕至的树林，偶尔举起大棒，劈碎一株高大的橡树。他满脑子都是巨人和怪兽，把打倒这些家伙当作自己的使命，所以才错把大树当作了敌人。他急于完成任务，有点后悔在少女那里耽误了太多的时间。不过，对于生来就要完成大事的人来说，过去的伟业在他们看来无足轻重，即将要完成的任务才最值得他们不畏艰险，甚至付出生命。

假如这时碰巧有人路过，看到他正用巨大的木棒将大树击碎，一定会吓得不轻。因为他只是轻轻一击，树干就像被闪电劈开一样，粗壮的树枝哗哗地响着，整个倒在地上。

他匆匆地赶路，从不停顿或者回头。渐渐地，他听到了远处有大海呼啸的声音，于是便加快脚步，很快到达一片海滩。巨大的海浪正此起彼伏，在沙滩上翻腾，溅起雪白的泡沫。不过海滩的另一头看上去却很舒服，绿色的灌木爬上了悬崖，把坚硬的石块勾勒得柔和而美丽，青翠的草地上零星点缀着芬芳的三叶草，就像一条绿色的毯子，盖住了悬崖和海水之间的狭地。赫拉克勒斯看到那里正有一个熟睡的老者，那肯定就是海中老人！

可是，那真的是一位老者吗？乍看上去的确像，可仔细一看，却发现更像是一个海怪，他的手臂和腿上都覆盖着鱼一样的鳞片，脚趾和手指之间长着鸭掌一样的蹼，长长的胡子是绿色的，更像是一丛海草。不知你有没有见过这样一根木棍？棍子一直在海浪里上下颠簸，上面长满了藤壶①，最后漂到岸上时，就像是从海底最深处被抛上来的。那位老人就像是这样一根木棍，一直在海里漂漂荡荡。可一看到这个奇怪的身影，赫拉克勒斯就立刻认定他是海中老人，那个能指引他到达目的地的老者。

没错，那就是热情的少女们所说的海中老人。赫拉克勒斯感谢上天，正好遇到他正在睡觉。于是他踮着脚悄悄走了过去，抓住他的胳膊和大腿。

"快说！"还没有完全清醒的老人听他大喊道，"怎样才能去赫斯珀里得斯花园？"

你一定猜到了，海中老人被惊醒后大吃一惊，可随即，赫拉克勒斯就比他更加吃惊。因为老人忽然就在他手中消失了，他发现自己正抓着一只雄鹿的前腿和后腿！可他依然紧紧抓住不放。接着，雄鹿消失了，又变成一只海鸟，拼命扑闪着翅膀，尖声大叫，赫拉克勒斯正抓着它的翅膀和爪子，可它就是没办法飞走。紧接着，海鸟又变成一只丑陋的三头犬，不停地咆哮、狂吠，还狠狠地撕咬着赫拉克勒斯的手！可赫拉克勒斯就是不

---

① barnacle，附着在海边岩石上的一簇簇灰白色、有石灰质外壳的小动物，不但能附着在礁石上，而且能附着在船体上，任凭风吹浪打也冲刷不掉。——译者注

肯松手。随后，三头犬又变成了六条腿的怪人革律翁，用剩下的五条腿狠狠踢着赫拉克勒斯，想挣脱被抓住的那条腿！可赫拉克勒斯依然坚持抓着他不肯松手。不一会儿，革律翁不见了，取而代之的是一条巨蛇，和他小时候勒死的那条很像，但比那条大上一百倍，它紧紧缠在英雄的脖子和身上，高高地耸起身子，张开血盆大口，像是马上就要把他吞下去。真是太可怕了！可赫拉克勒斯丝毫不畏惧，继续紧紧地掐住这条巨蛇，蛇立即痛得咝咝大叫起来。

要知道，这位海中老人尽管平日看上去很普通，长得就像船头杆子上的雕刻人像①，常年被海浪拍打侵蚀，可他其实拥有法力，能随心所欲地变化身形。当他发现自己被赫拉克勒斯紧紧抓住时，希望能通过施展法力变形后，把他吓得松开手。假如赫拉克勒斯放手，老人一定会跳进海底深处，然后躲在那里再也不上岸，免得回答他那些无礼的问题。我想，百分之九十九的人都会被他丑陋的相貌吓坏，并拔腿就跑。而世界上最难的一件事，就是分辨真正的危险和想象中的危险。

不过赫拉克勒斯却异常坚定，海中老人每次变换形象之后，他反而会抓得更紧，真是折磨坏了这位老者。无奈之下，老者只好变回自己最初的模样。原来这真是一个身体像鱼、长着鳞片、指间有蹼的怪人，下巴上的胡子就像是一丛海草。

"请问，你究竟要怎么样？"变来变去的老人累得有些喘不过气，他急忙大叫，"你怎么把我捏得这么紧？快放开我，不然我会觉得你蛮不讲理！"

"我是赫拉克勒斯！"强壮的外来人大喊道，"除非你告诉我通往赫斯珀里得斯花园的捷径，否则我绝不松手！"

老人得知年轻人的身份后，也知道没有别的办法，只好把一切和盘托

---

① Figure-head，人们固定在船首的图腾和人像，用作装饰或祈福保佑航行安全。——译者注

赫拉克勒斯与海中老人（瓦尔特·克兰，手绘插图。）

出。你们一定还记得，海中老人就是海中的居民，就像其他以海为生的人一样，总是四处游荡。自然，他时常会听到赫拉克勒斯的大名，知道他不断地在世界各地建立奇功伟业，也深知他不达目的誓不罢休的坚毅性格。于是他不再想办法逃走，而是告诉他怎样才能找到赫斯珀里得斯花园，并警告他，在到达目的地之前，一路上还必须要克服各种艰难险阻。

"你要一直向前走，然后这样走，再这样走，"海中老人指着各个方位点，"直到看到一个异常高大、双手托天的巨人。如果赶上那位巨人心情不错，他就会告诉你该如何前往赫斯珀里得斯花园。"

"如果那位巨人心情不好，"赫拉克勒斯用小指尖托着木棒，说道，"我可能会想办法说服他的。"

赫拉克勒斯谢过海中老人，并为自己刚才的无礼行为道过歉，便继续向目的地走去。这一路上他经历了许多奇遇，如果有时间逐一仔细讲来，倒都是值得一听的好故事。

如果我没记错的话，就是在这段路上，赫拉克勒斯遇到了一个大块头的巨人。大自然赋予了这个巨人奇异的能力，只要一碰到土地，力量就会比原来强大十倍，他就是安泰俄斯。大家知道，和这样一个家伙战斗是很困难的，因为每次他被打倒在地，再次站起来时都会比之前更强壮、更凶猛，所以也越来越难对付。因此，赫拉克勒斯越用大棒狠命地击打他，自己就越没有办法取胜。我以前也遇到过这样的人，但还好从没和他们动过手。赫拉克勒斯唯一能用的办法就是让巨人双脚离开地面，然后拼命地挤压他的身体，直到挤光他庞大身躯里的最后一丝力气。

之后，赫拉克勒斯继续踏上征途。他来到了埃及，并在那里成了俘虏，还差点被处死；要不是后来他杀死了那里的国王，顺利逃走，可能真的就没命了。之后他穿过非洲沙漠，以最快的速度赶到大洋岸边；在那里，他发现除非自己能踏着海浪行走，否则根本无法继续这次征程。

眼前只有一望无际的大海，波涛汹涌，海水泛着白沫。他向海平线看去，那里什么都没有。可就在下一瞬间，他似乎看见远远的有什么东西在漂。那是一个绚丽的金色圆盘，光彩夺目，就像日出或日落时看到的天边的太阳。这个神奇的东西显然正在向自己漂过来，因为它越来越大，也越来越亮。终于，它漂到了自己的附近，赫拉克勒斯发现那原来是一个巨大的杯子，也可以说是大碗，是用黄金或锃亮的黄铜做成的。这只大杯子为什么会漂在海上？我不知道，反正它就漂在那里，随着激烈的海浪一起一伏；白色的浪尖正冲击着它，但却没有一滴浪花溅在里面。

"我见过许多巨人，"赫拉克勒斯心想，"但从没见哪个巨人用这么大的杯子喝酒！"

是啊，多奇怪的杯子！太大了，大得就像……不过，总而言之，我说不出它究竟有多大，至少有十个磨坊水车那么大。虽然是纯金属的，可它竟能轻飘飘地浮在海面上，比浮在小溪上的橡果壳还要轻盈。它就这样被海浪推着向前，最后终于被冲到岸上，停在了赫拉克勒斯的不远处。

杯子一上岸，赫拉克勒斯就立刻明白了一件事。他曾经历过无数次冒险，可不是白白经历的。只要遇到不同寻常的事，他就会立刻领悟到该怎样做。很明显，这个神奇的杯子是在某种神秘力量的控制下出现在海上，然后又被指引漂到这里，目的就是为了帮助自己渡过大海。于是，他毫不犹豫地立刻翻过杯子，滑到杯里，将狮皮铺在底下，任由杯子漂向大海，自己开始闭目养神。自从和河岸少女道别之后，他几乎一直不眠不休。海浪击打着杯子，发出悦耳的声音；杯身在轻轻摇晃，是那样令人安心、镇定。赫拉克勒斯很快就睡着了。

就这样过去了很久，杯子忽然擦到了一块石头，摩擦的金属声在杯内激起了回响，那声音比教堂里的钟声还响上一百倍。赫拉克勒斯被惊醒了，于是立刻坐起身，四下看了看，想弄清楚自己到了哪里。很快，他就

发现大杯子已在海上漂出了很远，现在正来到一座小岛，准备登陆。你们猜一猜，他在那个岛上看到了什么？

不，你绝对猜不到，就是猜上五万次也猜不到！我觉得，赫拉克勒斯就算是曾经经历千难万险，并见多识广，也不会见过这样神奇的景象。那只九头蛇，即使长出新头的速度快过以前的两倍，跟这一比，简直也不算什么。那是要比九头蛇更神奇，比六脚怪更巨大，比安泰俄斯更魁梧，比史前或史后人类见过的任何东西都庞大，比未来任何来到这里的旅人所见到的东西都要雄伟的——巨人！

这个巨人怎么会这么高？就像是一座山！他那巨大的身子围绕着云雾，以云作腰带，以云为胡须，还被云遮住了眼睛，他当然看不见赫拉克勒斯，也看不见金杯。最神奇的是，这个巨人正高举庞大的双手，似乎是在托着整个天空。赫拉克勒斯穿过云层看过去，天空就像是正靠在他的头上休息。这太令人难以置信了！

闪亮的金杯继续向前漂着，最终漂上了岸。一阵清风恰好吹走了巨人眼前的云朵，赫拉克勒斯终于看清了巨人的脸庞和粗犷的五官。他的眼睛就像远处的湖泊一样大，鼻子足有一千多米长，嘴巴也有一千多米宽。这样一张硕大的脸庞实在令人心惊胆寒！可他的表情却充满了哀伤和疲惫，就像生活中许多被重担压得不堪重负的人们；对于巨人来说，天空就像是一个令他不堪重负的重担。当人们试着承担超出自己能力以外的重担时，就会遭遇不幸，就像这位遭到厄运的巨人一样。

可怜的大家伙！显然，他已经站在那里很久了，脚边曾长起又灭绝了一片古老的森林，脚趾间曾有橡果在这里生根发芽，如今又已长成了七八百年高龄的大树。

巨人硕大的眼睛从高处俯视着大地，他突然发现了赫拉克勒斯，于是发出雷鸣般的大吼，吓走了面前的点点白云。

赫拉克勒斯与阿特拉斯（瓦尔特·克兰，手绘插图。）

"脚下的家伙，你是谁？坐着那个小杯子，从哪里来的？"

"我是赫拉克勒斯！"英雄高声回应着，声如洪钟，几乎和巨人的声音一样响亮，"我在寻找赫斯珀里得斯花园！"

"嚯！嚯！嚯！"巨人咆哮着，"果然是一次明智的冒险！"

"为什么不是？"赫拉克勒斯大喊道，受到巨人如此的嘲笑，他有些生气，"你以为我会害怕那只百头巨龙吗？"

两个人正在说着，几片乌云突然聚集在巨人的腰间，霎时间暴雨大作、电闪雷鸣。在一片喧嚣声中，赫拉克勒斯一个字也听不清了。他只能隐约看见巨人那壮硕的大腿矗立在暴风雨中，偶尔还能看到巨人的全身正在浓雾中时隐时现。他似乎一直在讲话，可那浑厚、低沉、粗哑的声音与雷电的噼啪声交织在了一起，回响在山间。这个傻瓜，此时说话肯定会被雷声盖住的，简直就是白费口舌！

这场风暴来得快，去得也快，天空再一次变得明净。疲惫的巨人托着天空，怡人的阳光照耀在他巨大的身躯上，映衬着他背后阴沉的乌云。他的头正好在云层之上，所以连根头发丝都没有被暴风雨打湿！

巨人看到赫拉克勒斯还站在海边，不禁又大喊了起来。

"我是阿特拉斯，世界上最强大的巨人！我能把天空顶在头上！"

"这我知道，"赫拉克勒斯答道，"不过，你能告诉我该怎样去赫斯珀里得斯花园吗？"

"你去那里做什么？"巨人问。

"我想要三个金苹果，"赫拉克勒斯大喊，"将它们献给我的表兄，一位国王。"

"谁都不行，"巨人说，"只有我才能得到赫斯珀里得斯花园里的金苹果。如果不是托着天空，我几步就能跨过大海，帮你把它们摘下来。"

"太好了，"赫拉克勒斯说，"你不能把天空放在山顶上吗？就一

会儿。"

"那些山都太矮，"阿特拉斯摇着头，"不过，我身边的这座山还算行，你可以站到山顶上，可能就会和我差不多高。看上去你也好像有点力气，不然你帮我扛一会儿，我替你跑一趟，怎么样？"

你们一定还记得，赫拉克勒斯可是一个很有力气的人。虽然托着天空需要有相当大的力量，但如果说让凡人担得起这个重任，也就只能是赫拉克勒斯了。不过，这个任务看上去过于艰巨，赫拉克勒斯第一次有些迟疑。

"重不重？"他问道。

"嗯，一开始不是很重，"巨人耸了耸肩，"不过如果背上一千年，可就很有点沉了！"

"那你要花多长时间才能把金苹果带回来？"英雄问道。

"噢，要不了多久，"巨人大喊，"我一步就能跨出十多里，你的肩膀还没感觉疼，我就已经从花园回来了。"

"那好吧，"赫拉克勒斯答道，"我这就登上你身后那座山的山顶，接过你的担子。"

其实，善良的赫拉克勒斯也觉得自己应该帮一帮这个巨人，好让他有机会能自在地转悠一会儿。另外他觉得，如果告诉别人自己曾托起过天空，那不是显得更加厉害？跟这个相比，杀掉百头巨龙实在是太寻常了。于是，他不再说话，默默地从阿特拉斯的肩上接过重担，将天空扛在了自己的肩上。

赫拉克勒斯一接过天空，巨人立即舒展了一下身子；可以想象那会是怎样壮观的场景。接着，他慢慢地从茂密的森林中抽出双脚，然后忽然开始又蹦又跳、手舞足蹈，为重获自由感到高兴无比。他一跃冲向天空，不知跳了多高，然后又猛地落下，震得大地直颤。最后他哈哈大笑

世界名画 《赫拉克勒斯与海德拉》（*Hercules and the Hydra*），画板蛋彩画，意大利文艺复兴时期佛罗伦萨画派代表人物安东尼奥·德尔·波拉伊奥罗（Antonio del Pollaiolo，1429—1498）于1475年创作，17.5×12cm 。

起来，震耳欲聋的笑声像雷声一样在山间回荡，就像是有许多远远近近的兄弟们在和他一同欢庆。稍稍平静下来之后，他跨进大海，第一步就走出十英里，海水没过他的半截腿；第二步又跨出十英里，水刚好没过他的膝盖；第三步又是一个十英里，水几乎到了他的腰间；而这里已经是大海的最深处了。

赫拉克勒斯默默地看着巨人，那场景简直令人难以置信。那个巨大的身躯早已远在三十里之外，半截身子没入海水里，可上半身仍然高大无比，周围弥漫着迷蒙的雾气，就像是远处靛青色的高山。最后，那伟岸的身躯完全走出了视线。此时赫拉克勒斯忽然开始担心起来，如果阿特拉斯不幸淹死在海里，或是被看守花园的百头巨龙咬死，那该怎么办？如果真的发生了这样的不幸，他该怎么卸下天空的重担？他的头和肩膀已经开始隐隐作痛了。

"真同情那个可怜的巨人，"他心里想着，"这才短短的十分钟，我就感觉累了，可他已经背了一千年，那该有多累！"

噢，可爱的小家伙们，你们哪里知道，头顶上那个蔚蓝色的天空，看上去那么柔软、缥缈，其实却是一个多么沉重的负担！那里有咆哮的狂风，阴冷潮湿的云朵，还有炽热的太阳，每一个都在折磨着赫拉克勒斯。他开始有些害怕，巨人会不会不回来了？他悲伤地凝视着下面的世界，心里想，在山脚下做个牧羊人也很快乐自在，总好过站在这高高的山顶，拼命地托着天空！要知道，赫拉克勒斯虽然身负重担，但心里深知自己的责任其实更重。如果一个没站直，没稳稳地顶住天空，太阳可能就会倾斜！或者夜幕降临后，星星们就会从各自的位置上脱离，像火焰雨一样浇到地面人类的头上！要是没能保持住平衡，让天空裂开一个大缝，那这位英雄将会是多么惭愧！

不知道过了多久，赫拉克勒斯终于看到了阿特拉斯庞大的身躯，他高

兴极了！巨人的身影就像一片云，飘在海的那一边，然后渐渐走近。赫拉克勒斯可以清楚地看到，巨人举起的手上正托着三颗光芒四射的金苹果，每颗都跟南瓜一样大，结在同一根枝头上。

巨人走近后，赫拉克勒斯大喊道："很高兴再次见到你，看来你已经摘到了金苹果！"

"当然，当然，"阿特拉斯答道，"这苹果真好看，我可是选了三个最好的，我保证。噢！赫斯珀里得斯花园真漂亮，那条百头巨龙更是神奇无比！总而言之，你如果能自己去摘果子就好了。"

"没关系，"赫拉克勒斯说，"你好好地舒展了筋骨，还帮我完成了任务，这和我亲自去一样好。非常感谢你的帮助。现在，我还有很长的路要走，并且急着回去，那位表兄国王一定已经着急了。你把天空接回去吧。"

"咦，说到这个，"巨人一边不紧不慢地说着，一边把苹果抛向空中，足有二十英里高，然后再把它们接住，"说到这个，我的朋友，我觉得你还没有弄明白。让我去把金苹果献给你的表兄国王，不比你自己跑一趟快得多？既然陛下这么着急，我答应你，一定会尽量迈大步。还有，我现在暂时还不想接过天空！"

听到巨人的话，赫拉克勒斯着急地耸了耸肩。此时正是黄昏，你们此时可能会看到天上掉下了两三颗星星。地上的人们都惊恐地抬起头，以为整个天空都会立即掉下来。

"噢，这可不行！"巨人阿特拉斯大声喊道，"近五百年里掉下的星星也不如你这个多！等你站的时间和我一样长，就会学着忍耐了。"

"什么！"赫拉克勒斯愤怒地大叫，"你是想让我一直顶下去吗？"

"以后再说这个问题，"巨人说，"不管怎么样，你不应该抱怨。想想你还要顶上个几百年，或者一千年！我的时间可还要长得多，就算背痛

SYDEREVM FESSO GESTAT ATLANTE POLVM.

世界名画 《赫拉克勒斯与阿特拉斯》（*Hercules and Atlas*），木板油画，德国文艺复兴时期重要的画家及平面设计师大卢卡斯·克拉纳赫（Lucas Cranach the Elder，1472—1553）创作，109.7×98.8cm。

也得强忍着。嗯，就这样吧，如果我一千年后心情好的话，咱们就再换回来。显然，你很强壮，没什么会比这个机会更能证明你的力量了！我向你保证，后人们一定会歌颂你伟大的事迹！

"哼，没问题！"赫拉克勒斯动了动肩膀，"那这样吧，你把天空接过去一会儿，就一会儿，行不行？我想把狮皮垫在肩膀上，好让我好受一些。这张狮皮穿在身上实在不舒服。我还要在这里站上很多年，怕到时候会引起不必要的麻烦。"

"这倒是很公道，好吧！"巨人说。其实他对赫拉克勒斯并无恶意，刚才的行为最多只是有点自私。于是他说："那我就顶个五分钟。记着，就五分钟！我可不想再站在这里一千年。我曾经说过，'变化才是生活里的调味剂'"。

噢，真是一个既无赖又笨头笨脑的巨人！只见他扔下金苹果，从赫拉克勒斯的肩上接过天空，放回自己的手上。就在这时，赫拉克勒斯飞快地捡起三个金苹果，头也不回地往回跑去，完全不理身后大喊大叫的阿特拉斯，那声音响得就像在打雷！

巨人的脚边又长起了一片森林，林间那六七百年高龄的橡树，正在他硕大的脚趾间慢慢变老。

直到今天，巨人还一直站在那里。总之，一直耸立在那里的高山和他长得很像，名字就叫作"阿特拉斯山"。当雷电在山峰间轰鸣着滚过时，我们可以想象得到，那正是巨人阿特拉斯在一声声地呼唤着赫拉克勒斯！

TANGLEWOOD FIRESIDE.
AFTER · THE · STORY ·

三个金苹果

丛林别墅火炉边

尾 声

"尤斯塔斯表哥，"一直坐在尤斯塔斯脚边，张着嘴听故事的香蕨木开始发问，"那个巨人到底有多高？"

"噢，香蕨木，"大学生叫道，"你是不是以为我也曾经在那里，用尺子量过他的身高？好吧，如果真的非要知道，我只能说，他大约有三到十五英里那么高，能坐在塔科尼克岭上，把我们的纪念碑山当脚凳。"

"天啊！"乖巧的香蕨木叫了出来，"真是一个巨人！那他的小指头有多长呢？"

"从别墅到湖边那么长。"尤斯塔斯说。

"真大！"香蕨木为这种精确的描述兴奋不已，"那么，赫拉克勒斯的肩膀有多宽呢？"

"这个我也不知道，"尤斯塔斯说，"不过我想，肯定比我的肩膀宽得多，比你爸爸的也宽得多，比当今所有人的肩膀都宽得多。"

"那么，"香蕨木把嘴贴上了尤斯塔斯的耳朵，"你能告诉我，巨人脚趾间长出的那棵橡树有多大吗？"

"比史密斯上尉家的大栗树还要大。"尤斯塔斯回答。

"尤斯塔斯，"思考一阵之后，普林格尔先生终于开口，"对于你讲的这个故事，我觉得，真不知该怎样表扬你，我也很想满足你作为作者的自豪感。但请听听我的建议，以后还是不要试图改编这样的希腊古典神话，你的想象力完全是哥特式①的，所以会把你描述的一切都哥特化，那效果就像是给大理石雕像涂上油彩，完全不伦不类。就说你添加的这个巨人吧！希腊神话的结构一向完美，但你却强塞进一个身材比例如此不协调的庞大身躯，作为一个整体如此和谐的希腊神话故事，即使是那些奇异夸张的细节，也要有所节制。"

"我正是按照自己心目中巨人呈现的样子来描述的，"尤斯塔斯感觉自尊心受到了伤害，"先生，如果您能改变心态，并愿意去改造希腊神话，那么您立刻就会发现，对于这些神话传说，古老的希腊人并不比一个美国北方佬更有特权。希腊神话是世界共同的遗产，也是所有时代的人们所共有的。古代诗人可以随意改造它们，他们手中的神话柔软得可以被捏来捏去，那我为什么就不能按照自己的审美来重塑它们？"

普林格尔先生不禁微微一笑。

"还有，"尤斯塔斯接着说，"只要您把自己的内心、热情、喜爱、人伦或天理都倾注到古典神话的框架中，那它就会变得和以前大不一样。

---

① 即哥特文学，英语文学派别，西方通俗文学中惊险神秘小说的一种，常与黑暗、恐怖联系在一起，显著的哥特文学元素包括恐怖、神秘、超自然、厄运、死亡、颓废，等等。——译者注

我认为，这些神话本应是远古时代人类的共同财产，希腊人却把它们据为己有。他们将这些故事打造得异常完美，但却又冷酷无情，无形中会给后世的人们造成巨大的伤害。"

"那么，毫无疑问，你就注定要背负弥补这些伤害的重任吗？"普林格尔先生大笑起来，"好吧，好吧，请继续。不过要记住，千万不要把你这些歪曲的作品变成文字。下一个故事会是什么？你可以试试关于阿波罗的传说。"

"噢，先生，您认为我就修改不了阿波罗的故事吗？"尤斯塔斯沉思了片刻说道，"乍一想，一个哥特式的阿波罗的确很荒谬。不过我会好好考虑您的建议，或许也能获得成功。"

两个人讨论的东西，孩子们一个字都没听懂。听着听着，他们就困了，然后被送到床上去睡觉；上楼时还能听到他们在昏沉中含糊地说着梦话。西北风在别墅旁的树梢上呼啸着，像是在屋子的周围唱着赞美诗。尤斯塔斯回到书房，重新开始搜肠刮肚，但却在琢磨着该用哪个韵脚时睡着了。

THE MIRACVLOVS PITCHER
THE HILL-SIDE

INTRODVCTORY TO THE MIRACVLOVS PITCHER

神奇的罐子

山坡上

引 言

接下来，我们会在什么时候以及会在哪里找到那些孩子呢？这一次，不再是隆冬，而是美丽的五月。孩子们也不在丛林别墅的游戏室或炉边，而是在一座大山的半山腰，或者叫它"巨大的山"。孩子们从别墅出发后，立志要登上这座大山，一直抵达光秃秃的山顶。当然，这座山肯定不如钦博拉索峰和白朗峰那么高，即使跟附近的老灰锁峰比起来，也矮着一大截。但不管怎么说，它还是远远高过那些数不清的蚂蚁窝和老鼠洞。如果以孩子们的小脚来衡量，这还真是一座不折不扣的高山。

那么，尤斯塔斯表哥也和他们在一起吗？这一点你可以确定，不然这本书还要怎么写下去呢？现在他正在放春假，样子和四五个月前差不多，

125

可如果仔细盯着他的上唇，就会看到那里已经有了一小茬胡须。除了这个成熟男性的标志以外，你可能会觉得尤斯塔斯表哥还和刚认识他时一样，是个大男孩，风趣幽默、活泼好动，深受孩子们的喜爱。这次登山远足就完全是他的主意；一路向上全是陡坡，所以他一直在轻快地高喊，给大一点的孩子们鼓劲。年纪小一些的蒲公英、流星花和南瓜花感觉累时，尤斯塔斯就挨个儿背着他们上山。就这样，他们走过了山脚下的果园和草场，到达了一片树林；这片树林一直延伸到光秃秃的山顶。

这一年的五月，一直比往年的五月更宜人。今天更是风和日丽，是大人孩子们所盼望的最好的天气。上山的途中，孩子们发现了许多紫罗兰花，有蓝色的、白色的，还有金色的；那些金色的花黄灿灿的，就像被弥达斯国王碰过一样。所有花中最友善、最合群的还要属那些茜草科小花，山坡上随处可见。这些花从不独居，热爱同类，喜欢和众多的"亲朋好友"共处。有时你会发现一大家子的小花，覆盖着不过巴掌大的土地；有时则会发现一片很大的茜草科植物群落，能将整片草地染成白色；一株株地靠在一起，正快乐茁壮地生长。

树林边还有许多子柱花[①]；它们都太谦让了，总是急忙躲开阳光，所以花的颜色更接近于白色，而不是红色。还有一些野生天竺葵和锦簇的白色草莓花。而那些匍匐浆果鹃[②]的花朵还未过花期，但却把珍贵的花瓣藏在去年枯萎的落叶里，就像鸟妈妈小心地藏起自己的幼鸟；我想，这些花一定是知道自己的花瓣有多么美丽芬芳，所以才会藏得如此巧妙，孩子们偶尔闻到了它那清幽的花香，但就是没法很快找到它藏在哪里。

田野、草地，到处都是已经结了籽的蒲公英，就像是顶着一团团白色的假发。在这样一派欣欣向荣、生机勃勃的景象里，让人觉得又奇怪又可

---

① columbine，也叫耧斗草、耧斗菜，原产于欧洲和北美洲，花语为"胜利"。——译者注
② arbutus，也称五月花，杜鹃花科蔓生常绿植物。——译者注

惜的就是这些蒲公英，夏季明明还没到，可它们的夏天却已经结束了；这些带着翅膀的小花球一旦结籽，它们成熟的秋季就已经到来了。

好吧，不再浪费宝贵的篇幅来专门谈论这些春光和野花，还是说一些更有趣的事吧。看，孩子们都已围在了尤斯塔斯身边，而尤斯塔斯则正坐在一个树墩上，像是马上就要开始讲故事了。其实，年纪小一点的孩子们早就发现，靠自己小小的步子来丈量这长长的山路，实在是一项艰巨的任务，也会花掉很长时间。于是尤斯塔斯表哥准备将香蕨木、流星花、南瓜花和蒲公英留在半山腰，由其余的孩子爬上山顶。可留下的孩子不太喜欢被困在原地，所以忍不住开始抱怨起来，于是尤斯塔斯从口袋里掏出几个苹果，提议会给他们讲一个好听的故事，孩子们这才露出了笑容。

说到这个故事，我当时也正躲在一棵灌木后面偷听，接下来的内容也只是我的转述而已。

出场角色

ACTORS

（*注：此处提及的众神及英雄和神兽等角色，其角色关系均出自于传统经典古希腊神话故事，其故事情节与霍桑在本书中的改写有所不同。）

菲利门和博西斯（Philemon and Baucis）：古希腊神话中生活在弗里吉亚的一对贫穷而虔诚的老夫妻。当主神宙斯和赫尔墨斯（即墨丘利/水银）化作凡人巡访人间时，受到了这对老夫妻的慷慨款待，而他们富有的邻人们却把这两位神明赶了出去。作为奖惩，宙斯引发大洪水淹没了村庄，却使他俩幸免于难。神把他们的房子变成了神殿，并使他们如愿成为了祭司，终生看守神殿。后来，他们同时死去的愿望也得以实现，死后分别化作橡树和菩提树。两棵大树的树枝相交，永远相守。本书中出现的两个陌生人应该就是宙斯和赫尔墨斯。

宙斯（Zeus）：古希腊神话中第三代众神之王，奥林匹斯十二神之首，统治宇宙的至高无上的主神，是希腊神话里众神中最伟大的神。

THE·MIRACVLOVS PITCHER

神奇的罐子

很久很久以前，一个傍晚，老菲利门和他年老的妻子博西斯正坐在小屋门口，享受着平静而美丽的黄昏。他们已经吃过简单的晚餐，正准备消磨睡前这一小段静谧的时光。两个人正在谈论自家的菜园、奶牛和蜜蜂，还有那沿着小屋墙壁攀援而上的葡萄藤，藤上的葡萄粒已经开始变成紫色。就在这时，附近村子里传来了孩子们粗鲁的叫喊声和尖锐的狗叫声，而且越来越大，直到夫妇俩再也听不清对方在说些什么。

"噢，老太婆，"菲利门大声说，"是不是又有哪个可怜的流浪者想在邻居那里借宿，他们不但不让客人进门，还放狗咬他？他们总是这样！"

"唉，"博西斯说，"真希望这些邻居能对别人仁慈一点。想想他们是怎么教育孩子的，真是可怕！看着那些孩子朝外乡人扔石头，他们竟然还会赞许地拍拍他们的头。"

129

　　"那些孩子以后也不会是什么好人，"菲利门摇了摇满是白发的脑袋，"说实话，老太婆，要是哪天村子里的人全都遭遇了什么可怕的事，我一点也不会觉得奇怪。除非他们能痛改前非，好好注意自己的言行。不过，对于我们来说，只要老天给了我们一块面包，就要随时准备将一半面包施舍给所有穷困潦倒、无家可归的陌生人，不管是谁，只要他需要。"

　　"当然，老头子！"博西斯说，"我们一定会的！"

　　要知道，这可是一对贫穷的老人，他们为了生计不得不每日辛勤地劳作。老菲利门整日在菜园里努力耕耘，博西斯则一天到晚忙着纺纱，要不就是用自家奶牛产的牛奶做点黄油和奶酪，或是在小屋门旁做点杂事。他们的食物几乎只有面包、牛奶和蔬菜，偶尔能从蜂巢里弄点蜂蜜回来，或是从墙边摘来一两串熟葡萄。可他们两个却是世界上最善良的老人，永远都是宁愿微笑地省去一顿晚饭，也不愿拒绝门前停下的疲惫的旅人，哪怕送给他们一片黑面包、一杯鲜牛奶或是一勺蜂蜜。他们仿佛觉得，这样的客人总有一种神圣感，所以对客人应该比对自己更好，更慷慨。

　　他们的小屋立在一片高地上，离最近的一个村子并不远；那个村子坐落在一个约有半英里宽的空旷山谷里。世界刚刚形成时，这片山谷很可能是个湖床；那时，鱼儿会在湖水深处游来游去，水草沿着湖边生长，宽广平静的湖面就像是一面镜子，倒映着树木和小山。可后来湖水渐渐退去，人们开始开垦这片土地，在上面盖起了房屋，所以现在这里已经是一块沃土。渐渐干涸的河谷成了一条小溪，蜿蜒地穿过村子，给村里的人们提供水源；除此之外，远古的湖泊再没留下任何痕迹。那里很久之前就已经变成了干燥的土地，橡树拔地而起，高大而茁壮，然后是衰老和死亡，之后被一代代新橡树所代替，这些新长的橡树就像从前一样高大无比。这是一个异常美丽和富饶的山谷，周围丰饶的景色本该让村民们温和而仁慈，彼此友善相待，以表达对老天的感恩之情。

菲利门和博西斯（瓦尔特·克兰，手绘插图。）

可遗憾的是，这片美丽村落的人们，却根本不配住在这片被上天如此眷顾的土地上。他们自私而冷血，对穷苦人丝毫没有怜悯，对流浪者丝毫没有同情。如果有人说，人类应该彼此关爱，否则将无以回报上天对人类的关爱和关怀，他们只会嗤之以鼻。而接下来发生的事则更会令你难以置信，他们竟然把孩子也教育得一样坏。他们看到男孩女孩追赶某个可怜的陌生人，并在他身后叫骂，拿石头砸他，竟然会拍手叫好，鼓励孩子们继续作恶。他们还养了许多又大又凶的狗，每当有流浪者出现在村里的路上，这群讨厌的狗就会跑过去，冲着流浪者龇牙咧嘴、大声吼叫；有时还会咬住流浪者的腿，撕咬他的衣服。如果流浪者来到村里时本就已经衣衫破烂，来不及逃走，那就会变得更加狼狈不堪、惨不忍睹。可以想象得到，这对于可怜的路人来说是一件多么可怕的事，尤其是对于那些老弱病残的流浪者。他们当中熟知这里有坏蛋恶犬横行的人们，会宁愿远远地绕开村子，也不愿再次经过这里。

更糟的是，这些村民看到富人时，却又竭尽所能地显露出恭敬和谄媚。每当富人们乘坐马车，或骑着帅气的大马经过，身边围绕着身着华丽衣裳的仆人随行服侍，他们就会摘下帽子，无比谦卑地弯腰鞠躬。这时如果孩子们表现出不礼貌，就一定会挨他们的耳光。至于那些恶狗，如果胆敢对富人吼叫，这些主人立刻就会用木棒猛打，然后把它们绑起来不给东西吃。说来也不奇怪，这些村民只在乎陌生人口袋里的钱，根本不关心人的灵魂。而人的灵魂，不管是乞丐还是王子，本该都是平等的。

所以现在可以理解，当老菲利门听到村子里又传来孩子们的叫喊声和狗吠声时，为何会说出如此悲伤消极的话了。那些吵闹声很杂乱，并持续了好一会儿，似乎在整个山谷间回荡。

"那些狗从没有叫得这样凶。"善良的菲利门说。

"那些孩子们也从没这么粗鲁过。"善良的博西斯回应道。

两个人就这样坐着，相对无奈地摇摇头。吵闹声似乎越来越近，直到他们看到两个路人正从一个山坡脚下走过来，身后紧紧地跟着一群恶狗，正龇着牙大叫；再往后则是一群孩子，正高声尖叫着使劲朝他们扔石块。他们当中有一个人比较年轻，身材颀长，动作敏捷，还偶尔转过头用手杖驱赶那些恶狗，而那个较为年长、身材高大的同伴则一直静静地向前走着，似乎根本不屑于理会这群凶狠的畜生和恶劣的孩子。

他们衣着简陋，看上去似乎没有钱支付住宿费用。恐怕这才是村民们任由孩子和恶狗如此对待他们的原因。

"老太婆，"菲利门对博西斯说，"我们过去迎一迎这两个可怜的人。他们的心情肯定很糟，只怕没有力气去爬山。"

"你去吧，"博西斯答道，"我先去屋里准备一下，看看能不能给他们做一点晚饭，也许只有面包和牛奶才能让他们的心情好起来。"

于是她赶紧走回了屋里，菲利门则径直走到两个陌生人面前，伸出双手，满脸的热情和友好。其实此时无需语言，两位客人已经感受到了他的热情。不过，菲利门还是大声打起了招呼，语气里透着诚恳：

"欢迎你们，外乡人！欢迎！"

"谢谢！"那个年轻人尽管已经疲惫不堪，刚刚又受到村民们的驱赶，可仍旧欢快地答道，"谢谢你这么热情地欢迎我们，这和我们刚才在村子里受到的待遇可完全不同。请问，你为什么要和这样一群恶人做邻居？"

"噢，"菲利门平静而友善地笑了笑，"是老天把我安置在这里，我想可能就是为了让我来弥补邻居们对你们的无礼吧。"

"说得好，老先生！"年轻人笑着说，"还有，说实话，我和我的同伴，还真是需要你的弥补。那些孩子，那群小混蛋！朝我们扔了许多泥球，把我们的身上弄得很脏，还有一条狗把我原本就很破旧的斗篷也给撕

村里的陌生人（瓦尔特·克兰，手绘插图。）

烂了。不过，我也没吃亏，用手杖朝它的鼻子猛抽了一顿。你们听，即使距离有点远，还是能听到那条狗的哀嚎声吧。"

菲利门看到客人的情绪不是很差，也觉得很欣慰。的确，这位客人的神情，根本就看不出来一丝疲惫和沮丧，虽然他已经走了一整天的路，并且刚刚还曾受到粗暴的对待。他的打扮也有些奇怪，头上戴的东西好像是一顶帽子，帽檐盖住了双耳；虽然这是个夏天的傍晚，但身上却紧紧裹着一个斗篷，可能是想掩盖住里面已经破烂的衣服。菲利门还发现，他穿的鞋子也很怪异；可天色越来越暗，老菲利门的眼神也不是很好，也说不清那双鞋到底哪里奇怪。不过有一件事还是显然很怪的，就是这位客人走起路来又灵活又敏捷，双脚好像会自动从地上浮起来，或者说，他的双脚好像特别不容易踩在地上。

"我年轻时腿脚也很轻便，"菲利门说，"可现在一到傍晚，我就觉得步子越来越重。"

"最能帮人走路的就是一支好手杖，"客人答道，"看，我这支就不错。"

说实话，那是菲利门见过的最奇怪的手杖；由橄榄木制成，顶端好像有一双小小的翅膀，杖身雕刻着两条互相缠绕的蛇，雕刻技巧十分精湛，本来就有点老眼昏花的菲利门差点以为那两条蛇是活的，真以为它们正在那里扭动盘绕。

"这东西真是稀奇！"他说，"一支带翅膀的手杖。给男孩当马骑真是再好不过了。"

此时菲利门和两位客人已经走到了小屋门口。

"朋友们，"老人说，"在这条长椅上坐下休息一下吧，我的老太婆博西斯已经在给你们准备晚饭了。我们都是穷人，不过只要碗柜里有吃的，你们就随便吃，别客气。"

那个年轻客人随意躺在了长椅上，一松手，手杖便落在了地上。可神奇的是，手杖落地后似乎又直直地从地上立了起来，然后展开翅膀，又蹦又跳地飞了一圈，最后斜靠在了小屋的外墙上；它就这样静静地立在那里，只有那两条蛇还在继续扭动着。不过，要我说，这都是小事，没准又是老菲利门老眼昏花看错了。

还没来得及问什么，那位年长的客人忽然开口说话了，把菲利门的注意力从神奇的手杖上拉了过去。

"很久以前，那个村子所在的地方不是有一个湖吗？"客人的嗓音低沉而浑厚。

"从我记事起就没有了，朋友，"菲利门答道，"你们也看见了，我也老了，可我记忆中，那里就一直是田野和草地，和现在一样，还有古老的参天大树和潺潺流过山谷的小溪。据我所知，我父亲，还有我父亲的父亲，都没看到过其他景色。当我这个老菲利门死去并被人遗忘之后，那里肯定也还会是现在这个样子。"

"那可不一定，"陌生人说道，低沉的嗓音里带着几分严厉。他摇了摇头，浓密的深色卷发也跟着一起摆了摆，"既然那个村子里的人已经完全忘记了人性中的友爱和同情，还不如让那片湖水再次漫过他们栖身的土地。"

客人看上去非常严厉，菲利门甚至有点害怕。每当客人一皱眉，天空的暮色似乎就突然变得更暗；而客人摇一摇头，天空又滚过一阵雷声。菲利门更觉得害怕了。

不过，这个陌生人的脸色很快就变得温和起来，菲利门于是也把刚刚的恐惧抛在了脑后。不过他还是忍不住在想，这位年长的客人绝不是一般人，虽然现在看起来衣着寒酸，而且还是徒步跋涉。菲利门倒没觉得他是一个乔装打扮的君王，而是觉得他应该是某位超凡的智者：衣衫褴褛，在世间行走，对财富和所有俗物不屑一顾，四处云游只为增长智慧。菲利门对这个猜想越来越笃定，因为他才一抬眼，就在陌生人的脸上看到了一种似乎极为复杂的思想，那是自己一辈子都琢磨不透的。

博西斯还在准备晚餐，两位客人便开始和菲利门愉快地闲聊。年轻人的确很爱说话，而且经常妙语连珠，把老人逗得哈哈大笑，直说他真是个少见的家伙，这么会逗人快活。

"请问，年轻的朋友，"三个人很快熟络了起来，"我该怎么称呼你呢？"

"噢，你没看出来吗？我很聪明伶俐，"年轻人答道，"所以，我觉得'水银'这个名字很适合我。"

"水银？水银？"菲利门一边重复，一边看着客人的脸，想要知道他是不是在和自己开玩笑，"真是个奇怪的名字！那这位坐在你身边的同伴呢？他的名字是不是也这么奇怪？"

"他的名字可得让雷声来告诉你！"水银神秘地说，"其他声音都还不够资格。"

如果不是自己刚好盯着那位年长的陌生人，并在他脸上看到了满是和善和慈爱，水银这句不知道是不是玩笑的话，本该会让菲利门对他充满敬畏。毫无疑问，在所有曾经潦倒地停在小屋门边的客人当中，他是最了不起的人物，只要一说话，就显得那么庄严诚恳，菲利门无法抗拒地想把心里的秘密全都告诉给他。每当人们遇到这样的智者，一位能够理解所有善恶而又丝毫不会鄙视别人的智者，都会产生这种感觉。

可菲利门是一位淳朴善良的老人，他并没有太多的秘密可讲。最后只是絮叨了许多自己过去的日子，他一生都不曾离家太远，最远也不过二十英里地，他和妻子博西斯从年轻时起就一直住在这间小屋，靠自己的诚实劳动养家糊口，日子一直很清贫，但他们很满足。他还说起了博西斯做的

《宙斯和墨丘利在菲利门与博西斯的小屋》（*Jupiter and Mercury in the House of Philemon and Baucis*），铜版油画，德国著名画家亚当·埃尔斯海默（Adam Elsheimer, 1578—1610）于1608年创作，16.9×22.4cm。

奶油和奶酪有多美味，自己种在园子里的蔬菜有多好。他还说两个人非常相爱，都盼望不要让死亡把彼此分开。菲利门还祈求两个人能一起死去，永不分离。

陌生人听到这里，脸上露出了一丝微笑，那笑容既威严又可亲。

"真是个善良的老人，"他说，"还有一个能相濡以沫的好妻子。你们的愿望理应被实现。"

听到这句话，菲利门仿佛看到西方天边的晚霞中闪了一道光，瞬间照亮整个天空。

这时博西斯已经做好了晚饭。她走到门前，为只能用粗茶淡饭招待客人而感到抱歉。

"要是早知道你们会来，"她说，"我和老头子就宁可什么都不吃，也要给你们准备一顿好的。可我把今天的大部分牛奶都用来做奶酪了，最后一条面包也被吃了一半。唉！我一向觉得贫穷没什么，也只有当可怜的路人来敲门时，才会感到贫穷的悲凉。"

"这已经很好了，夫人，请不要有任何困扰，"年长的客人和蔼地说，"能诚恳而热情地欢迎客人，就能够创造奇迹，把粗茶淡饭变成琼浆佳肴。"

"你们理应受到欢迎，"博西斯大声说，"还好我们剩下了一点蜂蜜和一串紫葡萄，你们可以尝尝。"

"噢，博西斯夫人，那可真是一顿盛宴！"水银大笑着，"货真价实的盛宴！你会看到我将毫不客气，放开肚皮，大吃一顿！我还从没感觉像今天这么饿。"

"老天！"博西斯小声对丈夫说，"这个年轻人胃口这么好，真怕我准备的饭菜根本不够。"

接着，四个人走进了小屋。

现在，小听众们，让我来讲一件会让你们目瞪口呆的事吧，这可是整个故事中最怪的事。你们还记得吗？刚才水银的手杖自己靠在了小屋的外墙上。看，当他的主人走进小屋时，这支神奇的手杖居然也张开小小的翅膀，蹦跳地上了台阶！"嗒、嗒、嗒"地不停地在厨房地面上踩着步点，最后毕恭毕敬地立在了水银的椅子旁。只是老菲利门和妻子正忙着招呼客人，根本没有注意到那根手杖。

博西斯说的没错，对于两个饥肠辘辘的客人来说，晚饭的确少了点。桌子中央摆着剩下的黑面包，一边是一块奶酪，另一边是一碟蜂蜜，葡萄倒是不少，两个客人可以每人吃上一大串；桌子一角放着一个不大的陶罐，里面几乎都是牛奶。博西斯盛满两碗牛奶后，罐子就隐隐地见了底，博西斯把两碗牛奶摆在了客人面前。唉！当一个热情好客的主人，因贫困而不能如愿地慷慨待客时，那该是一件多么悲伤的事！可怜的博西斯一直在想，如果能给眼前饥饿的客人们提供一顿更丰盛的晚餐，她情愿饿上整整一周。

眼前的晚餐这么少，她多希望客人们的胃口也能小一点。唉，可他们刚坐下，就把各自眼前的牛奶喝得干干净净。

"再来点，博西斯夫人，如果您愿意，"水银说，"今天天气很热，我快渴死了。"

"噢，亲爱的客人们，"博西斯有些尴尬，"说起来惭愧，真的很抱歉。可是，说实话，罐子里面已经没有什么牛奶了。老头子！老头子！我们要是没吃晚饭该多好！"

"啊，我觉得，"水银站起身把罐子拿了起来，大声说，"我觉得，也没您说的那么糟吧，罐子里明明还有很多牛奶。"

他边说边开始倒牛奶。令博西斯吃惊的是，他不仅盛满了自己的碗，然后又倒满了同伴的碗。这个老太婆几乎不敢相信自己的眼睛，她明明记

受到款待的陌生人（瓦尔特·克兰，手绘插图。）

得刚刚已经几乎倒完了所有的牛奶，把罐子放回桌上时自己还往里面看了看，都已经见底了。

"可能是我老了，"博西暗暗想着，"总是爱忘事，我一定是弄错了。不管怎么说，刚刚又倒出两大碗牛奶，现在罐子一定是空了。"

水银一口气喝完第二碗，接着又说："这牛奶真是好喝！请原谅，亲爱的夫人，我还想再喝点。"

这回博西斯看得清清楚楚，水银刚才已经把罐子倒得底朝天，连最后一滴牛奶都被倒进了碗里，罐子里自然不可能再有牛奶。虽然她知道罐子里什么都没有了，可为了让水银相信自己，她还是举起罐子，做出往碗里倒牛奶的样子。谁知牛奶竟像瀑布一样冒着泡地流向了碗里，很快就没过了碗边，溢到了桌子上！可以想象，此时的博西斯是多么的惊讶！

水银手杖上的两条蛇此时也伸出了头，开始舔食溢在桌上的牛奶，可博西斯和菲利门都没有注意到这个场面。

此时的牛奶闻起来是那么浓郁香醇！似乎菲利门那头唯一的奶牛，那天吃到了世界上最鲜美的青草！亲爱的孩子们，我只希望，你们每个人都能在晚餐时喝到这么香甜的牛奶！

"请给我来片黑面包吧，博西斯夫人，"水银说，"另外再来点蜂蜜！"

于是博西斯切了一片面包给他。尽管那条面包早就已经变得又干又硬，而且一点也不好吃，可现在面包却又松又软，就像是刚从烤炉里拿出来，才放上几个小时一样。她捡起桌上的一粒面包屑尝了尝，觉得比以前吃过的面包都要好吃，简直不敢相信这就是自己亲手烤的。可是，不是自己烤的，又是哪来的呢？

可那瓶蜂蜜，简直是无法言喻！蜂蜜看上去是那么诱人，闻起来是那么香甜，颜色是最纯净透明的金色，气味浓郁得如同聚集了一千朵花的芳

香，那不是尘世花园中的花朵，而是要飞上高高的云端之上才能找到的花朵；可奇怪的是，这些蜜蜂飞到长满芬芳花朵的天国花园之后，居然还愿意回到菲利门花园里的巢穴中。这是世人从未见过、从未闻过并且从未品尝过的蜂蜜，那芳香在厨房里萦绕，让置身其中的人感到无比愉快；只要闭上眼睛，就会立刻忘记这里低矮的天花板和熏黑的墙壁，会以为自己正坐在一座凉亭里，亭边爬满了仙境中才会有的金银花。

虽然博西斯是个淳朴的老太婆，可她也不禁会觉得刚刚的这些事有些不同寻常。于是，她将面包和蜂蜜递给客人，并在每个人的盘子里放了一串葡萄，之后便在菲利门身边坐下，轻声地告诉了他刚才发生的怪事。

"你听说过这种事吗？"她问道。

"没有，从来没听说过，"菲利门笑了笑，"亲爱的老太婆，我觉得你刚刚一定是在做梦。如果让我来倒牛奶，马上就能弄清是怎么一回事；只不过是罐里的牛奶正好比你想象的多一点而已。"

"噢，老头子，"博西斯说，"随你怎么说，反正这两个人绝对不寻常。"

"好吧，好吧，"菲利门还在笑着，"他们可能的确不寻常，显然，他们看起来肯定见过世面。我很高兴他们对这顿晚饭很满意。"

此时两个客人都正拿起盘里的葡萄。博西斯揉了揉眼睛，发现葡萄串上的葡萄似乎变多了，而且每颗葡萄看上去都那么鲜艳欲滴、甜美多汁。她觉得这完全是个奇迹，小屋外墙上攀爬的那根老葡萄藤，又矮又小又枯，怎么能结出这样的果实来。

"这葡萄真不错！"水银一边说，一边吞下一颗颗葡萄粒，可葡萄却并不见少，"请问，亲爱的主人，您是在哪里摘的葡萄？"

"自家的葡萄藤，"菲利门回答，"你看，窗户那边正绕着一根葡萄枝，就在那儿。可我和老太婆并没觉得这葡萄有多么好。"

"我从没吃过这么好的葡萄，"客人说，"如果您愿意，再给我来杯鲜美的牛奶吧，那样我就会觉得，王子的晚餐也不会比我的好。"

这一次，老菲利门自己拿起了罐子，因为他很好奇，想要知道博西斯刚才说的那个奇迹是不是真的。他知道自己的妻子不可能说谎，而且她认为对的东西就很少有错。可这件事太古怪了，他自己也很想弄清楚。于是，他一边拿起罐子，一边偷偷瞄了一眼里面，高兴地看到已经一滴牛奶都没有了。可忽然，他看到一股白色的泉水从罐底喷涌了出来，瞬间就填满了罐子，那乳白色的牛奶还在泛着泡沫，发出香甜的气味。还好，大吃一惊的菲利门没有失手把这个神奇的罐子摔在地上。

"你们究竟是谁？是你们创造了奇迹！"他不禁失声喊道，比妻子还要吃惊。

"我们是你的客人，亲爱的菲利门，也是你的朋友，"那个年长的客人答道，声音温和而低沉，听上去令人肃然起敬，"请给我也倒上一碗这样的牛奶。愿你们的罐子永不枯竭，为了疲惫困窘的路人，更为了善良的博西斯和菲利门！"

晚饭后，客人们请求主人带他们去休息。两个老人很想多跟他们聊一会儿，想告诉他们，自己看到粗茶淡饭变成丰盛晚宴时，感觉是多么神奇和高兴。可那位年长的客人看上去有些严肃，他们不敢提出这样的要求。于是菲利门把水银拉到一边，问他世界上怎么会有这样的事，一个普通的陶罐里居然会涌出源源不断的牛奶。于是水银指了指自己的手杖。

"它就是整件事的奇妙之处，"水银说，"如果你能弄明白，并且还能告诉我是怎么回事，那我可要谢谢你。我自己也搞不懂这支手杖是怎么回事，它总是爱搞这种小把戏，有时也会给我弄来一顿晚餐，可又常常把这顿晚餐偷走。如果说我也相信远古那些不合常理的事的话，那只能说，这根棍子是被施了魔法。"

　　水银没再往下说，只是狡黠地盯着他们的脸，菲利门和博西斯觉得他像是在取笑他们。接着，水银走出房间，那根有魔力的手杖就蹦着跟在后面。现在只剩下他们两个了，这对善良的老夫妇忍不住又说了一会儿晚上的事，然后便躺在地上，很快进入了梦乡。他们已经把自己的卧室让给了客人们，家里也没有多余的床，他们只能睡在地板上。真希望那些地板也能像他们的心肠一样柔软。

　　老人和妻子很早就起来了，太阳升起后，客人们也起了床，准备离开。菲利门热情地挽留他们再多留一会儿，好让博西斯给他们挤牛奶，火炉上正烤着一块蛋糕，或许还能给他们找来几个鲜蛋，做一顿早餐。可客人们觉得，最好能在烈日当空之前赶路，所以坚持马上就出发。不过，他们特意邀请菲利门和博西斯跟他们走上一段，好给他们指指路。

　　于是四个人从小屋里走出来，谈笑风生，就像是老朋友一样。这对老夫妇已经在不知不觉中和那位年长的客人变得亲密起来，这种感觉很奇妙：他们的善良淳朴和客人的温和友善融合在一起，就像是融入到无边无际大海中的两滴水。至于水银，他还是那样开朗活泼，似乎总是能在两个老人反应过来之前，先捕捉到他们最细微的想法。他们有时真的希望，水银别这么聪明伶俐，最好还能把他的手杖扔掉，那两条蛇一直在盘绕扭动，看上去神神秘秘，怪吓人的。可水银总是那么和气，于是他们真希望能永远把他留在自己的小屋里，从早到晚和他待在一起，就算他一直带着手杖和两条蛇，以及所有各种古怪的东西。

　　"唉！"走了一小段路之后，菲利门忽然叹了口气，"要是邻居们也懂得热情帮助陌生人会是一件非常幸福的事，那该多好！他们会把所有的狗都拴好，也绝不允许自己的孩子向陌生人扔石头。"

　　"简直是一种罪过，"善良的博西斯气愤地说，"我今天就过去告诉他们，这样做是不对的！"

"恐怕，"水银狡黠地笑了笑，"你会发现，他们都不在家了。"

年长的客人此时露出庄重而严厉的神色，令人敬畏，却又宁静安详。看到他的样子，无论是菲利门，还是博西斯，都不敢再说一个字。他们仰望着他的脸，就像是在仰视苍天。

"如果人类不能对最卑微的陌生人亲如兄弟，"年长的客人说道，那声音就像是管风琴一样低沉，"那么他们就不配活在世界上，因为世界本就是为了人类彼此之间的情谊而创造的！"

"顺便问一下，亲爱的老伙计，"水银的眼里闪烁着调皮的喜悦，"你们说的那个村子在哪里？在哪一边？我看，这附近可没什么村子。"

菲利门和妻子这才转过头向山谷看去。就在昨天傍晚，他们还能在这里看到草地、房屋、花园、树丛，以及宽阔的大道，孩子们在嬉戏，人们在工作和游玩，到处一派生机勃勃的景象。可现在，这里连村子的影子都没有！就连村子所在的肥沃谷地也消失了。眼前的景象让他们大为震惊。他们在谷地那里看到了广阔的蓝色湖面，湖水灌满整个山谷，四周的群山倒映在湖水的怀抱之中，一切是那样安详宁静，仿佛自创世以来一直都是如此。而此时此刻，湖水依然风平浪静，没有一丝涟漪；忽然吹过一丝微风，湖水便开始跳舞、闪烁，在晨曦中闪闪发光，然后又呢喃着冲向岸边。

这片湖水是那样熟悉，老夫妇有些迷茫，似乎在梦中见过湖水下曾有一个村庄。可他们立刻又想起了消失的房屋，还有村民们的脸孔和品行，这一切都太过清晰，绝不是梦中所见。昨天村子还在这里，可现在竟消失得无影无踪！

"噢！"两位好心的老人大喊道，"那些可怜的邻居们呢？"

"他们再也成为不了男人和女人，"年长的客人说道，声音洪亮而低沉，远处似乎响起了一阵雷声，正与他的话遥相呼应，"他们的生命无用

世界名画 《宙斯引发大洪水》（*Stormy Landscape with Philemon and Baucis*），油画，17世纪佛兰德斯画家，早期巴洛克艺术杰出代表彼得·保罗·鲁本斯（Peter Paul Rubens，1577—1640）于1625年创作，146×208.5cm。

而丑陋，因为他们不肯关爱同胞、行善积德，也无法使凡人艰辛的命运变得温柔甜美；他们的胸中不曾保留对昔日美好生活的印象。所以，远古的湖水又重新开始漫延，倒映出天空的轮廓！"

"而这些愚蠢的人们，"水银调皮地笑着，"都已经变成了鱼。其实也没怎么变，他们早就是一群身披鱼鳞、铁石心肠的坏蛋，是世界上最冷血的生物。所以，博西斯夫人，要是什么时候想吃上一盘烤鳟鱼，就投一根钓线进湖里，然后拉出几个老邻居就行了。"

"变成了鱼？"博西斯不禁打了个寒颤，"我绝不会这样做，无论如何都不会，要把他们放在烤架上吗？"

"不，"菲利门做了个鬼脸，"我们可不喜欢他们的味道！"

"至于你，善良的菲利门，"年长的客人接着说，"还有你，仁慈的博西斯，你们如此贫寒，却能在招待无家可归之人时倾尽所有。你们诚挚的热情带来了取之不尽的牛奶，将黑面包和蜂蜜变成了美味佳肴。让天神在你们的桌边尽情享用，就像在享受奥林匹斯山上的盛宴美食。你们做得很好，亲爱的老朋友们。所以，你们有什么心愿吗？尽管说吧，我一定会满足你们。"

菲利门和博西斯面面相觑。然后，两个人的内心同时迸发出一个共同的心愿。

"我们愿生时永远相依，死时一同离去！因为我们一直相爱！"

"如你们所愿！"陌生人庄严而又和蔼地说道，"现在，请看看你们的小屋！"

他们此时看到的是一座白色大理石砌成的高大神庙，大门正大敞四开，就屹立在之前简陋小屋所在的位置。他们简直不敢相信自己的眼睛！

"这就是你们的家，"陌生人慈爱地微笑着，"请在你们的宫殿里尽情款待所有客人，就像昨晚在那间茅舍里热情款待我们一样。"

两个老人双膝跪地，表示感谢。可是，看！他和水银瞬间就不见了。

于是菲利门和博西斯住进了大理石神庙，以帮助来往的路人为乐。我必须要说的是，那个罐子一直保持着神力，只要想把它灌满，它就永远不会变空。每当有诚实快乐、无忧无虑的客人喝下罐中的牛奶，就总会觉得那是他喝过的最香甜、最解乏的牛奶。不过，如果是一个粗鲁乖戾的家伙，他的脸就会变得狰狞扭曲，并且还会高喊：这明明就是一罐发酸的牛奶！

就这样，老夫妇在这座神庙里住了很久很久，一直老得不能再老。一个夏天的清晨，菲利门和博西斯没有像往常那样，带着热情的微笑出来邀请投宿的客人吃早餐。客人们于是到处寻找他们，把宽敞的神庙翻了个底朝天，可毫无结果。迷惑了好一阵子之后，他们这才发现，神庙门口竟多出了两棵大树！没人记得以前这里曾有过这两棵树，但它们就站在那里，树根深深地扎在土壤中，巨大的树荫遮住了整个神庙的正身。那是一棵橡树，另一棵是菩提树；两棵树的枝条紧紧缠绕相拥，彼此像是长在了对方的怀抱里，真是一幅奇特而美丽的画面！

客人们不禁惊叹，这两棵树是如此高大庄严，至少需要一百年才能长成，怎么会在一夜之间拔地而起？此时，一阵微风吹过，彼此缠绕的树枝摇动了起来，空中传来一片沙沙声，低沉而深远，像是这两棵神奇的大树正在说话。

"我是老菲利门！"橡树轻声地说。

"我是老博西斯！"菩提树柔声应道。

风越来越大，两棵树一齐喊出了声："菲利门！博西斯！博西斯！菲利门！"仿佛他们本就是一体，心心相印。显然，善良的老夫妇变成大树之后，又重新焕发了青春，生机勃勃。他们准备就这样平静幸福地共度百年；菲利门橡树，博西斯菩提树。啊！看他们是多么的友善！为路人投下一片绿荫！每当有人在树荫下停留，就会听到头顶上的树叶在摩挲作响，那声音是那么令人愉悦，那声音听起来就像是在说：

"欢迎你，欢迎你，亲爱的客人，欢迎你！"

有一个心地善良的人，在了解了老夫妇的心意之后，在两棵树的周围建起了一个环形长椅。以后的很长时间里，路人们只要感到疲惫、饥饿或口渴，都会到那里休息，尽情地饮用神奇的罐子里源源不断的牛奶。

真希望，此时此刻，这里也能有一个神奇的罐子！

THE·HILL-SIDE
AFTER·THE·STORY

神奇的罐子

山坡上

尾声

"那个罐子到底能装多少牛奶？"香蕨木发问了。

"不到一升，"尤斯塔斯答道，"不过只要愿意，可以一直从里面倒出牛奶，直到灌满一大桶。其实，牛奶还可以一直不停地流，就算是在盛夏也不会枯竭，这要比那条沿山坡潺潺流下的小溪强多了。"

"那个罐子现在怎么样了？"小男孩继续发问。

"很遗憾地告诉你，大约在两万五千年以前，它被打破了。"尤斯塔斯说，"人们一直在尽量修补它，尽管还能装很多牛奶，可再也没听说它能自动填满。所以，你知道，现在它和任何一个裂开的陶罐一样普通了。"

　　"真可惜！"孩子们齐声喊道。

　　还记得那只名叫"本"的老犬吗？它此时也一直跟在队伍的后面，同行的还有一只半大的纽芬兰犬，名叫布鲁恩①，因为毛色就跟黑熊一样黑。本的年龄比较大，而且向来十分谨慎，尤斯塔斯于是礼貌地邀请它跟在四个最小的孩子后面，防止他们调皮捣蛋闹出麻烦。至于黑黝黝的布鲁恩，连它自己都只是个孩子；尤斯塔斯于是决定把它带在身边，以防它和孩子们闹过了头，把孩子们绊倒，如果再滚下山坡或是跌下山去，那可就麻烦了。最后，尤斯塔斯让流星花、香蕨木、蒲公英和南瓜花不要动，就在原地乖乖坐好，自己则和樱草花以及其他大一点的孩子开始爬山，很快便消失在了树丛中。

___

① Bruin，英语中也有"熊"的意思。——译者注

THE·CHIMÆRA·
·BALD·SVMMIT·

喀迈拉

引 言

尤斯塔斯正和孩子们沿着险峻陡峭、林木丛生的山坡向上走。林中的树叶还不算浓密，不过长出的嫩叶已经可以洒下一片稀疏的绿荫。阳光照耀着树林，到处都是绿莹莹的，好看极了。林间长着苔藓的石头半掩在凋零的枯叶中间；腐烂的树干静静地躺在很久以前曾经倒下的地方；衰败的枝条被风刮落，四处散落在地上。可是，尽管这些看上去有些腐朽不堪，但整个树林却生机盎然：无论看向哪边，冒出的点点新绿还是十分明显，都在等待着夏天的到来。

一群人最后来到了树林的尽头，发现此时已经几乎抵达山顶。这个山顶既不是尖尖的，也不是圆圆的，而是一块开阔的平地，或者可以叫作"台地"。远处是一座房舍和一个谷仓，房子是单门独户，显得荒凉而孤

寂。这里其实还可以说是白云的"家"，云朵时而化作雨滴，时而生出暴风雪，都悉数落进了山谷。

山顶上有一丛石堆，石堆中央插着一个高高的竿子，上面飘着一面小旗。尤斯塔斯和孩子们来到这里，放眼远眺，想看一看他们居住的这个美丽的世界。孩子们看着，看着，眼睛不由得越睁越大。

南边的纪念碑山仍然是风景的中心，但此时看上去似乎有些凹陷，变成了群山家族中最不起眼的一个。更远处的塔克尼克山脉看上去则比往日更加高大宏伟，还有那片美丽的小湖，就连每个小水湾都能看得一清二楚。除此之外，还有几个湖泊在阳光下泛着幽蓝的光，像是一只只睁大的明眸。远方散落着几个白色的村庄，每个村庄教堂钟楼的尖顶都清晰可见；到处都是农舍，每间农舍又有属于它的林地、牧场、草地和耕田。孩子们的脑子里几乎塞不下这么纷繁多样的景物，还有丛林别墅，以前他们一直以为那里简直就是世界上最重要的高峰之一，可从这里看过去，它却变得如此渺小。孩子们的目光要么超过了它，要么落在了它的旁边，总之，所有人都是找了许久才能找到别墅的位置。

雪白轻盈的云朵悬在空中，地上处处都是它们的影子。但不管影子投到哪里，阳光总会紧随而至，将其驱散，于是那影子又只好转投别处。

远远的西边是绵延的青山，尤斯塔斯告诉孩子们，那就是卡兹奇山脉。他还告诉他们，在那些雾气缭绕的山间，曾有许多老荷兰的移民在那里不知疲倦地玩九柱游戏，其中一个名叫"瑞普·凡·温克尔"[1]的懒家伙还在那里睡着了，一睡就是二十年。孩子们热切地恳求尤斯塔斯能给他们讲讲那个神奇的故事，可尤斯塔斯却说，已经有人讲过这个故事了，而且讲得很好，没有人可以超越它，也没有人可以更改一个字，直到它变得

---

[1] 美国作家华盛顿·欧文创作的著名短篇小说《瑞普·凡·温克尔》中的主人公，小说由三篇谈鬼说怪的故事组成。——译者注

也像《戈耳工的头》和《三个金苹果》以及其他神话传说一样古老。

"至少，"长春花说道，"趁我们在这里休息看风景时，再给我们讲个你自己编的故事吧。"

"是啊，尤斯塔斯表哥，"樱草花说道，"我建议你还是在这里讲个故事，最好是那种虚幻的话题，看看你的想象力够不够丰富。可能这一次，山间的空气能让你文采飞扬，诗兴大发。我们现在就置身于云朵里，再奇怪的故事我们也都会相信。"

"你信不信，"尤斯塔斯问道，"世界上曾有一匹长着翅膀的飞马？"

"我信，"俏皮的樱草花答道，"不过我担心你永远都抓不到它！"

"说起这个，樱草花，"尤斯塔斯反驳道，"我或许能抓住珀伽索斯，然后爬到他的背上，其实很多人都能做到这一点。不管怎么说，这里有一个关于飞马的故事；世界上再没有其他地方会比这个山顶更适合讲这个故事了。"

于是，孩子们围坐在石堆旁，尤斯塔斯坐在中央的石堆上，旁边正飘过一朵白云。接下来，尤斯塔斯开始讲述他的故事。

出场角色

ACTORS

ACTORS

（*注：此处提及的众神及英雄和神兽等角色，其角色关系均出自于传统经典古希腊神话故事，其故事情节与霍桑在本书中的改写有所不同。）

喀迈拉（Chimera）： 古希腊神话中的怪兽，会喷火，是众妖之祖堤丰（Typhon）和蛇怪厄客德娜（Echinda）所生。

柏勒洛丰（Bellerophon）： 古希腊神话中的大英雄，科林斯国王格劳科斯（Glaucus）的儿子，俊美勇武，在神的帮助下驯服飞马珀伽索斯（Pegasus），射死怪兽喀迈拉（Chimera），并先后完成许多其他丰功伟绩。

皮瑞涅泪泉（Fountain of Pirene）： 皮瑞涅，古希腊神话中河神阿索波斯（Asopus）的女儿，和海神波塞冬（Poseidon）私通生下两个孩子。不幸的是两个孩子都不得善终，早年夭折。皮瑞涅悲伤至极，眼泪止不住一直往下流，整个变成了泪人，最后身体终于被泪水融化，变成了一汪泉水，得名"皮瑞涅泪泉"。

珀伽索斯（Pegasus）：飞马，古希腊神话中最著名的奇幻生物之一，是美杜莎和海神波塞冬所生，母亲美杜莎被珀尔修斯割下头颅时，飞马和兄弟巨人克律萨俄耳（Chrysaor）一起出生。后来被柏勒洛丰（Bellerophon）驯服，允许柏勒洛丰骑着自己和怪兽喀迈拉（Chimera）战斗。

狄安娜（Diana）：古罗马神话中的月亮与狩猎女神，与古希腊神话中的阿尔忒弥斯（Artemis）等同，不仅是树木和野兽的保护神，而且还是人工培育的植物和家畜的保护神。在林莽和山野间，狄安娜手持弓箭，由众犬伴随，与众多女侍从一起以狩猎为戏。

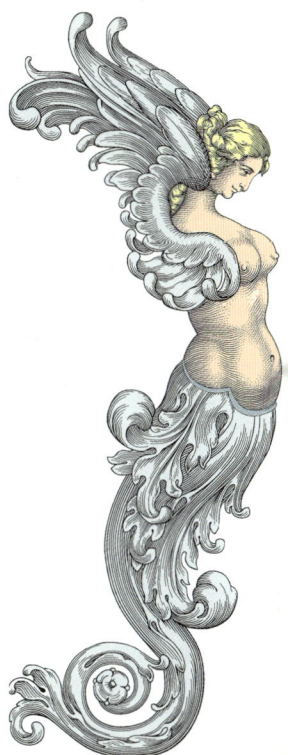

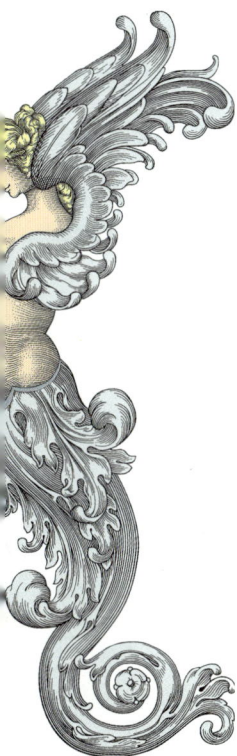

喀迈拉

很久很久以前（其实所有的怪事，都发生在没人能记得的很久以前），在神奇的古希腊，曾有一股泉水从山坡上喷涌而出。据我所知，这股泉水至今还在同样的位置上汩汩地流着。不管怎样，这股宜人的清泉一直在向外涌，晶莹发亮的泉水顺着山坡缓缓流下。这一天，在夕阳的金色光辉中，一个名叫柏勒洛丰的英俊少年来到泉水边，手里拿着马辔头，上面缀满了闪亮的宝石，还装饰着一个黄金做的马嚼子。他在泉边看到了一个老人、一个中年人和一个男孩，还有一个少女正用水罐舀着泉水，于是便停下脚步，请求他们能让自己喝上一口水。

"这水真甜，"喝完后他将水罐冲洗干净，又重新把罐子灌满，然后说道，"请问，这泉水有名字吗？"

"有，它叫'皮瑞涅泪泉'"那个少女答道，"我的祖母告诉我，这眼清泉曾和一个美丽的妇人有关，她的儿子被女猎手狄安娜的箭射死，她便终日以泪洗面，最后化为泉水。眼前这清凉甘冽的泉水，其实是一位可怜的母亲心中的哀痛所化成的。"

"实在想象不出，"年轻人说道，"这汩汩涌出的清澈泉水，正欢快地流过阴影，闪耀在阳光下，其中怎么会有泪水？哪怕是一滴。它叫什么？皮瑞涅泪泉？好吧，谢谢你，美丽的女孩，谢谢你告诉我它的名字。我从遥远的地方来，就是为了寻找它。"

这时，那个中年农夫正赶着自己的奶牛来泉边饮水，他紧紧地盯着柏勒洛丰和他手里的漂亮辔头。

"朋友，如果你从遥远的地方来到这里，就是为了寻找皮瑞涅泪泉，"他说，"说明你们那里的水源肯定是快要枯竭了。不过，请问，你是不是丢了一匹马？我看到你手里拿着的一个马辔头，上面还镶着两排宝石，真是太漂亮了。如果那匹马也像这副辔头这么好，那把他弄丢还真是怪可惜的。"

"不，"柏勒洛丰微笑着答道，"我只是碰巧在寻找一匹非常有名气的马。智者曾经告诉我，一定能在这附近找到这匹马。请问，你是否知道带着翅膀的飞马珀伽索斯？它是不是经常在皮瑞涅泪泉附近出没？很久以前你们祖辈生活在这里时似乎就是这样。"

农夫只是笑了笑。

小朋友们，你们听说过吗？珀伽索斯是一匹雪白的骏马，身上长着美丽的银色翅膀，大多数时候居住在赫利孔山[1]的顶峰。他在天空中飞翔时，就像冲上云霄的老鹰一样狂野、敏捷、轻盈。它是这世上独一无二的飞马，既没有同伴，也从来没有主人，因为它不允许任何人骑上它的背，为它系上缰绳。许多年来，它就这样独自生活，自由而快乐。

啊！做一匹飞马是多么幸福！晚上，珀伽索斯就睡在山巅，白天大部

---

[1] Mount Helicon，希腊神话中，赫利孔山是光明之神阿波罗和文艺女神缪斯的圣山，此地有两汪供奉缪斯的清泉：阿伽尼珀泉和希波克林泉。——译者注

柏勒洛丰在泉边（瓦尔特·克兰，手绘插图。）

分时间都在空中飞行，似乎根本不是人间的生物。每当它在高空中飞过，阳光照耀着它那银色的羽翼，会让人以为它本就属于天空。偶尔它也会在低空中掠过，有时飞得太低，会迷失在薄雾和水汽之中，因急于寻找回去的路，于是便冲进一片闪亮柔软的白云，迷失在其中，然后又突然从云的另一边冲出，那景象简直太美了！有时还会下起暴雨，天空布满乌云，飞马便从云层上飞下，身后闪耀着云层之上透出的太阳光芒；可一瞬间，珀伽索斯和美丽的阳光就会一同消失得无影无踪。不过，任何有幸看见这种奇异景象的人，无论要忍受多久的暴风雨，一整天都会觉得很快乐。

夏天，天气晴朗时，珀伽索斯会常常落在地面上，收起银白的羽翼，此时它喜欢奔跑着穿越山谷，像风一样在山谷间疾驰，消磨时光。皮瑞涅泪泉便是它最常出没的地方，它会在那里畅饮泉水，或是在泉边柔软的草地上打滚。有时，对食物非常挑剔的它也会吃上几口三叶草，但只选其中最香最甜的花朵。

于是，附近居民的祖辈们便会经常去皮瑞涅泪泉边，希望能一睹珀伽索斯的风姿，只要他们还年轻，还相信飞马的存在。可近年来，已经很少有人看见过它了。真的，许多人的房子距离泉水才不过半小时的行程，但却从没见过珀伽索斯，他们也渐渐不相信世上会有这种神奇的飞马存在。而柏勒洛丰询问的这位农夫，恰好就是不相信飞马的人。

所以他才会对柏勒洛丰的问题付之一笑。

"珀伽索斯？噢，"他翘了翘自己的塌鼻子，大声说道，"珀伽索斯？飞马？噢，朋友，你没有问题吧？马长翅膀有什么用？你觉得，马长了翅膀，就能把犁拉得更好吗？当然，如果马能飞，倒是能省点打蹄铁的钱。不过，谁会愿意看到自己的马从马厩的窗户里飞出去？谁愿意在骑马去磨坊时，马却把他驮到了天上？不不不，我不相信什么珀伽索斯。这世界上从来没有过那个又像马又像鸟的荒唐东西！"

"可我确信，这世上真的有飞马。"柏勒洛丰平静地说。

于是他转向那个头发花白的老人。老人正倚着手杖，仔细地听他们说话，头微微前伸，一只手拢在耳边。过去这二十年间，他的耳朵已经越来越听不清了。

"尊敬的老先生，您怎么看？"他问道，"我想，在您年轻时，一定也经常见到那匹飞马吧！"

"噢，年轻人，我记性不太好，"老人答道，"如果我没记错的话，当我还是个小伙子时，的确曾和所有人一样相信这世上真有这样一匹马。可现在，我不知道该怎么去想，也根本不去想什么飞马。如果非说我见过，那也是好多年前的事了。说实话，我不能确定是否见过它。那时我还很年轻，那天，我记得在泉水边看到过一些马蹄印，那可能就是珀伽索斯的蹄印，当然也可能是其他马留下的。"

此时，那个少女一直头顶着水罐站在一旁。"你也从没见过它吗？美丽的女孩，"柏勒洛丰问她，"如果世界上曾有人看到过珀伽索斯，那你一定也见过，因为你的眼睛是那么明亮。"

少女脸一红，微笑着说："有一次，我想我是真的看到它了。它飞得很高，可能是珀伽索斯，也可能是一只很大的白鸟。还有一次，我带着水罐来到泉水边，听到了马的嘶鸣声。噢，那声音真是清脆悦耳！一听到它，我的心也跟着欢快地跳了起来。可我也有点害怕，最后连水罐都没拿就跑回家了。"

"真是遗憾！"柏勒洛丰说。

接着，他又转向前面说到的那个孩子。孩子一直在盯着他看，就像许多孩子都习惯盯着陌生人看一样，粉嘟嘟的小嘴张得大大的。

"啊，小家伙，"柏勒洛丰笑着摸了摸他的卷发，高声说，"我猜，你一定也见过那匹马。"

世界名画 《柏勒洛丰与飞马》（*Bellerophon and Pegasus*），油画，俄国著名油画家亚历山大·安德烈耶维奇·伊万诺夫（Alexander Andreyevich Ivanov，1806—1858）于1829年创作。

"是的，"男孩答得十分痛快，"我昨天就见过它，之前也见过很多次。"

"真是个好孩子！"柏勒洛丰说着把男孩拉到自己身边，"好吧，给我讲讲。"

"嗯，"男孩说，"我经常到这里来放我的小船，或者在水底找漂亮的石头。有时我还会往水里看，看到那匹飞马的影子就映在泉水里。我真希望它能飞下来，把我驮在背上，让我骑着它，一直骑到月亮上去！可只要我稍微动一下，它就立刻飞得无影无踪了。"

柏勒洛丰相信男孩的话，相信曾有人在水中看见珀伽索斯的倒影；也相信那位少女的话，相信曾有人听见珀伽索斯悦耳的嘶鸣。但他不相信那位中年农夫的话，因为农夫只知道拉车的马；也不相信那位老人的话，因为老人已经忘记了自己年轻时曾经见过的美好事物。

于是，此后的许多天里，他经常去皮瑞涅泪泉边徘徊。他一直守候在那里，时不时地抬头仰望天空，或是低头俯视泉水，希望能看到飞马的影子，或是那不可思议的真身；他手里一直拿着那个镶满宝石的马辔头。住在附近的人都有些粗鲁，他们到泉水边饮牛时，常常会嘲笑可怜的柏勒洛丰，有时还会责骂他，说像他这样一个身强体壮的年轻人，不该整天游手好闲，只干这种无聊的事。他们还说，如果他需要的话，可以卖一匹马给他。可当柏勒洛丰拒绝后，他们又试图和他讨价还价，想买走他手上的辔头。

就连小孩子也觉得他是个傻瓜，经常作弄他。他们很没有礼貌，根本不在乎被柏勒洛丰发现自己做的坏事。有一次，一个小坏蛋装扮成珀伽索斯，怪模怪样地模仿马跳的样子，好像是在飞，而另一个男孩则跟在他后面疯跑，手里抓着一束芦苇，装作是柏勒洛丰那个华丽的马辔头。但那个曾在水中见过珀伽索斯倒影的男孩却一直很温柔，也给了年轻人很多安

慰，让他忘记了那些淘气男孩的作弄。这个可爱的小家伙总会静静地坐在柏勒洛丰身旁，一句话也不说，只是不时低头看看泉水，或是抬头看看天空。他心里的信念如此纯真，不禁让柏勒洛丰深受鼓舞。

现在，你或许很想知道，柏勒洛丰为何非要找到这匹飞马。那就趁他默默等待珀伽索斯出现的时候，来好好聊一聊这件事吧。

如果要把柏勒洛丰以前所经历的所有冒险都讲上一遍的话，那可就说来话长了。所以长话短说，在亚洲的某一个国家，出现了一只恐怖的怪兽，名叫"喀迈拉"，它做下的坏事数不胜数，从现在一直讲到日落都讲不完。据我所知，喀迈拉是世界上最丑恶、最狠毒的怪物，它身形怪异、不可捉摸、难以制服，而且最难从它手中逃脱。它的尾巴就像是大蟒蛇，身躯却长得四不像，有时还会变化出三个头：狮头、羊头和令人恶心的蛇头，三张嘴里能同时喷出火焰！这是一只会在地上奔跑的怪物，不知道是不是有翅膀，但不管有没有，总之它跑起来时既像是山羊，又像是狮子，爬行时又像一条大蛇，所以奔跑起来的速度和三种动物加在一起那么快。

有关这只恐怖怪兽所做过的坏事，那真是说也说不完！它喷出一口火焰，就能烧掉一座森林，或是一片粮田，甚至能把一个村子夷为平地，把所有的篱笆和房屋烧得一个都不剩。它肆意破坏整个国家，经常生吞人类和动物，然后在自己炽热的胃里把这些猎物统统烤熟。老天！孩子们，真希望我们永远都别遇见喀迈拉！

就在这个可恨的怪兽在世界另一边为非作歹时，柏勒洛丰恰好经过那里，去拜访那里的国王。国王名叫伊俄巴忒斯，统治的国家名叫"吕基亚"。柏勒洛丰是当时世界上最勇敢的年轻人之一，最大的愿望就是成就一番丰功伟绩，以造福人类，赢得大家的敬慕。在那些岁月里，一个年轻人要想出人头地，唯一的方法就是英勇作战，要么战胜自己国家的敌人，要么战胜邪恶的巨人，或是和危险的恶龙较量；当找不到更凶

世界名画 《柏勒洛丰、珀伽索斯和喀迈拉》（*Bellerophon, Pegasus and Chimera*），画板油画，17世纪佛兰德斯画家、早期巴洛克艺术杰出代表彼得·保罗·鲁本斯（Peter Paul Rubens，1577—1640）于1635年创作，34×27.5cm。

恶的对手时，就要和野兽搏斗。伊俄巴忒斯王看出这位年轻的访客勇气可嘉，于是提出让他去和人人恐惧的喀迈拉战斗。如果再不尽快杀死喀迈拉，整个吕基亚都会被它夷为平地，国家将变成一片荒漠。柏勒洛丰毫不犹豫地立即向国王许诺，自己若不能杀死可怕的喀迈拉，宁愿战死杀场，也绝不偷生。

可是首先，这只怪兽奔跑的速度太快了，柏勒洛丰觉得，如果自己徒步和它作战，绝对没有赢的希望。最明智的做法就是能找到一匹世界上最敏捷的骏马。所以，还能有谁比神奇的珀伽索斯更敏捷呢？它长有双翼，更擅长在空中作战。当然，很多人都不相信有长着翅膀的飞马存在，有关它的传说也都是来自夸张的诗词歌赋和道听途说。可尽管听上去难以置信，柏勒洛丰仍然相信珀伽索斯的存在，希望自己能够有幸找到它。一旦骑上飞马的背，他就能在和喀迈拉的战斗中占据上风。

这就是他为何要从吕基亚来到希腊的原因，手里还拿着那个缀满宝石的华丽辔头。这个马辔具有魔力，只要用金制口衔套住珀伽索斯的嘴，飞马就能立刻变得乖顺驯服，并将柏勒洛丰当作主人，任凭他驱使。

可此时这段等待真是无聊又难熬的时光。柏勒洛丰一直在等，希望有一天珀伽索斯能到皮瑞涅泪泉边饮水。他还担心伊俄巴忒斯国王会误以为自己已经逃走，不敢去和喀迈拉战斗。而那只怪兽如今又在做下多少坏事，自己却依然不能去和它战斗，只能坐在这里傻等，看着皮瑞涅泪泉那清澈的泉水从闪亮的沙子里汩汩而出。一想到这里，他感觉十分痛苦。近来珀伽索斯已经很少到这里来，耗尽凡人的一生，它才可能只来这里一次。柏勒洛丰害怕自己还没等到它来就已经老去，那时胳膊已经没有力气，胸中也没有了勇气。噢，这位敢于冒险的年轻人一直在渴望建功立业，让自己功成名就，可此时时间的脚步却是这样沉重而缓慢！等待是如此艰难，生命又如此短促，人类总是花费太多的时光去学习等待。

还好，那个可爱的小男孩很喜欢柏勒洛丰，一直不知厌倦地陪在他身边。每天，柏勒洛丰的希望之花都会渐渐枯萎凋零，可第二天早上，男孩的到来又会给他带来新的希望。

"亲爱的柏勒洛丰，"男孩满怀希望地看着他，"我想，今天我们就能看到珀伽索斯！"

如果不是男孩拥有如此坚定的信念，柏勒洛丰最终无疑会放弃希望，回到吕基亚，然后拼尽全力在没有珀伽索斯的情况下去杀死喀迈拉。如果是那样，可怜的柏勒洛丰至少会被怪兽喷出的火焰烧成重伤，甚至很可能会被杀死，最后被怪兽吞进肚子。除非骑在飞马的背上，否则没人敢去挑战地面怪兽喀迈拉。

一天早上，男孩又更加信心满满地对柏勒洛丰说："最最亲爱的柏勒洛丰，不知道为什么，我感觉今天我们一定会看到珀伽索斯！"

于是，整整一天里，男孩都不曾离开柏勒洛丰半步。他们一起吃了干面包，喝了一些泉水，下午时坐在泉边，柏勒洛丰用手抱着男孩，男孩也把自己的小手放进柏勒洛丰手中。树丛在泉水上投下阴影，树枝上缠绕着葡萄藤，柏勒洛丰呆呆地注视着景物，眼神里却很空洞。而那个善良的男孩却一直盯着水面，他在为柏勒洛丰难过，为希望一天天地破灭而难过，不知不觉，男孩的眼角渗出了几滴泪水，落进了泉水中，和为自己孩子痛哭的皮瑞涅的泪水融在了一起。

然而，令柏勒洛丰最没想到的是，他突然感觉到男孩的小手重重地压了一下自己的掌心，然后听到一声轻得几乎无声无息的低语。

"看那里，亲爱的柏勒洛丰，水里有一个影子。"

年轻人低头看向泛起涟漪的水面，竟然看到了一个影子！那影子就像是鸟，飞得很高很高，雪白色或银色的翅膀上闪耀着太阳的光芒。

"多美的一只鸟！"他说，"飞得比云层还要高，可看上去还是

世界名画 《缪斯与珀伽索斯》（*Muse and Pegasus*），油画，法国19世纪末象征主义画派主要画家奥迪隆·雷东（Odilon Redon,1840—1916)于1900年创作，73×54cm。
飞马珀伽索斯与文艺和科学女神缪斯（Muse）是好朋友。

这么大。"

"我有点发抖，"男孩低声说，"也不敢抬头，它很美，可我只敢看它在水里的倒影。亲爱的柏勒洛丰，你没看到吗？那不是一只鸟，那是飞马珀伽索斯！"

柏勒洛丰的心开始剧烈地跳动起来。他抬头仔细看去，可已经看不到那只飞翔的动物，因为那只生物此时正冲进一片又轻又软的云朵里，可很快又出现在空中，从白云里钻出来，略微下降了高度，只是距离地面还很远。柏勒洛丰把男孩抱在怀里，一起向后退去，躲在了泉边厚厚的灌木丛里。他并不是怕受伤，而是担心万一被珀伽索斯看到，它会立刻飞走，落在哪个高不可攀的山顶上；要知道，那可真是一匹带着翅膀的飞马。他们两个等了这么久，终于等来了珀伽索斯到皮瑞涅泪泉边喝水。

这个神奇的生物在天空中盘旋着，越来越近，就像一只鸽子正从天上落下来。就这样，它一圈一圈地慢慢降落，越靠近地面，圈子就越小，离地面就越近，看上去就越美丽，银色羽翼扇动的样子也越神奇。最后，它终于落了下来，轻盈得几乎连泉边的草叶都没有折断，甚至也没在泉边的沙地上留下一个蹄印。它开始低头饮水，时而发出满足的长叹，时而静静地站在那里，然后再继续喝水。这个世界上，没有任何地方的水能比得上皮瑞涅泪泉，这是珀伽索斯的最爱。喝饱之后，它又嚼了几瓣三叶草甜蜜的花瓣，优雅地咀嚼着，可就是不肯大口大口地享用，因为在高耸入云的赫利孔山上，还有更合它胃口的牧草。

心满意足后，它又挑剔地品尝了几口其他吃的，然后开始蹦来蹦去，像是在跳舞。看样子它有些无聊，正在取乐；还没有哪个动物像珀伽索斯这样爱玩闹。它就这样在那里蹦着，那场景让我想起来就觉得快乐。它轻盈地扇动着巨大的翅膀，就像一只小红雀，还不时快跑上几步，一半在地上，一半在空中，这是在飞行还是飞奔？当动物有了飞行的能力，偶尔也

会故意奔跑，但纯粹是为了取乐；珀伽索斯就是这样，虽然它很难让自己安分地留在地面。此时，柏勒洛丰正握着男孩的手，从灌木丛中向外看着，心想这是自己从没见过的美丽景象，也从没见过哪匹马会有珀伽索斯这样狂野不羁、充满生气的眼神。想到自己将要给它套上缰绳，骑在它的背上，柏勒洛丰觉得那简直就是一种罪过。

有时，珀伽索斯会停下来嗅嗅空气里的味道，然后竖起耳朵，晃着脑袋四处张望，似乎是在怀疑附近有什么敌人；可一旦没发现什么，便又立刻继续玩闹起来，做着各种滑稽的动作。

最后，珀伽索斯终于合上翅膀，躺在了柔软碧绿的草地上。它并不是累了，仅仅是因为无聊，想放纵一下自己。不过，它已经习惯飞翔，精力过于充沛，很难长时间保持不动，于是很快又把四条修长的腿伸到空中，躺着打起滚。那景象实在太美了：这是一个孤单的生命，没有同伴，也不需要同伴，已经生存千百年，一直快乐无比；它的样子越像普通的马，看上去就越脱俗，越神奇。柏勒洛丰和男孩屏住呼吸，既高兴，又害怕，更多的是因为他们害怕会惊扰到它，哪怕一点点动静，都可能会让它像箭一样冲上天空，消失在蔚蓝的天际。

最后，玩够了的珀伽索斯翻过身子，像普通马一样慵懒地伸出前腿，准备从地上站起来。柏勒洛丰已经猜到它要做什么，于是立刻从灌木丛后猛冲上去，双腿一跨，坐到了它的背上。

没错！他就这样骑在了那匹飞马的背上！

可珀伽索斯却是平生第一次感觉到背上多了一个凡人的重量，它随即一跃而起。这一跳可真是了不得！柏勒洛丰还没来得及喘口气，就发现自己已经置身在五百英尺的高空，而且还在急速地往上冲。受惊的珀伽索斯非常生气，它打着响鼻，浑身栗抖，不断地向上飞着，直到一头撞进云朵，钻进清冷的雾气中。而柏勒洛丰前一秒还在盯着那片白云，心想这里面真是个好地方；可下一秒珀伽索斯就闪电般地从云里冲了下来，像是要把自己和骑在身上的人一起撞向岩石。接着，它陷入极度的疯狂，不断地跳跃着，看起来既像一只鸟，又像一匹马。

我无法完整描述当时是怎样的一种场景。珀伽索斯急急地一会儿向前，一会儿向后，一会儿向左，一会儿向右，后腿着地，直直地竖起全身，前腿踏在一圈云雾里，后腿悬在空中；它向后甩开四蹄，把头埋在腿间，双翼直冲向天；在距离地面约有两英里时，又忽然张开翅膀，翻了个筋斗，背上的柏勒洛丰也被完全掀了过来。珀伽索斯扭过头，紧紧地盯着柏勒洛丰的脸，目光灼灼，恶狠狠地向柏勒洛丰咬去，同时拼命地扇动着羽翼，弄掉了一根银色的羽毛，飘落到地面上，被那个男孩捡了起来。男孩从此一生都珍藏着这根羽毛，以此作为对珀伽索斯和柏勒洛丰的纪念。

可柏勒洛丰却是世界上最好的骑手，他一直在等待机会，最后终于猛地将魔法辔头上的金口衔套在了飞马的嘴上。珀伽索斯立刻变得温驯起来，像是自己生来就要得到柏勒洛丰的食物和照顾一样。现在我来说说自己的感受吧：看到这样一只狂野的动物瞬间变得如此驯服，还真是有点令人感伤。珀伽索斯似乎也有这种感觉，于是转过头看着柏勒洛丰，刚刚还灼灼烧人的美丽眼睛，此时正饱含着泪水。但柏勒洛丰拍了拍它的头，又说了几句温柔安慰的暗语，珀伽索斯的眼里终于换上了另外一种神情。孤独地生活了千年百年，此时的它终于找到了同伴和主人，它的内心深处还是很兴奋的。

飞马一向如此，而所有狂野孤单的生物也一样。一旦抓住并驯服它们，你必能赢得它们的爱。

就在珀伽索斯用尽全力想把柏勒洛丰甩掉时，不知不觉又已经飞出了很远。而金口衔一套到珀伽索斯的口中，他们便立刻看到了一座高山。柏勒洛丰以前见过这座山，知道那就是赫利孔山，山顶就是飞马的家园。珀

飞马上的柏勒洛丰（瓦尔特·克兰，手绘插图。）

伽索斯转过头，温柔地看着主人，像是在请求主人允许它立即起飞。得到默许后，它忽然起飞冲向赫利孔山，落到山顶后，耐心地等待柏勒洛丰下马。年轻人从马背上跳下来，手中紧握着缰绳。可当他看到珀伽索斯的眼神时，又被飞马温和的神情深深打动，想起自己从前曾是多么自由快乐；如果珀伽索斯真的渴望自由，他又怎么忍心让它从此成为自己的囚徒呢！

于是他顺从了自己的这个想法，将魔法辔头从珀伽索斯的头上卸下，又从他嘴里取出了金口衔。

"去吧，珀伽索斯！"他说，"要么离开我，要么继续爱我。"

瞬间，飞马就几乎冲出了视线，从赫利孔山的山顶直冲云霄。此时距离太阳落山已经很久，山顶已接近黄昏，四周笼罩在茫茫的暮色之中。珀伽索斯飞得那么高，似乎赶上了即将逝去的白昼，追上了太阳，浑身沐浴在阳光里。它飞得越来越高，最后只剩下一个亮点。终于，荒凉虚空的天空中再也看不到它的影子。柏勒洛丰开始担心，自己可能再也看不到珀伽索斯，不由得有点后悔。可就在此时，那个亮点又出现了，而且越来越近，直直地降落下来。噢！珀伽索斯回来了！经过这次考验之后，柏勒洛丰再也不担心飞马会自己逃跑，他们变成了彼此喜爱、互相信任的朋友。

当天晚上，他们就依偎在一起睡着了，柏勒洛丰的手臂一直搂着珀伽索斯的脖子。这并不是为了防止飞马逃跑，而是出于对它的友好和爱护。第二天，天刚蒙蒙亮，他们就都醒了，然后用各自的语言互相道了早安。

就这样，柏勒洛丰和飞马在一起度过了几天的时光，他们彼此越来越熟悉，感情也越来越深。他们会一起飞翔很久，有时高得从地球上看过去也只比月亮大一点；他们还去了遥远的陌生国度，那里的居民看到他们后都惊奇不已，以为这位骑着飞马的俊美青年一定是天神下凡。日行千里对于敏捷的珀伽索斯来说易如反掌；柏勒洛丰喜欢这种生活，也希望此后能一直这样高高地飞在天上，快乐度日，因为不管低空怎样阴雨绵绵，高空

总是阳光普照，温暖宜人。可他并没有忘记对伊俄巴忒斯国王的承诺，他必须要杀死可怕的喀迈拉。最后，他终于熟练掌握了空中骑马的技艺，学会了如何毫不费力地驾驭珀伽索斯，并让它听从自己的吩咐；最后，他终于决定踏上危险的征程。

天亮时分，刚一睁开眼，他就轻轻地捏了捏飞马的耳朵把它叫醒。珀伽索斯立刻站起身，腾空飞起二十多英里，接着又绕着山顶飞了一大圈，以证明自己十分清醒，并已做好了去任何地方的准备。飞行中的它还发出一声嘶鸣，那声音高亢清脆，十分悦耳；最后它轻轻地降落在柏勒洛丰身边，轻得就像是麻雀在枝头上跳跃。

"好样的，亲爱的珀伽索斯！好样的，天行者！"柏勒洛丰一边温柔地抚摸着马背，一边大声说，"现在，敏捷又美丽的朋友，我们该吃早餐了。今天我们可要去和恐怖的喀迈拉战斗。"

吃过早饭后，他们喝了几口希波克林泉水，之后珀伽索斯便立刻主动昂起头，让柏勒洛丰为自己套上辔头。接着它开始不停地跳着，以示自己已经等不及出发。主人则正忙着备战，在腰间佩好宝剑，又在脖子上挂好盾牌。万事俱备，柏勒洛丰这才跨上飞马，向上直飞五英里，这是他远行时的习惯，为的是看清前方的路线；然后驾着飞马转向东方，开始向吕基亚进发。他们在飞行时赶超过一只老鹰，那只鹰还来不及给他们让路，他们就已经到了老鹰的身边，柏勒洛丰说不定还能轻松地抓住老鹰的腿。就这样，他们一直匆匆赶路，到达吕基亚上空时，才不过是上午，下面就是壮阔的群峦和幽深崎岖的山谷；柏勒洛丰哪里知道，那个丑恶的喀迈拉就安家在这些阴森可怕的山谷中。

已经抵达了终点，飞马和骑手于是慢慢下降高度，利用山顶上的浮云隐藏自己，以免被敌人看到。柏勒洛丰骑着马盘旋在一片云的上方，穿过云朵仔细向下看，清楚地看到了吕基亚连绵起伏的山峦和所有幽深阴暗的

峡谷。起初，这里看上去似乎并无异常，只是位于崇山峻岭中极其荒野崎岖的地段。这个国家的平原上到处散落着被烧毁的房屋，曾经放牧的草场上遍布牲畜的尸体。

"一定是喀迈拉干的，"柏勒洛丰心想，"可那个怪兽到底在哪里？"

就像刚才所说，这里一眼望去，除了峻峭的高山和大大小小的谷地，也没什么异常的地方，只有一个洞穴口，正往外冒着三股螺旋上升的黑烟，缓慢地升腾到空中，还没到山顶就互相融为了一体。那个洞穴几乎就在飞马和骑手的正下方，距离他们约有一千英尺。这些缓慢上升的黑烟正发出一股硫黄的刺鼻味道，令人窒息。珀伽索斯喷着鼻息，柏勒洛丰也忍不住打起喷嚏。这匹神马一向习惯最纯净最清新的空气，此时这股气味令它非常难受，于是它扇着翅膀，一口气飞出了半英里之外。

可当柏勒洛丰朝后看去时，不由得抓紧了缰绳，让珀伽索斯也转过身来。他作了个指令，珀伽索斯立刻会意，慢慢地向低空飞去，直到马蹄距离崎岖不平的谷底只有不到一人高。而前方不远处就是那个飘出三股黑烟的洞穴口。猜一猜柏勒洛丰在那里看到了什么？

洞里蜷伏着几个奇形怪状、丑陋不堪的怪兽，彼此身体靠得很近，柏勒洛丰一时无法分辨到底是几个。不过，从头来看，一个是巨蛇，一个是猛狮，还有一个是丑陋的山羊。狮子和山羊好像睡着了，可那条巨蛇却完全清醒，一直在用火红的眼睛四下张望。最令人难以置信的是，这三股烟正是从这三个头上的鼻孔中喷出来的！这样的景象太诡异了，虽然柏勒洛丰一直在寻找怪兽，可看到眼前的情景之后，却一时没有反应过来这就是可怕的三头怪兽喀迈拉。原来这就是喀迈拉栖身的洞穴，而那条蛇、狮子和山羊，也不是他想象中的三只动物，而是怪兽喀迈拉的三个头！

这个凶恶可恨的东西！三分之二的身体在打盹，但可怕的爪子下还抓

世界名画 《诗人的寓言——珀伽索斯与众神》（*Allegory of the Poet*），布面油画，17世纪西班牙治下尼德兰地区著名画家雅各布·乔登斯（Jacob Jordaens，1593—1678）于1660年创作，162.56x117.48cm。

着一具残骸，那是一只不幸的绵羊，也很可能是个可爱的男孩（我真不愿这么想）。看样子，喀迈拉刚才一直在用三张嘴啃咬着这具尸体，直到羊头和狮头睡着了。

柏勒洛丰这才如梦初醒，原来这就是喀迈拉！珀伽索斯似乎也明白了过来，发出一声长嘶，像是战斗的号角。听到这个声音，那个怪兽的三颗脑袋立刻挺直了起来，各自喷着烈焰。柏勒洛丰还来不及想对策，怪兽就已跳出洞穴，向他直冲过来。它伸出巨爪，弯曲的蛇尾在身后恶狠狠地扭着。如果珀伽索斯不是像鸟一样敏捷，他们肯定会被喀迈拉掀到地上，战斗还没有正式开始就宣告结束。可我们的飞马才不会就这样被击中；眨眼之间它就跃到了半空中，愤怒地喷着鼻息。它浑身战栗，并不是出于恐惧，而是对可怕的三头怪兽的无比厌恶。

喀迈拉此时高高地抬起身体，全身的重量都支撑在尾巴尖上，长长的爪子在空中挥舞，三颗头一齐向珀伽索斯和他的主人喷射火焰。天啊！它时而咆哮，时而怒吼，时而又咝咝作响，真是可怕极了！而柏勒洛丰此时正把盾牌挂到手臂上，并抽出了长剑。

"亲爱的珀伽索斯，"他在飞马的耳边轻声说，"你一定要帮我杀死这个可恨的怪兽，不然你就只能孤单地回到那个僻静的山峰，再也见不到你的朋友柏勒洛丰。我要么杀死它，要么被他的三张嘴啃掉脑袋，我这颗脑袋可还曾经枕在你的脖子上睡过觉呢！"

珀伽索斯长嘶一声，转过头，用鼻子轻轻地蹭着主人的脸。它在用这种方式告诉柏勒洛丰，虽然它是一匹带着羽翼、永远不死的飞马，但它宁愿死去，也不愿抛下柏勒洛丰（当然前提是如果这匹神马有可能死亡的话）。

"谢谢你，珀伽索斯，"柏勒洛丰回应道，"现在，我们一起冲向怪兽吧！"

说完，他勒了勒手里的缰绳，珀伽索斯便飞也似的斜冲了过去，就像一支离弦之箭，扑向了喀迈拉的三个头。那些头刚刚还在一直用力地向上挺着，当飞马距离怪兽只有一臂之遥时，柏勒洛丰挺剑向喀迈拉刺去，可还没来得及看到结果，速度太快的飞马就把他带到了前面。奔跑中的珀伽索斯立刻回转身，直到再次拉近与喀迈拉的距离。这次，柏勒洛丰发现自己几乎完全割下了怪兽的羊头，只是头上还连着一点皮，不断地摇晃着，看上去已经完全死掉了。

然而，为了挽回不利的战局，怪兽的蛇头和狮头变得更加凶猛，像是将羊头的力量都转移到了自己身上。它们不断地喷出火焰，咝咝怪叫，大声咆哮，比之前更加狂暴。

"别怕，勇敢的珀伽索斯！"柏勒洛丰大喊道，"再来一次，我们要终结蛇头的嘶叫和狮头的咆哮！"

于是他再次勒紧缰绳。飞马像上次一样斜刺向喀迈拉，柏勒洛丰则在掠过喀迈拉身边的一刹那瞄准其中一颗头，急速砍了下去。可这一次，他和珀伽索斯都没能像上次那样轻松脱身。喀迈拉的一只利爪狠狠地划伤了年轻人的肩膀，另一只则给飞马的左翼造成了轻伤。至于柏勒洛丰，他却给狮头造成了致命伤害；狮头现在只能向下垂着，火焰也差不多已经熄灭，只剩嘴里喘着气，喷出乌黑的浓烟。不过，那颗仅剩的蛇头却比之前更加凶猛狠毒，喷出了几百米远的火焰，还发出巨大的咝咝声，那声音尖利刺耳，远在五十英里外的国王伊俄巴忒斯都听到了，他吓得全身颤抖，连身下的宝座也跟着一起抖了起来。

"噢！"可怜的国王心里想，"喀迈拉一定会冲过来把我吞掉！"

此时珀伽索斯再次停在空中，愤怒地嘶吼，清澈晶莹的眼里冒着火。这火光和喀迈拉嘴里那骇人的火焰完全不同！天马的斗志被彻底激发，包括柏勒洛丰。

"天马！你流血了吗？"年轻人大喊。比起自己的伤势，他更关心这头神兽所遭受的痛苦，这匹飞马本该永远也不知道痛苦的滋味。"可恶的喀迈拉！你要用最后一颗头颅来偿还对飞马造成的伤害！"他大喊道。

接着，他拉紧缰绳，高喊着再次发起进攻。这次他没有像前两次那样从侧面进攻，而是带着珀伽索斯向怪兽的正面冲去。这次的进攻十分迅猛，只电光一闪，他们就冲到了怪兽面前，开始短兵相接。

已经丢掉两颗脑袋的喀迈拉此时疼痛不已，它恼羞成怒、四处乱窜，一会儿趴在地上，一会儿跳到半空，根本捉摸不透它究竟会停在哪里。它张开令人憎恶的巨大蛇嘴，让正在全速前进的珀伽索斯差点直冲进它的喉咙里！喀迈拉冲着他们喷出一股强大的灼热气流，把人和马紧紧地裹在里面，烧伤了珀伽索斯的翅膀，也烧焦了柏勒洛丰的金色卷发，让他们从头到脚都灼热难当。

不过比起接下来要发生的事，这可算不了什么。

正当飞马腾空而起，在空中疾驰，试图将柏勒洛丰带到一百米开外时，喀迈拉忽然一跃而起，用它那巨大、笨拙、恶毒又令人恶心的残躯扑向可怜的珀伽索斯，紧紧地缠住了它，还用蛇尾打了个结！飞马高高地飞起，越过山巅，直冲天际，而且越飞越高，高到几乎看不见地面。可那个地面怪兽却仍然紧抓不放，被属于光明和天空的飞马直带到高空中。就在这时，柏勒洛丰转过身，发现自己正面对着喀迈拉那张丑陋的脸。于是他举起盾牌，以防被火烧死或被拦腰咬断。接着他越过盾牌，紧紧地盯着怪兽凶残的眼睛。

喀迈拉此时由于疼痛难当，已经变得疯狂无比，根本无法像平时那样保护自己。或许和喀迈拉战斗的最好办法就是尽量地接近它，因为当它试图将可怕的铁爪刺向敌人时，自己的胸口也就暴露无遗。柏勒洛丰瞅准这一点，将长剑深深地插进喀迈拉的心脏。喀迈拉的蛇尾立刻松开了珀伽柏勒洛丰杀死喀迈拉（瓦尔特·克兰，手绘插图。）

索斯，直直地从高空上坠落下来，胸口的火焰非但没有熄灭，反而烧得更猛，很快就吞噬了整具尸体。喀迈拉就这样全身是火，燃烧着从空中落下，当时已是黄昏，人们还以为那是一颗流星或彗星。可第二天清晨，村民出门干活儿时却大吃一惊，发现黑色的灰烬竟然蔓延了好几英亩地；一块田地中间还出现了一堆白骨，堆得比草垛还要高。原来，怪兽喀迈拉只剩下了残骸！

取得胜利的柏勒洛丰热泪盈眶，他俯身亲吻了珀伽索斯。

"回去吧，亲爱的飞马！"他说，"让我们回到皮瑞涅泪泉！"

珀伽索斯在空中掠过，飞得比以前更快。很快，他们就来到了泉边。柏勒洛丰看到那个老人依然倚着拐杖，那个中年农夫依然正在饮牛，那个少女依然在用水罐取水。

"我想起来了，"老人说，"当我还是个年轻人时，曾见过这匹飞马，不过那时它比现在俊美多了。"

"我有一匹拉车的马，能抵得上三匹这样的马呢！"农夫说，"如果这匹马归我，我要做的第一件事就是把他的翅膀剪掉！"

那个少女则一直一言不发，因为她总是在错误的时间莫名地感到害怕。于是她再次跑开了，水罐掉在地上摔得粉碎。

"那个可爱的男孩在哪里？"柏勒洛丰问道，"他曾经和我做伴，并且从未失去信心，从不厌倦，一直凝视着泉水。"

"我在这里，亲爱的柏勒洛丰！"男孩轻柔地答道。

男孩曾日复一日地守在皮瑞涅泪泉边等着他的朋友回来。可当他看到柏勒洛丰骑着飞马从云端降落时，却躲在了灌木丛后。他温和而敏感，不想让老人和中年农夫看到他已泪如雨下。

"你赢了！"他高兴地跑到柏勒洛丰膝旁，此时柏勒洛丰仍旧骑在珀伽索斯的背上，"我就知道你会胜利。"

"是的，亲爱的孩子！"柏勒洛丰一边下马，一边说道，"要不是你的信念激励了我，我是绝对等不到珀伽索斯的，也绝不可能飞上天空，更不可能战胜可怕的喀迈拉。亲爱的朋友，这一切都应归功于你。现在，就让我们将自由还给珀伽索斯吧！"

说着，他将带有魔力的辔头从神奇的飞马头上取了下来。

"你永远自由了，珀伽索斯！"他高喊道，声音里不免带着一丝伤感，"去自由地生活和飞翔吧！"

可珀伽索斯却把头靠在柏勒洛丰的肩上，无论如何都不肯飞走。

"好吧，"柏勒洛丰爱抚着飞马，"如果你愿意，就这样一直留在我的身边。我们这就出发，去告诉伊俄巴忒斯国王，喀迈拉已经被我们杀掉。"

柏勒洛丰拥抱了那个乖巧的男孩，并答应他以后还会再回来看他，接着便离开了。不过，在以后的岁月里，这个男孩依然会时常遨游太空，甚至飞得比飞马珀伽索斯还要高；他建功立业，比那个曾杀掉喀迈拉的朋友柏勒洛丰更为人所称道。因为他是那样温和细腻，长大以后成了一位伟大的诗人！

喀迈拉

秃顶峰

尾 声

尤斯塔斯饱含激情，生动地描述着柏勒洛丰的传奇故事，就像他真的骑过飞马遨游天空一样。故事快要结束时，他欣慰地从小听众的表情里看出了这个故事的吸引力。除了樱草花，其他孩子的眼神都雀跃不已。但这一次，樱草花的眼中居然闪着泪光，因为她在故事中感受到了某种东西，而其他孩子都太小，还不能体会得到。尽管这是个孩子的故事，可这位大学生却倾注了他特有的热情和无尽的希望，以及他那富有想象力的进取之心。

"好吧，我原谅你了，樱草花，"他说，"尽管你总是嘲笑我和我的故事，但一滴泪，足以弥补这么多的嘲笑。"

"噢，布莱特先生，"樱草花擦了擦眼睛，又恢复了调皮的微笑，

"看来爬上云端，的确可以提升你故事的境界。我建议以后除非像现在这样站在山顶上，否则你就再也不要讲故事了。"

"或者坐在珀伽索斯的背上，"尤斯塔斯笑着说，"你不觉得我把那匹神奇的飞马描绘得非常出色吗？"

"你的玩笑总是这样不着边际，"樱草花拍着手说，"我现在想的是，你在两英里高空中的马背上，大头冲下掉下来！还好，你在我们这里骑的马，不过是老实听话的'戴维'和'老百'，还没机会在其他狂野的马匹上试验你的骑术！"

"我吗？我希望此时此刻就在珀伽索斯身边，"尤斯塔斯说，"那样我就会立刻上马，骑着它在乡间驰骋，在方圆几英里的土地上拜访几位作家兄弟，畅谈文学和创作。我会在塔克尼克山脚下见到杜威博士[1]，在斯托克布里奇见到詹姆斯先生[2]，他可是因众多的历史研究著作和浪漫小说而闻名于世；还有朗费罗[3]，我相信他现在还不在牛轭湖[4]，否则珀伽索斯一看到他就会仰天长啸。不过，在莱诺克斯，我会找到真正的小说家，她[5]对伯克希尔的山川风景如数家珍，并把它们都收入了作品之中。在皮茨菲尔德那里，则端坐着赫尔曼·梅尔维尔[6]，他正在构思创作他那部恢弘的《白鲸》传奇，灰锁山雄伟的影子正映照在他书房的窗子

[1] 此处很可能是指切斯特·杜威，Chester Dewey，美国植物学家、教育家。——译者注
[2] George Payne Rainsford James，乔治·佩恩·兰斯福·詹姆斯，英国小说家、历史学家。——译者注
[3] Henry Wadsworth Longfello，亨利·沃兹沃斯·朗费罗，19世纪美国最伟大的浪漫主义诗人之一，与霍桑是同班同学。——译者注
[4] Ox-bow，废弃河道曲流湾里的小湖。朗费罗曾希望在这里修建一座城堡，1850年购买了这片土地，但并未能立刻建起房子。——译者注
[5] 此处是指美国小说家凯萨琳·玛利亚·塞吉维克，Catherine Maria Sedgwick，以家庭小说闻名。——译者注
[6] Herman Melville，美国小说家、散文家和诗人，代表作《白鲸》。他和霍桑是邻居，也是朋友。——译者注

上。如果飞马再飞上一圈，还会把我带到霍姆斯先生①家门口，之所以最后才提到他，是因为见到他之后，珀伽索斯一定会立刻将我摔下马背，将这位诗人当作主人。"

"我们的邻居不也是一位作家②吗？"樱草花说，"就是那个沉默寡言，住在丛林大道边上，那个红房子里的人。我们有时还会看到他带着两个孩子③，徜徉在树林和湖边。我听说他也写过一本书，好像是诗歌，又好像是浪漫小说，也可能是算术或校史，还是什么别的。"

"小声点，樱草花，"尤斯塔斯将手指放在唇边兴奋地小声说道，"千万别提那个人，就算在山顶上也不行！如果我们的闲聊被他听到，惹他不高兴，他会把几叠手稿扔进火炉，你、我、长春花、香蕨木、南瓜花、蓝眼草、黑果木、三叶草、流星花、车前草、小乳草、蒲公英和金凤花，对，还有对我的故事提出批评的那位高明的普林格尔先生，以及可怜的普林格尔太太，都会化成一缕青烟，从烟囱口飘出去，化为乌有！据我所知，这位住在红房子里的邻居，对其他人来说是无害的，可有一种神秘的力量告诉我，他能对我们施展魔法，简直会把我们彻底毁灭！"

"那丛林别墅也会和我们一样被烧成灰烬吗？"长春花有些被吓到了，"还有，本和布鲁恩会怎么样？"

"丛林别墅会继续存在，"尤斯塔斯说，"看上去就和现在一模一样，可里面会住着完全不同的一家人。本和布鲁恩也会活得好好的，每天舒服地吃着餐桌上掉下的骨头，把和我们一起度过的美好时光忘得精光。"

"你在胡说什么！"樱草花大声说。

一群人就这样一边闲聊一边下山，此时已走到了林荫中。樱草花顺手

---

① Oliver Wendell Holmes,Sr.，老奥利弗·温德尔·霍姆斯，美国著名作家，19世纪最佳诗人之一。——译者注

② 这里应该是指霍桑自己。——译者注

③ 这里应该是指霍桑的大女儿乌娜和儿子朱利安。——译者注

采了几支山月桂。这些山月桂的叶子虽然是去年长起来的，但仍然青翠而富有弹性，就像是反反复复的霜冻并没有对它造成任何损伤。樱草花用月桂枝编了一个花环，摘下尤斯塔斯的帽子，把花环戴到了他的头上。

"就你的那些故事，别指望会有人会给你戴上桂冠，"淘气的樱草花尖刻地说，"所以还是戴我这个吧。"

"可别说得这么绝对，"尤斯塔斯充满光泽的卷发上戴着桂冠，看上去就像是一位青年诗人，"我那些神奇美丽的故事真的不会得到别人授予的桂冠吗？我打算利用剩余的假期，以及大学时代的夏季学期，把这些故事写成书稿，然后出版。去年夏天我在伯克希尔认识了一位出版商，也是诗人，名叫J.T.菲尔兹[1]，他只要看上一眼，就会知道这本书稿罕见的妙处。他还会给故事配上插图，我希望是比林斯[2]画的，好让故事更加吸引人，还会通过著名的提克那出版社[3]让它面世。从现在起，大约五个月之后，我相信我一定会被文坛誉为时代之光！"

"可怜的年轻人！"樱草花像是在自言自语，"他将会是多么的失望！"

大家又往山下走了一会儿。布鲁恩突然大叫起来，稳重的本则用更低沉的吠声回应着。原来这只忠诚的老犬一直在小心翼翼地守护着蒲公英、香蕨木、流星花和南瓜花。这些孩子在休息了一阵子之后，开始到处去采白珠果，此时正跑过来和其他同伴会合。于是，大家继续下山，途中经过了路德·巴特勒[4]的果园，所有人都在尽情说笑，快乐地向丛林别墅走去。

---

① James Thomas Fields，美国著名出版商、编辑、诗人。——译者注

② Charles Howland Hammatt Billings，哈马特·比林斯，美国著名画家、插画家、雕塑家、建筑师，代表作《汤姆叔叔的小屋》插画。——译者注

③ 由威廉·戴维斯·提克那（William Davis Tickor）创办，1850年为霍桑出版《红字》，提克那从此成为霍桑的好友；之后该出版社又出版众多文学大家作品，因此闻名。——译者注

④ 应该是指霍桑的邻居，一个农民。据霍桑的儿子朱利安回忆，霍桑一家住在莱诺克斯期间，朱利安常陪着他父亲每天步行到巴特勒家取牛奶和黄油。——译者注

我的第一套
最美神话故事

杨东龙 / 主编

霍桑的
丛林别墅神话

Tanglewood Tales

[美] 纳撒尼尔·霍桑 / 著　耿 丹 / 译

人民东方出版传媒
东方出版社

图书在版编目(CIP)数据

霍桑的丛林别墅神话 / (美) 霍桑著；耿丹译. --北京：东方出版社，2015
ISBN 978-7-5060-8175-7

Ⅰ.①霍… Ⅱ.①霍… ②耿… Ⅲ.①神话—作品集—美国—近代 Ⅳ.①I712.73

中国版本图书馆CIP数据核字（2015）第099769号

霍桑的丛林别墅神话

[美]纳撒尼尔·霍桑 著　　杨东龙 主编　　耿 丹 译

责任编辑：赵　静　杨朝霞
出　　版：东 方 出 版 社
发　　行：人民东方出版传媒有限公司
地　　址：北京市东城区东四十条113号
邮政编码：100007
印　　刷：北京富达印务有限公司
版　　次：2017年5月第1版　　2017年5月北京第1次印刷
开　　本：710毫米×1000毫米　　1/16
印　　张：13.5
字　　数：187千字
书　　号：ISBN 978-7-5060-8175-7
定　　价：49.00元
发行电话：（010）85924663　85924644　85924641

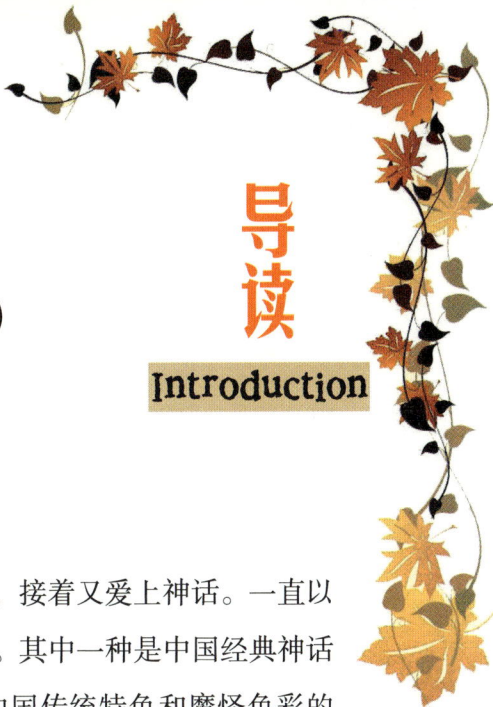

不一样的"霍氏"神话（下）

从很小的时候开始，我就喜欢读童话，接着又爱上神话。一直以来，我都会被许多神话故事所吸引。其中一种是中国经典神话故事，那是一种发自内心的喜欢，比如极具中国传统特色和魔怪色彩的《西游记》；还有就是外来神话故事所带来的神奇魅力，那不仅仅是喜欢，而是一种对陌生外来神话文明的深深着迷。而现在这本小书，竟又是20世纪美国文学巨匠纳撒尼尔·霍桑（Nathaniel Hawthorne）对经典古希腊神话的神奇改写，那么无论对于谁来说，这都注定会是一次充满奇遇和无限惊喜的阅读体验。

经典的古希腊神话故事非常美丽，就像本书中出现的孪生兄弟卡斯托耳和波鲁克斯，他们最后被主神宙斯置于天空，幻化成为双子星座，作为对他们生前总是伸出援手拯救遇难船员的回报。希腊神话就是这样，它总是用一种恢弘磅礴的气势来解读现实人生中最简单的道理。因此，好的神话故事，能够带给我们的不仅仅是一双翅膀，还有飞翔的方向和力量。

这本希腊神话故事集，它有着传统希腊神话恢弘的故事背景，但传统希腊神话却没有它如此温暖而纯净的美感和诗意。相信对于小朋友来说，或许还是更喜欢在浪漫温馨的氛围里，感受大自然的神奇和人类的伟大！这本故事集是霍桑先生为我们"剥壳去皮"后留下的精华，我们无法拒绝它带来的震撼。那么，这到底是怎样的一种魅力呢？它为何会成为小朋友成长岁月中的精神食粮呢？

　　1851年11月21日，《霍桑给孩子的奇书神话》（以下简称《奇书神话》）出版后不久，在莱诺克斯红色别墅刚刚生活一年多的纳撒尼尔·霍桑，又举家搬到了康科德（Concord）的路畔居。根据当时的一位诗人好友回忆，霍桑"厌倦了伯克希尔山的冬天……这里的冬天，让人觉得死气沉沉、毫无生气"。这也印证了《奇书神话》中尤斯塔斯曾在丛林别墅里说过的那句话："这里的雪还不够讨厌吗……"

　　不过，红色别墅里诞生的《奇书神话》却轰动了当时的美国儿童文坛，这部被赋予了时代气息且充满温暖和幻想色彩的希腊神话故事集受到了孩子们极大的欢迎。于是，离开了莱诺克斯的霍桑，虽然讨厌那里的冬季，但在决定继续为孩子奉上另外六个希腊神话故事的同时，保留了莱诺克斯的红色别墅，并将这本书命名为《霍桑的丛林别墅神话》（以下简称《丛林别墅神话》）。这一次，他仅在前言里提到了尤斯塔斯·布莱特（Eustace Bright）和那十几个可爱的孩子，而自己变成了刚刚成为青年作家的尤斯塔斯先生的编辑，继续为孩子讲述改写后的经典故事。

　　与童话相比，古希腊神话叙事规模宏大，内容复杂，情节跌宕起伏，人物众多。小朋友在阅读时，总是会有一种忙不过来的感觉。但希腊神话总是会任由想象力尽情的驰骋，它会让白马飞上天空，会让鸟儿拥有思想，会让茫茫大地和浩瀚星空都有自己的生命和传说。没有幻想，童年必定是苍白无趣的，每一个小朋友都曾有过自己的幻想：看见鱼儿，就幻想自己能在水里游；看见小鸟，就幻想自己能在天上飞……而此时的关键，就在于小朋友接触到的人和事，是否能真的拥有一颗"儿童的灵魂"，去善待并开发这种异想天开。而这往往正是一本童书所肩负的使命，这些故事就像一颗颗种子，必定会在小朋友的内心深处破土、发芽、成长，为小朋友的心灵成长提供精神营养。

那么，霍桑先生的希腊神话恰恰就是这样漂亮而饱满的"种子"。他摒弃了传统希腊神话故事中冷冰冰的邪恶，让小朋友可以在一个个真正拥有"童心"的神话故事里满足自己的幻想，从而激发出无限的想象空间，成为小朋友成长的心灵鸡汤。书中虽然也有阴暗面，也有赤裸裸的伤害，但霍桑先生温柔的笔锋总是能将这些转化为温情脉脉的启迪，让处在经济急速发展、爱心悄悄退化、想象力日渐枯萎的当下世界里的孩子们，重新获得爱的启迪，包括亲子之爱、手足之情、师生之恩、朋友之谊，以及对生活和生命的深深的热爱。

比如本书中的《小矮人》，它本是一个关于两位英雄打斗的故事。在古希腊神话中，巨人安泰俄斯与英雄赫拉克勒斯相遇而战，最后赫拉克勒斯用计将安泰俄斯杀死。但在霍桑先生的故事里，却有一群可爱的小矮人，他们是巨人安泰俄斯的兄弟和挚友，无比忠诚、无比勇敢，看到好朋友死去后，无畏艰险，发誓要团结起来，和力量对比悬殊的赫拉克勒斯拼死一战，最后感动了大英雄赫拉克勒斯，让他不战自败。很明显，霍桑是在歌颂兄弟和朋友之间忠诚的友谊，这种强大的信义之交足以战胜所有看似不可能逾越的困难。他用这些可爱的小矮人，生动地向小朋友们再现了人与人之间难得的追随和情谊。

在《喀耳刻的宫殿》中，公主女巫喀耳刻将贪吃的人类变成了猪，最后主人公尤利西斯战胜喀耳刻，救出了自己的同伴。（有没有觉得这个故事似曾相识？没错，日本动漫大师宫崎骏在《千与千寻》中也设定了这样的情节。）而霍桑先生保留了古希腊神话中对人类贪吃的讽刺和抨击，但却刻意隐去了喀耳刻与尤利西斯的私情，目的就是更好地引导小朋友们要学会控制自己贪婪的欲望，学会在成长的过程中把握不断躁动的自我。

还有打败牛头怪弥诺陶洛斯的大英雄忒修斯、不畏艰辛踏上漫长征程寻找妹妹的卡德摩斯、将寻找女儿作为自己终生使命的谷神刻瑞斯、为获取金羊毛带领众多英雄勇敢前进的大英雄伊阿宋，所有这些活生生的希腊神话众神和英雄，霍桑先生又都有了怎样新奇的安排？他又是怎样用温暖浪漫的笔调将希腊神话的精华呈现给我们的呢？

霍桑认为，儿童文学本该是单纯的净土，不该揉进太多血淋淋的人性真相，特别是赤裸裸的人欲。他在改写这些故事时，"并没有为了迎合儿童的理解能力而故意把故事写得粗浅，也没有花太多功夫去修饰……孩子们总是有着非凡的想象力和感知力……而矫揉造作和人为的复杂化却只能使他们更加困惑"。因此，霍桑的希腊神话总是简单、温暖、易懂，但同时又深刻无比、精美绝伦。因此他坚持认为，自己的改写可以让全世界的儿童真正地从希腊神话中受益。

在这本书中，我们同样会为小朋友们提供每个故事的出场角色介绍，以便让整个阅读过程更加流畅。此外，这一次为我们送上精美插图的是美国20世纪最有才华的女插画家弗吉尼亚·弗朗西斯·斯特雷特（Virginia Frances Sterrett，1900—1931），以及来自15—20世纪世界各地的绘画大师，他们共同为我们制造了一次无与伦比的视觉体验，会让所有人在阅读过程中体会到更加愉悦的感受。

我们应该感谢霍桑先生。正是他的希腊神话故事，可以让我们在如此纷繁的世界里，找回一个美丽、纯净而富于幻想的童年……

本书与丛书中的《霍桑给孩子的奇书神话》是姊妹篇，出版于1853年。要想更加完整地体验19世纪世界文坛巨匠纳撒尼尔·霍桑专门为孩子改写的希腊神话到底具有怎样的魅力，以及它们为何会成为孩子成长的心灵宝库，请一定要同时关注《霍桑给孩子的奇书神话》和"不一样的'霍氏'神话（上）"。

译　者
2015年3月

于 路 畔 居

不久前，年轻的朋友尤斯塔斯·布莱特（Eustace Bright）来到我这里拜访。自从离开那微风习习的伯克希尔山后，我这还是第一次见到他。威廉姆斯学院现在正在放寒假，尤斯塔斯总算可以出来散散心。他告诉我，希望能改善一下自己因刻苦读书而落下的小毛病。而从他现在不错的身体状况来看，可以断定他的治疗已经收到了理想的效果，我很高兴。他是从波士顿乘午间火车来的，一方面是想问候我一下，对此我感到十分荣幸；但很快我又发现，他还是想和我谈谈有关文学创作的事。

很高兴有史以来第一次在室内接待布莱特先生，虽然我的房子很简陋，但它是属于我的。和世界上所有的东道主一样，我兴致勃勃地带着这个可怜的小伙子走遍了这片属于我的土地（方圆约六英亩），可同时也在暗自庆幸，还好这个寒冷的季节会让万物失去常态，特别是六英寸厚的白雪完全盖住了地面，没有让他看到这片土地其实又零乱又荒芜，到处都是灌木丛。不过这位性格活泼的客人来自纪念碑山，来自秃顶峰，来自灰锁山，那里到处都是原始森林，而我的小山坡这么萧索，只长了些被虫子啃咬的瘦槐树，要想让他在这里发现什么值得称赞的东西，简直是痴人说梦。尤斯塔斯非常直率，他说从我的小山顶上根本看不到什么好景色。是的，他曾饱览过伯克希尔山壮美的山景，尤其是他所在的学校在美国北部，十分熟悉那里崎岖险峻、陡峭难行的壮丽山区，也难怪会有这种感觉。

可对我来说，这里广阔的草地和平缓的山丘却有一种独特而安静的魅力。比大山要好多了，因为它们不会给人以单调的印象，日复一日的景色终会使人厌倦。而随着过去记忆的减退，草地和山丘却可以因景色的不断变化而历久弥新。如果让我来选择，住在大山里消暑固然不错，但我却宁愿在小山和绿茵间度过一生。

我开始担心尤斯塔斯会感觉这样的参观很无聊，直到我带他来到前任主人的小凉亭。这座小凉亭位于半山腰，是用原木建成的。如今已经荒废，只剩下一个框架，木头也变得细长而腐朽，这里没有墙壁，也没有屋顶，只有树枝交错构成的镂花图案。再来一场冬日的寒风就可能会把它吹成碎片，随处散落到山坡上。整个亭子看起来就像梦一样会转瞬即逝，可不知怎么的，在树枝构成的网格中间，却围起了一种神圣的美感，表达了设计者独具匠心的思维方式。我让尤斯塔斯坐在亭子里的一把古旧的座椅上，上面已经积起了一个小雪堆。之后尤斯塔斯透过对面的拱窗向外望去，终于承认这里的景色的确充满了诗情画意。

"这个小建筑看起来简单，"他说，"但似乎是用魔法建成的，能给人无限的启迪。从这种角度来说，它并不亚于一座大教堂。噢，如果是在夏日的午后，这里正适合给孩子讲有趣的希腊神话故事！"

"的确，"我答道，"这个凉亭虚幻而陈旧，就像人们记忆中那些古老的故事，因为记忆不完整了，因此才有一种残缺的美。这些苹果树突兀地伸展着枝条，构成了网格，就像是你曾无凭无据地改写那些神话。不过，顺便问一句，自从《奇书神话》出版以来，你有没有增添什么新的故事？"

"好多呢，"尤斯塔斯说，"报春花、樱草花、还有其他的孩子们，从来不让我安静，每过一两天就要听一个新故事。我从家里逃出来，也是为了躲开这些缠人的淘气鬼。我把新的六个故事写好了，特意带到您这里来，让您看看。"

"和上一部一样好看吗？"我问道。

"这次选的故事要更好一些，处理也更得当。"尤斯塔斯·布莱特说道，"您读过以后，可能也会这么说。"

"也可能不会，"我说，"根据我的经验，一个作家往往会觉得自己最新写出来的作品是最成功的，可等到创作热情渐渐退去，一本书的真实情况才会慢慢地变得一目了然。我们先去书房吧，可以在那里研究一下。如果你是坐在这里的雪堆上把它们介绍给我，那对你自己也有点不公平吧！"

于是我们走下了山，回到我那又小又旧的乡村小屋，走进一个位于东南方向的房间。阳光正照进来，屋里既温暖又明亮，此时正是冬日一天里最好的时光。尤斯塔斯把他的手稿递给我，我迅速地看着，并像个经验丰富的老作家一样，用手指点着哪里很好，哪里不是很好。

之前，承蒙布莱特先生的厚爱，我被他选为《奇书神话》的编辑，他希望我能通过自己的文学经验帮到他。那本恢弘的神话书受到了大众的普遍欢迎，他十分满意，所以想让我继续担任他新书的编辑，并给这本新书命名为《丛林别墅神话》。尤斯塔斯暗示，因为他本人现在已小有声望，所以并不需要我作为推荐人，来让作品博得文坛的好感。可他还是善良地说，他很高兴能把自己的作品和我这位知名作家联系起来，而且他也绝不会像大多数人那样，在别人帮他到达如今的高度之后，就忘恩负义地把别人一脚踢开。总之，这位年轻朋友的声望在日益提高，他倒是很愿意再得到我的支持，就像抽枝的新叶总要依靠那些散乱半秃的老枝一样。这情形，总会让我偶尔想起那个质朴的小亭子，特别想用葡萄藤宽阔的叶片和紫色的果实遮盖住它那遭过虫蛀的柱子和木椽。我知道他的提议对谁都好，于是便欣然答应。

仅从故事的题目上，就能看出这本书的题材和前一本一样丰富多彩。我从不质疑布莱特先生的大胆创新，他天生就能充分利用故事本身进行改写。但以我的经验，我深知他对故事的处理向来天马行空；坦白讲，我不知道他怎么会有如此强大的能力，可以消除那些神话中原本存在的障碍，能让故事更适合孩子们来阅读。这些古老的传说中，到处都是和宗教道德观念相悖的东西——有的那么丑恶，有的那么忧郁，有的那么悲惨，那些希腊悲剧作家在创作这些故事时，是在寻找他们想要的主题，然后把它们加工成世人所见过的最残酷的形式，难道这种东西会适合编成孩子们喜欢的故事吗？那些情节怎么会让他们的心灵保持纯洁？那愉悦安宁的阳光怎样才能照进他们的心里呢？

但尤斯塔斯告诉我，这些神话是世界上最神奇的，每当他开始讲述一个神话，总是能毫不费力地就把故事改写得适合孩子们纯洁的童心，他自己也有些惊讶。故事中那些令人不愉快的特征，就像是寄生在故事上的，和神话本身并没有什么本质联系。只要他把自己的想象力和围在身边渴望听故事的天真的孩子们结合在一起，那些特征就会消失不见，没人再会想起。于是，这些故事并不需要讲述者费力的改编，而只是实现了和故事本身固有的起源相统一而已，故事自己就改变了形式，重拾世界初创懵懂时神话本身应该呈现的模样。尤斯塔斯·布莱特认为，当第一个诗人或第一位神话作家在讲述这些了不起的故事时，世界还处于黄金时代，那时并不存在邪恶、悲伤和不幸；罪恶不过是人们头脑中凭空臆造出来的阴影，用以遮蔽过于乐观的现实，或者顶多是梦想家们清醒时自己都不会相信的噩梦。当今，孩子们才是生活在那个幸福时代人类的唯一代表，所以我们必须把自己的理解力和想象力提高到孩子的水平，才能再现这些神话的本来面貌。

　　这位年轻作家畅所欲言，而且对自身和作品都拥有极大的自信，最后走出了象牙塔，踏入社会。这也是我乐于见到的，几年的时间就足以让他看清这二者的真实情况。另外还可以这样说，他已经明显克服了能够阻碍孩子们阅读这些神话的道德障碍，虽然没有了我的帮助。他随意更改这些故事的结构难免会遭人诟病，是需要他自己站出来辩护的；当然，其实也根本不需要什么辩护，只有把这些神话完全当作自己的财产，才能了解其内在的生命力——除非有什么辩护的必要。

　　尤斯塔斯告诉我，他曾在不同的地方给孩子们讲故事：林间、湖畔、繁阴溪谷边、游戏室里、丛林别墅火炉旁，还有一个带着冰窗的豪华白雪宫殿——那是他帮孩子们建成的。比起已经出版面世的那本书，孩子们甚至更喜欢现在这本书里的故事。思想一向保守的学者普林格尔先生也听到了几个，比起曾对《三个金苹果》做出的批评，这本书则招来了他更加苛刻的指责。既然这本书有人喜欢，也有人批评，那么尤斯塔斯认为，它至少还会获得和《奇书神话》一样的成功。

　　我还向尤斯塔斯询问了许多有关那些孩子的消息。毫无疑问，曾有几个好心的小读者给我写信，嚷着要看第二本神话故事，还热切地盼望住在丛林别墅里的孩子能一切安好。我高兴地给他们回信说，除了三叶草之外，所有孩子的身体和精神状况都很好。樱草花现在已经几乎变成了一位少女，而且尤斯塔斯说她还和以前一样调皮，她总是假装觉得自己已经过了对这种无聊故事感兴趣的年龄，但不管怎样，一有故事可听时，她却从来都不缺席，而且还会总是在听完之后取笑故事的内容。长春花长高了许多，可能一两个月之后就已经不再需要婴儿房和所有的布娃娃。香蕨木已经学会了读书和写字，还穿上了夹克和马裤，这些都说明他在成长，不过我却觉得长大对于他来说实在有些可惜。南瓜花、蓝眼草、车前草和金凤花都患上了猩红热，但已经顺利康复。黑果木、小乳草和蒲公英突然得了百日咳，但也已经勇敢地挺了过来，每当天气晴朗时就一直在外面玩耍。流星花秋天时得了麻疹，或者是什么别的疹子，可不出一天就好了。最可怜的就是三叶草，她正在换乳牙，每天都痛苦不堪，身体也越来越消瘦，脾气变得很暴躁；即使微笑的时候也好不到哪里去，因为那反而会露出她嘴唇里面的小龅牙，就像谷仓门那么宽。不过，一切都会过去的，大家都说，她一定会出落成一个特别漂亮的女孩。

至于布莱特先生本人，他现在正在威廉姆斯学院念最后一年书，并且有望在毕业典礼上获得某种荣誉称号。尤斯塔斯告诉我，他将在学士学位的论文答辩仪式上，从少儿故事的角度出发探讨古典神话，并且会大胆讨论将整个古代史写成少儿故事是否合宜。我不知道他毕业之后想干什么，不过可以相信的是，他这么早就涉猎了危险而又诱人的文坛，所以应该不会受到引诱去成为一名职业作家。如果真是那样，我会感到十分遗憾，因为自己当初曾经鼓励他写作，我多少也要负上一点责任。

我很希望能快点再见到樱草花、长春花、蒲公英、香蕨木、三叶草、车前草、黑果木、小乳草、流星花、金凤花、蓝眼草和南瓜花。可由于我并不知道何时才会再次拜访丛林别墅，而且尤斯塔斯·布莱特也很可能不会再让我担任第三本书的编辑，所以小朋友们可千万别盼望从我这里再了解到有关那些孩子们的消息。上帝保佑他们，以及其他所有的人，无论是大人还是孩子。

Nath' Hawthorne

纳撒尼尔·霍桑

写于马萨诸塞州康科德路畔居

1853年3月13日

Contents
目　录

弥诺陶洛斯 / 003

小矮人 / 036

龙　牙 / 060

喀耳刻的宫殿 / 094

石榴籽 / 128

金羊毛 / 165

弥诺陶洛斯

（*注：此处提及的众神及英雄和神兽等角色，其角色关系均出自于传统经典古希腊神话故事，其故事情节与霍桑在本书中的改写有所不同。）

弥诺陶洛斯（Minotaur）：古希腊神话中的半人半牛怪，住在克里特岛上，国王弥诺斯（Minos）专门为它修建了一座迷宫。后来年轻的忒修斯（Theseus）在公主阿里阿德涅（Ariadne）的帮助下，最终杀死了弥诺陶洛斯。

忒修斯（Theseus）：古希腊神话中的雅典国王，埃勾斯（Aegeus）和埃特拉（Aethra）的儿子。忒修斯一生丰功伟绩无数，包括除掉许多著名的强盗，以及解开克里特岛上的迷宫，并战胜半人半牛怪弥诺陶洛斯，等等。

埃勾斯（Aegeus）和埃特拉（Aethra）：古希腊神话中忒修斯的父母。埃勾斯后来在走之前将一把剑压在大石头下，要忒修斯长大后取出石下的武器，

算是给儿子留下的一个考验。后来忒修斯在母亲埃特拉的指点下取出父亲的剑，并前往雅典寻找埃勾斯，最终和父亲相认。

美狄亚（Medea）：在古希腊神话中，她是科尔基斯岛会施法术的女巫公主，也是太阳神赫利俄斯（Helius）的后裔。她曾逃到雅典，受忒修斯的父亲埃勾斯的保护。忒修斯前来认父时，美狄亚担心他对自己不利，从中阻挠，但被忒修斯识破。美狄亚随后又被逐出雅典，逃到故乡科尔基斯。

阿里阿德涅（Ariadne）：克里特岛国王弥诺斯的女儿，她的母亲帕西法厄（Pasiphae）生了一个牛头人身的怪物，弥诺斯便把它幽禁在一座迷宫里，并命令雅典人民每年进贡七对童男童女喂养这个怪物。后来她用一根线帮助忒修斯走出代达罗斯迷宫，杀死牛头怪，并和忒修斯一起逃离克里特岛，后又被忒修斯抛弃。

代达罗斯（Daedalus）：古希腊神话中伟大的艺术家、建筑师和雕刻家，他曾受托国王弥诺斯，为牛头人身怪弥诺陶洛斯修建了一座迷宫，即著名的代达罗斯迷宫。

伏尔甘（Vulcan）：古希腊神话中主神宙斯（Zeus）之子，相貌丑陋，但天生具有操控火的能力，能够轻易冶炼出各种各样威力无穷的武器，诸神手中的神器几乎都是由他打造。

弥诺陶洛斯

很久很久以前，在一座高山脚下坐落着一个名为特洛曾的古城，城里住着一个名叫忒修斯的男孩。他的外祖父庇透斯是这个国家的君主，非常英明能干。忒修斯从小就住在王宫里，在老国王的教导下，慢慢成长为一个机智勇敢的年轻人。他的母亲名叫埃特拉，至于父亲，男孩却从未见过。可在他朦胧的记忆中，小时候，母亲埃特拉经常会带他来到一片森林，两个人坐在一块长满苔藓的大石头上，母亲会和儿子谈起他的父亲，说他名叫埃勾斯，也是一个伟大的君主，统治着位于阿提卡地区的世界名城雅典。忒修斯很喜欢听有关父亲埃勾斯的故事，并时常问母亲，父亲为何不回来和他们一起生活在特洛曾城。

"哦，亲爱的忒修斯，"埃特拉叹息着答道，"身为一个国家的君王，他还要照顾自己的臣民。对于他来说，他所统治的男女老少都是自己的孩子，所以很少会像其他的父亲那样，有空余时间来爱自己的孩子。你的父亲不能为了看自己的儿子而离开他的王国。"

忒修斯猛力地又拉又拽。

"那么，"男孩问道，"我可不可以去那座著名的雅典城，去告诉埃勾斯国王，我就是他的儿子？"

"不久之后一定会的，"埃特拉说道，"再等一等吧，我们会见到他的。你现在还太小，力气也不够大，还没法完成这个任务。"

"那要多久我的力气才会足够大呢？"忒修斯追问道。

"你现在还是一个孩子，"埃特拉说，"那你试试看，能不能举起身下的这块石头？"

男孩对自己的力气非常自信，于是紧紧抓住那块粗糙不平的石头，猛力地又拉又拽，累得气喘吁吁。可石头却丝毫未动，就像已经深深长在土地里一样。他当然搬不动这块石头，哪怕是一个强壮有力的成年男子，也要使出全力才能将石头从地上搬起来。

埃特拉站在一旁笑着，看着热情高涨的儿子力气太小，但却如此跃跃欲试，迫不及待地想要开始他在人世间的探险，不禁心中有些感伤。

"好吧，忒修斯，"她说，"在你能前往雅典，告诉埃勾斯国王你就是他的儿子之前，你还必须要让我相信拥有比现在更强的力量。当你能举起这块石头，并让我看到下面藏了些什么东西之后，我就答应让你前往雅典。"

之后，每当忒修斯问母亲自己什么时候才能去雅典时，母亲就总是指着那块大石头告诉他，没有几年的时间，他是不可能有足够的力气搬动它的。

这个面色红润、头发卷曲的男孩，一次又一次不停地用力摇动着那块巨石。作为一个孩子，他要完成的可是一个巨人都难以完成的任务。可那块陷入地里的石头似乎越陷越深，上面的苔藓也越长越厚，直到最后整个石头看起来几乎就像是一把柔软的绿色座椅，只露着几小片灰色的花岗岩。每到秋天，悬在石头上空的大树就会把深棕色的落叶撒在石头上；而大石头的脚下则长满了蕨类植物和野花，有的还爬上了石头。从外表上看，这块石头就像是长在地面上一样，紧紧地固定在那里。

可是虽然看起来是难以完成的任务，但忒修斯还是一天天地长大，变成了精力充沛的年轻人。在他看来，距离搬起这个沉重巨石的日子已经不远了。

"我敢肯定，这石头已经开始在动了！"几次尝试之后，他大声地对埃特拉说，"周围的泥土有点松了！"

"不，不，孩子！"埃特拉急忙说，"你不可能搬得动它，你还是个孩子！"

虽然忒修斯已经让她看到岩石被摇晃时连根拽起来的一部分花茎，可母亲还是不相信自己的眼睛。埃特拉叹了口气，看上去有些忧虑。无疑，她开始意识到，儿子已不再是一个孩子，不久之后，她必须将他送往那个充满危险和苦难的世界里去。

之后过了不到一年，母子二人又坐在了这块长满苔藓的巨石上。这一次，埃特拉再次向儿子讲起了有关他父亲的故事。她说，他父亲见到他时会非常高兴，一定会在他神圣的宫殿里招待他，把他介绍给自己的国家和臣民，并告诉他们，他就是国家未来的继承人。听到母亲这样说，忒修斯眼里闪着激动的光，几乎无法再安静地坐着。

"亲爱的母亲，"他大叫道，"我从来没有感觉自己像现在这样强壮！我不再是一个孩子，也不是一个单纯的少年！我觉得自己已经是一个男子汉！现在，我要尽全力移开那块巨石。"

"啊，忒修斯，"埃特拉说道，"还不行，还不行。"

"不，"他坚决地说，"时机已经到了！"

于是，他勃发起全部的热情准备迎接这项任务。他绷紧全身的肌肉，带着坚定的决心和惊人的力量，全身心地投入其中。他与这块又大又笨的巨石扭在了一起，似乎那就是一个活生生的敌人。他拼尽全力地摇着、拉着、拽着，下定决心要把它搬起来，否则就会死在这里，让这块石头永久地成为他的墓碑。埃特拉站在一旁，双手紧握、目不转睛地看着儿子，表情中既有身为母亲的自豪，也有身为母亲的忧虑。巨石开始松动，直到慢慢地从长满苔藓的地面上被提起，周围的灌木和野花也跟着被连根拔起；最后，巨石翻倒在一边。忒修斯获胜了。

他放下石头，喘了几口气，兴奋地看着母亲。母亲也微笑地看着他，眼睛里闪着激动的泪花。

"是的，忒修斯，"她说，"时机已经来临，你已经不需要再待在我的身边。现在，快看你父亲埃勾斯国王在石头下面给你留了些什么。当年他曾用他坚实有力的臂膀将石头举起，然后将几样东西放在了石头下，就在你刚刚移开石头的地方。"

忒修斯仔细看过去，发现岩石下面有一块厚石板。厚石板下则是一个洞穴，有点像一只箱子或是藏宝盒，石板正好将下面盖住。他在洞穴里发现了一把金色的利剑和一双鞋子。

"那是你父亲的剑和鞋子，"埃特拉说，"当他准备去雅典当国王时，他交代我要将你抚养成人，直到你能举起这块巨石，证明自己是一个真正的男子汉，我的任务才算完成。你要穿上他的鞋子，佩上他的利剑，踏着他的足迹前进，那样你就会像埃勾斯国王年轻时一样，与巨人和恶龙搏斗。"

"我今天就要出发去雅典！"忒修斯大声喊道。

可埃特拉劝说他能再等上一两天，好为他的此次冒险做一些准备。他的外祖父——明智的庇透斯国王，听说他要去他父亲的宫殿，便郑重地建议他要从海上走，因为这样距离雅典就只有十五英里的路程，而且乘船不会感到疲劳，也没有危险。

"陆路很难走，"德高望重的老国王说道，"而且到处都是穷凶极恶的强盗和怪兽。忒修斯还只是一个年轻人，实在不适合独自一人经历这样的冒险。不，不，还是让他从海上走吧。"

可一听到强盗和怪兽，忒修斯便竖起了耳朵，更加想要从陆路走，以便能遇到他们。于是，第三天，他毕恭毕敬地向外祖父告别，感谢他多年来对自己的疼爱，并深情地拥抱了母亲，然后就带着母亲留在他脸颊上的泪珠出发了。说实话，他自己的眼里也涌出了泪水，只是他任由阳光和微风吹干了泪水，坚定不移地向前走去。他的手中握着金光闪闪的利剑，脚

下穿着父亲的鞋子，迈着男子汉一样的步伐，阔步向前。

我忍不住想说的是，在忒修斯去往雅典的路上，即将会发生一系列冒险故事。从一定程度上讲，忒修斯已经知道一路上会遇到很多强盗，因为临行前庇透斯老国王曾百般叮咛他加以提防。其中一个恶人名叫普洛克路斯忒斯，是一个极其残酷的家伙，他会用一种凶恶的方法，拿那些碰巧落到他手里的可怜路人取乐。他的山洞里有一张床，他会假意好客，邀请路人躺到床上休息。如果客人的身材比床短，这个恶棍就会用力将客人的身体拉长；如果客人的身材太长，他则会将他们的头或脚砍去，然后站在一旁哈哈大笑。这样一来，路人不管多么疲惫，都不愿躺到他的床上。还有一个强盗名叫辛尼斯，同样是一个特别坏的恶棍。他有一个习惯，就是将受害者从很高的悬崖上抛到海里去。于是为了让他尝尝同样的滋味，忒修斯在同一座悬崖上，把他扔进了海里。你相信吗？就连大海也不愿接受这样一个恶人沉入海底，生怕被他污染；就连大地也巴不得摆脱他，不愿让他再回来。于是，辛尼斯就这样被定格在悬崖和大海之间的空中，只能由空气支撑着他那邪恶肢体的重量。

在完成这些值得纪念的冒险之后，忒修斯又听说有一头大野猪，到处乱跑，令附近的村民都很恐慌。忒修斯觉得反正做些好事也不会妨碍他赶路，于是就杀死了这个巨大的怪物，并将它分给了可怜的村民，让他们做成腊肉。这头大野猪在森林和田地间乱跑时，还是一个可怕的怪兽，但被切成肉块后却还是个不错的东西，不知丰盛了多少家的餐桌。

就这样，在冒险即将结束时，忒修斯用父亲的金色利剑建立了许多丰功伟绩，被当时的人们称为"最勇敢的年轻人"。他名声远扬，甚至传到了前方的雅典。当他踏入雅典城时，发现当地居民正在街头巷尾谈论着自己的事迹。他们说，虽然赫拉克勒斯、伊阿宋、卡斯托耳与波鲁克斯都很勇敢，可他们自己国王的儿子忒修斯，可以说是所有人之中最勇敢的英

《世界名画》《忒修斯找回父亲留下的剑》（*Theseus Finds His Father's Sword*），布面油画，17世纪法国巴洛克时期古典主义绘画奠基人尼古拉斯·普桑（Nicolas Poussin，1594—1665）于1638年创作，98×134cm。

雄。听到这些，忒修斯加快前进的脚步，想象着自己会在父亲的宫廷受到盛情的接待，因为他的盛名已如雷贯耳，他要向埃勾斯国王高喊："看！我是您的儿子！"

年轻的忒修斯太天真了，他根本不知道，在这里，在他父亲统治的雅典城，还有一个更大的阴谋在等待着他，远比他在路上遭遇到的强盗更危险。的确如此，我们应该明白，忒修斯的父亲尽管还并不老迈，但治理这个国家已经让他疲惫不堪；他的几个侄子正盼着他早点咽气，好将统治权转移到自己手里。可当听说忒修斯已经到达雅典，并且还是一个如此英勇的年轻人时，他们就知道，忒修斯是不会让任何人偷走他父亲的王冠和权杖的，因为他才是理所当然的继承人。因此，忒修斯这些狠毒的堂兄弟们，自然就成了他的敌人。此外还有一个更加危险的敌人，那就是邪恶女巫美狄亚，也就是国王的现任妻子。她想让国王把王位传给自己的儿子墨多斯，而不是她所憎恨的埃特拉的儿子忒修斯。

于是，一切就都顺理成章地发生了。当忒修斯刚一踏进国王宫殿的大门，国王的侄子们就看见了忒修斯，并一眼就认出了他是谁。这些人心里谋划着对付忒修斯的诡计，表面上却假装是这位堂弟最好的朋友，并表示非常高兴能够认识他。他们建议忒修斯以一个陌生人的身份去见国王，目的是试探一下国王，看他是否能从年轻人的相貌上，看出与自己或他母亲埃特拉的相似之处，最后再认出自己的儿子。忒修斯欣然同意，因为他觉得，凭着父亲对儿子的爱，一定会一眼就认出自己是谁。可就当他在大门口等候时，埃勾斯国王的这些侄子却跑到国王面前，说有一个年轻人来到了雅典，并据可靠情报讲，这个年轻人是来谋杀国王、夺取王冠的。

"现在，他就在外面等待国王陛下的接见。"他们又说。

"噢！"老国王听到这里大声说道，"为什么？他一定是一个非常邪恶的年轻人！你们说，我应该怎么对付他？"

对于这个问题，邪恶的美狄亚有她自己的看法。前面已经说过，她是一个有名的女巫。据一些故事记载，她总会将年老的人放进一口大锅里蒸煮，说用这种方法能使他们恢复年轻；可我觉得，埃勾斯国王可不想用这种极不舒服的方法使自己保持青春，或者说他宁可满足于做一个老人，所以从没让自己跳到大锅里。要不是有更重要的故事要讲，我其实很愿意向大家介绍一下美狄亚的座驾，那是由几条长着翅膀的大蛇拖动的战车，经常被女巫驾驭着在云雾中穿梭。其实，她第一次来到雅典时就是乘坐的这辆飞车，而且自从她来到这里，就只会做伤天害理的事。不过这些故事还是留到之后再说吧；现在可以说的是，在美狄亚数以千计的恶行之中，最擅长的就是下毒，她下的毒，只要嘴唇沾上一点，任何人都会立刻毙命。

所以，当国王问她应该怎样对付忒修斯时，这个可恶的女人早就有了答案。

"尊敬的陛下，把他交给我吧，"她说道，"请您允许这个心肠歹毒的年轻人见您，然后按照礼节招待他，并赐给他一杯酒。陛下，您知道，有时我会提炼一些毒性非常强的药物，以供自己玩乐。现在这里就有一小瓶这样的东西，至于它是做什么用的，这是我的秘密。我会在酒杯里滴上一小滴，然后让那个年轻人喝下去。我敢保证，他很快就会放弃他那邪恶的计划。"

说这些话时，美狄亚的脸上一直在微笑。可尽管她满脸笑容，心里却只想着在忒修斯父亲面前毒死可怜无辜的忒修斯。而埃勾斯和大多数国王一样，也在想着能不动干戈地惩罚一下那个据说要谋害他性命的人。因此，他没有反对美狄亚的计划，而是等毒酒准备好，便下令将那个年轻的陌生人带上来。

酒杯就放在国王宝座旁边的桌子上，一只苍蝇落在杯子边蘸了点酒，立刻就跌进杯子里死掉了。看到这些，美狄亚又看了看埃勾斯的几个侄

子，脸上露出了微笑。

忒修斯被召进王宫，他此行唯一的目的，似乎就是想看一眼这位胡须花白的老国王。他坐在神圣的宝座上，头戴着闪光的王冠，手执权杖，虽然深受年迈和疾病的重压，但神态却依然高贵而威严；对于他来说，每长一岁就像是一个铅块，每患一种疾病就像是一块石头，这些全都一起压在了他疲倦的肩膀上。年轻人的眼里不禁涌出了悲喜交加的泪水，因为看到自己亲爱的父亲如此衰弱，他感到很伤心；但又想到自己可以用生机勃勃的力量来支持父亲，用自己诚挚的爱来抚慰父亲，他又感到很高兴。儿子将父亲拥进自己温暖的心窝，这会使年迈的父亲恢复活力，远比美狄亚的大锅有用得多。这也正是忒修斯下定决心要做的事；他几乎等不及埃勾斯是否能够认出自己，便迫切地想要投进他的怀抱。

他朝王座走去，想和国王说些什么，那也是他在殿外台阶上时就已经考虑好的。可此时各种复杂的情感一下涌上了心头，每一个都需要拼命地寻找合适的言语来表达，所以一起堵在了喉咙里，几乎令他窒息。因此，可怜的忒修斯知道，除非能将自己感情汹涌的心交到国王手里，否则他什么事都做不了，什么话也说不出来。狡猾的美狄亚看出了年轻人的心情，此时她比任何时候都更加狠毒，因为她要用最邪恶的方式，将忒修斯满腔无以言表的爱，转变成足以毁灭他自己的激情——说到这些，我自己都有些打战。

"陛下，您看到他的困惑和不安了吗？"她在国王耳边低语道，"他已经深深感受到了内疚和自责，因此颤抖得说不出话。这个卑鄙的家伙已经活得太久了！快！赐给他酒！"

此时，忒修斯正慢慢走近王座。埃勾斯国王也在认真打量着这个陌生的年轻人，某些地方似乎让他觉得像是以前在哪里见过这个人，可又不知道到底是在哪里，可能是年轻人白皙的前额，也可能是挂在他嘴角

的细微表情，又可能是他美丽温柔的眼睛。真的，就好像是当这个年轻人还是个婴儿时，就曾在自己的膝盖上踢着小脚，并在自己的目光下长成了一个强壮的男子，而自己则变成了老人。美狄亚猜到了国王的这种感觉，她绝不会让国王产生这种天生的父子感情，虽然这种来自国王内心深处的声音，清楚地告诉他这就是埃特拉和他所生的儿子，他是来认回父亲的。于是女巫便急忙又在国王耳边低语，并用魔法让国王看到的所有东西都变成了假象。

于是，国王下定决心让忒修斯喝下毒酒。

"年轻人，"他说，"欢迎你的到来！很荣幸能够款待像你这么英勇的年轻人。请吧，请喝下这杯酒。如你所见，像这样满满的一杯美酒，只能赐给值得嘉奖的人，没有人比你更有资格喝下它了。"

说着，埃勾斯国王从旁边的桌子上端起那个金酒杯，正准备递给忒修斯。但可能是因为身体虚弱的关系，或者可能是因为剥夺这个年轻人的生命似乎本身就是一件悲哀的事——无论怎样，从某种程度上说，人类的心灵还是比头脑更聪明一些，因此国王一想到自己要做的事，身子便颤抖了一下，手也抖得很厉害，杯子里的酒溅了出来。为了坚定国王的决心，其中一个侄子走到他身旁，在他的耳边轻声说："陛下还在怀疑这个陌生人的罪行吗？那就是他想用来杀死您的利剑。看，多么锋利！多么可怕！快！让他喝下这杯酒，不然他可能就会先动手。"

听到这些话，埃勾斯心中便不再有疑虑，开始觉得这个年轻人理当被处死。于是他在宝座中坐直身子，稳稳地端住酒杯，然后伸出手去，皱着眉头向忒修斯显露出王者的威严。他毕竟是一个拥有高贵心灵的人，即使将要谋杀一个奸诈的敌人，脸上也无法露出虚伪的微笑。

"喝下它吧！"他严厉的口吻就像是在宣判犯人死刑，"你是最有资格喝下这杯酒的人！"

忒修斯伸手准备接过酒杯。可他的手刚要碰到杯子，埃勾斯的手又开始颤抖起来，因为他的目光正好落在了年轻人腰间挂着的金柄宝剑上。于是他缩回了正端着酒杯的手。

"那把剑！"他大喊道，"怎么会挂在你的身上？"

"那是我父亲的剑，"忒修斯的声音也有些颤抖，"还有，这是他的鞋子。当我还很小的时候，我亲爱的母亲埃特拉就给我讲过他的故事。不过，在一个月前，我就拥有了足够的力量搬起那块大石头，并从石头下面取出了宝剑和鞋子，然后前来雅典，寻找我的父亲。"

"儿子！我的儿子！"埃勾斯国王失声喊道，扔掉手里的毒酒，踉跄地走下王位，扑向忒修斯，"是的，这是埃特拉的眼睛，你就是我的儿子！"

我几乎忘记国王的那几个侄子看到这种情况后变成了什么样子，可那个邪恶的美狄亚看到情况发生转变后，就立刻离开了宫殿，回到自己的房间，立即施展起巫术。很快，她便听到窗外响起一阵嘈杂的咝咝声。看！是她的火焰战车，由四条长着翅膀的大蛇拉着，毒蛇正在空中扭动，尾巴还高高地在宫殿上空扬起，为即将开始的空中旅行做好准备。美狄亚立刻带上儿子墨多斯，偷走国王王冠上的宝石，还有国王最好的礼服，以及所有能够带走的其他宝贝，统统被她装上战车，然后她挥起鞭子，驾驭着毒蛇飞上雅典城的上空。

听到巨蛇的咝咝声，国王急忙奔到窗前，大声痛斥这个可恶的女巫，叫她永远都不要回来。雅典城所有的臣民也都跑出门来，观看这个奇观，为摆脱女巫的控制而欢呼雀跃，那场面异常壮观。被激怒的美狄亚于是发出蛇一样的咝咝声，可她比那些毒蛇还要恶毒十倍；她在火焰战车上狠狠地向下看着，向臣民挥舞着手臂，似乎是在播撒无数的咒语。可就在挥舞手臂时，几百颗最好的钻石从她手中意外地掉落了下来，还有上千颗珍

美狄亚挥起鞭子，驾驭着毒蛇飞上雅典城的上空。（弗吉尼亚·弗朗西斯·斯特雷特，
Virginia Frances Sterrett, 1900-1931，手绘插图。）

珠、绿宝石、红宝石、蓝宝石、猫眼石和黄宝石，这些都是她从国王的宝箱中偷出来的。宝贝们从高空落下，就像是色彩斑斓的冰雹，落在了大人和孩子们的头上，人们立刻将它们捡拾起来，送回王宫。但埃勾斯国王对臣民们说，为了庆祝他失而复得的儿子并摆脱邪恶的美狄亚，他们可以随意享用这些珍宝，并说如果自己还有珍宝的话，也愿意全部送给大家。的确，当你看到火焰战车飞上天空，美狄亚最后看向雅典城的眼神中饱含了如此深的仇恨，也就不会奇怪国王和民众为何会觉得她的离去对于大家是一种解脱了。

现在，忒修斯王子很受父王的宠爱。老国王让儿子与自己并排坐在宽宽的宝座上，不知疲倦地听他讲述着所有的故事，有关他的母亲、他的童年，以及他为了举起那块沉重的石头所做的所有努力。可忒修斯是一个勇敢活泼的年轻人，他不愿把时间花费在讲述已经发生的事情上，而志在于要完成其他更能体现英雄气概、更值得被载入史册的丰功伟绩。他到雅典没多久，就制服了一头可怕的疯牛，在众人面前展示了自己的才能，让善良的埃勾斯国王和臣民颇感惊奇和钦佩。可不久后，他又完成了一件大事，这件事让他先前所有的冒险似乎都变成了小孩子的单纯游戏。原来，事情是这样的：

一天清晨，忒修斯王子醒来后，觉得自己肯定是做了一个特别伤心的梦，所以才会在睁开眼睛之后，脑子里还是无法忘记那个梦。他梦见空中似乎充满了哀号声，仔细一听，发现里面还夹杂着哭泣声、呻吟声、尖叫声，还有低沉微小的叹息声，这些声音似乎是来自国王的宫殿，还有雅典城的街道、庙宇和各家各户。所有这些声音似乎是发自成千上万人的内心，最后汇聚成一股震天动地的哭声，令忒修斯难以入睡。于是，他快速穿好衣服和鞋子，佩戴好金柄利剑，急忙赶往国王的寝宫，想问一问父亲这个梦到底意味着什么。

"唉！儿子，"埃勾斯国王长叹一声说道，"现在有一件非常棘手的事！今天是一年中最悲哀的日子，每年的这一天，我们都要抽签挑选出少男少女，送给可怕的人身牛头怪弥诺陶洛斯！"

"弥诺陶洛斯？"忒修斯大声问道。这位年轻勇敢的王子用手按住剑柄继续说，"那是什么样的怪物？我是不是可以冒着生命危险去杀死它？"

埃勾斯国王摇摇头，向忒修斯讲述了事情的经过，要他相信杀死这头怪物的希望太过渺茫。原来，在克里特岛上，住着一个叫弥诺陶洛斯的可怕怪物，一半像人，一半像牛。这只丑陋的怪物，令人一想起来就觉得厌恶。如果允许这种怪物存在的话，那也应该让它生活在某个荒岛上，或是昏暗幽深的山洞，至少在那些地方，没有人会因为看到它可怕的模样而饱受折磨。可统治克里特岛的弥诺斯国王却花费了大量金钱，为这个怪物修建了住所，还非常关心它的健康，仅仅就是为了一次恶作剧。就在几年前，雅典和克里特岛之间曾爆发一场战争，在这场战争中，雅典人被打败，不得不求和；可他们必须每年都要给弥诺斯国王的妖怪宠物送去七对童男童女作为美餐，否则就没有和平可言。在过去三年里，雅典民众一直承受着这个巨大的灾难。此时整个雅典城都在哭泣、呻吟和尖叫，那是雅典人发出的哀号，因为这个不幸的日子又已经降临，十四名牺牲者就要被抽签决定，所有人都在担心自己的孩子会被抽到，孩子们也在害怕自己会被选中，被送去填满那个令人发指的怪兽的肚子。

忒修斯听完后，立刻站了起来，此时的他似乎看起来比平时还要高大，脸上满是愤怒、痛苦、无畏、温柔和怜悯，各种感情交织在一起。

"今年雅典城就选六个男孩吧，不要选第七个，"他说，"我就是第七个，看看弥诺陶洛斯能不能把我吞下去。"

"噢，忒修斯！"埃勾斯国王喊道，"你为什么要接受这个可怕的命

运？你是王子，有权让自己的命运超脱于普通子民之外。”

“就因为我是王子，是您的儿子，是王位合法的继承人，我才自愿承担起您的臣民所承担的灾难。”忒修斯答道，“而您，我的父亲，是这些臣民的国王，有责任向上苍保证他们的福祉。您必须牺牲自己最亲的亲人，而不应让这些可怜臣民的孩子受到任何伤害。”

老国王流下了眼泪，恳求忒修斯不要离开已经年迈的他，让他孤苦伶仃，尤其是现在这个时候，他才刚刚开始感受到拥有一个优秀勇敢的儿子是多么幸福。可忒修斯认为自己责无旁贷，不肯放弃决定。不过他向父亲保证，自己绝不会像一只毫无反抗能力的羔羊被任意吃掉，如果那头怪兽想要把他当作晚餐，那可少不了一场恶斗。最终，老国王只好同意，并为儿子准备了一支悬挂黑帆的大船。忒修斯和另外六个少年，还有七个美丽温柔的少女，一起来到港口。伤心的民众陪伴他们来到岸边，可怜的老国王也来送行，他靠在儿子的肩上，心中似乎承载了整个雅典城的悲哀。

就在忒修斯即将起航之际，这位父亲想起还有最后一句话要说。

“亲爱的忒修斯，”他抓住王子的手，“你发现了吗？船帆的颜色都是黑色的，其实，那是因为它要踏上一次伤心绝望的旅途。如今我已日渐衰老，体弱多病，不知道是否还能活着等到这艘船的归来。可只要我还活着，就会每天爬到那边的悬崖顶上，看看海上有没有船出现。亲爱的忒修斯，如果你有幸逃脱魔爪，就把这些令人忧伤的黑帆降下，换上颜色如阳光般明亮的白帆。一旦从地平线看到它们，我和所有人就会知道你已凯旋，雅典城就会以前所未有的盛大场面来欢迎你。”

忒修斯答应了父亲的请求。于是大家上船，水手们调整黑帆，乘着风，帆船被轻轻吹离海岸；在这个悲伤的时刻，岸上的人们都止不住发出轻轻的叹息。不久，帆船驶出一段距离之后，海面上刮起一股强劲的西南风，吹动着帆船欢快地行驶在白色的浪花上，似乎此时正要去完成一项令

《弥诺陶洛斯》(*The Minotaur*),布面油画,英国维多利亚时代象征主义画派著名画家及雕刻家乔治·弗雷德里克·瓦兹(George Frederic Watts, 1817—1904)于1885年创作,11.81×9.45cm 。

人兴奋的任务。可这的确是件令人悲伤的事，我有些担心，船上的孩子们在没有大人的照料下，是否能够度过悲哀的旅程。我想，就在克里特蓝色的高山开始从遥远的云端露出身影之前，就在这个颠簸的甲板上，这些孩子们也曾举行过几场舞会，偶尔也会爆发出开心的笑声，还有不合时宜的嬉戏。可以肯定的是，那种场面反倒使大家勇敢了起来。

忒修斯站在水手中间，急切地注视着陆地的方向。可陆地似乎比远处的云雾还要虚幻，雾气间的群山若隐若现。偶尔，他也会自以为看到了某个明亮的物体一闪，穿过波涛，从远处投射过来一缕亮光。

"看到那边在闪光吗？"他向船长问道。

"没有，王子，不过之前我也看到过。"船长回答，"我想，这些光可能是塔鲁斯发出来的。"

就在此时，海面吹起一股清新的海风，船长忙着去调整风帆，没有时间再回答忒修斯的问题。可就在帆船越来越快地驶向克里特岛时，忒修斯吃惊地看到一个人影，身形巨大，正沿着岛边有节奏地大踏步前行。那个身影时而从一个峭壁跨向另一个峭壁，时而从一个海岬跨向另一个海岬，脚下的海浪泡沫横飞，海水咆哮着冲向海岸，溅起的水花没过了巨人的脚面。更加惊人的是，一有阳光照在巨人的身上，他便开始闪闪发光，宽阔的脸庞上也镀了一层金属般的光泽，穿过空气闪耀着绚丽的光辉。此外，他身上的衣服好像也不会随风摆动，而是紧紧贴着身体，像是由某种金属制成的。

船越来越近，忒修斯也越来越好奇：那个庞大的巨人到底是什么？他是死的还是活的？之所以这么说，是因为巨人虽然能够行走，动作也和人一样栩栩如生，但步伐却僵硬呆板，再加上黄铜色的外表，使得年轻的王子怀疑他并不是一个真实的巨人，而是一个组装精妙的机器。巨人的样子看起来也极其可怕，因为肩膀上还扛着一根巨大的铜棍。

"这是什么怪物？"忒修斯问道。船长此时终于有空了。

"他就是铜人塔鲁斯。"船长答道。

"是活的吗？还只是一块铜？"忒修斯追问道。

"其实，"船长答道，"我也一直很困惑。有人说，这个塔鲁斯是伏尔甘亲自为弥诺斯国王打造的，伏尔甘可是技艺最为精湛的锻造工匠。可谁见过铜人会有思想的呢？就像这个巨人，每天都要绕着克里特岛走三圈，向靠近海岸的每一艘船发起挑战。从另一方面讲，除非他的肌肉是用黄铜锻造的，否则怎么会有像塔鲁斯这样的生物？能在二十四小时内行走八百英里，不用休息也不觉得疲惫。他就是一个谜，怎么想都想不通。"

帆船继续向前行驶，此时忒修斯听到了巨人走路时发出的叮当声，看到了巨人沉重的双脚踩在被海浪冲刷的岩石上，石头立刻被踩裂，变成粉末，被泡沫横飞的海浪带走。船渐渐驶入港口，只见那个巨人叉开双腿跨过港口，双脚稳稳地踩在港口两侧的海岬上，高高地举起大铜棒，铜棒较粗的那一端居然直插云霄。他就以这种可怕的姿势站在那里，阳光在他的金属外壳上跳跃着。看样子，他似乎马上就要砸下那个大棒，将小船捣成千百块碎片，不管会有多少无辜的人毁在他手里。因为要知道，巨人是没有怜悯之心的，更何况是一个黄铜制作的机器。可就在忒修斯和同伴以为铜棍就要砸下来时，黄铜巨人却张嘴说话了。

"你们从哪里来，陌生人？"

巨人声如洪钟，话音刚落，四周便响起一阵回声，就像大教堂里敲过大钟后发出的轰鸣声。

"雅典！"船长扯着嗓门回答道。

"来干什么？"铜人继续发出轰隆隆的巨响。

他挥舞着铜棒，似乎比先前更具威胁性，好像马上就要猛地朝船中

央砸下来一样。要知道，就在不久之前，雅典和克里特岛曾爆发过一场战争。

"我们带来了七个童男和七个童女，"船长答道，"供弥诺陶洛斯享用！"

"过去吧！"黄铜巨人大喝道。

巨人的每一句话都能在空中引起回响，胸膛里也在轰隆作响。船从两个海岬间驶进港口，巨人则继续巡逻。很快，这名出色的哨兵就走远了，身体在远处的阳光下闪闪发光，绕着克里特岛迈着大步，这就是他永远不会停止的任务。

船刚刚驶入港口，弥诺斯国王的卫兵就到了水边，带走了十四名童男童女。忒修斯王子和同伴们被这些全副武装的卫兵包围着，被带往宫殿去见国王。弥诺斯国王严肃而又冷酷；如果说保卫克里特岛的巨人是铜制的，那么这位统治着铜人的君主，胸膛里一定还有一颗比金属还坚硬的心，简直可以称作是铁石心肠。他皱了皱眉，仔细地看着这些可怜的雅典人。对于其他的君王来说，只要看到这些少男少女清新而美丽的外貌，以及他们天真无邪的外表，一定就会觉得，如果不立即解救他们，不让他们像夏日微风一样自由，就会如坐针毡一样难过。可这位严厉的弥诺斯国王所关心的，只是他们长得是否足够肥嫩，是否能满足弥诺陶洛斯的胃口。在我看来，我宁可让这位国王成为唯一的牺牲者，这样那头怪兽就会发现，面前的食物竟会这样肥美。

那些少年已经被吓得脸色苍白，少女们则在哭泣。弥诺斯国王便一个接一个地把他们叫到脚凳边，用权杖戳点着每个人的肋骨，看看他们的肌肉是否发达，然后向身边的侍卫点点头，让他们退下。可当他的目光落在忒修斯身上时，却不由得仔细地打量起这个年轻人，因为这个人的神情显得沉着而勇敢。

"年轻人，"他严厉地问道，"你不害怕被可怕的弥诺陶洛斯吞掉吗？"

"我已经把自己的生命献给一个正义的使命，"忒修斯答道，"因此，我感觉很高兴、很放松。可你，弥诺斯国王，却在年复一年地做着这种可怕的错事，让七个无辜的少年和七个无辜的少女被怪物吞噬，难道你不觉得害怕吗？邪恶的国王，当你用明亮的目光看着自己的内心，难道不会发抖吗？你坐在自己金色的宝座上，身穿王袍，可让我来当面告诉你吧！你就是一个比弥诺陶洛斯更可怕的怪物！"

"哈！你认为我是这样的人吗？"国王狞笑着大叫，"明天吃早饭时，你将有机会评判谁是更大的怪物，是弥诺陶洛斯，还是本王？卫兵，把他们带走！让弥诺陶洛斯第一个吃掉这个口无遮拦的少年。"

我还来不及告诉你们，就在弥诺斯国王宝座的旁边，正站着他的女儿阿里阿德涅。这是一个美丽善良的少女，当她看到这些可怜的俘虏时，内心的情感与铁石心肠的弥诺斯国王可大不一样。想到这么多刚刚绽放生命之花的年轻人就要被送去让一头怪物吃掉，这会将多少人的幸福白白葬送掉，况且那头怪物本该更喜欢的是猪和牛。女孩想到这里不禁流下了眼泪，可当她看见英勇潇洒的忒修斯王子身处险境却表现得异常镇定时，心中更是生出百倍的同情。当卫兵要把他带走时，她猛地扑到国王的脚下，恳求他释放所有的俘虏，尤其是这个年轻人。

"安静一点，傻瓜！"弥诺斯国王说道，"你和这件事有什么关系？这是游戏规则，可不是你简单的脑袋瓜就能理解的。去浇花吧，不要再想这些雅典的胆小鬼。弥诺陶洛斯会把他们当作早餐吃光，就像我在晚餐时吃掉一只山鹑一样。"

国王一边说，一边凶残地看着忒修斯和其他俘虏，好像即使没有弥诺陶洛斯，他也会亲自吞掉他们。不想再听女儿求情的弥诺斯国王让人把俘虏都带走，关进地牢。地牢的看守劝这些人快点睡觉，因为弥诺陶洛斯的

《忒修斯与阿里阿德涅》（*Theseus and Ariadne*），油画，17世纪荷兰著名画家威廉·斯特里杰克（Willem Strijcker，生卒年不详）于1657年创作，201×167cm。

早餐时间通常会很早。除了忒修斯，其他人很快就哭泣着睡着了。可忒修斯不同，他清楚地知道自己比同伴们更睿智、更勇敢、更强壮，因此他有责任拯救所有人的生命，在这样的绝境中，他必须尽快想到是否有解救他们的方法。所以，他必须让自己保持清醒，独自在阴暗的地牢里来回踱着步。

午夜时分，地牢的门被轻轻地打开，温柔的阿里阿德涅出现在忒修斯面前，手里举着火把。

"你醒了吗，忒修斯王子？"她低声问道。

"是的，"忒修斯回答，"我活不了多久了，所以不想把时间浪费在睡觉上。"

"那么跟我来，"阿里阿德涅说，"轻一点。"

忒修斯不知道看守和卫兵都出了什么状况。无论如何，阿里阿德涅打开了所有的门，带着他从黑暗的地牢里出来，来到明亮的月光下。

"忒修斯，"少女说道，"现在你可以乘船离开这里，回到雅典。"

"不，"年轻人答道，"除非让我先杀死弥诺陶洛斯，救出可怜的同伴，并取消这项对雅典来说极其残忍的进贡，否则我是不会离开克里特岛的。"

"我就知道你会这么想，"阿里阿德涅说，"那么，请随我来，勇敢的忒修斯。这是看守从你那里夺走的那把利剑。你会需要它的，我把它还给你，愿上帝保佑它能助你一臂之力。"

说完，她牵着忒修斯的手，一直走到一个阴暗的小树林里，明亮的月光洒在树梢上，茂密的枝叶围得密不透风，林中的小路上一丝光都没有。就这样，他们在阴暗的树林里摸索着走了很长一段路，最后来到一堵高高的大理石墙前。墙上爬满了郁郁葱葱的藤蔓植物，显得粗糙而杂乱。这堵石墙似乎没有门，也没有窗，但却巍峨高耸，显得巨大而神秘。忒修斯觉

得他们既爬不上石墙，也找不到通道穿过去；可阿里阿德涅温柔地用手指在一块大理石上轻按了一下，虽然这块大理石看起来没什么不同，但这样一按，石墙上就显露出一个入口，宽度正好容得下一个人穿过，于是他们悄悄溜了进去，那块大理石又自动回到了原位。

"现在，"阿里阿德涅说，"我们已经到了著名的代达罗斯迷宫。代达罗斯造好迷宫后，又给自己做了一双翅膀，然后像小鸟一样飞离了海岛。他是一位技术精湛的工匠，在他所有精巧的发明中，这个迷宫最为完美。我们一旦从入口走进去，就很有可能一生都在里面徘徊，永远也走不出来。不过，这个迷宫的正中央就是弥诺陶洛斯住的地方，忒修斯，如果你想找到它，就必须走进迷宫。"

"如果迷宫真像你所说的这样迷乱，"忒修斯问道，"我该怎样才能找到怪兽呢？"

正当两个人说话时，他们听到一阵粗野暴躁的咆哮声，像是一头凶猛的公牛在低吼，但又像是人类发出的声音。忒修斯甚至从中幻想出一种粗鲁的发音，就好像那头生物正试着将自己嘶哑的气息变成语言。由于声音比较远，忒修斯真的无法判断那是一头牛的咆哮声，还是一个男人的嗓门儿。

"那就是弥诺陶洛斯，"阿里阿德涅小声说，她紧紧握着忒修斯的手，另一只手捂着自己狂跳的胸口，"你必须一直跟随那个声音，穿过迷宫里曲折的小路，就会很快找到它。等一等！这有一团线，你牵着丝线的一端，我抓住另一端，如果最终你获胜了，这根丝线就会带引你再次回到这个地方。再见，勇敢的忒修斯。"

于是，年轻人左手握住丝线的一端，右手握着随时可以拔出剑鞘的黄金剑柄，勇敢地踏进了神秘莫测的迷宫。我也说不清这座迷宫是怎样建造的，但如此精巧的设计，恐怕世界上也前所未有，如果说还有什么东西能

比它还复杂，那就是设计者代达罗斯的大脑，还有人类的心；说实话，人类的心可要比克里特岛上的迷宫神秘、复杂多了。忒修斯还没走出五步，就从阿里阿德涅的视线里消失；再往前走五步，他便开始感到晕头转向。可他仍然在继续走，时而穿过一座低矮的拱门，时而爬上一段高高的台阶，时而走进一个弯曲的走廊，然后又进入另一个弯曲的走廊，时而面前的门会朝他打开，时而身后的门又重重地关上，直到最后，周围的墙壁似乎都在旋转，弄得他也随着墙壁一起旋转起来。一路上，弥诺陶洛斯的叫声不断地回荡在这些曲折的小道上，时远时近；那声音是如此暴躁，如此残忍，如此难听，就像是一头公牛在咆哮，又像是一个人在呐喊，可又似乎什么都不像；忒修斯每走一步，他那颗勇敢的心就变得更加坚定，更加愤怒；他觉得让这种怪物无耻地存活在世上，简直就是对月亮、天空以及亲爱而单纯的大地母亲的一种侮辱。

他就这样不断地向前穿行，天上的云聚在一起，遮住了月亮的光辉，迷宫里变得非常昏暗，忒修斯再也看不清这些迷乱的小径。如果不是时刻感觉到手中光滑的丝线在微微颤抖，他可能早就彻底迷路了，再也没有希望回到笔直的路上去。他知道，心地善良的阿里阿德涅还握着丝线的另一头，还在为他担心，对他充满期待，给他尽可能多的支持，就像在自己身边一样。事实上，我敢肯定，这条细细的丝线，传递的是人类的柔情与怜悯，而且非常强烈。于是，忒修斯一直跟随着弥诺陶洛斯那恐怖的咆哮声。那声音逐渐变得越来越大，最后当忒修斯走上一条新的小道上时，感觉那个怪物似乎就在身边。终于，在迷宫的正中央，在一块宽敞的空地上，他看见了那头令人惊骇的牲畜。

的确，那是一头非常丑陋的怪物！长着带角的牛头，身体是人类的，可从头到脚又莫名其妙地像是一头公牛，荒诞地用两条腿摇摆着走路。如果从另一个角度看，它似乎又完全是一个人类，只是长得非常怪异。真是

《忒修斯杀死弥诺陶洛斯》（*Theseus Killing the Minotaur* ），镶板油画，意大利画家西玛·达·科内利亚诺（Cima da Conegliano, 1459—1517）于1505年创作，8.74×7.35cm。

一个讨厌的家伙，没有伙伴，没有伴侣，生来只为害人，不知道什么是爱，真是悲哀！忒修斯很讨厌它，看着它就会气得浑身发抖，但又不禁觉得它有些可怜；可越是这样想，他就越觉得这头畜生丑陋难看。这个怪物非常狂躁，来回不停地走着，不断发出嘶哑的咆哮声，还夹杂着模糊不清的语言。听了一会儿之后，忒修斯终于听懂了其中的意思，弥诺陶洛斯是在自言自语地说，它非常可怜，非常饥饿，非常痛恨人类，非常渴望吃光所有活着的人类。

啊！这个牛头怪！孩子们，总有一天，你们会和我一样明白一个道理：任何人，只要让邪恶进入本性，并且让它留在那里，就会变成弥诺陶洛斯，变成自己同伴的死敌，就像这个可怜的怪兽，会与所有善良的同类永远隔绝。

忒修斯害怕了吗？绝不，亲爱的朋友。没有什么会让像忒修斯这样的英雄感到害怕，别说是一个牛头，就是长了二十个牛头的弥诺陶洛斯，他也不会害怕。忒修斯是个勇敢的人，在这个危急关头，他一直攥在左手里的那根微微颤动的丝线，更加坚定了他的勇气，似乎阿里阿德涅正将她所有的勇气和力量传递给忒修斯。他本来就强壮有力，再加上阿里阿德涅给他的支持，顿时使他力量倍增。我们必须承认，此时的他的确需要全部力量。因为弥诺陶洛斯已经突然转过身，看到了忒修斯，并立刻低下那对可怕的尖角，摆出即将就要冲向敌人的架势，像一头疯牛。与此同时，这个可怜又暴躁的怪物猛地大吼一声，里面似乎夹杂着人类的语言，但冲出喉咙时又都变得支离破碎、含混不清。

忒修斯只能根据姿势来猜测这只怪兽到底想要干什么。因为弥诺陶洛斯的牛角可要比它的脑子更锐利，也比它的舌头更有用。也许它是想要说："啊，可怜的人类！我要用我的角刺穿你的身体，把你抛向五十英尺的高空，然后在你落下时把你吃掉。"

"那就来试一试吧！"这就是忒修斯的全部回答，因为优雅的他可不想用粗鲁的语言攻击敌人。

无须再说什么。自开天辟地以来，一场最可怕的战斗将在忒修斯和弥诺陶洛斯之间展开。我真的不知道，如果不是弥诺陶洛斯最先猛冲向忒修斯时，不仅没有撞到他，反而自己在撞到石墙后被折断一根牛角，那结果又会是如何。出了这次意外，怪兽忍不住号叫起来，把迷宫的几处墙壁都震塌了；外面的克里特居民还以为是暴风雨中响起了一阵不同寻常的闷雷。由于钻心的疼痛，怪兽开始绕着空地奔跑，姿势又怪异又好笑；之后过了很久，忒修斯一想起当时的情景，还是会哈哈大笑。后来，两个对手站定后怒目相视，一把利剑对一双角，又战斗了很长时间。最终，弥诺陶洛斯向忒修斯猛冲过去，用角刮到他的左胸，把他带翻在地。它还以为自己已经戳穿了忒修斯的心脏，便向空中一跳，张开血盆大口，准备将忒修斯的头咬下来。可就在这时，忒修斯一跃而起，趁怪物没有防备，拼尽全身的力气一剑挥去，正砍中怪兽的脖子。那颗牛头与人身脱离，弹到了六码以外，弥诺陶洛斯的人身也倒在了地上。

战斗结束了。天空中立刻露出明亮的月光，似乎世间危害人类生命的所有麻烦、邪恶和丑陋都已烟消云散。忒修斯用剑抵住身体，开始大口地喘气，忽然感觉手中的丝线颤动了一下。在整个战斗过程中，他的左手一直紧握着丝线；现在，他急切地想让阿里阿德涅知道自己获胜的消息，于是他在丝线的带领下往回走，很快就发现已来到迷宫的入口。

"你已经杀死了怪兽！"阿里阿德涅紧握双手大声说。

"谢谢你，亲爱的阿里阿德涅，"忒修斯答道，"我胜利归来了。"

"那么，"阿里阿德涅说，"我们现在快去召集你的同伴，黎明前你要和他们一起乘船离开这里。如果天亮时有人发现你还在，我父亲一定会为弥诺陶洛斯报仇。"

"你已经杀死了怪兽！"阿里阿德涅紧握双手大声说。（弗吉尼亚·弗朗西斯·斯特雷特，手绘插图。）

简单地说，那些可怜的俘虏被叫醒后，得知忒修斯所做的一切，知道此刻必须赶在破晓之前登船回到雅典，几乎无法确定这是不是一场美梦。大家急忙来到海边，登上帆船，只有忒修斯还恋恋不舍地在人群后面磨蹭，紧紧地握着阿里阿德涅的手。

"亲爱的公主，"他说，"你和我们一起走吧。你温柔善良，却有一个弥诺斯国王这样铁石心肠的父亲。他一点都不关心你，就像岩石不关心石缝中的小花小草。可我的父亲，埃勾斯国王，还有我的母亲埃特拉，以及雅典所有的父母和他们的儿女，都会喜欢上你，并把你视为他们的恩人。跟我们走吧，如果你父亲知道是你帮助了我，他会非常生气的。"

曾有一些卑鄙低俗的人，假装在谈论忒修斯和阿里阿德涅的故事，他们厚颜无耻地说，这个高贵的公主，当时真的和那个被她救了性命的陌生人，在夜色的掩蔽下逃走了。他们还说，在乘船去往雅典的路上，忒修斯王子忘恩负义，将阿里阿德涅抛弃在一个荒岛上，他会比世界上最卑鄙的人死得更快。不过，如果高贵的忒修斯听到这些荒唐的话，他一定会像对待弥诺陶洛斯一样对待这些制造谣言的人！当勇敢的忒修斯王子恳求阿里阿德涅一同离开时，这位公主是这样回答的。

"不，忒修斯，"公主按住他的手，向后退了几步，说道，"我不能和你一起走。我的父亲已经老了，除了我没有人会爱他。你认为他心肠坚硬，但如果失去我，他会心碎。一开始，他可能会很生气，可很快就会原谅我，毕竟我是他唯一的女儿，然后他就会慢慢高兴起来。我知道，从今以后，雅典再也不用进贡少男少女来喂弥诺陶洛斯。我救了你，忒修斯，既是为了你，也是为了我父亲。再见！愿上苍保佑你！"

这一番话是如此的真诚，带着女性的温柔，又富有尊严。听到这里，忒修斯感到很惭愧，于是便不再要求她什么。他给了阿里阿德涅一个深情的告别，之后就没有丝毫留恋，登船出发了。

　　忒修斯和同伴们在海风的吹拂下驶出港湾没多久，白色的浪花就飞舞到他们的船头。那个永远在巡逻的黄铜巨人塔鲁斯，此时恰巧正靠近海岸。他们凭借他身体表面反射出的月光，从很远的地方就看见他了。可当这个巨人又像钟表指针一样，迈着不紧不慢的大步到达港口时，他们的船又已经驶出了大棒能够打到的范围；不过，塔鲁斯还是习惯性地从一个海岬跨过另一个海岬，试图用大棒击打忒修斯的小船，可由于步子跨得太大，整个人跌进了海里，巨大的身躯激起高高的水花，就像一座冰山倒了下来。现在，塔鲁斯还依旧躺在那里，如果有谁想要靠黄铜发财，最好带上潜水器具，快去那里将塔鲁斯打捞上来。

　　这次回家的航程中，你们可以想象得到，十四个少男少女个个情绪高涨。他们一直在欢快地跳舞，直到侧面吹来的海风吹斜了甲板，他们才停下来。这是个宜人的时节，阿提卡海岸已经出现在视线里，那里就是他们的故乡。但在这里，我要悲痛地告诉大家，此时发生了一件不幸的事。

　　你们还记得吗？忒修斯的父亲埃勾斯国王曾经嘱咐他，如果他战胜了弥诺陶洛斯，回来时要把黑色的船帆换成白色；可不幸的是，忒修斯忘记了父亲的嘱托。这些年轻人太高兴了，正沉浸在舞蹈和嬉戏之中，从未想过船帆是黑色还是白色或是什么其他的颜色；事实上，他们把船帆完全丢给了水手，根本不管它会变成什么样子。就这样，帆船就像是一只渡鸦，飞走时带着黑色的翅膀，飞回来时还是黑色。但可怜的埃勾斯国王虽然体弱多病，却一直坚持每天都爬上崖顶看着海面，坐在那里守望忒修斯的归来。很快，他就看到了那张不幸的黑色船帆出现在海上，于是他以为，那个他深爱并为之骄傲的儿子已经葬身弥诺陶洛斯的腹中。他无法忍受没有儿子而独自活在这个世界上，于是，他将王冠和权杖抛进大海——此时它们对他来说不过是些无用的玩具，接着踉跄着往前走去，头朝下跌落悬

埃勾斯国王以为他深爱的儿子已经葬身弥诺陶洛斯的腹中。

崖，葬身大海，而他那可怜的灵魂就这样沉没在了波涛之中。

对于忒修斯来说，这无疑是一个噩耗。登上岸后，他发现不管自己愿意与否，都已经成为这个国家的君主。命运如此的转变，足以令任何一个年轻人感到沮丧。于是，他派人将亲爱的母亲接到雅典，在管理国家事务时，多多采纳母亲的建议，最终成为一名深受臣民爱戴的明君。

小矮人

（*注：此处提及的众神及英雄和神兽等角色，其角色关系均出自于传统经典古希腊神话故事，其故事情节与霍桑在本书中的改写有所不同。）

安泰俄斯（Antaeus）：古希腊神话中的巨人，大地女神盖亚（Gaea）和海神波塞冬（Poseidon）之子，居住在利比亚。他力大无穷，只要保持与大地的接触，就不可战胜，因为这样他就可以从大地母亲那里获取无限的力量。后来在与大力神赫拉克勒斯（Hercules）的打斗中，被赫拉克勒斯用计打死。

赫拉克勒斯（Hercules）：古希腊神话中的大英雄，父亲是主神宙斯，母亲是珀尔修斯（Perseus）的孙女阿尔克墨涅（Alcmene）。他曾被要求完成十二个艰巨的任务，也称十二伟绩，经过利比亚时，与居住在那里的巨人安泰俄斯发生打斗。

小矮人

很久很久以前，当世界处处皆是奇观的时候，大地女神有一个儿子，就是巨人安泰俄斯。这位女神还孕育出了千千万万个奇怪的小人，被称为小矮人。巨人和小矮人有着相同的母亲，那就是人类年迈的大地母亲，他们是同胞兄弟，彼此和睦友好地居住在热带非洲中部。小矮人身材矮小，和其他人类相隔着无数的高山和沙漠，所以人们一百年也难得见到他们一次。至于那个巨人，因为身材巨大，倒是很容易被人看到；但为了安全起见，最好还是不要和他碰面。

我觉得，这些小矮人最多能长到六英寸或八英寸高，即使是这样，那也算是一个高个子小矮人了。最有意思的是，站在高处看他们小小的城市，街道只有两三英寸宽，铺满了小小的鹅卵石，街道两边的住宅就和松鼠笼子差不多大。国王的宫殿算是最高大的房子了，但也只有花篮那么大，坐落在宽敞的广场中心，说是宽敞，其实几乎放不下壁炉前的一块地毯。他们最重要的神庙，或是大教堂，就像是一个高高的衣柜，被他们看作是既神奇又华丽的大厦。所有这些建筑都不是用石头或木材建造的，而是由小矮人工匠们就像搭鸟巢一样，用麦秆、羽毛、蛋壳和其他的小东西，以及用黏土代替灰泥，巧妙地黏合起来的。经过烈日的烘烤和晒干，就成了小矮人们温暖舒适的住所了。

矮人国的周围是一片片田野，其中最大的一片也不过和香蕨木花坛差不多大。小矮人在里面种植了小麦和其他谷物，等到这些植物长大成熟后，小矮人们就会在下面乘凉，就像我们走进一大片森林，在松树、橡树、胡桃树和栗子树下乘凉一样。到了收获的时节，他们就会带上小斧头，将这些谷物砍倒，就像我们的伐木工人在森林里清理林地一样。如果碰巧一根麦穗饱满的麦秆倒下来砸到哪位不幸的小矮人，那可是一件非常悲伤的事。那个小家伙即使没有被砸得粉身碎骨，我肯定，至少也会被砸得生疼。噢！这些小个子这么矮，那他们的孩子又会是什么样呢？这么说吧，我们的鞋子里可以放一张小矮人的大床，一家子小矮人还可以藏进一只旧手套，你会看见他们在拇指和其他手指的指套之间玩捉迷藏，还有一岁左右的小婴儿，你甚至可以把他藏在顶针下面。

前面说过，这些有趣的小矮人，还有一个巨人哥哥，他们是邻居。和这么微小的小矮人相比，这个巨人可是要多大有多大；他的拐杖就是一棵八英尺粗的松树。我肯定，如果没有望远镜的帮助，这些长着近视眼的小矮人根本看不着他的头；有时赶上有雾，小矮人甚至看不见巨人的上半身，只能看到他的两条长腿在身边大踏步地走。可如果在天气晴朗的中午，在阳光的照耀下，巨人安泰俄斯就会显露出伟岸的身躯，站在那里就像一座巍峨的高山，微笑地看着这些小兄弟们；他有一只巨大的独眼，和马车轮一样大，就在他前额的正中央，一看到这些小兄弟，独眼就会立刻变得和善而友好。

小矮人喜欢和安泰俄斯说话。每天，总会有一两个小矮人抬起头，

巨人和这些小矮人是同胞兄弟。

用双手圈住嘴，朝他大喊："你好，安泰俄斯老兄！你好吗，好兄弟？"当安泰俄斯听到这遥远而又缥缈的吱吱声后，就会回答："我很好，小矮人，谢谢你！"他的声音就像打雷，如果不是来自遥远的高空，小矮人最坚固的神庙都会被震塌。

安泰俄斯是小矮人的朋友，这真是一件令人高兴的事。巨人的一根小手指，也比一千万个小矮人加在一起的力量还要大。如果安泰俄斯像对待其他人那样冲他们发脾气，一脚就能在毫无意识的情况下顷刻踏平他们最大的城市。他的呼吸就像龙卷风，可以掀起成百座小房子的房顶，将成千上万的小矮人卷向天空。他的一双大脚也可能会踩到小矮人，等再抬起脚时，脚下的景象肯定惨不忍睹。但作为大地母亲的儿子，巨人一直以哥哥的身份照顾这些小小的生灵，给予他们无限的关爱；而小矮人也一直在用他们小小的心灵尽可能容纳所有的爱，去爱护安泰俄斯。安泰俄斯还时刻准备用自己的力量为小矮人做好事。比如，当小矮人需要风来推动风车时，巨人只要呼出肺里的空气，就能让所有的风车都转动起来；烈日炎炎时，巨人会经常坐下来，让自己的影子遮住整个小小的王国。至于其他日常的普通事，他则会很明智地让小矮人自己去处理——毕竟，有时巨人能不添乱就是最好的事了。

总之，安泰俄斯很爱小矮人，小矮人也很爱安泰俄斯。巨人的寿命就和他那巨大的身躯一样长长的，而小矮人的寿命却很短，可这种友好的交往却可以持续无数代，这种友谊甚至被写进了小矮人的历史，也经常出现在他们古老的传说中。就连现在最受尊敬、须发花白的小矮人，也不知道这种友谊是从什么时候开始的，甚至他的祖辈们也对这个问题一无所知。的确，安泰俄斯只伤害过小矮人一次。根据竖立在惨案发生地点的一座三英尺高的方尖石碑记载，安泰俄斯曾一屁股坐在一个广场上，而当时那里正有五千名小矮人集合起来接受军事检阅。不过，这只是一次意外，没有人去抱怨什么，受害者家属也从未将这件事记在心上，只是希望巨人以后要小心一些，比如在他准备坐下来之前，要先仔细检查一下地面。

想象一下吧，那是一幅多么令人愉快的画面，安泰俄斯站在小矮人中间，就像世界上最高的大教堂的塔尖，而那些小矮人就像蚂蚁一样在他脚边奔跑。再想象一下，虽然他们身高差得很多，但他们之间却涌动着相同的爱心和同情心！事实上，在我看来，巨人对小矮人的需要，要更甚于小矮人对巨人的需要。因为除了这些小邻居和崇拜者（或许也可以称呼为玩伴），安泰俄斯在这个世界上一个朋友都没有。大地女神没有再创造出像他这样的巨人，也没有一个像他一样的巨人和他面对面说过话，哪怕像

巨人一直以哥哥的身份照顾这些小小的生灵。（弗吉尼亚·弗朗西斯·斯特雷特，手绘插图。）

是在打雷。他孤单地站在这个世界上，头颅穿过云层，就这样孤单了千百年，而且还会继续孤单下去。即使有一天遇到了另外一个巨人，安泰俄斯也会觉得，这个世界上容纳不下两个如此庞大的巨人，于是两人非但不能成为朋友，反而会扭打起来，直到其中一个被杀死。可和小矮人在一起，他感到最快乐，心情也最舒畅，性情也最温和，他变成了风趣的老巨人，就像用潮湿的云朵洗脸一样舒服。

他的这些小朋友们，就像其他小矮人一样，很看重自身对巨人的重要性，面对巨人时，也总是摆出一副恩人的样子。

"可怜人！"他们窃窃私语，"他总是一个人，活得多么枯燥啊！我们还是花上一点宝贵的时间逗逗他吧。我肯定，他现在活得还没有我们一半幸福，所以他需要我们的照顾，让他感到幸福和快乐。我们还是善待这个大家伙吧。为什么？因为如果不是大地母亲足够仁慈，我们也可能会被变成巨人。"

小矮人度假时，会和安泰俄斯一起进行一些精彩的体育活动。巨人常常伸开四肢，仰躺在地上，就像是一座绵延起伏的山脉。而对于腿短的小矮人来说，要想走遍巨人的整个身体，肯定至少需要一个小时。巨人会把大手平摊在草地上，向身材最高的小矮人挑战，看他们能不能爬上他的手掌，并且从一根手指跳向另一根手指。小矮人胆子很大，甚至满不在乎地在巨人的衣褶里爬进爬出。当巨人侧头躺在地上时，小矮人们就会勇敢地爬上他的脸，溜进山洞一样的大嘴巴里。安泰俄斯这时就会突然猛地合上嘴，逗弄他们，像是马上就要把他们吞下去一样。小矮人的孩子们在巨人的头发里钻来钻去，还抓住他的胡须荡着秋千，这情景让人看了不禁会哈哈大笑。他们和这位亲密的大朋友之间进行的滑稽游戏，真是数不胜数，这里讲的连一半都还没到。可我觉得最有趣的，还是一群小矮人在巨人的额头上赛跑，他们绕着他那个巨大的独眼奔跑着，看谁最先跑完一圈。另外，他们还喜欢沿着巨人的鼻梁走路，最后再跳到他的上嘴唇上。

不过说实话，有时这些小矮人也像蚂蚁、蚊子一样让巨人讨厌，尤其是他们非常喜欢恶作剧，喜欢用小剑和长矛戳巨人的皮肤，想要看看他的皮肤究竟有多厚、多硬，可安泰俄斯也宽容地接受了。偶尔，巨人快要睡着时，会生气地抱怨一两句，问他们胡闹够了没有，可对于小矮人来说，这就像是刮起一阵暴风雨。但大多时候，巨人总是会看着他们快乐地嬉戏，直到他沉闷笨拙的智慧被他们完全唤醒，爆发出一阵巨大的狂笑，震得全国的小矮人都捂住耳朵，生怕会被震聋。

"嚯！嚯！嚯！"巨人抖动着山一样的身躯，说道，"做一个小人儿还真有趣！如果我不是安泰俄斯，倒宁愿做一个小矮人，可以随时开开玩笑。"

在这个世界上，只有一件事会令小矮人苦恼，那就是他们要经常和鹤群战斗。长寿的安泰俄斯自从有了记忆开始，这种战斗就一直没有间断过。双方交战后，有时小矮人会打赢，有时鹤群会战胜。根据史学家的记载，小矮人总是会骑在山羊或公羊背上进行战斗，可对于小矮人来说，这些动物实在太高了，他们其实根本骑不上去。所以我宁愿觉得，他们是骑在松鼠、兔子和老鼠的背上，或是骑在刺猬背上去打仗，刺猬的硬刺对于敌人来说可是相当可怕的武器。无论是不是可能，也无论小矮人是骑在什么动物的身上，我都不会怀疑他们的勇猛和善战，他们个个佩戴刀剑、长矛和弓箭，吹着小喇叭，呐喊着前进，并且从来都不会忘记相互鼓励、奋勇杀敌，时刻都在想着全世界都在关注这场战斗。虽然其实只有一个观众，那就是安泰俄斯，他会一直站在一旁，用长在额头中央的笨独眼观战。

当两军陷入激战时，鹤群会拍打着翅膀先冲上来，它们伸长脖子，用鸟嘴叼住几个小矮人。那场景十分可怕，小矮人会在空中晃动着四肢，拼命挣扎，最后还是避免不了消失在仙鹤弯曲的长脖子里，被活活吞下

他们要经常和鹤群战斗。

去。要知道，英雄必须要能控制住自己的情绪，时刻准备应对各种不幸的命运，毫无疑问，即便是葬送在仙鹤的胃里，也是光荣的，对小矮人来说会是一种安慰。如果让安泰俄斯看到不利的局面，他通常会停止大笑，迈着足有一英里长的大步子去援助小矮人，挥舞着大棍朝鹤群大声吆喝，吓得仙鹤们嘎嘎乱叫，纷纷逃跑。于是，小矮人的军队便凯旋，把胜利归功于自己的勇敢善战，以及某位恰巧带兵战斗的指挥将领。此后很长一段时间里，他们什么事也不做，只会讨论自己伟大的军队，举行盛大的庆功宴会，到处张灯结彩，并为杰出的将领塑造和真人一样大小的蜡像，然后进行巡回展览。

战争中，如果哪个小矮人碰巧拔下了鹤尾巴上的一根羽毛，那他将有权利把羽毛戴在帽子上。有时，如果你相信我说的话，就会发现，某个被选为国王的小矮人，可能不是因为立下过别的功劳，就是因为他曾在战场上带回过这样一根羽毛。

说了这么多，就是想让大家明白，这些小矮人有多么勇猛，他们以及他们的祖先和巨人安泰俄斯生活在一起是多么愉快，尽管没有人知道这种友情已经经历了多少代。接下来，我要讲述的这场战斗，可远比小矮人和鹤群的战斗更加惊心动魄。

一天，精神饱满的安泰俄斯正无所事事，仰躺在小矮人中间，那根松树拐杖就放在离他不远的地上，头枕着小矮人王国的这一头，脚伸到了小矮人王国的另一头。他舒服地躺在那里，任凭小矮人在他身上爬来爬去，窥视他那张幽深的大嘴巴，在他的头发中间嬉戏。偶尔，巨人也会睡上一两分钟，发出旋风一般的鼾声。就在他正打盹时，恰巧一个小矮人爬到了他的肩上，感觉就像是站在了山顶，向远方的地平线放眼望去。突然，他发现远处像是有些什么东西，于是不禁揉揉眼睛，想看得更仔细一些。起初他还误以为是一座山，并奇怪它是怎么突然从地底下冒出来的。但很快，他就发现这座山正在移动，而且越来越近，最后才看清那原来是一个人，虽然没有安泰俄斯那么高大，但和小矮人比起来，的确算是一个庞然大物，而且比现在看到的人类也高大许多。

小矮人在确信没有看错之后，惊恐万分，飞快地跑到巨人耳边，弯腰朝耳洞里大声喊道："喂！安泰俄斯老兄！快点起来！拿起你的松树拐杖。那边又来了一个巨人，要和你战斗呢！"

"哦！"迷迷糊糊的安泰俄斯咕哝道，"别瞎说，小家伙！没看到我在睡觉吗？这个世界上根本就没有值得麻烦我起来的巨人。"

可小矮人又仔细看了看，这次他看到那个陌生人直接朝躺在地上的安

泰俄斯走来。随着一步步靠近，他看起来根本不像是什么蓝色的山峰，而更像是一位高大无比的巨人。他很快就来到附近，再没有时间怀疑了。阳光照在他金色的头盔和精致的胸甲上，闪闪发光，腰挎利剑，背上披着一张狮皮，右肩还扛着·个大棒，看起来比安泰俄斯的松树拐杖还要粗。

此时，所有小矮人都看到了这个新出现的怪人，他们一起大叫了起来，喊声汇成一阵阵刺耳的尖叫声。

"快起来！安泰俄斯！打起精神，你这个又懒又老的巨人！现在又来了一个和你一样强壮的巨人，要和你较量。"

"胡说，胡说！"睡眼惺忪的巨人咆哮道，"不管谁来，我都要打个盹儿。"

可那个陌生的巨人越来越近，现在小矮人已经能清楚地看到他的身材，虽然没有安泰俄斯那么高大，但肩膀却要宽阔得多。事实上，这的确是一副非常宽阔的肩膀！正如我曾经说的，很久以前，这对肩膀曾经支起过天空。小矮人可比那个笨蛋哥哥聪明得多，他们无法忍受这个陌生巨人慢慢地靠近，于是决心要让安泰俄斯站起来。他们不停地朝他大喊，甚至还用剑刺他。

"起来！起来！起来！"他们大叫着，"快起来，你这个懒骨头！那个陌生人的大棒比你的还要粗，他的肩膀是世界上最宽的，我们觉得他比你强壮多了。"

哪怕听说有凡人有他一半强壮，安泰俄斯都无法容忍，所以小矮人的话深深刺伤了他，比他们手中的剑伤他更深。于是，他坐了起来，闷闷不乐，打了个呵欠，揉揉眼睛，转过笨重的脑袋，朝小矮人说的方向看了过去。

他的目光刚一落到那个陌生巨人的身上，便"嗖"地跳了起来，抓住拐杖，迈开足有一两英里宽的大步子，迎了上去，同时挥舞着那根结实的

松树拐杖，在空气中呼呼作响。

"你是谁？"安泰俄斯的声音就像是在打雷，"你来我的领地想干什么？"

我还没有说过，安泰俄斯有一个奇怪的秘密，免得第一次听到这么离奇的事，你会觉得故事不可信。要知道，这位厉害的巨人，一旦手脚或是身体的其他部位接触到大地，就会比之前更加强壮。你们要记住，他是大地母亲的儿子，而且作为最高大的孩子，他非常受宠爱。因此，大地母亲用自己的方式让他时刻保持充沛的精力。有人说，这位巨人每接触一次大地，体力就会比之前强壮十倍，也有人觉得是两倍。可你要想一想，每次安泰俄斯去散步，假设他走了十英里，每跨出一步是一百码，那可以试着算一算，当他再次坐下来时，力量比刚刚出发时会大出多少？每当他倒在地上休息时，哪怕就在他立刻站起身的一瞬间，都会比之前强壮十倍。安泰俄斯恰巧又是一个行动迟缓的懒人，这才会让这个世界幸免于难；不然，如果他像小矮人那样活蹦乱跳地接触大地，早就强壮到足以把天空拉下来了。不过对于这些庞大粗笨的巨人来说，之所以更像是一座座山峰，不仅是因为他们的外形，还因为他们都不喜欢运动。

看到安泰俄斯凶残的模样，听到他那可怕的声音，任何一个普通人都会吓得半死，除了眼前这位陌生的巨人。他似乎一点都不害怕，而是不屑地提起他的大棒，稳稳地拿在手中，又用眼睛从头到脚打量着安泰俄斯，并未对安泰俄斯的大块头表现出惊讶，似乎他早就看到过许多这样大块头的巨人，安泰俄斯根本算不得什么。事实上，如果陌生人长得比小矮人还小（此时他们正站在地上，睁大眼睛，竖起耳朵，看看接下来要发生什么），见到安泰俄斯，是不可能不害怕的。

"你是谁？我在问你！"安泰俄斯接着咆哮道，"你叫什么名字？为什么来这里？快说，你这个无赖，否则我就要用我的拐杖试试你的脑壳有

多硬！”

“你真是没有礼貌，”陌生的巨人平静地回答道，“在我们分手之前，我要教你学习一点基本的礼貌。我的名字是赫拉克勒斯，我来到这里，是因为这里是我去金苹果圣园最近的路，我要去那里为尤利修斯国王取下三个金苹果。”

“胆小鬼，你根本走不了！也别想回去！”安泰俄斯低下头，露出更加严厉的表情，因为他早就听说过强大的赫拉克勒斯，并时常因为别人说他力气很大而心生妒忌。

“你要怎么阻止我呢？”赫拉克勒斯问道。

“就用这棵松树拐杖轻轻敲你一下就够了！”安泰俄斯大吼着，满脸怒气，就像是非洲大陆上最丑陋的怪物，“我本来就比你强壮五十倍，现在我的双脚站在大地上，就又比你强壮五百倍！杀死你这么一个微不足道的小矮子，我会感到羞耻。我要你做我的奴隶，也做我这些兄弟们的奴隶。现在，放下你的棍棒和武器，至于你的那张狮子皮，我想用它做一副手套应该还不错。”

“那就过来吧！从我的肩膀上拿去。”赫拉克勒斯说着举起了他的大棒。

于是，巨人安泰俄斯愤怒地张着大嘴，像高塔一样迈着大步，朝赫拉克勒斯走去。他每走一步，力量就增大十倍，然后用松树拐杖恶狠狠地砸了下去。赫拉克勒斯挡住他的拐杖，灵活地在巨人脑壳上重重一击，把这个山峰一样笨拙的巨人打翻在地。

可怜的小矮人见此大吃一惊，他们从未想到，世界上还有人会有安泰俄斯一半强壮。可巨人安泰俄斯倒下不久便又跳了起来，力气也增加了十倍，脸上的狂怒令人害怕。他对准赫拉克勒斯又是一棒，但愤怒使他失去了判断力，一下子打偏，只打在他可怜无辜的大地母亲身上，这一击让大

世界名画 《赫拉克勒斯与安泰俄斯》（*Hercules and Antaeus*），石灰油画，德国文艺复兴盛期画家
汉斯·巴尔东·格里恩（Hans Baldung Grien，1484—1545）于1530年创作，98.5×72.6cm。

地痛得颤抖了一下。安泰俄斯没想到自己的松树拐杖会深深地陷在地里，还没来得及拔出来，赫拉克勒斯就用他的大棒在安泰俄斯的肩膀上重重一击，打得巨人发出凄惨的咆哮声，从他深不可测的胸脯里发出一阵刺耳的尖叫声和巨大的轰隆声。声音传遍高山深谷，我觉得，就连非洲沙漠的另一端都能听得到。

而那些小矮人，他们的城市早就被空气的震动和冲击夷为平地。本来，战场上已经相当混乱，再加上众多小喉咙里发出的绝望的惨叫声，无疑让巨人的吼叫声又增大了十倍。与此同时，安泰俄斯再次站了起来，从地上拔出松树拐杖，怒火中烧，比先前更加凶狠地扑向赫拉克勒斯，再给他一击。

"这一次，无赖，"他大叫道，"你逃不掉了。"

可赫拉克勒斯再次用他的大棒挡住这一击，安泰俄斯的松树拐杖随之化成碎片，许多还飞进了小矮人中间，给他们带去了难以想象的灾祸。趁安泰俄斯还没反应过来，赫拉克勒斯便再次给了他重重一击，将他打得四脚朝天，跌在地上，但结果却只会增加他惊人的力量。此时的安泰俄斯，已经气得发疯，世界上所有炉灶里的火都没法和他的怒火相比，他的那只大独眼已经变成了一圈红色的烈火。现在，他已经没有任何武器，只有一双拳头。于是他紧握比水桶还要大的拳头，怒不可遏地跳上跳下，挥舞着巨大的胳膊，似乎不只是要杀死赫拉克勒斯，而是要粉碎整个世界。

"来吧！"巨人咆哮着，发出震耳的隆隆声，"我要在你的耳朵上打上一拳，你就永远不会感到头痛了。"

赫拉克勒斯此时已经开始意识到，尽管他足够强壮，尽管他曾托起天空，但如果继续这样将安泰俄斯击倒在地，他是永远都不可能获得胜利的。因为这样一次次的重击，不可避免地会让安泰俄斯获得大地母亲的帮助，最后变得比自己更强壮。于是，这位英雄扔掉了那根陪他身经百战的大棒，站在那里，准备赤手空拳和对手战斗。

"过来吧，"他大喊道，"既然我毁掉了你的松树拐杖，那现在就用摔跤来分出胜负吧。"

"哈！我会满足你的。"安泰俄斯大叫道。因为摔跤是安泰俄斯最自信最自豪的拿手绝活，"坏蛋，我要把你摔得再也爬不起来！"

盛怒之下的安泰俄斯边走边跳，每跳一步，都获得了新的力量，以消除自己内心的愤怒。

要知道，赫拉克勒斯可比这个笨巨人聪明多了，他已经想出一条妙计来打败并征服这个来自大地的庞然大物，虽然他有大地母亲的帮助。安泰俄斯发疯似的朝他冲了过来，他便看准机会，用双手抓住他的腰，将安泰俄斯提了起来，举过头顶。

亲爱的小朋友们，试着想象一下吧，那会是一个多么壮观的场面。一个古怪的大家伙正在空中挣扎，脸朝下踢着两条大长腿，扭动着庞大的身躯，就像一个被父亲高高举向天花板的婴儿。

可最令人吃惊的是，安泰俄斯一离开地面，就立刻失去了与大地接触获得的力量。赫拉克勒斯很快发现，这个令人讨厌的敌人开始变得越来越虚弱，踢打挣扎也不再那么猛烈，巨大的咆哮声也变成了低低的咕哝声。事实上，安泰俄斯必须每五分钟接触一下大地母亲，否则不仅是过人的力量，就连生命也会渐渐离他而去。赫拉克勒斯猜到了这个秘密；我们也最好记住这一点，免得以后也会遇到像安泰俄斯这样的巨人。因为这些来自大地的怪物，只有在与大地接触时才是最难以征服的，如果能设法把他们举起来，让他们脱离大地，就会很容易掌控他们。这一点在可怜的巨人安泰俄斯身上得到了证明；我此时真的有点同情他了，虽然他对来访的陌生人非常不礼貌。

安泰俄斯的力量和呼吸终于完全消失了，赫拉克勒斯便将他巨大的身

躯远远地抛了出去，尸体重重地摔在大约一英里远的地方，就像一座沙丘一样，一动不动。现在，对于安泰俄斯来说，大地母亲也无济于事。如果他那庞大的骨架至今还躺在那里的话，人们会很容易错把它当成是一头大象的骸骨，这一点都不奇怪。

可那些可怜的小矮人，当他们看到安泰俄斯遭受到这种可怕的命运时，不禁发出了撕心裂肺的哀号！赫拉克勒斯应该也听到了他们的尖叫声，但他并没有在意，可能他把这种尖叫声误以为是小鸟受到惊吓后在鸟巢里发出的叽叽喳喳声。事实上，他的注意力完全集中在了安泰俄斯身上，根本没有注意到还有一群小矮人，他甚至不知道世界上还有这么一个稀奇古怪的小民族存在。现在，长途跋涉加上刚刚的激烈战斗，赫拉克勒斯感到有些累了，于是他将身上的狮子皮摊在地上，躺了上去，很快便睡着了。

小矮人发现赫拉克勒斯准备睡觉时，便相互点了点头，闪动着小眼睛彼此示意。当听到赫拉克勒斯深沉而有规律的呼吸声时，小矮人确信他已经睡熟了。于是他们集合在一起，占据了大约二十七平方英尺的空地。其中有一个口才最好的演说家，当然也是一位勇敢的战士，虽然除了锋利的舌头，其实并不擅长什么别的武器。他爬上一株蘑菇顶，高高地站在上面，向其他小矮人发表演说。内容大致如下：

"伟大的民族和强大的同胞们！大家已经看到了，一场灾难就在我们眼前发生了，这是对我们神圣领土的莫大侮辱！在远处，我们伟大的朋友及兄弟——安泰俄斯就躺在那里，就在我们自己的领地之内，被一个恶棍杀死了！这个恶棍卑鄙地抓住他的弱点，用一种无论是人类、巨人还是小矮人都想不到的方式和他战斗——如果这称得上是一场战斗的话。可就在对我们做下如此令人痛心的坏事之后，这个恶棍现在居然安心地睡着了，好像根本不在乎我们的愤怒！同胞们，请你们想一下，我们今后要以怎样的姿态立于世界面前！到底什么才是历史的公正裁决！我们应该忍受这不断膨胀的愤怒吗？我们难道不该报仇雪恨吗？

"安泰俄斯是我们的兄弟，是我们的一奶同胞，他从大地母亲那里获得肌肉和力量，还有那颗勇敢无畏的心，是我们最值得自豪的亲人。他是我们忠实的伙伴，之所以会陷入这场战斗，也是为了我们的权利和安全，就像为了他自己一样。我们以及我们的祖先都能和他友好相处，世世代代保持着亲密的关系。你们应该记得，曾几何时，我们是如何在他那巨大的身影下乘凉的？我们的孩子是如何快乐地在他杂乱的头发中玩捉迷藏的？他那有力的脚步是如何在我们中间亲切地走来走去的？且从不会伤及我们一根毫毛。如今，我们亲爱的兄弟，这位温柔而和蔼的朋友，这位勇敢而忠诚的伙伴，这位品德高尚的巨人，这位无辜而杰出的安泰俄斯，就躺在了那里，死了！死了！悄无声息！没有了力量！变成了一座肉山！请原谅我的眼泪，原谅我这样注视着你们的眼睛。如果我们要用眼泪淹没整个世界，世界真的会责备我们吗？

"同胞们，我们应该怎样做？是容忍这个可恶的陌生人完好无损地离开，让他在遥远的某个地方享受靠阴谋诡计取得的胜利？还是让他的尸骨留在我们的土地上，留在我们被杀害的兄弟尸骨的旁边？也就是说，我们要让安泰俄斯的骨架变成我们悲痛而永恒的纪念碑，同时也要让另一具骨架永久地留下来，让整个人类看到我们小矮人可怕的复仇！这才是关键。在此，我满怀信心地将问题摆在大家面前，期待能够得到一个配得上我们民族性格的答案，这种荣耀是祖先遗传给我们的，只会增加，不会减少；在与鹤群的战斗中，我们已经骄傲地证明了这一点。"

演说家说到这里，被人群中爆发出的不可抑制的激情所打断，每一个小矮人都大声高呼，要保留民族的荣誉！要不惜任何代价！演说家鞠了一躬，示意大家安静，接着继续慷慨陈词：

《赫拉克勒斯与安泰俄斯》（*Hercules and Antaeus*），铜刻画，16世纪德国著名画家及雕刻家海因里希·阿尔德格雷弗（Heinrich Aldegrever，1502—1555）于1550年创作，9.3×6.6cm。

"现在，我们唯一的关键就是要做出决定！是集合整个民族的力量与共同敌人战斗，还是从以往战役中表现出色的勇士中挑选出一位，与这个杀害安泰俄斯的仇人单打独斗？如果采用后者，那么虽然你们中间有人比我更强，但我还是会推荐自己来完成这个令人羡慕的任务。请相信我，亲爱的同胞，无论是生还是死，我们伟大国家的荣誉，以及我们英勇祖先遗留下来的声望，都不会在我的手中断送！决不！只要我还能挥舞这把已经出鞘的利剑，就决不，决不，决不！即使那双杀害安泰俄斯的血手，也会像杀害他一样将我杀死在这片用生命捍卫的土地上，我也绝不会让这种荣誉受损！"

说着，这个勇敢的小矮人拔出他的武器，那是一把让人见了会感到害怕的利剑，有一把铅笔刀那么长，然后将剑鞘旋转着抛向众人的头顶。他的演讲赢得了一片喝彩声，毫无疑问，他的爱国精神和自我牺牲精神理应得到赞扬。如果不是被酣睡中的赫拉克勒斯粗重的呼吸声打断——或者可以说是呼噜声，这掌声和欢呼声一定会久久持续下去。

最后，大家决定，还是让整个民族都加入这场消灭赫拉克勒斯的战斗。这并不是说一个勇士就不能将敌人杀死，而是因为他是大家共同的敌人，所以每个人都盼望能分享打败他的荣誉。接着小矮人开始讨论，鉴于民族的荣誉感，是否应该先派一位使者，带着小喇叭站在赫拉克勒斯的耳朵边，向他的耳孔里猛吹号子，作为正式向他宣战的通知。可几位德高望重、受人尊敬并熟悉国家事务的小矮人却对此发表了不同看法，他们认为战争事实已经存在，他们有权让敌人大吃一惊、措手不及。况且，如果把敌人弄醒，并让他站起来，那么要想再次打倒他，他们将会付出惨重的代价。这些智者提醒大家，这个陌生人的棍棒实在厉害，曾经像霹雳一样打在安泰俄斯的头上。最后，小矮人决定抛弃所有愚蠢的繁文缛节，立刻向敌人发起猛攻。

于是，所有战士都拿起他们的武器，勇敢地向赫拉克勒斯冲去。此时赫拉克勒斯仍旧躺在那里呼呼大睡，做梦也没想到会有小矮人伤害他。两万名弓箭手张弓搭箭，齐步走在最前面；另外两万名士兵则奉命爬到赫拉克勒斯身上，用铁锹挖他的眼睛，用成捆的干草和各种各样的垃圾堵住他的嘴巴和鼻孔，想要闷死他。可这些手段最终实现起来并不顺利，因为小矮人刚一靠近赫拉克勒斯的鼻孔和嘴巴，就会被里面吹出的飓风和旋风吹出去好远。于是，他们发现要想打赢这场战役，还得另想办法。

小矮人们经过再次商议之后，几名将领便命令士兵们去收集树枝、稻草和干杂草，只要是易燃物品，无论是什么全都找来，然后统统打成捆，高高地堆在赫拉克勒斯的脑袋周围。小矮人数量众多，他们很快就收集来了大量的易燃物品，堆得高高的，顶部和赫拉克勒斯的脸一样高。此时，弓箭手们站在射程之内，奉命只要赫拉克勒斯的身体一动，就立刻放箭。一切准备就绪，他们将火把扔在柴草堆上，火苗立刻蹿了起来。如果敌人还是保持一动不动，烈火的热度就足以将他烤焦。要知道，虽然小矮人身材渺小，但也和巨人一样，能够轻而易举地让整个世界燃烧起来。因此，如果能保证赫拉克勒斯在大火蔓延时保持不动，那这个办法的确是最有效的。

但赫拉克勒斯刚一感觉到热，便立刻惊醒，跳起来时头发都烧着了。

"怎么回事？"他带着睡意大叫道，睁大眼睛看着周围，像是在期待看到另外一个巨人。

就在这时，两万名弓箭手立刻拉开弓弦，利箭像蚊子一样黑压压地飞过来，直扑向赫拉克勒斯的脸。可我怀疑，这些箭当中会有多少能射进他的皮肤，要知道，这位英雄的皮肤可是相当坚韧的。

"恶棍！"小矮人立刻大叫道，"是你杀死了安泰俄斯！我们伟大的兄弟和盟友。我们要与你血战到底！杀死你！"

听到这么多像笛声一样的尖叫声，赫拉克勒斯非常吃惊。他扑灭了头上的大火之后，四处看了看，却什么也没看到。可当他又仔细地在地上寻找时，终于看到脚下密密麻麻数不清的小矮人。他弯下腰，用拇指和食指抓起一个离他最近的小矮人，放在左手的掌心上，拉到眼前仔细观察。这个小矮人恰巧就是那个站在蘑菇上的演说家，曾自告奋勇要和赫拉克勒斯单打独斗。

"小朋友，"赫拉克勒斯突然说，"你们到底是什么东西？"

"是你的敌人，"勇敢的小矮人用力地尖叫，"你杀死了安泰俄斯，他是我们的同胞兄弟，历代都是我们这个杰出民族的忠诚盟友。我们决定要处决你，至于我本人，我会立刻向你发起挑战，进行公平的决斗。"

赫拉克勒斯被小矮人的话逗得哈哈大笑，笑得差点让这个可怜的小生灵从他掌心里掉下来。

"可以肯定的是，"赫拉克勒斯大声说，"在今天之前，我还以为自己看到过各种奇迹，长着九个头的蛇，六条腿的人，三个头的狗，长着金角的牡鹿，肚子里有火炉的巨人，以及从没有人见过的各种东西。但在这里，就在我的手掌上，竟然站着一个比他们更奇怪的生物！小朋友，你的身材只有普通人的手指那么大。请告诉我，你的灵魂会有多大？"

"和你一样大！"小矮人说道。

赫拉克勒斯被小矮人的无所畏惧深深震撼，心底不禁对他产生了一种兄弟般的情义，就像英雄之间的惺惺相惜。

"善良的小矮人，"他向这个伟大的民族深深地鞠了一躬，"无论如何，我真的无意伤害像你们这样勇敢的伙伴！在我眼里，你们的心灵是那么坚强，让我深感敬佩。我很惊奇，你们那弱小的身体里如何包容得了如此坚强的灵魂。我向你们求和，作为条件，我会后退五步，到第六步时，就会完全退出你们的王国。再见了。我会小心翼翼地抬脚，以免在不知情

世界名画《安泰俄斯将但丁和维吉尔送进地狱的第九层》（*The Giant Antaeus lowering Dante and Virgil*），雕刻版画，19世纪法国著名版画家、雕刻家及插图作家古斯塔夫·多雷（Gustave Doré，1832—1883）创作。

安泰俄斯的形象曾被但丁引用在他的《神曲》当中，他称安泰俄斯是守卫地狱第九层的卫兵。但丁是13世纪最具神话特色的意大利诗人，维吉尔是公元前70—19年罗马最伟大的诗人，但丁和他时隔1300年，但丁却视他为老师。

时踩死你们。哈，哈！嚯，嚯！这是平生第一次，赫拉克勒斯承认自己失败。"

某些神话作者说，赫拉克勒斯后来将整个小矮人民族用狮子皮包裹起来，带到希腊，送给了尤利修斯国王的孩子们玩耍。但这个说法是错误的。赫拉克勒斯将小矮人留在了他们自己的领土上，我肯定，他们的后代一直到今天还生活在那里，建造他们的小房子，耕种他们的土地，养育他们的孩子，继续与鹤群战斗，做他们的小生意，并研读小矮人自己古老的历史。在那些历史书里，也许会有这样的记载：在许多个世纪以前，勇敢的小矮人曾为死去的巨人安泰俄斯报仇，最后吓跑了强大的赫拉克勒斯。

出场角色

ACTORS

龙 牙

（*注：此处提及的众神及英雄和神兽等角色，其角色关系均出自于传统经典古希腊神话故事，其故事情节与霍桑在本书中的改写有所不同。）

卡德摩斯（Cadmos）：古希腊神话中的大英雄，腓尼基王国王子，妹妹欧罗巴（Europa）被主神宙斯带走后，和另外两个兄弟去寻找，途中得到神谕，并被迫与巨龙交战，在智慧女神雅典娜（Athena）的暗示下，拔下龙牙，播进地里，生出龙牙武士，最后建起卡德摩亚堡，成为城堡的统治者，并迎娶了战神阿瑞斯（Ares）和美之神阿芙洛狄忒（Aphrodite）之女哈尔摩妮亚（Harmonia）。

欧罗巴（Europa）：古希腊神话中腓尼基国王阿革诺耳（Agenor）的女儿，卡德摩斯的妹妹，受到主神宙斯幻化的公牛的引诱，从此离开了腓尼基王宫。

哈尔摩妮亚（Harmonia）：古希腊神话中，战神阿瑞斯的女儿，后来嫁给了卡德摩斯，生下4个女儿。

龙　牙

国王阿革诺耳有三个儿子，他们是卡德摩斯、菲尼克斯和基尔克斯，还有一个女儿，就是漂亮的欧罗巴。一天，兄妹四人一起在父亲的腓尼基王国海岸边玩耍，从王宫里出来后走了很远的路，此时正来到一片翠绿的草地上。草地的一侧是广阔无垠的大海，在阳光的照耀下闪闪发亮，柔和的浪花低声拍打着海岸。三个男孩兴高采烈，他们采野花，编花环，还将花环套在了小欧罗巴的身上。欧罗巴坐在草地上，几乎完全被埋在一簇簇的鲜花和蓓蕾之中，玫瑰色的小脸快乐地向外张望，正如哥哥卡德摩斯所说，她才是花丛中最漂亮的一朵。

就在这时，半空中飞来一只美丽的蝴蝶，在草地上拍打着翅膀。兄弟三人立刻起身去追蝴蝶，嘴里叫嚷着说那就是一朵长着翅膀的鲜花。欧罗巴玩了一整天，此时感到有点累，所以没有跟哥哥们一起去追蝴蝶，而是坐在原地，闭上眼睛，听着海浪低沉的拍打声，像是在说："安静，快睡吧。"这个漂亮的女孩果然睡着了。可只不过是睡了一会儿，她很快就听到不远处有什么东西正在草地上走着，透过花丛的缝隙，她看到了一头雪白的公牛。

这头公牛是从哪里来的？欧罗巴和哥哥们一直在这片草地上玩耍，并没有在草地或附近的山上看到过任何动物。

"卡德摩斯！"欧罗巴大喊，扯下身上的玫瑰花和百合花环，"菲尼克斯！基尔克斯！你们在哪儿？救命！救命！快来把这头公牛赶走！"

但哥哥们走得太远了，根本听不到她的叫声。再加上欧罗巴受到惊吓，发不出更大的声音。她就那样呆站着，张着可爱的小嘴，脸色苍白得就像花环中的百合花。

不过，欧罗巴害怕的并不是公牛的外表，而是它出现得太突然了。所以再仔细看了看之后，欧罗巴发现那头牛非常漂亮，甚至开始觉得它的脸上有一种特别温驯的表情。加上这头公牛的气息中透着玫瑰花香，似乎它只以玫瑰花苞为食，从不吃其他的食物，或者至少也是最鲜嫩的苜蓿花。从来没有一头公牛能像它一样长着如此明亮温柔的眼睛，牛角如同象牙一样光洁。公牛慢慢地跑了过来，在女孩身边欢快地跳跃着。欧罗巴完全忘记了这头牛有多么强壮，很快便以为它是温柔活泼的，把它当作了一只天真无邪的宠物。

虽然开始时很害怕，但慢慢就会看到，欧罗巴已经开始用白嫩的小手抚摸公牛的额头，并将她的花环挂在了公牛的脖子和象牙一般的双角上。接着，她又拔了几根青草，让公牛在自己的手上吃草。而公牛像是并不感到饥饿，只是因为想和女孩做朋友，便高兴地吃光了这些草。好吧，小朋友们！你们觉得，这世上真有这样的公牛吗？这么温驯、这么芳香、这么可爱、这么和气？而且居然还有一个这么漂亮的女孩做玩伴？

这头公牛非常聪明，而且还能思考问题，这真是令人惊奇！它看到欧罗巴不再害怕，于是非常高兴，几乎无法抑制住内心的欣喜。它在草地

世界名画 《欧罗巴与公牛》（*Europa and the Bull*），布面油画，17世纪意大利博洛尼亚派画家圭多·雷尼（Guido Reni，1575—1642）创作，115.2×88.6cm。

上欢快地跳着，一会儿在这边，一会儿到那边，就像鸟儿在枝头上跳来跳去。它的动作如此轻盈，就像在空中飞翔，踩踏过的草地上几乎没有留下任何蹄印。它一尘不染，就像空中随风飘舞的雪花。有一次，它跑出很远，欧罗巴甚至有点担心再也见不到它，吓得她用甜美的声音呼唤它。

"快回来，可爱的小牛！"她大喊道，"这里有美丽的苜蓿花。"

温驯的公牛又感激又开心，那场景真是令人愉快。它兴高采烈地比先前跳得更高，快乐地跑过来，在欧罗巴面前低下头，好像知道她就是国王的女儿，或者深知这个女孩就是万民的女王，于是不仅弯下脖子，甚至还完全跪在了她的脚下，聪慧地点着头，像是在邀请她，努力想让欧罗巴明白它的意思。

"来吧，亲爱的孩子，"这就是它要说的话，"请骑到我的背上来吧。"

一想到要骑上去，欧罗巴不禁有些退缩。但她很快就用聪明的小脑袋思考了一下，觉得骑在这头温驯友好的牛背上飞奔，应该不会有什么危险，它会在她需要时，立刻将她放下来。如果哥哥们看到她骑着公牛穿过绿色的草地，那将会是多么吃惊！到那时，兄妹四个将会多么快乐！他们会轮流骑在牛背上奔跑，或是四个人一起吃力地爬上牛背，绕着草地飞奔，放声大笑，笑声从远远的阿革诺耳国王王宫里都能听得到。

"就这么办。"欧罗巴自言自语道。

为什么不呢？她看了看四周，发现三个哥哥还在追赶蝴蝶，几乎跑到了草地的另一头。骑到这头白色公牛的背上，会是追上他们的最好办法。于是，她向牛走近了一步。这真是一只友善的动物，对欧罗巴的信任显得非常高兴。女孩心里便不再有丝毫犹豫，敏捷地一跳，就像小松鼠一样矫健，坐在了白牛的背上。她的两只手握住象牙一般的牛角，好让自己别从牛背上摔下来。

"慢一点，可爱的小牛，慢一点！"她还是有些害怕，"别跑得太快。"

女孩一骑到公牛背上，公牛就向空中纵身一跃，落回地面时轻得就像一片羽毛，欧罗巴根本没有觉察到它的蹄子是何时落在地上的。然后，公牛便开始朝着三个哥哥奔去，他们就在开满鲜花的草地那边，刚好捉住了那只美丽的蝴蝶。欧罗巴兴奋地尖叫，三个哥哥看到妹妹正骑在一头公牛身上，都目瞪口呆地呆住了，不知道是因为害怕，还是希望自己也能有这样的运气。那只目前为止仍然温驯活泼的动物，绕着孩子们欢快地跳着，就像一只快乐的小猫。欧罗巴骑在牛背上看着哥哥们，红润的小脸上满是笑，十足一副小公主的模样。白牛转了一圈，准备再次飞奔着穿越草地时，欧罗巴向哥哥们挥了挥手，说了声"再见"，像是在开玩笑，假装要进行一次长途旅行。也许，她再也见不到哥哥们了，因为没有人知道，她这一去究竟要多久。

"再见。"三个哥哥也异口同声地大喊。

尽管欧罗巴玩得兴高采烈，但心里仍有一丝担忧。因此，在她看哥哥们最后一眼时，眼神里带着忧伤。哥哥们突然觉得，似乎亲爱的妹妹真的要永远地离开他们了。你们觉得，那头雪白的公牛接下来会做些什么？天哪！它像风一样迅疾地直接奔向海边，穿过沙滩，腾空一跃，直接跳进了泡沫横飞的巨浪之中，溅起的白色浪花像雨点一样打在它和小欧罗巴的身上，然后又洒落在水面上。

接着，可怜的女孩发出一声恐怖的尖叫！几乎就在此时，三个哥哥也发出一声尖叫，卡德摩斯带头拼命奔向海滩。可是已经太迟了，当他们赶到海滩时，那只狡诈的动物早已飞到了深蓝色的大海上，距离他们已经很远了。只有它那雪白的头部和尾巴在海里若隐若现，背上正坐着可怜的小欧罗巴，伸出一只手向哥哥们用力挥着，另一只手则紧紧抓着象牙般的牛

角。三兄弟站在那里，流着眼泪，亲眼看着这个悲惨的场面，直到最后再也无法分辨出白色浪头中白色的公牛头，再也看不见漂亮的妹妹。

可以想象得到，三兄弟回到王宫，把这个消息带给他们的父母，那会是多么伤心的画面！他们的父亲阿革诺耳国王，是整个腓尼基王国的统治者。他对女儿欧罗巴的爱要远远胜过自己的国家，或是其他的孩子，或是世界上任何东西。因此，当卡德摩斯和他的两个兄弟哭着回来，说妹妹被一头白牛带走，并游过大海时，国王又悲痛又愤怒。当时虽然已近黄昏，天很快就要黑下来，可他还是命令儿子们立刻出发去寻找欧罗巴。

"不要再来见我！"他大叫道，"除非你们把我的小欧罗巴带回来，只有她那可爱的笑脸才会让我高兴。出去！在你们把她找回来之前，不要出现在我面前。"

阿革诺耳说这些话时，眼睛里冒着怒火。他本来就是一位非常容易激动的国王，此时更显得愤怒而暴躁。三个可怜的男孩连晚餐都没吃，就灰溜溜地走出王宫，在宫殿台阶上停了一会儿，商量着应该先去哪里寻找欧罗巴。正当他们垂头丧气地站在那里时，母亲忒勒法萨王后匆匆赶来，她刚刚才知道这件事，说也要出去寻找女儿。

"噢，不行，母亲！"兄弟三人大声说，"天已经黑了，谁也不知道我们会遇到什么危险和困难。"

"啊！孩子们。"可怜的忒勒法萨王后伤心地说，"就是因为这个，我才要和你们一起去。如果我再失去你们，以后可怎么办！"

"我也要一起去！"三兄弟的玩伴萨索斯说着，也跑过来加入他们的行列。

萨索斯是一个水手的儿子，从小和王子们一起长大，是他们亲密的伙伴。他也非常喜欢欧罗巴，兄弟三人便同意让他一起去。然后，整个队伍即将出发。三兄弟和萨索斯围在忒勒法萨王后的身边，紧紧抓住她

世界名画 《抢走欧罗巴》（*The Rape of Europe*），画板油画，17世纪佛兰德斯画家、早期巴洛克艺术杰出代表彼得·保罗·鲁本斯（Peter Paul Rubens，1577—1640）于1636年创作，188×137cm 。

的裙子，恳求她如果感到累了，就靠在他们的肩膀上休息一下。就这样，一行人走下王宫的台阶，开始此次的冒险之旅。只是谁都没有料到，这将是一次漫长的旅程。他们最后看了一眼阿革诺耳国王，他此时正站在宫殿门口，身边站着手举火把的仆人，那洪亮的声音穿过浓重的夜色，在他们身后响起：

"记住，没有找到欧罗巴，就永远不要踏上王宫的台阶！"

"决不！"忒勒法萨王后呜咽着回应道。三兄弟和萨索斯也一齐回答："决不！决不！决不！"

他们果然信守承诺。年复一年，阿革诺耳国王孤独地坐在金碧辉煌的

"啊！孩子们。"可怜的忒勒法萨王后伤心地说。

王宫里，盼望着能够听到他们回来的脚步声，王后熟悉的说话声，以及儿子和玩伴萨索斯兴高采烈的谈笑声，还有小欧罗巴那甜美稚气的童声，盼望着他们能一起走进王宫。然而，漫长的岁月过去了，如果有一天他们真的回来了，国王却再也听不出忒勒法萨王后的声音，以及当年孩子们在王宫周围玩耍时的嬉戏声。现在，我们暂且放下心急如焚的阿革诺耳国王，来跟随忒勒法萨王后和她的四个小伙伴，一起去展开这场冒险。

他们一直在走，走了很久很久，越过山川，涉过河流，漂洋过海。每走到一个地方，就不停地向人询问，他们的小欧罗巴到底发生了什么事。当地村民听到他们这样问，便放下手里的农活，吃惊地看着他们。眼前是一位王后模样打扮的女人（忒勒法萨王后因为着急，忘了脱掉她的王后长裙），身边还围着四个年轻人，整日在村子里漫无目的地徘徊，看上去可真够奇怪的。可没有人知道任何有关欧罗巴的消息，也没有人看到过一个公主打扮的女孩，竟然还骑着白色公牛风一样地疾驰而过。

谁也不知道他们到底走了多久。忒勒法萨王后带着三个儿子，还有萨索斯，就这样沿着大大小小的路，穿过无路可走的荒野，一直在漫无目的地走着。但可以肯定的是，他们华丽的衣服都已经磨破了，每个人都风尘仆仆、满脸沧桑。如果不是蹚过小溪时，溪水将他们鞋子上的泥土冲刷干净，那些鞋上肯定沾满了各个国家的尘土。一年以后，忒勒法萨王后终于扔掉了头上的王冠，因为她的额头都被磨破了。

"戴着它总会让我头痛，"可怜的王后说道，"而且也不能治愈我的心痛。"

身上华丽的王室服装已经变得破烂不堪，于是每个人都换上了普通人的衣服。渐渐地，他们变成了一群四处游荡的流浪者。刚一看到他们，你会误以为这是一个吉卜赛大家庭，绝想不到这是一位王后和三位王子，还有一个贵族青年，他们曾经住在王宫里，身边跟着一大群仆人。四个男孩

都已渐渐长大，变成了高大英俊的年轻人，脸庞被太阳晒得黝黑，身上佩戴着为抵御各种危险的利剑。好客的农夫热情地招待他们，他们也乐于帮助农夫收割地里的庄稼；忒勒法萨王后也跟在后面，将割下来的庄稼捆绑起来，要知道她在王宫里什么都没有做过，只是偶尔会用金线编织丝带。如果有人想要付给他们报酬，他们只会摇头谢绝，唯一的请求就是希望能够告诉他们欧罗巴的消息。

　　"我的牧场里有很多公牛，"农夫们通常会这样回答，"可我从来没听说过你们说的那种牛。全身雪白，背上还驮着一位公主！噢！请原谅，善良的人们，可这附近从没见过这样的情景。"

　　后来，菲尼克斯已经不再开口，他开始厌倦这种漫无目的的行走。于是有一天，当一行人穿过一处悠闲僻静的乡野时，菲尼克斯坐在了一片苔藓上。

　　"我走不动了，"菲尼克斯说，"我们这样做，纯粹是在愚蠢地浪费生命，到处东走西荡，天黑了还找不到休息的地方。妹妹已经丢了，永远也找不到了。她可能已经淹死在了海里，或者那头白牛已经将她带到别的海岸。已经过去那么多年了，即使我们重新相见，之间也可能不会有爱，甚至都不认识了。既然父亲禁止我们回到他的王宫，那我就在这里用树枝搭一个小屋，永远住下来。"

　　"好吧，菲尼克斯，"忒勒法萨王后伤心地说，"你已经长大成人，有权利做你认为对的事。可我，还是会继续去寻找我那可怜的孩子。"

　　"我们三个和你一起去！"卡德摩斯、基尔克斯和忠诚的朋友萨索斯大声说。

　　不过，在出发之前，他们帮菲尼克斯建造了一个小屋。那是一座非常温馨的乡村小屋，树枝搭成的拱形屋顶，还有两个舒适的房间，一间里放着柔软的苔藓做睡床，另一间里摆设着两把粗糙的座椅，都是用弯曲的树

根做成的。小屋看起来很舒适，很有家的感觉，让忒勒法萨皇后和三个同伴都叹了口气，心想他们的余生还要满世界流浪，不能住进这样温馨舒适的小屋而黯然神伤。当大家向菲尼克斯告别时，他流下了眼泪，可能也在为不能伴随他们四处漂泊而感到遗憾。

无论如何，他已经有了一个人人称赞的小家。不久之后，这里又来了许多其他无家可归的人。他们看这里景色宜人，便在菲尼克斯家附近修建了他们自己的小屋。就这样，许多年以后，这里兴起一座城市，城市中心有一座富丽堂皇的大理石宫殿，菲尼克斯就住在那里，身穿紫色的王袍，头戴金色的王冠。原来，这座新城的居民发现菲尼克斯原来带有王室血统，于是便推选他为国王。而菲尼克斯国王颁布的第一道旨意就是：如果有一位骑着白牛、自称欧罗巴的少女来到他们的王国，所有臣民都要待以最大的善意和尊敬，并要立刻将她带到王宫。可以看到，菲尼克斯一直在遭受良心的谴责，因为他放弃了寻找妹妹，过上了安逸的生活，而他的母亲和伙伴却还在四处流浪。

一天，疲惫的行程结束后，忒勒法萨王后和两兄弟以及萨索斯，会时常想起菲尼克斯那个舒适的家。对于他们这些奔波劳碌的人来说，天一破晓就必须出发，天一擦黑就得忧心忡忡地想着：距离菲尼克斯的家又远了一些。这样的想法总是令他们很痛苦，其中基尔克斯最是无法忍受。终于，一天清晨，当大家打理好行装准备出发时，他开口说道：

"亲爱的母亲，好兄弟卡德摩斯，好朋友萨索斯，在我看来，我们就像是生活在梦里的人，我们的生活中到处都是虚幻。自从白牛驮走了妹妹欧罗巴，时间已经过去了很久，我几乎忘记了她的样子，也记不清她的声音。事实上，我几乎怀疑是否还有这样一个女孩曾经活在世上。不管她是否曾经存在，我敢肯定，现在她已经不在人世了。我们这样浪费自己的生命和幸福去寻找她，真的很愚蠢。她现在可能早已变成了一个妇人，即使

我们找到她，她也很可能已经不认识我们。所以，说实话，我已经决定要在这里安家落户。我也恳求你们，我的母亲、兄弟和朋友，也和我一起留下来吧。"

"不，我不会这样，哪怕只剩下我一个人。"忒勒法萨王后说。

虽然一路的奔波劳累已经几乎让她无法走路，但这位可怜的王后还是坚定地说："哪怕只剩下我一个人，我也不会这样做！在我心底，小欧罗巴还是许多年前那个跑去摘花的小女孩，有着玫瑰色的脸颊。她没有变成妇人，也没有忘记我。无论是中午还是晚上，无论在旅途中还是休息时，她稚嫩的声音都一直回响在我的耳边，她在叫着'妈妈！妈妈！'，如果有人想留下，就留下吧，我是不会停止寻找她的。"

"我也不会留下，"卡德摩斯说，"只要亲爱的母亲还想继续前行，我就不会留下。"

忠诚的朋友萨索斯也坚持和他们在一起。于是大家在基尔克斯这里停留了几天，帮他建造了一个农舍，就像之前为菲尼克斯建造的小屋一样。

当他们与基尔克斯告别时，他泪流满面。他对母亲说，独自一人生活在这样荒凉的地方和继续前行一样，都像是一场令人悲伤的梦。如果他确信能够找到欧罗巴，哪怕是现在，他也还是愿意和他们继续一起上路的。可忒勒法萨王后让他留下来，让他还是按照自己的意愿快乐地生活下去。于是，余下几位虔诚的流浪者出发了。还没走出多远，他们就看到一些人正朝着这边走来。他们看到基尔克斯的房子，发现也很喜欢这个地方，附近还有很多未被占用的土地，于是这些外来者就在这里为自己建造了小屋。不久又涌来了大量的移民，很快一座城市诞生了。城市的中央是一座辉煌的大理石宫殿，每到正午，基尔克斯就会出现在宫殿的阳台上，身穿华丽的紫色长袍，头戴宝石王冠。这是因为城里的居民发现他原来是一位王子，于是就一致推选他当国王。

基尔克斯国王展开的第一项行动，就是派遣一支远征军，由一位重要的使臣和一群英勇善战的年轻人组成，到世界各个重要的王国去寻访，询问是否曾有一位年轻的少女，骑着一头白色的公牛，飞驰着经过他们的国土。很明显，基尔克斯还在为自己放弃寻找欧罗巴而暗自愧疚。

再说忒勒法萨王后、卡德摩斯和好心的萨索斯，一想到他们就令人心痛，他们仍然在继续奔波劳碌。两个年轻人尽最大的努力帮助身体虚弱的王后，支撑她走过泥泞坎坷的道路，用他们坚实有力的臂膀搀扶她穿过小河，为她寻找过夜的地方，而他们自己则是随便睡在土地上。白牛带走欧罗巴已经很多年了，每每听到他们向过往的行人询问是否见过欧罗巴时，都不禁催人泪下。可尽管灰色的岁月将他们阻隔，记忆中欧罗巴的音容笑貌也在日渐模糊，但三颗真诚的心灵却从未想过要放弃寻找。

然而，一天清晨，可怜的萨索斯发现自己扭伤了脚踝，几乎寸步难行。

"过几天就会好的，"他伤心地说，"我也可以拄着拐杖行走，只是那样会耽误你们的行程，可能也会妨碍你们寻找亲爱的小欧罗巴，给你们增添痛苦和麻烦。所以你们继续走吧，亲爱的伙伴们，把我留下来，我会在后面跟着你们。"

"亲爱的萨索斯，你是我们真正的朋友，"忒勒法萨王后亲吻着他的额头，"你既不是我的儿子，也不是失踪的小欧罗巴的哥哥，但你却向我们表明，你比留在后面的菲尼克斯和基尔克斯更加忠诚。没有你和我儿子卡德摩斯热诚的帮助，可能我连一半的路程都走不完。现在，你就好好休息吧，别有什么顾虑。因为这是我第一次不得不承认，我也开始怀疑，这个世界上，是否还能真的找到我心爱的女儿。"

可怜的王后边说边流下了眼泪。对于一位母亲来说，承认所有的希望越来越渺茫，那会是一件多么痛心的事！从这天起，卡德摩斯也发现，路

上的她再也没有了往日的快乐心情，那可是一直在支撑着她的精神支柱。当她靠在他的臂弯上时，他也觉得她的身子越来越重了。

出发之前，卡德摩斯帮萨索斯建造了一个小屋。忒勒法萨王后由于太过虚弱，帮不上什么忙，只是在小屋的布置上提了一些建议，让这个树枝搭成的小屋尽可能舒服一些。可萨索斯并没有整天待在绿色小屋里。发生在菲尼克斯和基尔克斯身上的事也同样发生在了他的身上，许多无家可归的人来到这个地方，也喜欢上了这里，于是纷纷在附近建起自己的房子。几年以后，这里也变成了一座繁华的城市，城市的中央坐落着一座红色大理石建造的宫殿。萨索斯坐在王位上，身穿紫色长袍，手执权杖，头戴王冠，为他的臣民主持公正。居民们推举他当国王，并不是因为他有王室血统，他的血管里根本没有王室的血液，而是因为他正直、真诚、勇敢，最适合做他们的统治者。

可当王国的一切事宜都安顿下来之后，萨索斯国王将他的紫色长袍、王冠和权杖放到一边，托付他最为信任的大臣代理朝政，自己抓起那根陪伴他多年的朝圣者的拐杖，再次出发，希望能够发现有关白牛和欧罗巴的蛛丝马迹。过了很长时间，他又回到了王宫，疲倦地坐在宝座上。最后，这位国王还是依然显露出了自己对欧罗巴真挚的记忆。他命令王宫里要燃起一堆永不熄灭的熊熊烈火，浴室里还要随时都有冒着热气的热水，并准备好食物，以及一张铺着雪白床单的大床，以备欧罗巴突然到来时可以立刻使用。欧罗巴一直没有出现，好心的萨索斯倒是为许多可怜的流浪者提供了方便，他们可以尽情享用国王准备的那些食物和住处。

忒勒法萨王后和卡德摩斯相依为命，继续踏上疲倦的旅程。王后沉重地倚在儿子的臂膀上，一天只能走上几英里。尽管她极其虚弱，疲惫不堪，却依然不同意放弃寻找欧罗巴。她悲伤地问着每一个路人，是否能够告诉她任何有关她失踪女儿的消息，那情景足以让任何铁石心肠的

人落泪。

"你看到过一个小女孩吗？不，不，我是说，一个长大成人的少女……骑着一头雪白的公牛，像风一样从这里疾驰而过？"

"这里从来没发生过这样的怪事。"人们总会这样回答，然后还常常将卡德摩斯拉到一旁，低声说，"这位高贵又悲伤的女人是你的母亲吗？她的精神不大正常吧？你应该带她回家，让她过安逸的生活，尽最大努力让她摆脱梦幻。"

"这不是梦，"卡德摩斯说，"即使一切都是梦，但这个绝不是。"

终于，有一天，忒勒法萨王后似乎比平常更加虚弱，几乎把全身的重量都倚靠在卡德摩斯的手臂上，走路的速度也比先前更慢。最后，他们到了一个没有人的地方，王后告诉儿子，她想要躺下来，想好好休息一下，要休息得很久很久。

"好好休息，休息得很久很久。"她温柔地看着卡德摩斯的脸，嘴里重复着，"我要好好休息一下，休息得很久很久，亲爱的儿子。"

"亲爱的妈妈，你想休息多久，就休息多久。"卡德摩斯回答说。

忒勒法萨王后让他坐在自己身边的草地上，然后握住他的手。

"儿子，"她看着他，暗淡的目光里充满了慈爱，"其实，我是说，我会休息得很久很久。你不要等我了，亲爱的卡德摩斯，你不明白吗？你要在这里为我挖一座坟墓，将你母亲疲倦的身体放在里面，我的朝圣就快结束了。"

卡德摩斯泪流满面。许久以来，他一直不肯相信亲爱的母亲会离开自己。可忒勒法萨王后很理智，她劝慰他，亲吻他，最后终于让他明白，她的灵魂可以摆脱长期以来一直压迫她的劳累、虚弱、悲痛和失望，也许是件好事。自从欧罗巴失踪以后，她就一直饱受折磨。卡德摩斯忍住悲痛，听着母亲最后的遗言。

世界名画 《卡德摩斯与密涅瓦》（*Cadmos and Minerva*），布面油画，17世纪西班牙治下尼德兰地区著名画家雅各布·乔登斯（Jacob Jordaens，1593—1678）创作，181×300cm。

密涅瓦即是希腊神话中的雅典娜。

"亲爱的卡德摩斯，"她说，"你是母亲最忠诚的儿子，一直陪我走到了最后。还有谁能像你这样呢，会扶着我这个虚弱的身体一直走到现在？多亏你悉心的照料，温柔善良的孩子，我才没有在许多年前被埋葬在来时路上的某个遥远的山谷或小山上。这就足够了。你也不要再继续了，希望太过渺茫。儿子，你将我埋葬之后，就去特尔斐神庙吧，去向那里的诸神祈求神谕，问接下来你到底应该做些什么。"

"噢，妈妈，妈妈，"卡德摩斯大哭，"您不能离开我，我们还没有看到妹妹！"

"现在，这已经不重要了，"忒勒法萨王后的脸上露出了微笑，"我要去另一个更美好的世界，在那里，我迟早会找到我的女儿。"

亲爱的小听众们，我不想去讲忒勒法萨王后是怎么死去的，也不想说她是如何被埋葬的，我不想让你们感到悲伤。我只会说，她临终时的笑容非常灿烂，而且这笑容永远都不会从她的脸上消失。卡德摩斯确信，在母亲刚刚踏入那个更美好的世界时，就已经把欧罗巴揽在怀里了。他继续远行之前，在母亲的坟前种了几株花草，希望这些花草能够继续生长，把母亲的坟墓装点得漂亮一些。

卡德摩斯怀着沉痛的心情做完这些之后，遵照忒勒法萨王后的劝告，独自向著名的特尔斐神庙走去。一路上，他仍然在不停地向路人打听是否见过欧罗巴。说实话，这是因为卡德摩斯已经习惯了这样，习惯得就像在和人们谈论天气一样，情不自禁地就会脱口而出。他得到了很多种答复。有人这样说，有人那样说。其中还有一位水手信誓旦旦地说：许多年前，在一个遥远的国家，他曾听说过一个传闻，一头白色的公牛驮着一个女孩游过了大海，女孩的头上还戴着一个被海浪打坏的花环。可他并不知道女孩和公牛后来都怎么样了。事实上，卡德摩斯有些怀疑这名水手是在和他开玩笑，因为他在讲述这件事情时目光闪闪发亮，很可能根本就是胡编乱

造的。

　　可怜的卡德摩斯发现，自己如今一个人独行，甚至比和母亲结伴时还要累，虽然那时母亲全身的重量都倚靠在自己身上。要知道，此时他的心情无比沉重，有时候甚至寸步难行。可他的四肢强壮灵活，已经习惯于运动，所以还是能轻快地前行。他一路想着阿革诺耳国王和忒勒法萨王后，想着他的兄弟们和好友萨索斯，这些人已经全都留在了他的后面，停在了朝圣之路的某个地方，自己将再也没有希望见到他们。满怀着这些回忆，他来到一座高山的脚下。附近的居民告诉他，这座山名叫帕纳塞斯山，山坡上就坐落着著名的特尔斐神庙。

　　当时，人们认为特尔斐神庙就是世界的中心，向诸神祈求神谕的地方则位于山坡上的一个山洞里。卡德摩斯到那里时才发现，洞穴上方还有一间树枝搭成的简陋凉棚。这让卡德摩斯想起了两个弟弟和萨索斯建造的小屋。后来，由于越来越多的人从远方前来祈求神谕，于是这里建起了一座宽敞的大理石神庙。但在卡德摩斯那个时代，正如我曾经说过的，这里还只是一间用绿色树枝搭成的简陋小屋，以及一丛茂密的灌木，遮蔽着山坡上的这个神秘洞穴。

　　卡德摩斯沿着一条小径穿过缠结的枝干，走进小屋。起初他并没有注意到这是一个半掩半藏的山洞，可很快，他就感到有一股寒冷的气流吹过来，吹乱了散在他脸颊上的卷发。他拨开生长在洞口处的灌木丛，弯腰探进洞内，充满敬畏地对着里面清晰地说话，就像是山洞里有着某个看不见的人。

　　"在此祈求特尔斐神圣的神谕，"他说，"我接下来该去哪里寻找我亲爱的妹妹欧罗巴？"

　　先是一片寂静，之后便是一阵急促的响声，像是从地洞深处传来了一声长叹。要知道，这个山洞被看作是"真理喷泉"，有时会从里面喷涌出

清晰的话语。不过大多数时候，这些话都会是令人费解的谜，还不如一直留在洞底。但卡德摩斯却比其他前来特尔斐神庙寻求真理的人幸运，这个声音很快就变得清晰起来，并且一遍又一遍地重复着某句话，只是听起来更像是气流的呼啸声，模糊不清。其实卡德摩斯也不敢肯定这句话到底是什么意思：

"不要再找她！不要再找她！不要再找她！"

"什么？那我该怎么办？"卡德摩斯问道。

要知道，从还是一个孩子的时候起，寻找妹妹就成了卡德摩斯生命中最重要的事。自从在父王宫殿附近的草地上，离开欧罗巴去追赶蝴蝶，自

卡德摩斯在特尔斐神庙祈求神谕。

己就注定要拼尽全力，翻山过海去寻找欧罗巴。可现在，如果要他放弃寻找，他会觉得自己在这个世界上无事可做。

可那个从空气中涌动出来的叹息声却渐渐变得嘶哑起来。

"跟着母牛！"那声音说，"跟着母牛！跟着母牛！"

之后就是不断地重复，重复，直到卡德摩斯感到有些厌烦，因为他根本想象不出什么母牛，以及为什么要跟着母牛。这时洞口喷出的气流又化成另外一句话。

"迷途的母牛躺下的地方，就是你的归宿。"

这句话只说了一遍，在卡德摩斯还没完全反应过来之前，就已经渐渐微弱下去，最后变成了急促的风声。他又试着提了几个问题，可都没有再得到回答，只有叹息一样的风声不断地从洞穴里吹出来，将洞口的枯叶吹得沙沙作响。

"真的有话从洞里传出来吗？"卡德摩斯想道，"是不是我在做梦？"

他转身离开了山洞，觉得来祈求神谕并没有让自己变得更聪明。不管在他身上将会发生什么，他还是选择了出现在面前的第一条小路，然后无精打采地走上去。既然此行没有什么目标，那也就没有理由选择别的路来走，看来急匆匆地赶路是很愚蠢的。只是每当在路上遇到什么人，他还是会依然习惯性地重复着那个老问题。

"你看到过一位公主打扮的少女吗？她骑着一头雪白的公牛，风一般地从这里跑过去……"

可他突然想起了那道神谕，于是话只说到一半，就把剩下的话吞了回去。看到他困惑的表情，人们还以为这个帅气的年轻人已经发疯了。

不知道卡德摩斯走出了多远，可能连他自己都不知道，也不知道他是在什么时候突然看到前面不远处有一头母牛，浑身长着斑纹，卧在路边，

在静静地反刍。直到卡德摩斯走到近前，母牛才注意到这位年轻人。于是它不慌不忙地站起来，温柔地摇摇头，稳健地迈着小步，向前走去，偶尔还会停下来吃一口路边的青草。卡德摩斯就在它的后面，慢慢地走着，悠闲地吹着口哨，也没觉得这头母牛有什么特别。后来他才突然醒悟，这会不会就是那头神谕指示的母牛？可他又觉得有些可笑，不能就这样认为它就是神谕里的牛，因为这头牛的步子如此不紧不慢，和普通母牛完全没什么区别。很明显，它既不认识卡德摩斯，更没有特别留意他。卡德摩斯对于它来说，还不如一缕青草的吸引力大，它只会想着如何才能吃到路边鲜嫩的青草。或许，它正要回家去挤奶呢。

"母牛，母牛，母牛！"卡德摩斯叫道，"嘿，花母牛！停下来！"

他想赶上这头母牛，想仔细看看它是否认识他，或者是否和其他千千万万头母牛有什么不同。那些母牛只会挤奶，有时还会打翻奶桶。可这头花母牛依旧慢悠悠地走着，甩着尾巴，赶走身后的苍蝇，根本不理会卡德摩斯。如果卡德摩斯放慢脚步，它也会放慢速度，并抓住时机吃一口路边的青草；可如果卡德摩斯加快脚步，母牛就也会加快速度。一次，卡德摩斯想跑过去抓住它，可它竟然撒开四蹄，伸直尾巴，狂奔了起来，就和其他受惊的母牛一样。

发现自己很难追上它，卡德摩斯便又像先前一样不紧不慢地走着。母牛没有回头，却也不慌不忙地走了起来，遇到鲜美的青草时，就停下来啃上几口。前面有一条闪光的小溪挡住去路，母牛便停下来喝水，舒服地喘了口气，然后继续按照最适合卡德摩斯的速度向前走去。

"我肯定，"卡德摩斯想着，"这就是神谕里说的那头母牛。如果是真的，我想它会在附近的某个地方躺下来。"

无论是不是神谕里说的母牛，似乎应该都不会走得太远了。所以每到一个优美的地方，不管是微风吹拂的小山坡、绿树成荫的山谷、开满鲜花

的草地，还是平静的湖岸和清澈溪流的岸边，卡德摩斯都会急急地看看四周，想知道这些地方是不是适合安家。可不管卡德摩斯喜欢不喜欢，这头花母牛可从来没有躺下来的意思。它一直不紧不慢地走着，就像要回到自己的牛栏。卡德摩斯一直都在盼望能看到一个挤奶工提着奶桶走过来，或是一个牧人跑到这头迷路的母牛面前，把它赶回牧场。可是，既没有挤奶工，也没有牧人，卡德摩斯只好一直跟着这头迷路的母牛，累得几乎快要筋疲力尽。

"噢！花母牛，"他绝望地大叫，"你就从没想过停下来吗？"

此刻，卡德摩斯下定决心，一定要慢慢地跟在它后面，无论走出多远，无论自己多么疲惫。事实上，这只动物身上似乎有些魔力。一些路人看到这头花母牛走在前面，后面跟着卡德摩斯，于是也开始学他的样子，跟在母牛后面走着。卡德摩斯很高兴能有人同行，能一起聊聊天，于是就主动和这些善良的人打招呼。他把自己的经历讲给他们听，自己如何离开了王宫里的阿革诺耳国王，如何在某个地方离开了菲尼克斯，在某个地方离开了基尔克斯，又在某个地方离开了萨索斯，还有如何将他亲爱的母亲忒勒法萨王后留在了一片开满鲜花的草地。现在，他独自一人，没有朋友，无家可归，甚至还说起了神谕，是神谕让他跟在这头母牛的后面。于是他问这些陌生人，觉得这头花母牛是不是就是神谕说的那一头。

"噢，真是不可思议，"一个新同伴说道，"我对牛挺熟的，可从来不知道还有这样的牛，会随心所欲地走这么远，也不停下来。如果我的脚力跟得上，我也会一直跟着它走，一直到它躺下为止。"

"我也不会停下来！"另一个同伴说。

"我也不会！"第三个同伴大叫道，"我肯定，再走一百英里，它就不会再走了。"

要知道，其实秘密就在于这是一头被神祇施了魔法的母牛，在人们还

不清醒时，它会向每个跟随它的人施加魔法，让这些人距离自己不会超过六步远。他们会忍不住要跟随它，并且还会以为这都是自己想做的事。母牛从不会选择好走的路，所以，有时人们不得不爬过岩石，蹚过泥潭，路面非常坎坷泥泞；每个人都累得要命，还饥肠辘辘，快要到达极限。这可真是一件令人疲倦的差事！

不过所有人都还在坚定地向前跋涉，边走边说着话。这些陌生人越来越喜欢卡德摩斯，决定再也不离开他，他们要在母牛躺下的地方，帮他建造一座城市。要在城市的中心建造一座辉煌的王宫，让卡德摩斯住在里面，做他们的国王。他会拥有宝座、王冠、权杖、紫色的王袍和所有国王应该拥有的东西，因为他的身上有着王室的血统和高贵的心灵，还有知道该如何治理国家的头脑。

正当大家讨论着这些计划，用新城市的设计蓝图来排遣旅途的乏味时，其中一个同伴碰巧瞥了母牛一眼。

"太好了！太好了！"他拍着手大叫，"花母牛就要躺下了！"

众人纷纷跑向前去。果然，母牛已经停下脚步，开始懒洋洋地四下里观望，和其他快要睡觉的母牛没什么区别。它先是弯下前腿，接着再屈下后腿，慢慢地躺在了柔软的草地上。卡德摩斯和同伴们赶上前来，发现花母牛正在休息和反刍，还安静地看着他们，仿佛这就是它一直在寻找的地方，一切都理所当然。

"那么，这个地方，"卡德摩斯看了看四周，"这个地方，就是我们的家了！"

这是一片美丽富饶的平原。阳光透过树木的间隙，将斑驳的影子投射在地面上。四周的小山像栅栏一样将这里团团围住，让其免受恶劣天气的影响。不远处，一条小河正在阳光下闪耀。可怜的卡德摩斯心底油然升起一种家的感觉。他知道，在这里，每当清晨醒来，他都不必再穿

上那双沾满泥土的鞋子，走向远方。一想到这些他就非常高兴，他会日复一日、年复一年地住在这个美丽的地方。如果他的兄弟们和好朋友萨索斯此时都跟他在一起，如果能看到亲爱的母亲也住在自己的屋子里，那么即使一再经历失望，他也会觉得自己是幸福的；终有一天，妹妹欧罗巴也会悄悄来到他的家门前，对着熟悉的亲人露出笑脸。可事实上，他再也不能见到童年时代的同伴，再也不能见到亲爱的妹妹，于是卡德摩斯决定和这些新朋友一起分享自己的快乐。一路跟随母牛走到这里，这些人已经开始喜欢上他了。

"是的，朋友们，"卡德摩斯对他们说，"这里将成为我们的家。我们要在这里建房子。花母牛既然带领我们来到这里，就会为我们提供牛奶。我们还要在附近耕种土地，过上清白而幸福的生活。"

同伴们都高兴地表示赞同。可现在首要的事情是，他们个个又饥又渴，于是四下里打量，想找到一点吃的。他们发现不远处有一片小树林，里面似乎藏着一股清泉。大家纷纷走过去取水，只留下卡德摩斯和那头花母牛。卡德摩斯仰躺在地上，他终于找到了一个可以休息的地方，自从离开阿革诺耳国王的王宫，旅途中所有的疲倦似乎一下子都涌了上来。可就在这时，新朋友还没离开多久，他就被一阵哭喊声、尖叫声和可怕的搏斗声惊醒，其中还夹杂着吓人的呲呲声，像是一把粗糙的锯子发出来的。

于是他向树林里跑去，惊讶地看到了一条巨蛇，或者说是一条巨龙。它露出凶恶的头颅和一双眼睛，大嘴里长着一排排锋利的牙齿。在卡德摩斯赶到之前，这个可怕的爬行动物已经杀死了那些可怜的同伴，此时正忙着狼吞虎咽地将他们一口一个吃光。

显然，这里的泉水被施加了魔法，巨龙是被派来守护清泉的，因此所有人都喝不到这些泉水。距离这条巨龙第一次吃人，到现在至少有一百多年了，附近村民都会小心翼翼地避开这个地方绕路走，所以它的胃口自

然会变得大得惊人，吃掉所有这些可怜人之后还没吃饱。于是，它在看到卡德摩斯时，立刻发出了恶心的咝咝声，把巨大的头颅往后一缩，张开红色山洞一样的大嘴。在那张血盆大口的深处，还能依稀看到被它刚刚吞进去，还没来得及咽下的同伴的双脚。

卡德摩斯被朋友们的惨死激怒了，他既不害怕怪龙的血盆大口，也不害怕它那成百颗锋利的牙齿。他拔出宝剑，向怪兽冲了过去，一下子跳进它巨大的嘴巴里。如此英勇的进攻方式着实令巨龙大吃一惊，而卡德摩斯此时已经跳到它的喉咙深处，它那两排可怕的牙齿根本咬不到他。接着一场激烈的战斗开始了：巨龙用尾巴抽打着树丛，将树木抽成碎片。卡德摩斯此时却拼尽全力，在巨龙的喉咙处乱砍乱刺。很快，这条长着鳞片的毒龙就开始想着逃跑，可还没有逃出多远，勇敢的卡德摩斯就给了它致命一剑，结束了这场战斗。他从怪物门洞一样的嘴里爬了出来，看到它依然在扭动的庞大身躯，显然已经丧失所有的力气，连一个小孩都伤害不了了。

可一想到这些可怜又善良的人们遭此厄运，卡德摩斯怎能不感到悲伤呢？似乎命中注定，他注定要失去每一个所爱的人，并且还要亲眼看着他们以这种或那种方式遭遇不幸。如今，他历经千辛万苦，来到一个如此荒凉的地方，已经没有一个人可以帮他搭建小屋。

"我该怎么办？"他大声呼喊，"还是让巨龙把我也吃掉吧！"

"卡德摩斯，"一个声音响了起来，可说不清那声音是来自天上还是地下，或是来自于自己的胸膛，"卡德摩斯，拔出毒龙的牙齿，种到地里去。"

真是一件怪事！我觉得，从死龙的牙床上拔下那些根深蒂固的牙齿，并不会是一件很容易的事。卡德摩斯用尽全力地又拉又拔，最后又用一块大石头敲碎了龙头，终于收集到许多龙牙，足能装满两大袋子。接下来就

这个可怕的爬行动物已经杀死了那些可怜的同伴。（弗吉尼亚·弗朗西斯·斯特雷特，手绘插图。）

是把它们种到地里，这同样也是一件很累人的差事，尤其是杀死巨龙之后又把龙头敲碎，卡德摩斯已经精疲力竭。而且据我所知，除了身上佩戴的利剑，他再没有什么其他可以挖地的工具。就算是这样，他最后还是挖了一大片地，将这些新奇的种子种了下去。不过，他只种了一半的龙牙，其余的打算留到以后去种。

卡德摩斯累得已经快要喘不上气来了，于是就倚在剑上休息，心里想着接下来会发生什么。很快，他就看到了一个惊人的场面，就像我讲过的那些最惊人的奇迹一样。

阳光正斜照在田野上，田野就像新开垦的土地，裸露着潮湿黑色的土壤。不一会儿，卡德摩斯便发现了一些闪闪发光的东西，先是在某个地方，接着又在另一个地方，随后便是成百上千个地方都在闪光。他立即发现，那些闪光的东西好像是钢铁的矛尖，竟然像数不清的庄稼秆一样从地里钻出来，并且越长越高。接着，地底下又冒出许多亮闪闪的宝剑，之后又是许多光滑的黄铜头盔，就像结出了许多巨大的豆荚。虽然这些头盔的生长速度很快，但卡德摩斯还是看清了，每个头盔下面还有一张表情凶狠的脸。简单地说，就在他还来不及想这是怎么一回事时，一个盛大的丰收场面就已经摆在眼前：一大队披盔戴甲，手执盾牌、利剑和长矛的勇士，正从地里钻出来。他们挥舞着武器，互相碰击，似乎在想，如果生存不是战斗，那就是在浪费生命。原来，每一颗龙牙都长成了一个满心仇恨的龙牙战士。

地里还冒出了许多小号手，他们刚吸进第一口空气，就把铜号放在嘴边，吹出震耳欲聋的号声。于是，刚刚还一片宁静的田野，顿时回响着武器的撞击声、刺耳的军乐声和愤怒的喊杀声。这些战士看起来非常愤怒，巴不得用刀剑征服整个世界。对于一个伟大的征服者来说，能拥有一袋子龙牙并种出龙牙战士，该是一件多么幸运的事！

"卡德摩斯，"刚才那个声音又响了起来，"朝这些战士扔块石头。"

于是卡德摩斯捡起一块大石头，朝着这支军队扔了过去，石头正击中一位又凶狠又高大的士兵的胸甲。感觉被打了一下后，他立刻以为是有人袭击了他，于是举起武器猛击一下旁边的人。那个人的头盔顿时被击碎，尸体直挺挺地躺倒在地上。顷刻间，其他战士也开始用宝剑和长矛乱刺向其他人。混战愈演愈烈，所有人都击倒了自己的兄弟，而自己还来不及欢呼胜利，就又被另一个人击倒。那些号手把手中的小号吹得更响了；每个士兵都在大声呐喊，然后又伴随着呐喊声被击倒。这是一场毫无原因、莫名其妙却又群情激昂的战斗，也是一场前所未有且结局悲惨的灾难。但比起人类历史上的千百次战役，哪一次又不是最愚蠢和最邪恶的？在那些战斗中，人类不也像龙牙战士一样，仅仅是因为一些微不足道的小事就手足相残吗？这是一个值得思考的问题，龙牙战士生来就为了互相残杀，而人类生来却是需要互相帮助的。

这场令人难忘的战斗就这样一直猛烈地持续着，直到满地都是被砍下的头颅。最后，这几千名参战的战士中，只有五个人还站在原地。现在，这五名战士正从田野的不同方向冲到战场中央，挥舞着手中的宝剑，和刚才一样，凶狠地朝彼此的心脏刺去。

"卡德摩斯，"那个声音再次响起，"去命令这五名战士收起宝剑，他们会帮助你建造一个城市。

卡德摩斯毫不犹豫地立刻向前，流露出国王的威严，拔出宝剑横在他们中间，用严厉的口吻命令道："收起你们的武器！"

五个人立刻感觉到应该服从命令。于是他们用手中的宝剑向卡德摩斯致以军礼，然后将剑插回剑鞘，在卡德摩斯面前站成一排，像士兵注视将军一样注视着他，等候他的命令。

这五名战士可能是巨龙最大的牙齿，是整个军队中最勇敢、最强壮的战士。他们几乎可以说是巨人，其实如果不是这样，又怎么可能在如此可怕的战斗中幸存？他们的脸上仍然带着怒气，卡德摩斯会时而瞥见他们彼此在怒目而视，眼睛里闪耀着火星。看着这些从地里长出来的战士，真是让人觉得奇怪。他们的胸甲亮闪闪的，脸上甚至还沾着泥土，就像刚刚从地里拔出来的甜菜和胡萝卜。卡德摩斯几乎有些怀疑，这些人其实是不是一种古怪的蔬菜。不过，从整体上看，他断定他们还有人类的天性，因为他们喜欢军号和武器，并时刻准备浴血奋战。

五名战士迫切地看着卡德摩斯，在等待他的命令。显然，他们急切盼望能够跟着他从一个战场厮杀到另一个战场，然后走遍广阔的世界。可卡德摩斯要比这些从土里冒出来的龙牙战士聪明得多，他知道该如何更好地发挥他们巨龙般的力气和胆量。

"过来！"他说，"强壮的小伙子们，发挥一下你们的长处！用手中的利剑挖开石头，为我建造一座城市！"

五名战士低声抱怨，他们擅长的可是摧毁一座城市，而不是建造一座城市。但卡德摩斯的眼神异常严厉，语气也威严无比，于是他们知道，他就是他们的主人，于是便再也不敢违抗他的命令。五个人非常认真地投入工作，个个都很勤快，很快，一座城市便初具规模。当然，一开始时，他们还是喜欢争吵。如果不是有卡德摩斯盯着，他们早就像猛兽一样开始互相攻击了。可每当五个人的眼中闪起野蛮的凶光，内心那条凶恶的毒龙又在蠢蠢欲动时，卡德摩斯就会毫不留情地予以镇压。最后，他们终于渐渐习惯了诚实的劳动，并且意识到，像这样生活在和平之中，并为周围的人做些好事，要比用利剑相互攻击快乐得多。而至于其他的人类，可就别太指望他们会像这五个土生土长的龙牙战士一样，既聪明智慧又爱好和平。

城市已经建好，五名战士在城里各有一个属于自己的家。但卡德摩斯的宫殿还没有建成，因为他们把它留在了最后，想采用最先进的建筑技术，把宫殿建得更宽敞、更雄伟、更漂亮。在完成其他工作之后，五个人便上床睡觉了，为的是能在第二天天一亮就起床工作，至少要在黄昏之前打好宫殿的地基。第二天，卡德摩斯醒来后，便和五位排成一队的强壮战士走向工地。可此时你们猜一猜，他们看到了什么？

除了一座世界上最为富丽堂皇的宫殿，还能有什么？宫殿由大理石和其他各种漂亮的石头建造而成，高耸入云，圆圆的房顶光彩夺目，廊柱上雕刻着图案，所有装饰都足以和强大的君王相称。这座宫殿就像那些地里长出来的龙牙战士一样，瞬间就从地里冒了出来；而最令人奇怪的是，根本没有人种下这座雄伟建筑的种子。

五名战士看到宫殿的圆顶在清晨的阳光下闪烁着金光，他们不约而同地大呼起来。

"卡德摩斯国王万岁！"他们欢呼着，"愿他永远住在这座美丽的宫殿里。"

于是，这位新国王带领着这五个扛着镐头、像士兵一样站成一排的忠实追随者，踏上了宫殿的台阶。他们在王宫门口停住，远远看过去，高高的柱子从大殿的一头一直排到另一头。而穿过大殿的尽头，卡德摩斯似乎看到一个女人正款款向他走来。这个女人非常美丽，身穿王袍，金黄色的卷发上戴着钻石王冠，脖子上挂着只有王后才会佩戴的珍贵项链。他的心陷入狂喜，感觉这可能就是他失散多年的妹妹欧罗巴，现在已长大成人。他下定决心从此要过上幸福的生活，要让妹妹用亲情来补偿自己所有的漂泊之苦：为了他离开阿革诺耳国王的宫殿，一路奔波辛苦的寻找；为了他与菲尼克斯、基尔克斯和萨索斯分手时，大家流下的眼泪；为了他在亲爱的母亲的坟前，那让整个世界都暗淡无光的心碎。

卡德摩斯看到一个女人向他走来,她非常美丽。(弗吉尼亚·弗朗西斯·斯特雷特,手绘插图。)

　　可当卡德摩斯迎上去时，却发现根本不认识这个女人。但很快两个人便一起踏上大殿，感觉两个人之间似乎涌动着一种相互怜爱的感情。

　　"不，卡德摩斯，"先前战场上的那个声音又响了起来，"她不是你千辛万苦找遍整个世界的妹妹欧罗巴。她是哈尔摩妮亚，是上天的女儿，受命前来补偿你失去的所有亲情和友情。她会代替你的妹妹、兄弟、朋友和母亲。"

　　于是，卡德摩斯和新朋友哈尔摩妮亚一起住进了宫殿。可尽管这座辉煌的宫殿给他带来了安心舒适的生活，但他觉得，路边那些最简陋的茅屋，即使不会更好，至少也会跟这座宫殿一样舒适。没几年，他就有了一群脸色红润的孩子（至于这些孩子是怎么来的，对我来说始终是个谜），整日在王宫的大殿和大理石台阶上玩耍。每当卡德摩斯处理完国事，孩子们就会高兴地跑过来和他玩。他们称呼他父亲，称呼哈尔摩妮亚王后为母亲。而那五个龙牙变成的老兵也很喜欢这些顽皮的孩子，不知疲倦地教孩子们如何扛起木棍、挥舞木剑、按军令行进、吹小军号，以及在小鼓上敲打出刺耳的咚咚声。

　　不过，卡德摩斯也担心孩子们会受到这些好战的龙牙战士的影响，于是经常从繁忙的国事中抽身，教孩子们学习字母[①]——这是卡德摩斯为孩子们发明的最有用的东西。恐怕直到现在，大多数学习字母的孩子都不知道，其实他们最应该感激的是卡德摩斯。

① 这里是指腓尼基字母，传说是卡德摩斯将腓尼基字母传入希腊的。形成时间大约是在公元前1500年左右，现在的字母文字，几乎都可追溯到腓尼基字母，如希伯来字母、阿拉伯字母、希腊字母、拉丁字母等。——译者注

喀耳刻的宫殿

（*注：此处提及的众神及英雄和神兽等角色，其角色关系均出自于传统经典古希腊神话故事，其故事情节与霍桑在本书中的改写有所不同。）

喀耳刻（Circe）：古希腊神话中住在艾尤岛上的女巫，她是太阳神赫利俄斯和海神女儿珀尔塞（Perse）的女儿，国王埃厄忒斯（Aeetes）的妹妹。在古希腊神话作品中，她善于用药，并经常以此使她的敌人变成怪物和野兽。

尤利西斯（Ulysses）：即《荷马史诗》中的奥德赛（Odysseus）。古希腊神话中的大英雄，伊萨卡国国王。在特洛伊战争中用木马计战胜了特洛伊人，然而在乘船返回伊萨卡的途中却遭遇种种艰辛，最后历经十年时间，经历各种惊险而又古怪的冒险之后，终于成功回到伊萨卡，并重新统治整个国家。

埃俄罗斯（Aeolus）：古希腊神话中的风神，尤利西斯和他的船员前来拜访他，他就提供给他们一个月的食宿，并给予他们西风，方便他们回家。不幸的是他同时又给了他们一个风袋作为礼物，里面装有四种风。就在尤利西斯的船快要到家时，船员擅自将风袋打开，又将他们重新吹回原地，而此时埃俄罗斯已拒绝继续为他们提供帮助。

库克罗普斯（Cyclopes）：古希腊神话中的独眼巨人族，这些巨人只有一只眼睛长在前额正中，群居在库克罗普斯岛上的山洞里。他们是众神的仆人，只为众神工作。

波吕斐摩斯（Polyphemus）：古希腊神话中吃人的独眼巨人，海神波塞冬之子。

皮库斯（Picus）：古希腊神话中农神与人间女子的结晶，继承了父亲优秀的体魄和母亲出色的相貌，一表人才，精通驯马以及农艺和狩猎，后来被女巫喀耳刻变成了啄木鸟。

埃厄忒斯（Aeetes）：古希腊神话中科尔基斯的国王，赫利俄斯和珀尔塞之子，喀耳刻的哥哥，美狄亚的父亲，生性残暴，武艺高强。

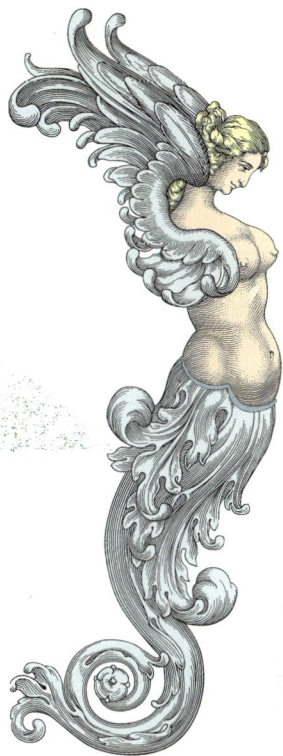

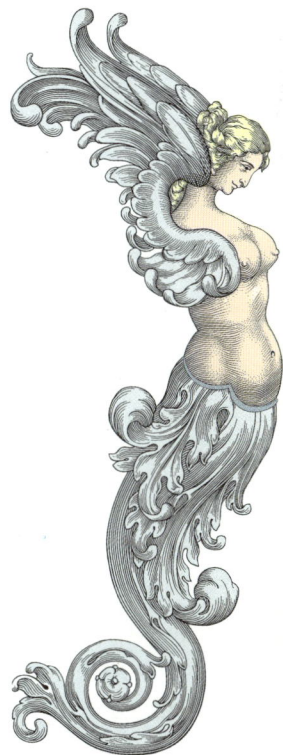

喀耳刻的宫殿

你们当中肯定有人听说过智慧过人的尤利西斯国王是如何攻破特洛伊城，又是如何在那座著名的城池被烧毁之后，费尽周折花费十年时间，回到自己的王国伊萨卡岛的。我要讲述的这个故事，就是他在这次历经磨难的返航途中所经历的事。据说，一次他抵达了一个树木丛生的绿色小岛，小岛的风景十分宜人，可他并不知道这个小岛的名字。来到这里之前，他们曾在海上遭遇了一场可怕的飓风，或者说是许多飓风聚集在一起，向他们袭来，一下子将他们的船队刮进一个陌生的海域，尤利西斯和船员从来都没有到过那里。这场灾难完全起因于那些愚蠢又好奇心旺盛的船员，他们趁尤利西斯睡觉时，打开了几个笨重的大皮袋，还以为里面藏着金银财宝。结果这些结实的袋子里，竟然装的是风神埃俄罗斯和他的暴风。风神将这些袋子交给尤利西斯保管，是为了让他们能更顺利地返航，回到家乡伊萨卡岛。袋子刚一被打开，狂风就呼啸而出，就像从吹鼓的袋子里冲出的空气一样，将海面的泡沫吹成了白色，将小船也吹向了无人知晓的地方。

尤利西斯一行人遭遇的灾难可谓是一个接着一个。就在这场飓风之前，尤利西斯曾到过一个地方，后来他才知道，那里叫作"莱斯特律戈涅斯"。几个穷凶极恶的巨人刚刚吃掉了尤利西斯的许多同伴，还在海岸边的悬崖上朝他们投掷巨石，击沉了其他全部的船只，只有尤利西斯驾驶的这艘船幸免于难。在经历过种种如此危险的事件之后，也就难怪刚刚我会说，能将饱经风雨摧残的小船停泊在绿色小岛的宁静海湾里，尤利西斯简直是高兴至极。可他曾经遇到过许多巨人，包括独眼巨人库克罗普斯，以及来自大海和陆地的各种怪兽，就算此时身处这个安心又幽静的地方，他也忍不住有些害怕。因此连续两天，这些饱经沧桑的航海家们一直"按兵不动"，要么留在甲板上，要么仅仅是爬上岸边的悬崖。为了生存，他们还在沙滩上挖贝壳，寻找每一条可能流向大海的淡水小溪。

又过了两天，他们便开始厌倦这种生活。要记住，尤利西斯的这些船员可都是食量巨大的家伙，一旦失去了正常的一日三餐，还有其他吃的，肯定会怨声载道。船上储备的食物快要耗尽了，甚至连贝类也越来越难找。于是，他们不得不做出选择，要么等着饿死，要么冒险深入小岛内陆，那里可能会有巨大的三头龙，或是其他可怕怪物的巢穴。在那个年代，这种奇形怪状的怪物还是很多的，没人敢在出海航行或是陆地跋涉时，会不担心被怪兽吞噬。

可尤利西斯不仅是一位勇敢的国王，还是个处事谨慎的人。第三天清晨，他决定去了解一下这个小岛，看看能否为饥饿的同伴们找到一些食物。于是他手执长矛，爬上一座崖顶放眼望去。他看到远处小岛的中央有几座雄伟的塔楼，像是一座雪白大理石建造的宫殿，耸立在高高的树林里。茂密的枝叶一直向外延伸到这座雄伟建筑的正面，将建筑的大部分

都遮盖起来了。尽管如此，从露在外面的部分来看，尤利西斯可以断定，那是一座非常宽敞漂亮的宫殿，很可能是某位贵族或王子的住所。塔楼的烟囱里正飘起一缕蓝色的炊烟，这是最能令尤利西斯感到兴奋的。因为从炊烟的浓度来看，有理由推断出厨房里的炉火烧得正旺。此时又是晚饭时间，宫殿里肯定会摆上一顿丰盛的晚宴，是为居住在里面的人和顺便拜访的客人准备的。

面对如此惬意的景象，尤利西斯觉得，此时最好就是能一直走到宫殿的大门口，告诉里面的主人，不远处正有一大群可怜的遇难船员，他们已经两天没有吃过东西，只能挖一些蛤蚌和牡蛎充饥，如果能得到一些食

尤利西斯看到远处有几座雄伟的塔楼。

物，一定会非常感激。可以肯定的是，即使宫殿里的王子和贵族都是些吝啬的家伙，也会在自己吃完晚餐后，让他们来收拾桌子上的残羹剩饭。

带着这种美好的想法，尤利西斯朝宫殿走了过去。此时，附近的树上传来一阵叽叽喳喳的鸟叫。很快，一只小鸟朝他飞了过来，在他头上盘旋，好几次翅膀差点扇到他的脸上。这只小鸟非常可爱，身体和翅膀都是紫色的，双脚却是黄色的，脖子上还有一圈金黄色的羽毛，头上长着一撮金毛，看上去就像是一顶小小的王冠。尤利西斯想要抓住这只鸟，可它却灵活地飞到了他够不到的地方，但却一直在悲伤地叫着，像是在向他讲述一个令人悲伤的故事。于是他打算赶走这只鸟，可它又飞到了距离他不远的树枝上。只要尤利西斯一想离开，小鸟就会再次飞到他的头顶，悲伤地喳喳叫着。

"你是不是想告诉我什么事？"尤利西斯问道。

他想要认真地听听小鸟到底要讲什么，因为在围攻特洛伊城时，当然还包括其他一些地方，他总能碰到这种奇怪的事。如果此时这只长着羽毛的小生灵能和他一样清楚地说话，他倒不会觉得有什么不正常。

"啾啾！"小鸟叫道，"啾啾，啾啾，啾——啾！"除了一遍遍悲伤的"啾啾"声，小鸟什么都没说。可尤利西斯刚想离开，小鸟又显得焦躁不安起来，急切地拍打着紫色的翅膀，尽最大努力想要拦住尤利西斯。这莫名其妙的举动终于让尤利西斯醒悟，前面一定有危险！毫无疑问，这个危险极其凶恶，不然怎么会引起一只小鸟对人类的同情？于是他决定，立刻回到船上，把见到的情形告诉同伴们。

这下小鸟满意了。尤利西斯一转身，小鸟便快速地飞回了树干，开始用又长又尖的鸟嘴啄树皮里的虫子。要知道，这可是一只啄木鸟，和同类一样，它也必须以相同的方式生存。但啄了几下树皮之后，这只紫色的小鸟似乎又突然想起了伤心事，于是又开始重复它那悲哀的曲子："啾啾，

啾啾，啾——啾！"

在返回海岸的途中，尤利西斯幸运地用长矛刺中一只大牡鹿。强壮无比的他把死鹿扛在肩上，将它拖回到岸边，扔在了饥肠辘辘的同伴们面前。我早就说过，这些同伴们都是胃口极好的家伙。种种迹象表明，他们喜欢猪肉，并一直以此为生，身体的大部分也都变成了猪肉，就连脾气秉性也和猪极其相似。不过，此时对于他们来说，一盘鹿肉也不会不受欢迎，尤其是在吃了这么久的牡蛎和蛤蚌之后。于是一看见这只死鹿，他们就想到了烤鹿排骨的香味，纷纷立刻去寻找浮木，生起了火。这一天余下的时间都用来享用美餐了；如果说这群家伙是在日落时分从餐桌旁站起来的，那也只是因为从这只可怜的动物骨头上，已经再也刮不下半点肉了。

第二天一早，他们的胃口又像往常一样好了起来。他们看着尤利西斯，像是希望他能再次爬上岩石，再扛回一只肥鹿回来。可尤利西斯并没有走，而是把全体船员召集起来，告诉他们，不要妄想他每天都能为他们扛回一头鹿，最明智的做法，就是想想其他的办法来填饱肚子。

"好吧，"他说，"我昨天站在悬崖上时，发现岛上是有人居住的。在离海岸很远的地方，有一座大理石宫殿，看起来非常宽敞，烟囱里还冒着很浓的炊烟。"

"啊！"同伴们咂着嘴说，"那肯定是从厨房的火炉里冒出来的，肯定还有一顿丰盛的晚餐，我们今天也能尝尝味儿。"

"但是，"聪明的尤利西斯继续说，"亲爱的朋友们，你们要记住，我们曾经不幸地在山洞中遇到独眼巨人波吕斐摩斯！难道你们忘了？他晚餐喝的不是牛奶，而是吃掉了我们两个同伴，第二天早餐时又吃掉几个，下一次晚餐时又吃掉了两个。我总觉得自己还能看到那个可怕的怪物，正用他长在额头中央的红色大眼睛观察着我们，准备挑一个长得最胖的人把他吃掉。还有，就在几天之前，我们又落到了那个巨人族国王的手中，他那些可怕的巨人臣民，不是还吞掉了我们更多的兄弟吗？比现在侥幸活下来的人数还要多！说实话，如果我们现在就前往那个远处的宫殿，我敢肯定，我们的确会出现在他们的餐桌上。不过，是作为客人还是食物，这可是一个需要慎重考虑的问题。"

"不管是哪个，"几个饥肠辘辘的船员小声说，"总比饿死强。况且，如果我们要被吃掉，肯定也先会被他们养胖，然后再被做成美味。"

"那只是口味问题，"尤利西斯说，"至于我，无论是被精心喂胖，还是被做成美味放在盘子里，我都不会甘心。我建议，大家分成人数相等的两队，抽签来决定哪一队去宫殿寻求食物和帮助。如果这队人如愿以偿，那当然很好。反之，如果住在那里的人被证明是和波吕斐摩斯或巨人族国王一样凶残，那我们也只有一半人遇难，另一半人还可以从海上逃脱。"

没有人反对这个计划，于是尤利西斯便开始清点人数，包括他在内，一共四十六个人。然后，他点出二十二人，让智慧仅次于自己的大副欧律洛科斯带领，剩余的二十二人则由自己带领。接着，他摘下头盔，放进两个贝壳，一只上面写着"去"，另一只上面写着"留"。再由另外一个人端着头盔，分别让尤利西斯和欧律洛科斯各自取出一只贝壳。最后，通过这种方法做出决定，尤利西斯带领的一队人留在岸边等候确切消息，另一队人则前往那座神秘宫殿。于是无奈的欧律洛科斯立刻走到队伍前头，带着二十二个心事重重的船员出发了，而对于那些留下的朋友们来说，心情也比他们好不了多少。

欧律洛科斯一行人刚爬上悬崖，就看到了大理石宫殿的几座塔楼，雪白雪白的，高耸在四周环绕的绿荫之中。宫殿的烟囱里正冒出一股浓烟，随风朝大海的方向吹过来，从这些饥饿的船员鼻子前飘过。饥饿难忍时的

人们，总是会很快闻到风中食物的香味。

"那烟是从厨房里飘出来的！"一个人大叫着，高高地抬起鼻子，急切地翕动着鼻翼，"就凭我这个饿得半死的流浪汉，我敢断定，里面有烤肉的味道。"

"猪肉，是烤猪肉！"另一个人叫道，"哈！美味的乳猪，我的口水都要流出来了。"

"快点，"其他人嚷道，"否则赶不上这顿美餐了！"

可大家刚从悬崖边还没走出五六步，一只小鸟就拍打着翅膀飞了过来。正是那只漂亮的小鸟，紫色的翅膀，紫色的身体，黄色的双脚，脖子上有一圈金黄色的羽毛，头上的黄毛像是一个王冠，就是它赶走了尤利西斯。此时这只小鸟正盘旋在欧律洛科斯的头顶上，翅膀几乎拍到了他的脸。

"啾啾，啾啾，啾——啾！"小鸟叫着。

这叫声听起来是如此忧伤，让人觉得这只小生灵内心正装着一个巨大的秘密，让它心碎，所以不得不用这种可怜的方式来告诉别人。

"可爱的小鸟，"欧律洛科斯说道，他一向是个非常谨慎的人，从不会放过任何不祥的征兆，"可爱的小鸟，是谁派你来的？你带来了什么消息？"

"啾啾，啾啾，啾——啾！"小鸟悲伤地回答。

然后它便飞回到悬崖边，紧紧地盯着他们，似乎急切地希望他们能回到原来的地方。欧律洛科斯和其他几个人便打算返回，他们有些起疑，这只紫色的小鸟一定是在警告他们，那座宫殿会给他们带来不幸，这只通灵的小鸟一定是知道这个危险，所以才引发了它对人类的同情。但其他人却觉得这个想法很可笑，他们被来自宫殿厨房的炊烟深深地诱惑了，其中一个最粗鲁、最贪吃的人还说了几句残忍的话。这使我不由得想到，单单这

世界名画 《尤利西斯渴望回到伊萨卡》（*Ulysses Yearns for Ithaca*），羽毛笔水彩画，19世纪德国著名画家约翰·亨利·威廉·蒂施斯拜因（Johann Heinrich Wilhelm Tischbein，1751—1828）创作，32.4×20.7cm。

个想法就足以把他变成野兽，因为他的天性已经带有兽性。

"真是个讨厌的家伙，"他说，"把这个东西做成餐前的开胃菜吧，肥肥的，咬上一口，放进嘴里就会融化。如果它飞到我跟前，我就会抓住它，然后交给宫殿里的厨子，把它插在叉子上烤。"

这些话刚一出口，小鸟就飞走了，嘴里还在叫着："啾啾，啾啾，啾——啾！"声音比先前还要悲伤。

"这只小鸟，"欧律洛科斯觉得，"肯定知道那所宫殿里都有什么在等着我们，它比我们知道得多。"

"那就快点走吧，"同伴们叫嚷道，"我们很快也会知道得和它一样多。"

于是，整队人继续前进，穿过清新宜人的绿色森林。大理石宫殿的轮廓就在眼前若隐若现，他们走得越近，就越觉得它是那样美丽。很快，他们来到了一条宽阔的大路上。路似乎被人精心打扫过，蜿蜒地一直向前延伸，明媚的阳光透过高耸的树冠，从浓密树叶间的空隙洒下斑斑点点的光影。路旁开满了香气浓郁的鲜花，这些船员从没见过这些花。它们开得如此鲜艳美丽，如果这些花都是本地的野生植物，那这里可称得上是世界花园了。即使它们是从其他地方移植过来的，那也肯定是来自那些朝向金色落日的幸福岛。

"种这些花花草草的简直就是愚蠢的浪费，"其中一个船员仔细看了一下说道（这下你们知道他们都是一群什么样的家伙了），"如果我是这座宫殿的主人，一定会吩咐园丁，只种一些烤肉或炖肉用的香草就行了。"

"说得好！"其他人大叫道，"我保证，宫殿后院肯定有一个大厨房。"

正说话间，他们来到一处清澈的泉水旁，于是停下来喝水，尽情地

喝了个够。他们看到水面上映照出自己模糊的脸庞，被不断涌出的泉水弄得扭曲变形，像是正在嘲笑自己和其他的同伴们。他们的影子真是丑陋可笑，于是所有人都放声大笑起来，笑得全都合不拢嘴巴。喝过水之后，他们似乎更开心了一些。

"这水里有酒味。"一个人咂着嘴说道。

"快点吧！"同伴们大声说，"我们会在宫殿里找到酒的，那可要好过这里一百倍。"

于是他们加快脚步，梦想着自己将会被当作贵客出席盛宴，个个欢呼雀跃。可欧律洛科斯告诉他们，他总觉得自己像是走在梦里一样。

"如果我真的清醒，"他继续说，"那么，在我看来，此时正面临的是某种更加奇怪的冒险，要比在波吕斐摩斯山洞、在吃人的巨人中间、在铜岛上遭遇风神埃俄罗斯都更加危险和奇怪。每当有奇怪的事情发生时，我都会有这种做梦般的感觉。你们还是听我的劝告，回去吧。"

"不，不，"同伴们一起用力地吸着鼻子，空气中弥漫的香味此时更加明显了，"我们不会回去，即使知道餐桌上坐着高山一样的巨人族国王，还有独眼巨人波吕斐摩斯。"

最后，一行人终于走到了能看清宫殿全貌的地方。事实证明，这是一座非常宽阔高大的宫殿，屋顶上有许多优美的小塔楼。尽管正值中午时分，阳光照耀在大理石的正面，可雪白的外观和奇特的建筑风格令宫殿显得不太真实，就像玻璃窗上结出的霜花，或是月光下云层笼罩的城堡。可就在这时，一阵微风将厨房的炊烟吹向了他们，每个人都闻到了最喜欢的饭香。这些香味，让他们觉得其他一切都是空谈，最实在的就只有这座宫殿和即将开始的盛宴。

于是，他们加快脚步，朝宫殿大门口走去。可还没走到宫殿前宽阔的草地中央，一大群狮子、老虎和狼就跑过来围住了他们。被吓坏的船员们

世界名画 《尤利西斯与瑙西卡》（*Ulysses and Nausicaa*），布面油画，19世纪德国著名画家约翰·亨利·威廉·蒂施斯拜因于1819年创作，232×177㎝ 。瑙西卡，希腊神话中一个国王的女儿，曾给落难的尤利西斯以帮助。

开始后退，生怕被这些猛兽撕成碎片吞掉。但令他们惊喜的是，这些野兽只是围着他们跳着，摇着尾巴，还伸过头来让人抚摸，就像许多驯养的家犬一样，看到主人或主人的朋友就高兴地雀跃起来。其中个头最大的狮子还舔起欧律洛科斯的脚，其他的狮子、狼和老虎，也都各自走到其他船员身边，任人抚弄，似乎比看到牛骨头还要快乐。

尽管如此，欧律洛科斯还是能感觉到，这些野兽的眼睛里似乎藏着某些凶狠的东西。他甚至能感觉到，眼前这头大狮子可怕的利爪正伸向自己，那些老虎正向同伴猛扑过去，恶狼正猛咬住同伴们的喉咙。这些动物的温驯似乎并不真实，而仅仅是一种反常，只有野性和尖牙利爪才是最真实的。

可这群人在这些活蹦乱跳的野兽的伴随下，安全穿过了草地，并没有受到什么伤害。但当他们踏上宫殿的台阶时，狼群中似乎发出了一阵低沉的咆哮声，它们像是觉得，白白让这些陌生人通过，并放掉这些美味，还真是有点遗憾。

欧律洛科斯和同伴们穿过一个高大的门楼，从敞开的大门向宫殿里面张望。他们先是看到一个宽敞的大厅，大厅中间有一座喷泉，水柱从大理石水池中直喷向天花板，然后又不断地落回水池中。喷泉喷出的水会不时变幻出各种形状，虽然不是很清晰，但足以让人辨认出都是些什么东西。泉水一会儿变成一个穿着羊毛长袍的男人，一会儿又变成狮子、老虎、狼、驴子，或是其他一些东西，然后又像是一头猪正在大理石水池中打滚，就像那里是猪圈。这些泉水能变幻出这些轮廓，一定是某种魔法或是某些神奇的装置造成的。可就当这群人还没来得及再仔细看时，注意力就又被一阵甜美动听的声音所吸引了。那是一个女人悦耳的歌声，正从宫殿的另一个房间里飘出来，其中还隐约夹杂着织布机的声音。很可能是这个女人正坐在织布机前，一边密密地织着布，一边把高低起伏的歌声和谐地

织入细布中。

渐渐地，歌声越来越弱，接着突然传来几个女人欢快的谈话声，还不时地爆发出阵阵欢笑，应该有三四个年轻女子正坐在一起聊天。

"多么甜美的歌声！"一个船员嚷道。

"是很甜美，"欧律洛科斯摇着头说，"不过，还没有那些迷人的海妖的歌声甜美。那些半人半鸟的女妖是想引诱我们到岩石上去，那样我们的船就会被撞毁，我们白花花的骨头就会散落在岸边。"

"可是，听听，那些女子动听的嗓音和织布机的嗡嗡声，就像是梭子正来回穿梭，"另一个船员说，"这声音会让人想起家！啊！在围攻特洛伊城之前，在那场令人厌倦的战争之前，我经常能在自家屋檐下听到织布机的嗡嗡声和女人的说笑声。我真的再也听不到那些声音了吗？我真的再也吃不到妻子烹制的美味可口的小菜了吗？"

"噢！我们在这里会吃得更好。"另一个人说，"女人们聚在一起喋喋不休，多傻啊！她们都没想到我们会偷听。听得出来，其中最细腻、最悦耳、最令人觉得熟悉的声音，似乎还带着女主人的权威。我们这就现身吧。这座宫殿的女主人和她的女伴们，会对我们这样的水手和勇士造成什么伤害呢？"

"还记得吗？"欧律洛科斯说，"正是一个女子曾迷惑了我们的三个同伴，把他们带进巨人族的宫殿，一眨眼的工夫就吃掉了他们中的一个。"

可无论怎样劝说和警告，这些同伴就是不听。他们走向大厅的另一头，来到一扇折叠门前，把门推开后，又走进另一个房间。此时欧律洛科斯刚好走到一根廊柱后面，就在折叠门被迅速打开又关上的一瞬间，他瞥见里面有一个非常漂亮的女子从织布机前站起来，朝这些可怜又疲惫的旅人迎过来，脸上带着好客的微笑，向前伸出手，表示欢迎；另外还有四个年轻的女人也拉着手欢快地迎上来，向这些客人致敬，只是美

貌比那个女主人稍逊一筹。欧律洛科斯似乎看到，其中一个女子还长着海绿色的头发，另一个的紧身上衣就像树皮一样，其他两个的模样也似乎很古怪，但他很难确定那到底是什么，因为时间太短了，他根本来不及细看。

折叠门很快就被关严了，只留下他一个人站在外面大厅的廊柱后面。欧律洛科斯一直在等，渴望能听到点动静。可直到他感觉累了，也依然没有听到任何声音，因此他无从猜测朋友们到底发生了什么事。脚步声！是的，听起来像是正在宫殿的其他地方来来去去。然后是一阵金盘或银盘相互的碰撞声，这让他不禁联想到，富丽堂皇的大厅里正进行一场盛宴。可很快，他又听到一阵巨大的哼哼声和尖叫声，随后是惊慌失措的奔跑声，就像是尖利的小蹄子踏在大理石地面上的声音。与此同时，女主人和她的四个女伴也一齐尖叫起来，声音中夹杂着恼火和嘲笑。欧律洛科斯实在想象不出发生了什么，那些声音就像是一群猪被宴席上的香味所吸引，纷纷闯入宫殿。这时他无意间瞥了一眼那个喷泉，发现此时泉水已经不像先前那样总是变换形状，既不像穿长袍的男人，也不像狮子、老虎、狼或驴子，而是像一头猪，正躺在大理石的水池中翻滚，溅得池水四溢。

不过，就让明智的欧律洛科斯留在大厅外面等着吧，我们现在要跟随他的朋友们走进宫殿内部去一探究竟。正如先前说过的，那个漂亮的女子一看到他们，就从织布机前站起身，微笑着迎过来，伸出双臂。她拉住走在最前面的船员的手，向他和身后的所有人表示欢迎。

"我们已经期待各位很久了，朋友们，"她说，"我和我的女伴早就知道各位，尽管你们可能并不认识我们。看看这幅织锦吧，就能断定我们对你们的面容并不陌生。"

于是，这些船员开始仔细观赏漂亮女人放在织布机上的布。令他们

这些船员开始仔细观赏那块布。（弗吉尼亚·弗朗西斯·斯特雷特，手绘插图。）

大为吃惊的是，他们在那块布上看到了自己的形象，并且用不同颜色的丝线完美地表现了出来。这真是一幅栩栩如生的画面，描绘了他们近来所有的冒险，包括他们在波吕斐摩斯的洞中将他那圆圆的巨眼弄瞎。织锦的另一部分，画的是他们正解开皮袋，放出呼呼的逆风。还有他们正从巨人国惊慌地逃走，其中一个人的腿被巨人抓住。最后一部分画的则是他们正坐在这个荒无人烟的小岛沙滩上，饥肠辘辘，垂头丧气，可怜地看着他们昨晚狼吞虎咽啃光的鹿骨头。还有一部分尚未完成，可如果让这位漂亮的女子再坐回织布机前，或许就会织出这群人刚才的经历，或是此时正在发生的事。

"你们看，"她说，"我了解你们所有的遭遇。你们不用怀疑，只要和我待在一起，我就会让你们感到快乐。为此，尊贵的客人们，我已经吩咐人准备了一场盛宴。有鸡、鸭、鱼、肉，有烤的、炖的、风干的，个个烹调精美。我相信，它们会满足你们所有的口味。现在，一切都已准备就绪。如果你们感到饿了，就随我一起到宴会厅吧。"

受到如此亲切的邀请，饥饿的船员们高兴万分。其中一个人还自告奋勇，充当发言人，向好客的女主人保证，对于他们来说，只要锅里有煮熟的肉，就随时开吃。于是，漂亮的女主人在前面带路，其他四个女子紧随其后（其中一个长着海绿色的头发，一个穿着橡树皮一样的紧身衣，一个手指尖一直在滴水，最后一个更加奇特，只是具体的我给忘了），再后面则是这些客人，急急地跟着向前走，进入一个华丽的大厅。大厅是规则的椭圆形，光线从水晶屋顶射下来，分外明亮。沿屋墙摆放着二十二个华丽的宝座，宝座上方悬挂深红色和金色的华盖，座位上铺着镶有一圈金色流苏边的软垫。每个人都受到邀请坐下来，就这样，二十二个饱受风吹雨打、衣衫褴褛的船员，坐到了二十二个铺着坐垫、顶着华盖的宝座上，那景象十分富丽堂皇，就连最高傲的君主的大殿也没有这里壮观。

于是，这些客人们彼此点着头，眨着眼睛，互相使着眼色，用嘶哑的声音窃窃私语起来。

"亲爱的女主人把我们都当成了国王，"一个人说，"哈！闻到宴席的香味了吗？我保证，这些佳肴一定符合我们这二十二位国王的口味。"

"我希望，"另一个人说道，"宴席的主食是实实在在的大块肉，还有牛里脊、小排骨、后腿肉，千万别上太多华而不实的蔬菜。如果善良的夫人不见怪，我会要求用肥肥的炸腊肉片做第一道菜。"

噢！这些贪吃的家伙！你知道他们是什么样子吗？坐在神圣高贵的王座上，心里却只想着如何满足自己贪婪的胃口，这与那些狼和猪有什么不同？所以，他们更像是那些最令人讨厌的畜生，而不是他们所扮演的国王。如果他们真的是国王，也只是狼和猪这类畜生的国王。

此时，美丽的女主人拍了一下手，立刻从外面走进来二十二个仆人，端着装满丰盛食物的盘子，每盘都在冒着热气，都是刚刚从厨房的灶火上端下来的，那蒸腾的热气就像云彩，缭绕在大厅的水晶圆顶下。接着又走进来二十二个侍者，端着各种各样大瓶的美酒。有些酒倒进杯里时还在闪着光，咽下喉咙时还在冒着气泡。还有一种紫色的饮料，清澈透明，透过它能看到高脚杯底部雕刻的花纹。在侍者为客人添酒上菜的同时，女主人和四个女伴则在宝座间走来走去，不停地劝他们再多吃一点，好犒劳一下这么多天饥肠辘辘的肚子。可就在船员不注意时（其实大部分时间都是这样的，因为他们只会盯着盘里的食物），这位漂亮的女子和女伴都会转过脸偷笑，就连那些跪地上菜的侍者有时也会冷笑；而那些客人却只知道忙着享用佳肴。

不过，有时这些客人似乎也会吃到一些不喜欢的东西。

"这盘菜里的调味料有点奇怪，"一个人说，"不太合我的口味，不过我还是咽下去了。"

"喝一大口酒，"邻座的同伴说，"那东西会让这种食物变得可口。不过我必须得说，这酒尝起来也有点古怪。不过喝得越多，我就越喜欢这个味道。"

尽管大家发现饭菜或多或少有点问题，但就是一直不肯离开餐桌旁。如果看到他们狼吞虎咽的样子，你都会为他们感到羞耻。他们此时坐在金色的宝座上，可行为更像是猪圈里的猪。如果还有些心智的话，他们或许就能猜到，这位漂亮的女主人和她的女伴也会这样看待他们。我想，这二十二个人吃光的肉和喝干的酒，足以令人感到脸红；他们已经忘记了自己的家，忘记了妻子儿女，忘记了尤利西斯国王，忘记了一切，心里只有这场盛宴。他们想就这样一直吃，一直吃，直到永远。可最后，他们还是停了下来，因为已经实在吃不下去任何东西了。

"最后这片肥肉，我实在是吃不下了。"一个人说。

"我的肚子也没地方了，"邻座的人叹了口气说，"真可惜！我的胃口还是和以前一样好。"

总之，所有人都停止了吃喝，斜靠在宝座上，显出一副又蠢又笨的样子，十分可笑。女主人看到这个情景后，放声大笑了起来；那四个女伴也大笑了起来；二十二个仆人和二十二个侍者，也都跟着哈哈大笑起来。这笑声越来越大，让二十二个贪吃的家伙显得更加愚蠢。于是，那位漂亮的女人走到大厅中间，拿出一根细长的小棒（其实她手里一直拿着这根小棒，只是那些船员没有注意到），然后用小棒一个个地指向客人，直到每个人都被点到为止。她漂亮的脸上带着微笑，但看起来却像世界上最丑陋的毒蛇，邪恶而阴险。这些船员虽然愚蠢，但这时也意识到自己已经落入一个邪恶的女巫之手。

"你们这些家伙，"她大叫道，"真是浪费了一位女士的好意。在这个庄严的大厅里，你们的行为却更像是一群猪。除了空有一副被你们玷污

世界名画

《喀耳刻与尤利西斯》（Circe y Ulises），法兰德斯画家老让·布勒哲尔（Jan Brueghel the Elder，1568—1625）于1595年创作，51×35cm。

了的人皮，就是一群猪！我羞于再与你们为伍。不过，只要略施魔法，就能让你们的外貌变得更加符合你们贪婪的本性。大胃口的家伙们，既然已经现出了本相，就滚回到猪圈里吧！"

说完，女巫便挥动魔棒，急急地跺起了脚。船员们吓得目瞪口呆，看到其余宝座上的同伴渐渐失去人形，变成了猪。此时每个人都想发出惊叫，但却只能发出哼哼声，发现自己和同伴们一样也变成了猪。看到那些坐在宝座上的猪，每个人都觉得荒谬极了，于是他们急忙滚到地上，四脚着地，试图哀求女主人，可喉咙里发出的却是可怕的哼哼声和尖锐的嘶叫声。他们本想绝望地摆摆双手，可越想这样做，就越是绝望地看到，自己的后腿蹲在地上，前腿在空中乱舞。天啊！耷拉着的耳朵怎么会这么大！红红的眼睛怎么会这么小，而且还深深地陷进肥肉里！本该是希腊人的嘴巴和鼻子，竟然变成了这么长的猪嘴！

然而，虽说他们本都是粗鲁的家伙，但到底还是有着相当多的人性。他们惊讶于自己丑陋的外表，于是想要呻吟和叹息，但发出的声音却是越来越讨厌的哼哼声和尖叫声。听到如此刺耳难听的声音，你可能还会以为是屠夫正用尖刀刺进他们的喉咙，或者至少是有人正在用力拽他们滑稽的小卷尾巴。

"滚回你们的猪圈吧！"女巫大叫，用魔棒用力地敲打着他们。接着她转过身，对那些仆人说，"把这些猪赶出去，扔点橡子给他们。"

宴会厅的门被猛地撞开，这群猪四下奔逃，陷入一片混乱，就像他们自私任性的本性一样。最后，他们被一起赶到了宫殿的后院。这情景不禁让人潸然泪下（但愿你们不忍心嘲笑他们），这群可怜的动物一直向前走着，不时地捡吃着地上的菜叶和菜根，还不停地将鼻子拱进泥土里找吃的。而在猪圈里，他们的行为甚至比真正的猪还要贪婪。他们互相喷着鼻息，彼此撕咬，把蹄子踩进食槽里，狼吞虎咽地抢光所有的食物，速度快

得令人觉得荒唐。当槽里食物被抢光后，他们便挤成一堆，在肮脏的稻草上呼呼大睡。如果说在他们身上还留有某些人类智慧的话，那也就是他们担心自己何时会被杀掉，以及会被做成什么样的咸肉。

此时，那位一直守在宫殿门廊里的欧律洛科斯，还一直在等待，他不知道朋友们发生了什么事。最后，当整个宫殿响起猪的号叫声，当大理石水池中显出一头猪的影子时，他知道最好还是立刻回到船上，向聪明的尤利西斯报告这里的一切。于是，他飞快地跑下台阶，马不停蹄地一口气奔回岸边。

"怎么只有你一个人？"尤利西斯一见到他便问，"那二十二个人呢？"

听到这里，欧律洛科斯不禁流下了眼泪。

"噢！"他哭叫道，"恐怕我们再也见不到他们了。"

于是，他向尤利西斯国王讲述了发生在他们身上的一切，并且说，他怀疑那位漂亮的女子是个邪恶的女巫，那座看似宏伟的大理石宫殿实际上不过是一个阴森恐怖的洞穴。至于他的同伴们，除了已经被猪生吞活剥，他想象不出还会遭遇到什么。听到这些消息，所有的船员都非常吃惊。但尤利西斯立即提上宝剑，将弓和箭袋挂在肩上，右手拿起了长矛。同伴们看到这里，便问这位睿智的领袖要去哪里，并恳求他不要离开。

"你是我们的国王，"他们大呼，"你是世界上最聪明的人，只有你的智慧和勇气能带领我们逃离险境。如果你离开我们，前往那座被施了魔法的宫殿，也会和那些可怜的同伴一样遭到厄运，那样将没有一个人能再见到亲爱的故乡伊萨卡。"

"正因为我是你们的国王，"尤利西斯说道，"并且比你们见多识广，所以才更有责任去看看那些同伴到底发生了什么，还要想办法救出他

世界名画　《尤利西斯与乞丐大战》（Ulysses fighing the beggar），布面油画，德国印象派兼表现主义画家洛维斯·科林特（Lovis Corinth，1858—1925）于1903年创作，83×108cm。

们。你们在这里等我，到了明天，如果我还没有回来，你们就扬帆起航，努力找到返回故乡的路。至于我，我必须要对那些可怜的船员负责任，毕竟他们一直跟我并肩作战，和我一起经历过风雨，流下过血汗。我必须带着他们回来，否则就和他们一起死亡。"

船员们还是不肯，甚至想动用武力将尤利西斯留住，可他们还没有这个勇气。尤利西斯皱起眉头，严厉地看着他们，晃着手里的长矛，命令他们不要冒险阻止他。看到他如此坚决，船员们只好让他离开，然后纷纷坐在沙滩上，闷闷不乐地为他祈祷，祈祷他能早点归来。

这一次，尤利西斯又遇到了那只紫色的小鸟。他爬上崖顶，还没走出几步，小鸟便拍打着翅膀向他飞来，一边"啾啾，啾啾，啾——啾！"地叫着，一边用尽浑身解数，阻止他向前。

"你想表达什么，小鸟？"尤利西斯大声说道，"你看上去就像一位国王，紫色和金色的衣服，头戴金色的王冠。是不是因为我也是国王，你才会这么急着想和我说话？如果你能说人类的语言，就请告诉我，你想让我做什么？"

"啾啾！"紫色的小鸟悲哀地答道，"啾啾，啾啾，啾——啾！"

小鸟心里肯定藏着悲伤的事，它似乎很悲哀，可就是说不出来，无法得到安慰。可尤利西斯没有时间去弄清这个秘密，于是加快脚步，沿着林间惬意的小路走出很远。途中他遇到了一个活泼机灵的年轻人，身上的打扮与众不同：他披着一件短斗篷，戴着一顶像是长着一对翅膀的怪帽子，脚步轻盈，好像脚上也长着翅膀。为了能走得更快（因为他总是在路上），他还带了一根长着翅膀的拐杖，上面绕着两条大蛇。总之，不用多说，你们一定猜到了，他就是水银。尤利西斯很快就认出了他，他们早就相识，而且他还从水银那里学到了很多智慧。

"这么着急，要去哪里啊，聪明的尤利西斯？"水银问道，"你不知

道吗？这座小岛已经被施了魔法，那个邪恶的女巫名叫喀耳刻，是埃厄忒斯国王的妹妹，她就住在那片树林里的大理石宫殿，能用魔法将所有人变成与他们性格最为相似的飞禽走兽。"

"峭壁边的那只小鸟，"尤利西斯惊叫道，"以前也是人吗？"

"是的，"水银答道，"他原来是一位国王，名叫皮库斯。他也是一位善良的国王，只是对自己的紫色长袍、王冠和脖子上的金链过度骄傲，才会被变成羽毛华丽的小鸟。那些守候在宫殿前跑过来迎接你的狮子、狼和老虎，以前也都是残忍凶狠的人，现在都变成了与他们性情最为相似的野兽。"

"那些可怜的船员，"尤利西斯说，"也都遭遇了喀耳刻的魔法吗？也都变了形？"

"你应该知道，他们都是些胃口巨大的家伙，"水银淘气地开起了玩笑，"所以，你也不必吃惊，他们都变成了猪！如果喀耳刻从没干过更坏的事，我倒觉得不应该过分指责她。"

"可我帮不上他们吗？"尤利西斯问道。

"这就要靠你的智慧了，"水银说，"再加上我的智慧，就能保证如此高贵和聪明的你，不会被变成狡猾的狐狸。不过你要按我说的做，这样结局可能会更好。"

说着，水银似乎开始在寻找什么东西。他弯着腰，沿小路走着，很快就从地上拔起一棵开着雪白小花的植物，放在鼻子前闻了闻。尤利西斯刚才就注意到了这种植物，可他似乎觉得，是水银的触摸才会让植物立刻开出了白花。

"带上这朵花，尤利西斯，"他说，"要像保护眼睛一样保护好它。我保证，这可是极其稀有珍贵的花，全世界也找不到另一朵。用手拿着它，当你走进宫殿后，和那个女巫说话时，要时不时地闻一下。尤其是在

她给你食物，或是用高脚杯给你倒酒时，千万要不停地闻着花香。按照我说的去做，你就可以抵挡住她的魔法，免得被她变成一只狐狸。"

接着水银又给了他一些忠告，嘱咐他既要勇敢，也要心细；并再次向他保证，虽然喀耳刻魔法高强，但他一定会安全地从魔宫里走出来。尤利西斯认真听完后，谢过他的好友，重新上路。可刚走出几步，他就想起还有几个问题要问，于是便回过头，可刚才水银站立的地方此时已空无一人。凭借一顶带着翅膀的帽子和一双带着翅膀的鞋子，还有一根带着翅膀的魔杖，他肯定早就飞似的走出了尤利西斯的视线。

尤利西斯到达宫殿前面的草地上时，那些狮子和猛兽又都跑过来迎接他、讨好他，并舔他的脚。可尤利西斯国王用他的长矛吓退了它们，严厉地命令它们从路上滚开。因为他知道，这些都曾是残忍残暴的人，如果他们还有害人之心，很可能会将他撕成碎片，而不是讨好他。当他登上宫殿的台阶时，这群野兽就都站在远处，发出尖叫，怒视着他。

走进大厅后，尤利西斯一眼就看到了大厅中央那个神奇的喷泉。向上喷出的泉水变成了一个穿着白色长袍的人形，似乎做着欢迎的手势。这时又传来了织布机的穿梭声和那个美丽女子优美的歌声，接着还有她与那四个女伴愉快的交谈声，里面还夹杂着银铃般的笑声。不过尤利西斯没有浪费时间去听这些笑声，而是将长矛靠在大厅的柱子上，抽出宝剑，勇敢地向前走去，将那两扇折叠门推开。一看到门口出现一个威严的身影，那个漂亮的女子立刻从织布机前站起来，带着满脸灿烂的笑容，张开双臂，跑过来迎接他。

"欢迎，勇敢的陌生人！"她大声说道，"我们正期待您的到来。"

接着，那个长着海绿色头发的神女上前谦恭地行礼，表示欢迎。然后，那个穿着橡树皮紧身衣的女子和那个指尖滴水的女子，还有那个我不太记得的古怪女子，也都一一上前迎接。那个被称为"喀耳刻"的美丽女

巫曾经欺骗过那么多人，这一次她坚信也能迷倒尤利西斯，只是没料到尤利西斯原来那么聪明。

此时女巫又开口说道："您的同伴们已经来过我的宫殿，并且受到了热情的款待，与他们完全相配的热情款待。如果您愿意，请先吃些点心，然后再到他们现在居住的房间里与他们会面，那个房间可是相当整洁。看，我和我的女伴们已将他们的形象织进了这片织锦。"

她指着织布机上那块漂亮的布匹。自从这群船员来过之后，喀耳刻和她的四位神女一直在辛勤地工作，因为这幅织锦此时又长了许多。在新织的那部分布上，尤利西斯看到，他的二十二位朋友正坐在顶着华盖、铺着软垫的宝座上，贪婪地享用美味，大口大口地喝酒。噢，事实上，这块织锦还没有完全织好。这个狡猾的女巫可不想让尤利西斯看到，她曾对这些家伙施展了魔法。

"至于您本人，勇敢的阁下，"喀耳刻说，"通过您高贵的外表，我判断您应该是一位国王。请您屈尊，随我来，您将会得到符合您身份的热情款待。"

于是，尤利西斯跟着她来到了那个椭圆形的宴会厅，二十二个同伴曾在这里大吃大喝，为自己招来了悲惨的结局。但尤利西斯手里一直拿着那朵白花，在喀耳刻说话时，还不时地闻一闻。当他迈过宴会厅的门槛时，还更加用力地深吸了几口花香。此时，他看到宴会厅中央只有一个宝座，不像之前沿屋墙排开二十二个宝座。可无疑，这个宝座是可供帝王休息的最壮观的宝座，通体用黄金打制，镶嵌着贵重的宝石，坐垫就像一堆柔软的新鲜玫瑰花，上面悬挂着喀耳刻精心织就的阳光般灿烂的华盖。女巫拉着尤利西斯的手，让他坐到这个光彩夺目的宝座上，然后拍拍手，招来了总管家。

"把那只专为国王准备的酒杯拿到这里来，"她说，"请斟满美酒，

就是王兄埃厄忒斯国王大加赞赏的那个酒。上次他和我可爱的侄女美狄亚来访时，喝的就是它。那个善良的孩子！要是她现在在这里，看到我用这种美酒款待尊贵的客人，也一定会很高兴的。"

管家去取酒时，尤利西斯又把那朵雪白的花朵拿到鼻子前闻了闻。

"是纯葡萄酒吗？"他问。

听到这话，那四个女子窃笑了起来，女巫则严厉地扫了她们一眼。

"全是由葡萄汁酿成的，"她说，"因为这种酒不像其他酒那样会掩盖人性的真相，而是会将人应有的本性显现出来。"

管家最乐于看到人被变成猪，或是被变成其他的野兽，于是急忙取来那只王者专用的酒杯，斟满金子一样明亮的美酒，这种酒在酒杯里不停地泛着泡沫，就要溢出杯沿。然而，它看上去香醇可口，其实却混进了喀耳刻调制的高效魔药。每一滴纯净的葡萄汁里，都配上了两滴纯净的毒液。这种毒液会使酒的味道更加可口，但危险就在于，只要人类闻一下跳跃在杯沿的泡沫，胡须就会立刻变成猪鬃，手指立刻变成狮爪，身后立刻长出一条狐狸尾巴。

"请吧，尊贵的客人！"喀耳刻将酒杯端给尤利西斯，微笑着说，"您会发现，只要一口，就足以解除您所有的忧愁。"

尤利西斯用右手接过酒杯，左手把白花放到鼻子前深深地吸了一口，让肺里充满这种纯洁清新的花香。之后，他将酒一饮而尽，然后平静地看着女巫的脸。

"可怜人，"喀耳刻大叫，用魔杖轻轻地敲了他一下，"你怎么还敢保持人形！快变成和你本性最相似的野兽。如果变成猪，就到猪圈里陪你的同伴们！如果变成狮子、狼、老虎，就去草地上和那些野兽一起咆哮！如果变成狐狸，就去练习偷鸡的本领吧！你已经喝了我的酒，不能再做人！"

世界名画 《喀耳刻将酒杯递给尤利西斯》（*Circe Offering the Cup to Ulysses*），油画，英国新古典主义与拉斐尔前派画家约翰·威廉姆·沃特豪斯（John William Waterhouse，1849—1917）于1891年创作，148×92cm。

"可怜人。"喀耳刻大叫。

可借助于白花的魔力，尤利西斯不但没有从宝座上滚下来变成猪或是其他的野兽，反而显得更加强壮，更有王者的风范。他将那个有魔力的杯子一扔，一直扔到宴会厅的另一头，"砰"的一声落在大理石地板上。接着，他拔出利剑，一手抓住女巫漂亮的卷发，做出将要砍下她头颅的姿势。

"邪恶的喀耳刻！"他大声吼道，"这把宝剑将会结束你的魔法。你将会被杀死。邪恶卑鄙的人，在这个世界上，你将再也做不成坏事，再也不能诱人犯罪，再也不能将他们变成野兽。"

尤利西斯的声音和表情都如此可怕，宝剑上闪烁着光芒，似乎锋利到了极点，喀耳刻还没等到宝剑落下，就几乎被吓个半死。那个总管家也连滚带爬地跑出大厅，顺便捡走了地上的金酒杯。女巫和四个女伴跪在地上，扭着双手，尖叫着祈求宽恕。

"饶了我吧！"喀耳刻哭道，"饶了我吧，尊贵而英明的尤利西斯。我现在才知道，您就是水银事先说过的那个最贤明的君主。他曾经警告过我，没有任何魔法能够战胜您。您已经征服了喀耳刻。明智的君主，饶恕我吧。我一定会诚心待您，甚至愿意做您的奴隶，从今以后，这座宫殿就是您的了。"

那四个神女也显得又狼狈又忙乱。尤其是那个长着海绿色长发的海神女，眼睛里正流出许多咸涩的泪水。而那个泉神女，则不仅是从指尖往下滴水，整个身子都几乎融化在泪水之中。可尤利西斯并不肯罢休，直到喀耳刻庄严发誓，她会将他的同伴们和其他许多人，按照他的指挥，从目前的野兽或小鸟变回人形。

"只有这样，"他说，"我才会保证不杀你。否则你只有死在当场。"

看到悬在头上的利剑，女巫很快就同意尽可能多做好事来弥补自己犯下的罪行，不管其实有多么不情愿。于是，她带着尤利西斯走出宫殿后门，前往那个猪圈。猪圈里大约养着五十头肮脏的猪，虽然大部分都是真正的猪，但和那些不久前才到这里的"人类"没什么区别。其实，严格地讲，后来的这些"猪"更加过分，他们似乎很喜欢在猪圈中泥最多的地方滚来滚去，习性也比真正的猪有过之而无不及。人类一旦被变成野兽，残存在他们身上的人性，会让他们的野蛮放大十倍。

然而，尤利西斯的这些同伴并没有完全忘记自己曾经直立行走的记忆。他一靠近猪圈，那二十二头大肥猪就从猪群中跑了过来，发出刺耳的尖叫声。尤利西斯不得不用双手捂住耳朵。可他们似乎并不知道自己想做什么，自己的悲痛是来源于饥饿还是其他别的原因。奇怪的是，就算如此痛苦，他们还是不停地往泥地里拱鼻子，寻找吃的。那个穿着橡树皮紧身

衣的神女原来是橡树精，她朝他们中间扔了一把橡子，这些猪便立刻争抢了起来，像是很久没喝到馊牛奶一样。

"他们肯定就是我的同伴们，"尤利西斯说，"我认得出他们，也许真的不值得把他们再变回人形。可还是尽快把他们变回来吧，以免带坏其他的猪。所以，喀耳刻夫人，如果你的魔法有效，就尽快把他们变回原来的样子。我知道，和把他们变成猪相比，这可能需要更高的法力。"

于是，喀耳刻再次挥动魔棒，口里反复念着咒语。伴随着咒语声，那二十二头猪立刻竖起了耷拉的耳朵。真是令人惊奇，他们的长鼻子越来越短，嘴巴也越来越小（他们好像觉得很遗憾，因为再也不能快速地狼吞虎咽了），接着有几头猪开始用后腿直起身子，还能用前腿抓自己的鼻子。起初，真不知道该称呼他们是猪还是人，但是慢慢地，他们看起来更像是人了。最后，尤利西斯的二十二个同伴完全站了起来，看起来与离开时差不多。

但可以想象，他们的身上还没有完全除去猪的秉性。某些东西一旦扎根在人性当中，就很难摆脱。这一点在那位橡树精的恶作剧下被完美地证明了，她此时又在那些人面前撒了一把橡子，于是这些人立刻翻滚在地，像猪一样争抢起来。然后，他们突然又想起自己已经变回了人，于是又爬了起来，那样子显得比傻瓜还要愚蠢。

"谢谢你，尊贵的尤利西斯！"他们大声说道，"是你把我们从野兽变回了人。"

"别忙着谢，"睿智的国王说，"恐怕我为你们做的还是太少了。"

说实话，这些人的说话声里，似乎还有一点猪的哼哼声。在以后很长一段时间里，他们的说话声一直都很粗哑，并且时常还会发出几声尖叫。

"你们是否会被再次变成猪，"尤利西斯说，"要看你们将来的行动。"

就在此时，附近的树上传来一只小鸟的叫声。

"啾啾，啾啾，啾——啾——啾！"

原来是那只紫色的小鸟，它一直栖息在他们头顶的树枝上，观察着事情的发展，希望尤利西斯还能记得，它曾如何尽力地让他和他的伙伴们远离危险。于是，尤利西斯命令喀耳刻立即将这只善良的小鸟变回人形，恢复他之前国王的模样。话音刚落，小鸟还来不及再叫，皮库斯国王就从树上跳了下来。和世界上所有威严的国王一样，他身穿紫色长袍，脚穿华丽的黄色长袜，脖子上戴着一条精心打造的项链，头上戴着一顶金色的王冠，并和尤利西斯用国王的礼仪互致问候。不过从那时起，皮库斯再也不敢为他的王冠、王室服装以及身为一国之君的事实而过度骄傲了。他现在觉得自己不过是子民的高级仆人，应该为使子民过上更好更幸福的生活而奋斗终生。

至于那些狮子、老虎和狼，只要尤利西斯一开口，喀耳刻就会立即把他们变回原样。但尤利西斯认为，还是让他们保持现状吧，这可以被当作是对他们残忍本性的警告，而不是在他们的心还保留嗜血本性时，假装出于人类的同情心，给他们披上人类的伪装。于是，任凭那些野兽声嘶力竭地号叫，尤利西斯也不再理会他们。当一切都安排停当后，他又派人召来留在岸边的同伴们。这些人在谨慎的欧律洛科斯的带领下到达后，舒适地住在了喀耳刻的魔宫，直到航程中饱受摧残和疲惫不堪的身心完全恢复。

石榴籽

（*注：此处提及的众神及英雄和神兽等角色，其角色关系均出自于传统经典古希腊神话故事，其故事情节与霍桑在本书中的改写有所不同。）

刻瑞斯（Ceres）：古希腊神话中的大地和丰收女神，掌管农业，给予大地生机，教授人类耕种。她在西方是最受欢迎的神，因为她可以使土地肥沃、五谷丰登。

普洛塞庇娜（Proserpina）：古希腊神话中谷神刻瑞斯的女儿，后来被冥王普鲁托（Purehito）抢去地狱，吃了地狱的食物后，只能长居冥府，成为冥后。最后她得到冥王的许可，每年都可以有一段时间回到母亲身边，在这段时间里，刻瑞斯什么都不做，只陪伴女儿，因此人间每年都会有冬季。

普鲁托（Purehito）：古罗马神话中的冥王，阴间的主宰，地府之王，人们死后灵魂世界的主宰者。对应古希腊神话中的冥王哈迪斯（Hades）。

刻耳柏洛斯（Cerberus）：古希腊神话中厄客

德娜（Echinda）和堤丰（Typhon）的后代，是地狱的看门犬。它有三个头，嘴滴毒涎，下身长着一条龙尾，头上和背上的毛全是盘缠在一起的毒蛇。它住在冥河岸边，为冥王普鲁托看守冥界大门。

赫卡忒（Hecate）：古希腊神话中的夜之女神，也是幽灵和魔法女神，世界的缔造者之一，创造了地狱，代表世界的黑暗面。她是著名的不可抗拒的死神，无法战胜或无人能及的女皇，也是妖术、魔咒和女巫的守护女神，她曾经帮助宙斯打败过独眼巨人库克罗普斯，所以她有着巨人一般的强大力量，即使是宙斯也要畏惧她三分。

福玻斯（Phoebus）：古希腊神话中的太阳神，常与阿波罗（Apollo）等同。他是光明之神，从不说谎，光明磊落，被称为"真理之神"，右手常拿竖琴，左手常拿金球；擅长音乐，同时也是诗歌之神和医药之神，是希腊神话中最多才多艺、最英俊的神。

刻琉斯（Celeus）：古希腊神话中的厄琉息斯国王。刻琉斯与妻子墨塔涅拉（Metanira）育有多名子嗣，其中最著名的有特里普托勒摩斯（Triptolemos）和得摩丰（Demophoon）。

得摩丰（Demophoon）：古希腊神话中厄琉息斯国王刻琉斯和王后墨塔涅拉的幼子，母亲托谷神刻瑞斯来照看他，而谷神因为特别喜欢他，所以将他作为神来抚养。但有一天被墨塔涅拉撞见而破坏了仪式，得摩丰死于非命。

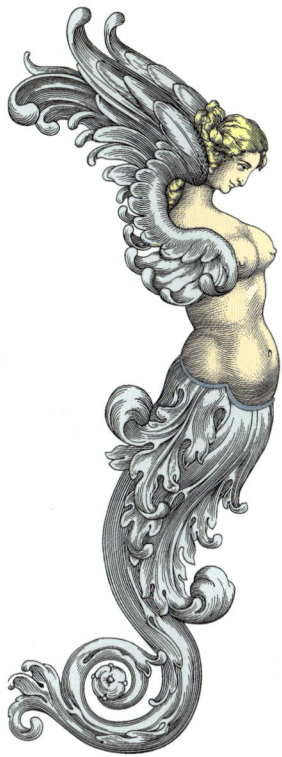

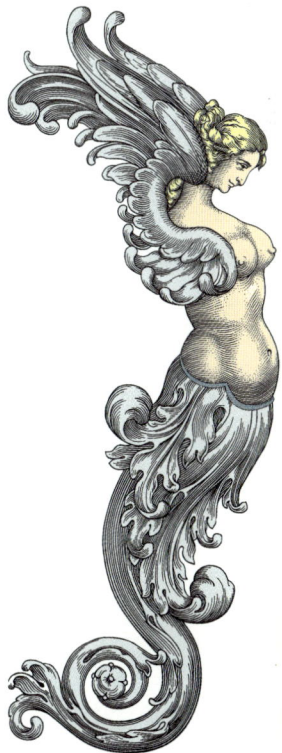

石榴籽

谷神刻瑞斯特别喜欢女儿普洛塞庇娜，很少会让她一个人去田野里玩耍。可就在这个故事的开头，这位好心的母亲正在忙碌，她要照看田里的小麦、玉米、黑麦、大麦和其他谷物，总之，她要照看世界上各种各样的庄稼。而且此时的气候比较异常，需要比平时更快地收获已经成熟的谷物。于是她戴上用罂粟花做的头巾，坐上她那辆由两条飞龙拉着的小车，准备出发。

"亲爱的妈妈，"普洛塞庇娜说，"您不在家，我会很孤单的，我能到海边去吗？让海神女陪我玩？"

"好吧，孩子，"刻瑞斯说，"海神女都很善良，绝不会让你受到伤害的。但你要记住，千万不能和她们分开，更不要独自一人到田野里去闲逛。女孩子没有母亲的照看，是很容易受伤的。"

普洛塞庇娜一口答应一定会像大人一样小心翼翼。当飞龙车消失在视线里时，普洛塞庇娜已经来到海边，呼唤着海中的神女出来和她一起玩。

住在海底的神女们非常熟悉普洛塞庇娜的声音，于是便很快将她们闪闪发光的脸庞和海水般绿色的头发露出了海面。她们带来许多美丽的贝壳，还跑到潮湿的海滩上坐下，让浪花轻轻拍打在她们身上。神女们正忙着用贝壳穿成一条项链，然后把它戴在了普洛塞庇娜的脖子上。为了表示感谢，女孩邀请她们一起到离海岸不远的田野里去玩，在那里可以采到很多鲜花，她要给每一个善良的神女编一个花环。

"噢，不，亲爱的普洛塞庇娜，"海神女们嚷道，"我们可不敢和你一起去陆地。如果呼吸不到带着咸味的海风，我们会晕倒的。你没看到吗？我们时时刻刻都要小心翼翼地让浪花拍打在身上，只有这样保持潮湿，我们才会觉得舒适。如果不是这样，我们早就像那些被连根拔起的海草，被太阳晒干了。"

"太遗憾了，"普洛塞庇娜说，"那你们在这里等我好吗？我现在就去摘一围裙小花，在海浪第十次拍打到你们身上之前赶回来。我很想给你们编几个花环，就跟这条色彩斑斓的贝壳项链一样漂亮。"

"好吧，我们在这里等你。"海神女们答道，"不过，在你离开时，我们可能会躺到海底松软的海绵堤上休息。今天空气有点干燥，我们有些不舒服。不过，每隔几分钟，我们就会把头露出海面，看你有没有回来。"

于是小女孩急忙跑到田野里。前一天，她曾在一个地方看到满地的鲜花。可现在这些花朵有些枯了，她想给朋友们摘到最美丽、最新鲜的花朵，于是就向田野深处走去，终于发现了好多好多美丽的鲜花，她高兴得叫了起来。她以前从没见过这么多娇美的花：有又大又香的紫罗兰，有艳丽娇嫩的红玫瑰，有华丽富贵的风信子，有芳香扑鼻的石竹花，还有许多其他样式的花，其中有些花的颜色和形状还很新奇。另外，她还总是情不自禁地想象，前面应该还会有一簇最美丽的花正破土而出，好像是在故意

海神女带来许多美丽的贝壳。（弗吉尼亚·弗朗西斯·斯特雷特手绘插图。）

吸引她走得更远一样。普洛塞庇娜的小围裙里很快就装满了鲜花，有几朵还掉了下来。她想起该回到海边和神女会合了，她要和她们一起坐在潮湿的海滩上，编织美丽的花环。可就在不远处，你猜她看到了什么？在一大片灌木丛中，竟然开满了世界上最美最美的花。

"噢！"普洛塞庇娜大叫。但紧接着她又想，"真奇怪，我刚才看向那里时，为什么没有看到那些花？"

她越来越靠近灌木丛，发现那些花越看越吸引人。就这样，她一直走到了灌木丛旁边。可尽管灌木丛上的花美得让人无法形容，但她却不知道自己是否真的喜欢。这些花长得很密，颜色亮丽多彩，每一朵都不一样，但彼此又有相似之处，像是姊妹花。可灌木的叶子和花瓣又被涂上了一层深色的光泽，普洛塞庇娜有点怀疑这些花是不是有毒。说实话，到了这个时候，她还不转身逃走，还真是有点愚蠢。

"我还真傻！"她鼓起勇气想道，"这不就是大地上最美的花丛吗？我要把它连根拔起，带回家去，种在妈妈的花园里。"

普洛塞庇娜一手提起装满鲜花的围裙，一手抓住高大的灌木丛，开始用力地向上拔，可灌木丛根部的土壤却纹丝不动。这棵花木的根长得真是深！女孩再次使出浑身力气，灌木丛根部的土壤终于开始松动，并出现几道裂缝。接着她又用力向上拔，但很快就松开了手，因为她感觉脚下的土地深处，像是发出了一阵隆隆的轰鸣声。难道灌木丛的根部通向了哪个魔洞？可她随即又觉得这个想法太可笑了，于是又用力一拔，这回灌木丛被连根拔起。她不由得向后退了几步，胜利地把花茎握在手里，看着灌木被拔出后留在地上的深洞。

接下来发生的事则更是让她吃惊！这个洞竟然越变越宽，越变越深，最后变成了一个无底洞。此时幽深的洞底正传出一阵阵轰鸣的嘈杂声，而且声音越来越近，越来越大，就像嗒嗒的马蹄声和滚滚的车轮声。极度的

恐惧让她忘记了逃跑，只能傻傻地站在那里，两眼紧盯着这个怪异的大洞。不一会儿，她看到了四匹黑马，鼻孔里喷着黑烟，飞速从地洞底中央冲了上来，后面还拉着一辆华丽的金色战车。黑马一出洞口，便抖动着黑色的鬃毛，甩着黑色的尾巴，四蹄腾空，飞奔而来，眨眼就到了普洛塞庇娜眼前。车上坐着一个人，衣着华丽，头戴熠熠生辉的钻石王冠，相貌高贵而英俊，但却显得有些生气和不满。他不停地擦着眼睛，用手遮挡住阳光，像是不怎么习惯在阳光下生活，而且根本不喜欢阳光。

看见被吓呆的普洛塞庇娜，这个人便招招手，示意她再靠近一些。

"别怕，"他的脸上堆满愉快的微笑，"来吧！你想不想坐在这辆漂亮的车里，和我跑上一程？"

但普洛塞庇娜非常警觉，她一心只想摆脱这个人。这也不奇怪，虽然陌生人脸上挂着微笑，可看上去并不十分友善。至于他的声音，则更是显得低沉而严厉，听上去就像是发生地震时传来的轰隆声。和所有遇到麻烦的孩子一样，普洛塞庇娜的第一个反应就是喊妈妈。

"妈妈，妈妈！"她全身颤抖着大喊，"快来救我！"

可她的声音太微弱了，谷神刻瑞斯怎么能听得到呢？说实话，她此时很可能正在千里之外某个遥远的国度，忙着催促谷物生长。不过即使听到可怜女儿的喊声，她也不可能来得及前来救她。因为普洛塞庇娜刚一开始哭喊，陌生人就跳到地上，一把将她抱起，跳上战车，抖动缰绳，吆喝着四匹黑马跑了起来。马车立刻急速飞奔，看上去就像是在空中飞。顷刻间，普洛塞庇娜就再也看不见自己熟悉的恩纳山谷。紧接着，远方埃特纳火山的峰顶也开始模糊，几乎辨别不出火山口冒出的烟雾。可这个可怜的女孩还在拼命地尖叫，将一围裙的鲜花撒了一路，将一串长长的尖叫声留在了马车后面。听到如此的哭喊，母亲们都急忙跑出来，看看是不是自己的孩子出了事。但刻瑞斯女神离得太远了，她根本听不到女儿的哭声。

马车一路向前疾驶，陌生人还在尽力地安慰她。

"可爱的孩子，为什么这么害怕？"他尽力让粗粗的嗓门变得柔和些，"我保证不会伤害你。噢！你是来这里采花的吗？等到了我的宫殿，我会给你一座花园。里面的花朵比这里漂亮多了，全都是用珍珠、钻石和红宝石做成的。现在，你猜猜我是谁？人们都叫我普鲁托，是钻石和其他珍稀宝石的国王，地下所有的黄金和白银都属于我，更不用说那些铜铁，还有能提供燃料的煤。看到我头上的王冠了吗？你可以拿去随便玩。噢，我们会成为好朋友的，等我们摆脱这令人讨厌的阳光，你就会发现，我比你想象中更加和蔼可亲。"

"我要回家，"普洛塞庇娜嚷道，"让我回家！"

"我的家可比你的家好得多，"普鲁托说，"那是一座宫殿，全是用金子做的，还有水晶窗户。因为那里很难见到阳光，或者说根本就没有阳光，所以每个房间都用钻石来照明。我的王座金碧辉煌，你从来没见过那么壮观的宝座。如果喜欢，你还可以坐在上面做我的小女王，而我甘愿坐在你的踏脚凳上。"

"我才不稀罕！"普洛塞庇娜抽泣着，"妈妈，妈妈！快带我回去，我要妈妈！"

可这个自称国王的普鲁托却只是一个劲地吆喝着让战马快跑。

"别傻了，普洛塞庇娜，"他有点不耐烦，"我把我的宫殿、王冠，还有地下所有的宝藏都给你，可你却以为我在害你。我的宫殿里唯一需要的就是一个快乐的女孩，在楼梯上跑来跑去，用她的笑声充满每一个房间，让整个宫殿充满欢乐。这就是你必须要为普鲁托国王做的事。"

"不，"普洛塞庇娜尽量显得楚楚可怜，"我不会笑的，除非你把我送回妈妈的家门口。"

可她好像是在和呼啸而过的风说话，因为普鲁托正忙着催促他的马。

世界名画《绑架普洛塞庇娜》（*The Rape of Proserpina*），中国墨和水彩画，19世纪西班牙印象派画家乌尔皮阿诺·切卡（Ulpiano Checa，1860—1916）创作，59x44.2cm。

马车跑得更快了，普洛塞庇娜继续哭喊，尖叫声又响亮又持久，可怜的小嗓子几乎喊哑了。直到差点喊不出声，她才偶然看到一片广袤的田野，地里长满了正随风起伏的庄稼——你们猜猜，她看见了谁？不是别人，正是她的母亲刻瑞斯！此刻她正忙着催促谷物快快生长，丝毫没有注意到急驶而过的金马车。女孩用尽全身力气尖叫着，可还没等到刻瑞斯女神转过头，马车就从她的视线里消失得无影无踪。

路开始变得越来越阴暗，两旁尽是悬崖峭壁，战车跑在正中间的小路上，轰隆隆的车轮声就像是滚滚的雷鸣。岩石缝中长着灌木和小树，叶子也是阴森森的。虽然此时已是中午，可天空却是暗暗的，只剩一丝模糊的光线。四匹黑马正敏捷地飞奔，阳光已经照不见它们。天色虽然变得越来越暗，但普鲁托的脸上却露出了满意的笑容。总之，他长得并不是很丑，尤其是当他收起那本不属于他的虚假笑容时。普洛塞庇娜在浓重的暮色里悄悄地瞥了他一眼，希望那张脸不会像开始时想象的那么邪恶。

"噢，真是饱受折磨，太阳简直太粗鲁无礼、不可忍受了，"普鲁托国王说，"这昏暗的光线真是让人神清气爽。这些灯光和火炬，多么令人舒服，尤其是那些钻石反射出来的光！等到了我的宫殿之后，那将会是一幅极其壮观的景象！"

"离这里还远吗？"普洛塞庇娜问道，"等我看完宫殿之后，你会把我送回家吗？"

"这个问题再慢慢讨论，"普鲁托答道，"这才刚刚进入我的领地。你看见前面那扇高高的大门了吗？穿过这座门，就是我的家了。门旁还有一条听话的大狗，名叫刻耳柏洛斯。刻耳柏洛斯！到这里来，听话！"

普鲁托说着拉住缰绳，把战车停在大门口两根高大的柱子中间。他刚刚呼唤的那条狗从门边站了起来，两条后腿支起身子，前爪搭在车轮上。可是，天哪！那是一条多么奇怪的狗！身形高大，奇丑无比，简直是个怪

物，长着三个分开的头，一个比一个凶狠。可尽管它的样子很凶，普鲁托还是把每个狗头都轻拍了一遍，似乎非常喜欢这个三头怪犬，就好像它是一条长着卷毛、耳朵下垂的西班牙小猎狗一样。刻耳柏洛斯看到主人后，也是又高兴又亲热，拼命地摇着尾巴。普洛塞庇娜简直被它惊呆了，她看到它的尾巴就像是一条活龙，长着一对冒火的眼睛，满嘴尖利的毒牙。三头怪犬亲切地讨好着普鲁托，龙尾巴则很不情愿地乱摇着，显得又乖张又愤怒，像是有它自己独立的思想似的。

"它会咬人吗？"普洛塞庇娜瑟缩着靠近普鲁托，"它长得真丑！"

"噢，别怕！"普鲁托答道，"它从不伤害人，除非有人没经过同意就擅闯我的领地，或是拒绝我的挽留而擅自离开。走开，刻耳柏洛斯！噢，可爱的普洛塞庇娜，我们继续走吧。"

马车继续前进，普鲁托似乎因为再次能回到自己的王国而感到极度兴奋。他让普洛塞庇娜仔细看岩石间蕴藏着的黄金矿脉，还指着路上的其他几个地方，说那里一镐下去，就能挖出一大捧钻石。没错，在他的王国，一路上到处都是闪闪发光的宝石。可这些东西在地上世界里才会价值连城，在这里却一文不值，就连乞丐也不屑看它们一眼。

他们来到离大门不远的一座桥上，像是一座铁桥，普鲁托停住马车，让普洛塞庇娜看看桥下缓慢流动的河水。这是她一生之中从没见过的河水，迟缓、黑暗、浑浊，映不出岸边任何东西的倒影，就那样无精打采地流着，似乎忘记该流向哪里。与其说它在流动，还不如说它就是一片停滞不前的死水。

"这就是'遗忘之河'"普鲁托说，"是不是很讨人喜欢？"

"我觉得它死气沉沉的。"普洛塞庇娜答道。

"可它很合我的脾气，"普鲁托说。每当有人反驳他时，他就会立刻阴下脸，"不管怎样，这条河拥有一个出色的品质，那就是只要喝上一

口，就会使人忘却折磨自己的忧愁和悲伤。只要尝上一点点，亲爱的普洛塞庇娜，你那思念母亲的悲伤就会立刻消失，而且，你还能忘掉过去的一切，再也没有什么可以妨碍你在我的王宫里享受幸福。等我们到家后，我会立刻派人拿金杯给你取些河水。"

"啊，不，不，不！"普洛塞庇娜嚷着，然后又低下头啜泣，"我宁可忍受千百倍的痛苦，也要永远记住我的妈妈，我绝不会为了享乐而忘记她。妈妈！我永远，永远也不会忘记她！"

"好，那就走着瞧，"普鲁托国王说道，"你还不知道，在我的宫殿里，将会度过多么美好的时光。现在，我们就要到宫殿门口了，我向你保证，这些大柱子可都是纯金的。"

普鲁托跳下马车，用手抱起普洛塞庇娜，登上一段高高的台阶，最后进入宫殿大厅。大厅到处都镶着五颜六色的大宝石，显得金碧辉煌，像是点燃了许多的灯火，放射着一道道光芒，充满整个宽阔的大厅。可就算在这种迷人的灯光下，仍然弥漫着某种阴郁的气息。整个大厅，除了可爱的普洛塞庇娜，和她手里那朵一直舍不得丢掉的地上鲜花，其实没有一件真正能令人愉快的东西。在我看来，这个普鲁托国王在他的宫殿里从来就没有快乐过，这也正是他要把普洛塞庇娜偷来的真正原因。他以为这样就能拥有某种爱的寄托，不必再利用这种令人厌倦的富丽堂皇来自欺欺人。尽管他假装说不喜欢人间的阳光，可这个满面泪痕的小女孩的出现，却像是一束微弱的光线，莫名其妙地找到了进入这座魔幻大厅的通道。

普鲁托把仆人们召集起来，吩咐他们赶快去准备一顿最丰盛的宴席。最重要的是，不要忘了用金杯取来遗忘之河的水，放在普洛塞庇娜的盘子旁边。

"就算你把我关在这里一辈子，"普洛塞庇娜说，"我也绝不会喝这种水，不会喝任何东西，不会吃任何食物。"

世界名画 《谷神刻瑞斯》（*Ceres*），布面油画，17世纪法国著名肖像画大师皮埃尔·米格纳尔德（Pierre Mignard，1612—1695）创作， 46x36cm。

"那太遗憾了，"普鲁托说着，轻轻拍了一下她的脸颊，极力装出一副和善的样子，"小普洛塞庇娜，我觉得你被宠坏了。不过，当你看到我的厨师为你准备的美味时，很快会胃口大开的。"

于是，他派人把主厨叫来，严厉地命令他把所有孩子喜欢的美味佳肴统统摆到普洛塞庇娜面前。他这样做有一个不可告人的目的，因为要知道，一旦被带到魔法领地，并吃下那里的食物，按照固定规律，就再也不可能回到朋友身边。如果普鲁托再狡猾点，给普洛塞庇娜放点水果、面包和牛奶，这些可都是女孩子喜欢吃的，她很可能就会吃上一点。可他把事情交给了厨师，而这个厨师和其他厨师一样，以为最好吃的东西无非就是油腻的糕点、高级的调味肉块和甜饼。而恰恰相反，普洛塞庇娜的母亲从没给她吃过这些东西，它们的气味不但没有增加普洛塞庇娜的食欲，反而让她彻底失去了胃口。

现在，我们先放下普鲁托的王国，再去看看那个被抢走女儿的刻瑞斯女神。还记得吗？当四匹黑马拉着战车飞一般呼啸而过时，我们曾瞥见过刻瑞斯，当时她正半隐半现在起伏的庄稼中间。她的女儿普洛塞庇娜就那样被马车不情愿地带走了。不过，就在战车在她视线里消失的一刹那，普洛塞庇娜曾发出一声响亮的尖叫。

就是这最后一声尖叫，传到了母亲刻瑞斯的耳中。她还以为轰隆隆的车轮声是在打雷，像是要下雨了，这可有利于她的谷物快速成长。但普洛塞庇娜的尖叫声却让她吃了一惊，她向四下里看了看，不知道这个声音是从哪里来的，但却觉得那一定是女儿的声音。可她又觉得这不太可能，女儿怎么会穿过千山万水，来到这个遥远的异国他乡呢？就算是她本人，如果没有飞龙的帮助，也不可能来到这里的。因此，善良的刻瑞斯极力说服自己，那一定是别人孩子的叫声，不是心爱的普洛塞庇娜。然而，这个声音还是多少引起了她的恐惧，就像每一个离开孩子的母亲一样，如果没有

其他人在照看，心里一定会觉得十分害怕。想到这里，她开始不安起来，于是急忙离开忙碌的田野，丢掉正做到一半的工作。结果第二天，这里的谷物都显得日照和水分不足的样子，谷穗像是害了枯萎病，庄稼的根部也出了问题。

双龙飞得很快，不到一个小时，刻瑞斯女神就降落在了自家门口。她发现屋里空荡荡的，不过她想起女儿喜欢在海边玩耍，于是便急忙朝海边赶去。在那里，她只看到几个可怜的海神女正在海里悄悄露出湿漉漉的脸。这些好心的神女们一直躺在松软的堤岸上等着女孩，每过半分钟左右，就会把头露出海面，看看女孩回来了没有。当她们看见刻瑞斯女神时，便纷纷坐上浪尖，让海浪将她们冲到岸边，来到她的脚下。

"普洛塞庇娜在哪里？"刻瑞斯大喊，"我的孩子在哪里？告诉我，淘气的海神女，你们是不是把她骗到海里了？"

"噢，不，善良的刻瑞斯女神，"几个无辜的海神女把绿色的卷发甩到身后，看着她的脸说道，"我们做梦也不会想到要做这种事。没错，普洛塞庇娜的确来找过我们，可她已经离开我们很久了。她说她想去不远处的田野里采点鲜花，好做几个花环。这是今天很早时的事了，从那以后我们再也没看到过她。"

还没等海神女把话说完，刻瑞斯就急忙离开了她们，去所有的邻居那里打听女儿的下落。可没有人能告诉这位可怜的母亲，普洛塞庇娜到底发生了什么事。确实，一个渔民提着鱼篓沿海滩回家时，曾看到女孩留下沙滩上的脚印；一个农夫看到过普洛塞庇娜弯腰采花；还有几个人说他们曾听到过轰隆隆的车轮声，以为远处在打雷；还有一个老妇人，当时正采摘马鞭草和猫薄荷，听到一阵尖叫声，还以为是哪个孩子在闹着玩，于是懒得抬头去看。这些愚蠢的人啊！真是浪费时间，等到刻瑞斯发觉她必须要去别的地方寻找女儿时，天已经黑了。于是她点燃一支火把出发，下定决

心一定要找到普洛塞庇娜，否则就不再回来。

心烦意乱的她忘记了自己的飞龙和马车，也可能是因为她觉得步行可以找得更仔细。无论怎样，她就这样开始了伤心的旅程，手里拿着火把照路，仔细察看路上的每样东西。可还没走出多远，她就发现了一朵迷人的鲜花，那恰恰就是那棵灌木丛上的花，就是普洛塞庇娜拔出的那棵灌木丛。

"啊！" 借助火把的亮光，刻瑞斯仔细看着这朵花，心里想道，"也许悲剧就出自于这朵花！没有我的帮助，大地上是长不出这种花来的，也不可能自动出现。这是魔法的作用，它一定有毒，说不定我可怜的孩子已经中了它的毒。"

可她还是把毒花揣在了胸前，不知道接下来是否还能找到与普洛塞庇娜有关的其他东西。

整整一夜，刻瑞斯女神敲遍了每一户农舍，把疲惫的人们从梦中唤醒，询问他们有没有见过自己的孩子。他们站在门边，半睡半醒地打着呵欠，满怀同情地回答着她的问题，并邀请她进屋休息。每到一座宫殿的大门口，她就高声叫门。仆人急忙跑出来开门，还以为是哪位国王或王后前来赴晚宴，或是要在豪华的宅邸里借宿。可当发现门外只是一个神情悲伤、手持火把、头戴枯萎的罂粟花环的妇人时，他们便粗鲁地赶她走，有时还威胁要放狗咬她。但是，的确没有人见过普洛塞庇娜，也没有人能为刻瑞斯提供一点线索。就这样，一夜过去了，她仍然不肯坐下来休息，也不肯吃东西，只是继续寻找，甚至忘了熄灭火把，在玫瑰色的黎明和欢乐朝阳的衬托下，火把的红色火焰已经显得微弱而苍白。不过，也不知道这支火把是用什么做成的，白天可以发出隐约的微光，而到了夜晚，又能和先前一样明亮，雨也浇不灭，风也吹不息。在刻瑞斯日夜寻找女儿的日日夜夜里，它就一直这样燃烧着。

　　除了人类，刻瑞斯开始向小河边和树林里的其他生物打探消息。在那个时候，各种生灵习惯在这些幽静宜人的地方出没，也喜欢和刻瑞斯这样懂得它们语言和习惯的神交往。比如，有时她用手指在大橡树多节的树干上轻轻一叩，粗糙的树皮就会马上裂开，从里面走出一位美丽的少女，那就是橡树神女，她与树同寿，当树上的绿叶与微风嬉戏时，也会分享它们的欢乐。可这些年轻的树神女也没有见过普洛塞庇娜。于是，刻瑞斯又往前走去。这次她来到一汪泉水边，水正从鹅卵石池底汩汩而出，她用手捧起泉水。看，鹅卵石池底升起一位年轻的少女，披着湿漉漉的头发，正站在涌动的泉水里凝望着刻瑞斯。神女露出半个身子，随着泉水的波动而上下起伏。可当刻瑞斯问她是否见到自己丢失的女儿时，泉水神女却泪汪汪地低声说"没有"，那声音就像是溪水在喃喃低语。这些水神女一听到别人的伤心事就会不断地流泪。

　　刻瑞斯还经常会碰到半人羊。他们看上去就像是被晒黑的庄稼人，只是长着一对毛茸茸的耳朵，额头上还有一对小羊角，下肢是两条山羊腿，整日快乐地在田野和森林里又跑又跳。半人羊本来就是喜欢嬉戏的种族，可当刻瑞斯向他们打听女儿的下落时，他们却提供不了任何有用的消息，因此快乐的心情也会一下子变得格外沮丧。有时刻瑞斯还会突然遇到一群粗鲁的森林神，他们的脸长得像猴子，身后长着马尾巴，一直在疯狂地跳舞，发出喧闹刺耳的笑声。当刻瑞斯停下来向他们打听消息时，他们反而笑得更响，利用这个孤苦女人的忧伤来取乐。这些丑陋的森林神真是无情！一次，刻瑞斯路过一个偏僻的牧场，遇到了牧神潘。他正坐在一块高大的岩石下，吹着牧笛，头上长着羊角，也有一对毛茸茸的耳朵和两只山羊脚。不过，在了解了刻瑞斯的情况之后，他很有礼貌地回答了问题，并请刻瑞斯品尝了装在木碗里的牛奶和蜂蜜。但和其他人一样，潘也无法告诉她普洛塞庇娜到底发生了什么。

世界名画《刻瑞斯与半人羊人牧神潘》（Ceres and Pan），布面油画，17世纪佛兰德兰斯画家、早期巴洛克艺术杰出代表彼得·保罗·鲁本斯与17世纪佛兰德斯德画画家弗兰斯·斯奈德斯（Frans Snyders, 1579—1657）共同于1615年创作，177×279cm。

　　刻瑞斯就这样不停地寻找，寻找了九天九夜，依然没有任何有关普洛塞庇娜的消息。只是偶尔会发现几朵枯萎的小花，她把这些花朵捡起来放在胸前，因为，她想象着这些花朵可能就是可怜的女儿遗落的。白天，她顶着烈日不停地奔走；夜里，她又在火把红色火光的照耀下不停地寻找，一刻也不曾停下来。

　　到了第十天，她碰巧发现一个洞口，里面只有一丝昏暗的光线，虽然此时已是正午，周围都很明亮。不过洞内好像也燃着一支火把，火光忽明忽暗，正在黑暗里挣扎，但这么一点可怜的亮光是无法把黑洞照亮的。刻瑞斯决心不漏掉任何一个没有寻找的地方，于是她从洞口向里看

刻瑞斯从洞口向里看了看。

了看，举起手里的火把，好将洞里照得更亮一些。就这样，她突然瞥见了一个女人，正坐在一堆去年秋天时被风吹进洞里的褐色落叶上。这个妇人（如果真是个妇人的话）根本谈不上漂亮，因为她的头长得很像是狗头，上面还戴着一个毒蛇做成的花冠作为装饰。刻瑞斯一眼就看出这就是夜之女神，只以痛苦为乐，从不和其他人说一句话，除非别人也像她那样既悲哀又忧伤。

"我现在已经够惨了，"可怜的刻瑞斯想，"完全有资格和忧伤的夜之女神赫卡忒说话，我至少比她悲惨十倍。"于是她走进洞口，在夜之女神旁边的枯叶上坐下来。自从女儿失踪以后，她在世上还没找过其他同伴。

"唉，赫卡忒，"她说，"如果你丢失了女儿，你就会知道什么是悲伤。求求你，告诉我，你有没有见过我可怜的女儿普洛塞庇娜从你的洞口经过？"

"没有，"赫卡忒声音沙哑，一直在叹气，"没有，刻瑞斯女神，我没有见过你的女儿，不过，你肯定知道，世界上所有痛苦的呼喊和惊叫，都逃不过我的两只耳朵，我都能找到它们的来源。就在九天前，当我痛苦地坐在山洞里时，我听到了一个女孩的尖叫声，那声音似乎极度悲伤。我敢肯定，这孩子一定遇到了什么可怕的事。我也可以断定，一定是龙，或是其他什么残忍的怪物，把她带走了。"

"这可让我怎么办！"刻瑞斯喊道，几乎昏厥过去，"声音是从哪里传来的？又传到哪里去了？"

"那个声音一闪而过，"赫卡忒说，"同时还响起了一阵隆隆的车轮声，向东去了。我只能告诉你这么多。在我看来，你可能再也见不到你的女儿，我劝你最好还是留在这里，这样我们就是世界上最不幸的两个女人了。"

"现在还不行，忧伤的赫卡忒，"刻瑞斯答道，"不过，你能和我一起去找那个失踪的孩子吗？你这里也有一支火把。如果实在没有希望，如果那个黑暗的日子注定要来临，到那时，如果你能给我腾个地方，不管是躺在枯叶堆上，还是躺在光秃秃的岩石上，我都会让你看到什么是真正的悲伤。可在我知道她已从这个世界消失之前，我是不会允许自己因为伤心而与世隔绝的。"

忧郁的赫卡忒不太喜欢这个主意，她不想走进阳光明媚的世界里去。但她想，不管外面的阳光有多么明亮，孤独的刻瑞斯会一直悲伤，那悲伤会像昏暗的光线一样笼罩着她们两个，这与两个人留在洞里沉浸在阴郁的灵魂之中也没什么区别。于是，她同意和刻瑞斯一起出洞。外面虽然阳光灿烂，两个人都举着火把，但火把的亮光非常微弱，因此路上的行人看不清楚她们的身影。其实，如果真有人瞥到了赫卡特头上的大蛇花冠，肯定会吓得拔腿就跑，绝不会再看第二眼。

两个女人愁眉苦脸地向前走着，刻瑞斯女神忽然心头一亮。

"有一个人，"她叫道，"他肯定见过我可怜的女儿，所以肯定会知道我的女儿怎么样了。我之前为什么没有想到他？就是太阳神福玻斯。"

"什么？"赫卡忒说，"你是说那个总坐在阳光下的年轻人吗？噢，不，千万别接近他。他轻浮放荡，只会一个劲儿冲着你笑。而且他周围都是耀眼的阳光，会让我几乎哭瞎了的双眼完全失明的。"

"你不是已经答应陪着我了吗？"刻瑞斯说道，"来吧，快点，不然阳光就没有了，福玻斯只会跟着阳光走。"

于是，两个人出发去寻找福玻斯。其实，赫卡忒要比刻瑞斯显得更悲伤，要知道，因为她所有的快乐都会化为悲伤，所以她要让自己最大限度地沉浸在悲伤之中。走了很长一段路之后，她们很快就抵达了世界上阳光最充足的地方。在那里，她们看到了一个英俊的年轻人，长长的卷发，

像是一束束金色的阳光，衣服就像是夏日明亮的云彩，脸上的表情生动明亮。赫卡忒不得不用手遮住眼睛，小声抱怨说这个年轻人应该戴上黑色面纱。这就是她们要寻找的福玻斯，手里正抱着七弦竖琴，弹奏着甜蜜而充满颤音的曲子，同时还唱着一首他最新谱写的优美歌曲。除了许多其他伟大的造诣之外，这个年轻人还一向以他精美的诗歌而远近闻名。

当刻瑞斯和忧伤的同伴走近他时，福玻斯快乐地朝她们笑了笑。赫卡忒头上的毒蛇则发出了可怕的咝咝声，她多希望此时能立刻回到自己的洞穴里去。而刻瑞斯却正深深地沉浸在悲伤之中，丝毫没有在意福玻斯脸上是什么表情。

她们抵达了世界上阳光最充足的地方。

"福玻斯，"她大声说道，"我遇到了麻烦，特地前来寻求你的帮助。你能告诉我吗？我亲爱的女儿普洛塞庇娜现在怎么样了？"

"普洛塞庇娜！普洛塞庇娜！这是她的名字吗？"福玻斯边说边努力回想着。因为他的心里总是流动着一个又一个快乐的念头，所以即便是昨天发生的事也很快就会忘记。"啊！是的，我想起来了。她是一个可爱的女孩。很高兴告诉你，亲爱的女士，几天前我的确看到过她。你可以完全放心，她现在很安全，正在一个好人的手里。"

"噢，我亲爱的孩子，她在哪里？"刻瑞斯喊道，紧握双手扑倒在他的脚下。

"唉，"福玻斯边说话边拨弄着竖琴，周围立刻响起一段乐声，"那个女孩对鲜花有着高雅的鉴赏力，所以在采花时，被普鲁托国王强横地劫走了，并把她带到了他的领地。我从没有去过那个地方，但据说，那座神圣的宫殿极其奢华，是用最高级、最贵重的材料建成的。那些金子、钻石、珍珠和各式各样的宝石将会成为你女儿平时的玩具。亲爱的夫人，我劝你不必担心，普洛塞庇娜的爱美之心可以在那里得到充分满足。虽然那里缺少阳光，但还是能过上令人羡慕的生活。"

"不，别这么说，"刻瑞斯有些生气，"那里能有什么东西让她高兴？没有爱，宝物又算得了什么？我必须把她找回来，福玻斯，你愿意和我一起去吗？去向邪恶的普鲁托要回我的女儿。"

"请原谅，"福玻斯礼貌地答道，"我当然希望你能成功，可遗憾的是，我自己也有很多事要做，没有缘分来帮你。另外，我和普鲁托的关系也不太好。说实话，那条长着三个头的狗是绝不可能让我迈进大门的。因为我的周围必须要有一束阳光，你知道，在普鲁托的王国里，绝对禁止有这种东西。"

"噢，福玻斯，"刻瑞斯哀哀地说，"你似乎只有竖琴，而没有了心。再见吧。"

"能不能稍等？"福玻斯又说，"我想把普洛塞庇娜感人的故事编成一首诗歌，要不要听听？"

刻瑞斯摇摇头，急忙和赫卡忒一起离开了。福玻斯是一位高雅的诗人，他立刻把这位可怜母亲的悲痛编成了一首诗歌。如果通过这首优美的诗篇来判断他的情感，应该说他有一颗非常温柔的心。可当这位诗人用心弦为他的琴弦谱曲时，却是不带一丝痛苦地随意弹奏。因此，虽然福玻斯唱着一首非常悲哀的歌，但内心始终像陪伴他的阳光一样快乐。

可怜的刻瑞斯如今已经知道女儿的下落，却一点也高兴不起来。相反，她似乎比之前更加绝望。因为只要普洛塞庇娜还在地上世界，就还有希望找到她。可现在，可怜的女儿竟被关在了冥王的铁门里，门边还卧着三头犬刻耳柏洛斯，看来那孩子不可能自己逃出来。忧郁的赫卡忒总是习惯把事情往最坏处想，因此她建议刻瑞斯最好和自己一起回到洞穴里去，在痛苦中度过余生。而刻瑞斯却说，赫卡忒尽可以回去，至于她自己，就算走遍整个世界，也要找到能进入普鲁托王国大门的方法。赫卡忒听从了刻瑞斯的话，急忙回到自己心爱的洞穴，回去的路上还吓坏了好几个孩子。

可怜的刻瑞斯女神！一想到她，就让人忧伤。她独自一个人艰辛地继续向前，手里举着永不会熄灭的火把，心中燃烧着希望和悲伤的火焰。

她承受了如此多的不幸。起初，她还是一位年轻的母亲，可就在这短短的时间里，她已变得像一个老人。她无心在意自己的穿着，根本想不到要把头上枯萎的罂粟花环扔掉，那还是普洛塞庇娜失踪的那天早晨戴上去的。她不顾一切地到处寻找，蓬头垢面，人们还以为她是个精神失常的女人。他们做梦也想不到，她就是那位让所有农夫播下每一粒种子的谷神刻瑞斯。现在，她再也没有心思去照顾谷物的播种和收割，她只会让庄稼人

自己去管这些事，对于庄稼的好坏，也全都任其自然。此时已经没有任何东西能引起刻瑞斯的兴趣，除非看见有孩子在路边玩耍或采花时，她才会停下脚步，眼里噙着泪水看着他们。孩子们也会同情地跑过来，簇拥在她的脚边，依依不舍地看着她的脸。刻瑞斯逐个亲吻他们之后，会把他们带回家，并劝告他们的母亲千万不要让孩子走出自己的视线。

"如果让孩子走远，"她说，"你就可能会有我这样的遭遇，铁石心肠的普鲁托会喜欢上你们的宝贝，把他们劫上马车带走。"

一天，刻瑞斯在寻找普鲁托王国的入口，途中来到了刻琉斯统治的厄琉息斯王国的宫殿。她走上一段高高的台阶，进入宫殿大门，发现所有王室成员都正在为王后刚出生的婴儿担心。婴儿似乎在生病，我想可能是牙病，一点东西都不吃，一直在痛苦地哭个不停。王后墨塔涅拉正急着寻找一位保姆，当她看见一个主妇模样的妇人走上宫殿的台阶后，便在心里认定这就是她要找的人。于是，墨塔涅拉抱着哇哇大哭的婴儿跑到门口，恳求刻瑞斯留下照顾孩子，或者至少要告诉她该怎么办才好。

"你愿意把孩子托付给我吗？"刻瑞斯问道。

"是的，我愿意，"王后答道，"只要你能花费所有的时间来照顾他。我看得出来，你肯定也是一位母亲。"

"没错，"刻瑞斯说，"我也曾经有过一个孩子。好吧，我答应你，留下来照顾这个生病的孩子。不过我要事先说明，无论我用什么方式照顾他，只要我认为合适，你绝对不能干涉。否则，这个可怜的婴儿会因他母亲的过错而受到伤害。"

接着，她亲吻了一下孩子。这一吻像是具有奇效，孩子竟然笑了，并且还紧紧地偎依在她的怀里。

于是，刻瑞斯将一直燃烧的火把放进角落，在厄琉息斯王国的宫殿里住了下来，负责照顾这个名叫得摩丰的小王子。她把小王子当作了自己的

孩子，对国王和王后的意见一律不予理会，比如应该用热水还是冷水给孩子洗澡，孩子该吃些什么东西，孩子多久要出去呼吸一次新鲜空气，以及孩子该什么时候上床睡觉，等等。令人难以相信的是，没过多久，小王子就摆脱了所有疾病的困扰，长得胖胖的，面色红润，非常健康，而且很快长出了两排洁白的小牙，比其他婴儿都要早。他再也不是原来那个苍白、可怜、羸弱的小不点了。而刻瑞斯当初接过这个孩子时，他的母亲就是这样认为的。小得摩丰现在身体结实，爱叫爱笑，整日踢着小腿，在房间里打滚。邻近那些好心的妇人都聚集到王宫来，看到可爱的小王子如此健康美丽，都惊讶得说不出话来。更令她们奇怪的是，她们从没见过小王子吃过任何东西，甚至连一杯牛奶也没有喝过。

"请告诉我，"王后追问着，"你是怎样把孩子养得这样强壮的？"

"我曾经也是一位母亲，"刻瑞斯总是这样回答，"也照顾过自己的孩子，我知道孩子需要什么。"

但是，墨塔涅拉王后总是很好奇，她特别想知道刻瑞斯都对她的孩子做过什么。于是，一天晚上，她藏在了刻瑞斯和小王子平时睡觉的房间里。房间的壁炉生着一堆火，此时已经燃尽，正变成煤渣和余灰，炉膛里仍有火光在闪烁，偶尔还迸发出几个火花，把温暖的红火映照在墙上。刻瑞斯正坐在炉前，将孩子抱在膝上，火光将她的身影投射到天花板上，影子在随着火光的跳跃而不停地舞动。她脱下小王子的衣服，从一只瓶子里倒出几滴芬芳的液体涂在他身上，接着又把火炉里红色的余灰扫了扫，扫出一个凹坑。小王子此时正欢快地拍着胖胖的小手，对着刻瑞斯的脸咯咯地笑，就像其他孩子马上要洗热水澡一样。而刻瑞斯却将全身赤裸的小王子放进了凹坑，接着又用灰烬盖住他的身体，然后静静地转身离开了。

可以想象，见到此情此景的王后墨塔涅拉会发出怎样厉声的尖叫，以

为亲爱的儿子会被烧成灰烬。她从藏身的地方冲了出来，跑到壁炉旁，扒开灰烬，将可怜的小得摩丰从燃烧着的煤堆里抢了出来，小王子的一个小拳头里还紧紧抓着一块燃烧着的煤块。立时，婴儿发出一阵痛苦的哭声，就像熟睡中的婴儿被粗暴地推醒一样。令王后又惊又喜的是，她发现孩子虽然躺在炉火里，可身上却一点没有烧伤。于是她转向刻瑞斯，要求她立即做出解释。

"你真是太傻了，"刻瑞斯答道，"你不是已经答应过我，要把这个可怜的婴儿完全托付给我吗？你根本不知道，你这样做会对他造成什么样的伤害。如果你真心把他交给我，他一定会成长为天神一样的人物，具有超人的智慧和力量，而且长生不老。你想想，凡人的孩子如果不经过烈火的锻炼，能有一副不朽的身躯吗？可你已经毁了自己的孩子。因为尽管他会成为一位大力士和英雄，但由于你的愚蠢，他终将会慢慢变老，最后死去，和其他女人的孩子没什么区别。你软弱的温柔，已经完全破坏了这孩子的永生。再见吧。"

说完，刻瑞斯吻了吻小王子，为他感到惋惜。无论墨塔涅拉怎样再三挽留，她都不加理会，径自离开了。墨塔涅拉又将孩子埋进了火热的余烬中，但可怜的孩子，他再也没有睡得像以前那样温暖过。

刻瑞斯住在王宫里的这段时间，因为要一心照顾小王子，所以失去女儿的悲伤已有所减轻。可现在，离开王宫的她又开始像以前一样感到万分难过。最后，绝望中的她做出了一个可怕的决定：在找回女儿之前，所有能让人类和动物食用的植物都不准再生长，哪怕是一片草叶、一根稻谷、一个土豆或一个甘蓝。她甚至还不许鲜花开放，免得有人见到美丽的花朵后会感到快乐。

这样一来，没有刻瑞斯的特别批准，就连芦笋尖都不敢冒出地面。可以想象，这对于地球来说是一场多么可怕的灾难。农民虽然照常耕地播

世界名画 《福玻斯与缪斯》（*Phoebus and Muses*），油画，意大利画家庞培奥·巴托尼（Pompeo Batoni，1708－1787）于1741年之后创作，122×900cm。

种，但黑色的沃土就像沙漠一样，长不出任何东西。即便是在美好的六月，草地也像寒冬时一样枯黄。富人们的广阔田野和穷人们的小块农田都一样寸草不生，每个女孩的花圃里，除了枯枝什么都没有。老翁们摇着白发苍苍的头，说大地和自己一样已经衰老，脸上再也没有夏日里温暖的微笑。看到那些饥饿的牛羊跟在刻瑞斯的身后，有气无力地叫着，似乎是在乞求得到刻瑞斯的帮助，真是可怜。所有熟悉刻瑞斯的人，都来恳求她可怜一下人类，无论如何，也要让大地先长出青草。可原本心地善良的刻瑞斯女神，此时已变得冷酷无情。

"不，"她说，"如果要让大地重现绿色，也要先找到我的女儿。"

最后，无计可施的人们只好找到我们的老朋友水银，让他火速到普鲁托那里，希望能说服普鲁托，结束他干下的这桩坏事，送回普洛塞庇娜，好让一切恢复正常。于是水银急忙赶到普鲁托国王的大门前，直接从三头犬的头上飞了过去，以令人难以置信的速度出现在了宫殿门口。仆人们一眼就认出了他，因为他的短斗篷、带翅膀的帽子、带翅膀的鞋子和蛇形拐杖，时常会在附近出现，他请求立刻觐见国王。普鲁托在台阶顶上就已听见了水银的声音，他很喜欢和水银聊天打发时间，于是便叫他上来。两个人坐下来进行愉快的交谈，我们此时也应该了解一下，普洛塞庇娜一直以来都在做些什么。

还记得吗？这个女孩曾经宣称，只要被关在普鲁托国王的宫殿里，就决不吃一口东西。至于她是如何坚守这个决定，以及又如何保持住了丰满的体态和红润的脸色，其中的奥秘我也不得而知。不过有人告诉我，有些女孩甚至可以靠空气来活命，看来普洛塞庇娜就有这种本事。不管怎样，她离开地上世界已经六个月了，到现在为止，宫殿里的仆人可以证明，她没有吃过任何食物。对普洛塞庇娜来说，这一点完全可以做到。因为尽管普鲁托每天都用各式各样的糖果、甜美的蜜饯以及各种美味佳肴来引诱

她，可妈妈以前常常告诉她，这些东西都是有害的，就是因为这个，足以让她拒绝一切诱惑。

其实在这段时间里，这个天性活泼的小女孩并不如想象中那么痛苦。这座巨大的宫殿里有一千个房间，里面装满了美丽神奇的东西。的确，宫殿里的黑暗永无休止，无数的柱子中间藏着黑色的精灵，当她在宫殿里漫步时，这些精灵就悄悄在她眼前掠过，然后又无声无息地跟着她脚步的回声。所有的珍贵宝石发出的光是那样绚烂夺目，足以和大自然里的阳光相比。这些五颜六色、光辉灿烂的宝石只是普洛塞庇娜手里的玩具，然而所有这些都无法代替她曾在地上世界采到的那些美丽的花朵。但至少，当她走在金碧辉煌的大厅和房间里时，无论身在哪里，仿佛都随身携带着大自然和阳光，手里在抛撒带着露珠的鲜花。自从普洛塞庇娜来了以后，宫殿再不像原来那样阴森沉闷。住在宫殿里的人都有这种感觉，普鲁托国王的感觉更是强烈。

"普洛塞庇娜，"他常常这样说，"我希望你能更喜欢我一些。我们这些天生忧郁的人和那些性格活泼的人一样，都有一颗同样温暖的心。如果你愿意和我生活在一起，那会让我感到比拥有一百座这样的宫殿还要幸福。"

"噢，"普洛塞庇娜说，"你应该在把我带到这里之前，就尝试着让我喜欢你。现在，你最好还是让我回去。这样的话，说不定我有时还会想起你，觉得你是个好人。将来可能在某一天，我还会回来看你。"

"不，不，"普鲁托的脸上露出阴郁的笑容，"我可不相信你的话！你那么喜欢生活在明亮的阳光下，那么喜欢到处采花，那可都是些幼稚和无聊的爱好！我派人去给你挖这些宝石，哪一颗都比我王冠上的要贵重，难道它们还不如一朵紫罗兰漂亮吗？"

"当然，"普洛塞庇娜说着，猛地从普鲁托手里抓过宝石，使劲扔到大厅的另一头，"可爱的紫罗兰，我再也见不到你了吗？"

接着她就会号啕大哭。不过孩子的眼泪里只有少量的盐分和酸性，不像成年人的眼泪那样会令眼睛发红。因此不必惊讶，没多久，普洛塞庇娜就又高兴地在大厅里玩开了，就像在浪涛阵阵的海边和神女们玩一样。普鲁托国王一直跟在她身后，真希望自己也是个孩子。当普洛塞庇娜回过头，看到这个伟大的国王正站在金碧辉煌的大厅里，看上去那么庄严，又那么忧郁和孤独，心中不禁产生了一丝同情。她有生以来第一次主动跑到他身边，把一只柔嫩的小手放进他的手心。

"我有点喜欢你了。"她看着他的脸，轻声说。

"真的吗？亲爱的孩子。"普鲁托叫道，俯下黑脸去亲吻她。但普洛塞庇娜很快躲开了，因为他尽管外表高贵，可满脸都是阴郁和冷酷。

"好吧，算了。我把你关了几个月了，还一直让你挨饿。你不觉得饿吗？这里有没有什么东西可以让你吃得下去的？"

提出这个问题时，这位冥王心里还揣着一个狡诈的主意。你们还记得吗？如果普洛塞庇娜吃下冥府领地的食物，哪怕是一小口，她以后就再也别想离开他。

"真的没有，"普洛塞庇娜说，"你的厨子总是在不停地又烘又炖又烤的，还揉着面团，挖空心思做了那么多菜，还以为我会喜欢。可他也许只是想让自己少点麻烦而已，真是个又胖又矮的可怜人。在这个世界上，我对任何东西都没有胃口，除非是妈妈亲手烤制的面包，或是从她果园里摘下来的水果。"

普鲁托听到这里才明白，他自以为那些能引诱普洛塞庇娜吃东西的方法其实都是错误的。在这个孩子眼里，厨师的饭菜和费尽心思制作的美食根本就不好吃，远远比不过她的母亲刻瑞斯平时做的家常便饭。国王很奇怪，为什么之前自己就没有想到呢？于是，他派出一个忠诚的侍从，带

着一只大篮子，到地上世界去采摘最漂亮、最多汁的水果，比如梨子、桃子、李子，等等。可不幸的是，此时正是刻瑞斯女神禁止任何水果蔬菜生长的时期。普鲁托国王的侍从找遍整个世界，只找到一只干瘪的石榴。可由于实在没有其他更好的东西，侍从只好把干瘪的石榴带回王宫，放进一个漂亮的金色果盘，准备给普洛塞庇娜送过去。说来也巧，正当这个仆人端着石榴盘从宫殿后门进来时，我们的朋友水银刚好也踏上了宫殿前门的台阶，来向普鲁托国王要回普洛塞庇娜。

普洛塞庇娜一看见盘子里的石榴，就告诉那个仆人，最好快点把它端走。

"噢，我肯定不会碰它的，"她说，"就算我再饿，也绝不会想吃这样一个干瘪的石榴。"

"这是地上世界里唯一的水果了。"仆人说。

接着他把装着石榴的金盘子放下，离开了房间。仆人走后，普洛塞庇娜忍不住来到桌前，好奇地看着干石榴，干得都快可以做标本了。说实话，她一直很喜欢石榴，此时一见到它，顿时觉得整整半年的食欲都一下子被勾了起来。不过这个石榴皱巴巴的，可能还没有一只牡蛎的水分多。可在普鲁托的王宫里，她没有别的选择，这是她在这里看到的第一个水果，也很可能是最后一个，如果不赶快把它吃掉，它可能会变得更加干瘪，到最后完全没法吃了。

"至少，我可以闻闻它。"普洛塞庇娜心想。

于是，她拿起石榴，放到鼻子边。不知怎么回事，可能是因为太靠近嘴巴，石榴居然自动溜进了她的小嘴。天哪！这可真是一个永远的遗憾！普洛塞庇娜还没反应过来，牙齿就已经不由自主地咬了下去。这个不幸的事件刚刚发生，房门就被打开，普鲁托国王走了进来，后面跟着催促他尽快释放"囚犯"的水银。一听到嘈杂声，普洛塞庇娜马上把石榴吐了

"我肯定不会碰它的。"普洛塞庇娜说。（弗吉尼亚·弗朗西斯·斯特雷特，1900-1931，手绘插图。）

出来。可眼尖的水银立刻觉察到这孩子的神色有些紧张，再看一眼那只空盘，他开始怀疑普洛塞庇娜刚刚是不是偷吃了什么东西。至于一根筋的普鲁托，可根本没有注意到这些。

"普洛塞庇娜，"国王坐了下来，动情地把她拉到双膝间，"这位是水银先生，他告诉我，由于我把你扣留在这里，使地上无辜的人类蒙受了许多不幸。说实话，我自己也反思过这件事，把你从你的母亲身边带走，这的确有些不合情理。但是，亲爱的孩子，你也得想一下，尽管那些贵重的宝石总能发出很亮的光，但这座巨大的宫殿里总是阴沉沉的，而且我本身也不太活泼，所以我自然需要一个比我更活泼的人做伴。我希望你能把我的王冠当玩具，至于我，哦，你笑了，淘气的普洛塞庇娜，真希望你也能把我这个严厉的人当个伴。这个希望是不是很愚蠢？"

"还不是特别蠢，"普洛塞庇娜低声说，"你有时也会让我很开心，真的。"

"谢谢，"普鲁托国王有些木然，"很明显，我看得出来，你觉得我的宫殿就是一座黑暗的监狱，我就是铁石心肠的狱卒。你已经六个月没吃过东西了，如果我再强行把你留在这里，那我真的是铁石心肠了。好吧，我给你自由，你走吧，和水银先生一起离开这里，快回到你母亲身边去吧。"

现在，你们可能无法想象，当普洛塞庇娜即将要离开可怜的普鲁托国王时，心里竟隐隐觉得有些不舍。她没有说那个石榴的事，这让她感到非常内疚。她想到，对于普鲁托来说，她就是一束大自然的阳光，仅仅是因为太珍爱她才会把她偷来。一旦她离开，宫殿里又只剩下从前那些丑陋的人造光线，那时，这座巨大的宫殿将会是多么荒凉和沉闷。想到这里，她甚至流下了泪水。如果不是水银催她赶快上路，不知她还会有多少话要对这位黯然神伤的冥王倾诉。

"快点，"水银在她耳边轻声说，"否则这位国王又要改变主意了。千万要小心，最重要的是，不要告诉他刚才送来的金盘子里装了什么东西。"

他们很快穿过大门，抛下在后面呻吟、狂叫和咆哮的三头犬，来到了地上世界。这真是一幅令人高兴的情景！在普洛塞庇娜匆匆走过的地方，道路两旁立刻出现一片绿色；她神圣的小脚走到哪里，哪里就会立刻长出带着露水的鲜花。紫罗兰在路边破土而出，谷物和青草开始快速而茂盛地发芽生长，补回了大地荒芜时所浪费的时光；一直在挨饿的牛群立刻开始吃草，狼吞虎咽地从白天吃到夜晚。

不过我敢保证，这是农民今年里最为忙碌的时节！他们发现这年夏天竟然来得如此匆忙。对了，我还忘记告诉你们，世界上所有的小鸟都在开花的树上跳跃欢唱，正沉浸在巨大的喜悦之中。

刻瑞斯已经回到冷冷清清的家，此时正孤独地坐在门前的石阶上，手里还拿着那个燃烧的火把。她久久地盯着燃烧的火焰发呆。就在这时，火焰突然闪了一下，熄灭了。

"怎么回事？"她心里想，"这是一个拥有魔力的火把，应该会一直燃烧，直到我的孩子回来。"

她抬头望去，不禁大吃一惊。她看到枯黄的田野上，突然闪过一片碧绿的光芒，就像初升的太阳把金色的阳光洒满广阔的大地。

"难道大地违反了我的禁令？"刻瑞斯愤怒地大叫，"竟敢擅自让绿色重新出现？我明明下令大地必须一直荒芜，直到我的女儿回来。"

"妈妈！请张开双臂，"一个熟悉的声音响了起来，"请拥抱您的女儿！"

普洛塞庇娜跑了过来，一下子扑进母亲的怀抱。那激动的场面简直无法形容，离别的悲伤曾让她们流下许多眼泪，如今她们的泪水更是无法遏

制，因为此时此刻的狂喜根本找不到其他更好的方式来表达。

当母女的心情稍微平静下来之后，刻瑞斯焦急地看着女儿。

"孩子，"她问，"你在普鲁托王宫里吃过什么东西没有？"

"妈妈，"普洛塞庇娜惊叫道，"我和您说实话吧。直到今天早上为止，我什么吃的都没有碰过。可今天，他们给我拿来一个干瘪的石榴，干得几乎只剩下皮。因为我很久没看到过水果了，加上几乎要饿晕，所以忍不住咬了一口。就在这时，普鲁托国王和水银进来了。还好我没有吞下去。可亲爱的妈妈，希望这不会有什么危险，因为我的嘴里，现在还有六粒石榴籽。"

"噢，不幸的孩子，我该怎么办！"刻瑞斯惊叫道，"这六粒石榴籽中，每一粒都意味着你每年必须留在普鲁托王宫里一个月。现在，你只有一半时间属于妈妈了。一年当中只有六个月能跟我在一起，而另外六个月则必须和那个一无是处的冥王在一起！"

"别这么说，普鲁托国王也很可怜，"普洛塞庇娜亲吻着母亲，"他有时候也很好。我觉得，留在他的宫殿里六个月，我还是可以忍受的，只要他答应另外六个月我能和你在一起。他把我抢走当然不对，可正像他所说的，独自一人居住在那样一个昏暗的地方，真的是无比凄凉。能有一个小女孩在台阶上跑上跑下，已经让他有了惊人的变化。只要有我的安慰，他就能变得快乐起来。所以，不管怎么样，亲爱的妈妈，我们应该感谢他没有一整年把我留在他的宫殿里。"

金羊毛

（*注：此处提及的众神及英雄和神兽等角色，其角色关系均出自于传统经典古希腊神话故事，其故事情节与霍桑在本书中的改写有所不同。）

伊阿宋（Jason）：古希腊神话中的大英雄，伊俄尔科斯国王埃宋（Iolchos）的儿子，叔父珀利阿斯（Pelias）篡夺王位后，命令伊阿宋去科尔基斯觅取金羊毛。伊阿宋得到雅典娜和公主美狄亚的帮助，与其他数十位英雄，乘坐"阿耳戈号"大船，历尽艰险最终取得金羊毛。

喀戎（Chiron）：古希腊神话中的半人马，非常有知识和教养。他接受阿波罗和阿尔忒弥斯（Artemis）的教导之后，成为好几位大英雄的导师。

埃宋（Iolchos）：古希腊神话中一位正直的国王，但性格过于优柔寡断，后来被同母异父的哥哥珀利阿斯废黜并放逐到了城外。

美狄亚（Medea）：希腊神话中科尔基斯岛会施法术的公主，与来到岛上寻找金羊毛的伊阿宋王子一见钟情。为了帮助伊阿宋取得金羊毛，美狄亚用法术帮助伊阿宋完成了她的父亲定下的不可能完成的任务，条件是伊阿宋要和她结婚。后来伊阿宋移情别恋，美狄亚由爱生恨，将自己亲生的两名稚子杀害，同时也用下了毒的衣服杀死了伊阿宋的新欢，逃离伊阿宋的身边。之后美狄亚逃到雅典，得到忒修斯的父亲埃勾斯的保护。

会说话的橡树（Speaking Oak）：古希腊神话中多度那宙斯神殿前的橡树，专门负责宣布宙斯的意旨。

阿耳戈斯（Argus）：古希腊神话中杰出的工程师，拥有不同寻常的血统，他为伊阿宋设计了一艘世人前所未见的大船，用永不腐烂的"坚木"制造了这艘船。

俄耳甫斯（Orpheus）：古希腊神话中的诗人与歌手，父亲是太阳神兼音乐之神阿波罗，母亲是司管文艺的缪斯女神卡利俄帕（Calliope）。生来便具有非凡的艺术才能，他的琴声能使神人闻而陶醉，就连凶神恶煞、洪水猛兽也会在瞬间变得温和柔顺、俯首帖耳；并且能以琴声使山林岩石移动，使野兽驯服；死后成为天琴座。

佛里克索斯（Phrixus）：古希腊神话中国王阿塔玛斯（Athamas）的儿子，受尽父亲宠妾的虐待。生母涅斐勒（Nephele）为搭救儿子，帮助儿子和女儿骑在有双翼的公羊背上，这头公羊的毛是纯金的。后来佛里克索斯平安到达科尔基斯岛，于是宰杀金羊祭献宙斯，感谢主神保佑自己逃脱，并把金羊毛作为礼物献给了国王埃厄忒斯，国王吩咐人把金羊毛钉在纪念战神阿瑞斯的圣林里，并派一条恶龙看守。

哈耳庇厄（Harpies）：古希腊神话中居住在哈耳庇厄岛上的鸟身女妖，长有少女的头、长长的利爪和因饥饿而苍白的脸，是宙斯派来折磨菲纽斯（Phineus）的神鸟。

金羊毛

伊阿宋是被废黜的伊俄尔科斯国王埃宋的儿子，很小的时候就被人从父母身边接走，还被委托给了一个你闻所未闻的古怪老师。这位有学问的老师是一个半人半马的怪物，住在一个山洞里，长着白马的身子和四条腿，却有着人的肩膀和头，他就是喀戎。尽管相貌古怪，喀戎却是一位非常优秀的导师，他的好几个学生后来都成了世界伟人，为他增添了不少名气。著名的英雄赫拉克勒斯就是其中之一，此外还有阿喀琉斯、菲罗克忒忒斯，以及后来医术闻名天下的阿斯克勒庇俄斯。喀戎这位老师可不会教学生写作和算术，而是让学生学会弹琴、治病、怎样使用刀剑和盾牌，以及年轻人所应该掌握的所有知识。

我有时会怀疑，喀戎可能和其他人没有什么太大差别，只是一位性格活泼、心地善良的老人，习惯于把自己当成马，蹄子踏在教室里走来走去，还会让孩子们骑到他的背上玩。因此，他的学生以后变老并子孙绕膝时，就会给孙子们讲起自己小时候在学校里的这些玩法。于是，在这些孩

子的心目中，就会留下这样一种印象：他们的爷爷曾向一个半人半马的怪物学过字母。要知道，小孩子通常不太懂爷爷在说些什么，所以脑子里常常会生出这样一些可笑的念头。

尽管如此，只要这个世界存在，有关喀戎的传说就会一直流传下去，他的确长着一个学者的脑袋，却拥有马身和四条马腿。可以想象，这位严肃的老师总是嗒嗒地迈着四条腿走进教室，说不定会踩到哪位小朋友的脚；还甩着细细的尾巴当教鞭，时不时地跑到门外吃一口青草！我真不知道，铁匠为他打造一套马掌究竟要收多少钱。

伊阿宋几个月大时，就跟着这个四条腿的喀戎一起住在山洞里，一直到长大成人。他成了一名优秀的琴师，并且精通武艺、草药和医术。更重要的是，他成为了一名令人羡慕的骑手，因为喀戎最擅长教授年轻人骑术。后来，伊阿宋长成了一个高大健壮的年轻人，于是决心到外面的世界碰碰运气。他没有征求喀戎的意见，也没有向他透露自己的心思。可以肯定，这样做的确非常愚蠢，希望小听众们千万不要学伊阿宋。但是要知道，伊阿宋早就知道自己是一位王子，他的父亲埃宋国王统治的伊俄尔科斯王国被一个名叫珀利阿斯的人夺走了，如果不是他躲在半人马的洞里，也可能已经被杀害。如今，伊阿宋长大了，是一个身强体壮的男人，他决心要讨回公道，严惩篡位的恶人珀利阿斯，把他从王位上赶下来，自己来当国王。

怀着这个志向的伊阿宋出发了。他两手各持一把长矛，肩上披着豹子皮，以遮风挡雨，长长的金色卷发在风中飞扬。而最让他自豪的则是他父亲留给他的一双鞋，刺绣精美细致，金线织成的鞋带紧紧地绑在脚上。不过，这一身打扮在当时的确很少见，一路上总有女人和孩子跑到门口和窗边，争相看着，猜想这个肩披豹子皮、足蹬金线鞋、两手各执长矛的英俊少年将要赶往什么地方，将要完成怎样一番英雄伟业。

世界名画 《喀戎》（*Chiron*），蚀刻版画，作者不详。

　　不知道到底走了多远，伊阿宋来到一条湍急的河边。河水刚好挡住前面的去路，黑色的水涡里飞溅着白色的泡沫，怒吼着急速向前奔去。此时正是旱季，河面虽然不宽，但刚刚下过一场瓢泼大雨，加上奥林匹斯山上融化的雪水汇在一起，水位涨得很高。河水发出雷鸣般的响声，看上去疯狂而凶险。伊阿宋的确非常勇敢，但觉得还是谨慎为妙，于是停在了河岸边。河床上布满了尖利粗糙的石头，有的石头还伸出了水面。偶尔还有被连根拔起的大树带着残碎的树枝，顺着激流冲过来，卡在岩石之间；有时甚至还会漂过淹死的绵羊或水牛的尸体。

　　总之，这条暴涨的河流曾经制造过太多的不幸。显然，河水太深，伊阿宋根本蹚不过去。如果选择游过去，河水又太猛，周围也看不见一座桥梁。至于小船，即使有，也会很快被石头撞得粉碎。

　　"可怜的年轻人，"身旁响起一个嘶哑的声音，"这么一条小河，你都过不去，可见学到的知识简直少得可怜。你是害怕会打湿脚上的金线鞋吗？真遗憾，那个四条腿老师怎么没在这里，好把你安全地背过河！"

　　伊阿宋吃惊地朝四下里看了看，因为他不知道周围还有人。可就在他的身边，正站着一个老妇人，头上裹着一个破烂的斗篷，拄着一根拐杖，拐杖头上还刻着一只杜鹃鸟。老妇人看上去很苍老，满脸皱纹，身体虚弱，却长着两只公牛一般的褐色眼睛，又大又美丽。她的大眼睛一直在注视着伊阿宋，而伊阿宋好像只看得见那双眼睛，别的什么也看不见。老妇人的手里还拿着一个石榴，可此时并不是石榴成熟的季节。

　　"你要去哪里，伊阿宋？"她问道。

　　噢！她好像知道他的名字。真的，这两只褐色的大眼睛似乎知道一切，无论是过去还是未来，都了如指掌。正当伊阿宋愣愣地看着她时，一只孔雀大摇大摆地走过来，站在了老妇人身边。

　　"我要去伊俄尔科斯，"伊阿宋回答，"让那个恶棍珀利阿斯从我父

亲的王位上滚下来，由我来当国王。"

"哦，好吧，"老妇人哑着嗓子说道，"如果就是这么一点事，你也不用这么着急。年轻人，把我背到背上，带我过河好吗？和你一样，我和我的孔雀也要到河对面办点事。"

"行行好吧，"伊阿宋说道，"你的事总不会比把一个国王拉下台还重要吧？你自己可以看看，河水这么急，如果我不小心绊倒了，河水会把我们两个冲得无影无踪，这可比冲走那棵大树更容易。如果我能做到，倒是很高兴帮助你，可我怀疑自己是否有足够的力量背你过去。"

"好吧，"她有些轻蔑地说，"那你也同样没有足够的力量把珀利阿斯拉下台。伊阿宋，除非你能帮助我，否则就不配当国王。国王是做什么的？不就是扶助弱者、济危助困吗？不过，一切随你的便。要么背我过河，要么我就拼着这把老骨头自己蹚过去。"

说完，老妇人把拐杖伸到了河里，像是要在满是岩石的河床上找到一个最安全的位置，好跨出第一步。伊阿宋此时也为自己不情愿帮助老人而感到羞愧，他觉得，如果这个可怜虚弱的老人在过河时受到伤害，他将永远无法原谅自己。不管是善良的喀戎，还是其他人，都曾经教导他，人类的力量所拥有的最高尚的表现，就是帮助弱者。喀戎还曾说，要像对待自己姐妹一样对待其他女子，要像对待自己的母亲一样对待其他老人。想起这些教导，这位英俊无比、精力充沛的年轻人便跪了下去，请求老妇人爬到自己的背上。

"这条河看起来不太安全，"他说，"既然你的事情这么要紧，我就尽力把你背过去。如果河水冲过来，也会把我们两个一起卷走的。"

"那对我们可是莫大的安慰，"老妇人说，"不过不用害怕，我们会平安过去的。"

说完，老妇人紧紧搂住伊阿宋的脖子。伊阿宋把老人背了起来，然后

勇敢地踏进汹涌翻腾的急流，摇摇晃晃地离开了岸边；而那只孔雀则跳上了老妇人的肩膀。伊阿宋手里的两把长矛正好成了拐杖，可以试探隐藏在水下的岩石，免得跌倒。可他总是觉得自己会和老妇人一起被激流冲走，就像那些断裂的浮木和牛羊的尸体。从奥林匹斯山陡峭的山坡上流下来的雪水让河水冰凉刺骨，还发出隆隆的响声，像是对伊阿宋恨之入骨，无论如何都要把他背上的老妇人抢走。他刚刚走到河中央，那棵被连根拔起的大树就挣脱了岩石，折断的树枝树杈就像百手巨人布里阿瑞奥斯一样向他猛扑过来。可最后这棵树只是从他身边径直冲了过去，并没有碰着他。过了一会儿，伊阿宋的一只脚又被紧紧卡在了两块岩石中间，他只好使劲拔出脚，却因此丢了一只金线鞋。

遇到这种意外，伊阿宋不禁恼火地大叫了一声。

"怎么了，伊阿宋？"老妇人问道。

"真是倒霉，"年轻人说，"我的一只鞋掉进了水下的石头缝里。就这样光着一只脚站在珀利阿斯的宫殿里，成什么样子！"

"别管它，"老妇人愉快地说，"丢了这只鞋，说明你会遇到前所未有的好运气。不错，你就是那棵会说话的橡树提到的那个人。"

此时，伊阿宋没有时间多问那棵会说话的橡树到底说了什么。可老妇人轻松的语气却鼓舞了他的士气，而且自从背上老妇人之后，他反而感觉到了前所未有的力量和活力，不但一点都不累，反而越走越有力气。就这样，经过与急流的一番搏斗，他终于到达对岸。爬上岸后，他把老妇人和孔雀安全地放在了草地上，接着便忍不住开始沮丧地盯着那只光光的脚。

"你很快就会得到一双更漂亮的鞋，"老妇人说，美丽的褐色眼睛里流露出慈祥的光芒，"珀利阿斯只要一见到你的光脚，我保证，他会吓得脸色惨白。这就是你要走的路，继续吧，伊阿宋，我的祝福会永远伴随你。当你坐上了王位，可别忘记曾经得到过你帮助的老太婆。"

世界名画 《珀利阿斯看到只穿一只鞋的伊阿宋》（*Pelias, king of Iolcos, stops on the steps of a temple as he recognises young Jason by his missing sandal*），湿壁画，创作于公元1世纪，作者未知，190x142cm。

说完，老妇人蹒跚着走了，后来还转过头朝伊阿宋笑了笑。

不知是她美丽的褐色眼睛里充满了光，还是别的什么原因，老妇人的周围笼罩着一层辉煌的光芒。伊阿宋觉得，她的身影里藏着一种很高贵很庄严的东西，虽然像是得了风湿病一样步履蹒跚，但走路的样子却和世界上所有的女王一样优雅端庄。这时，那只孔雀已经从她肩上飞下来，跟在老妇人身后，神气非凡，还朝伊阿宋展开美丽的尾巴，像是想博得他的赞扬。

看着老妇人和孔雀渐渐消失的背影，伊阿宋决定重新开始上路。他走了很久很久，最后来到一座距离海边不远的山下小城。一到这里，他就发现城外聚集着很多人，男男女女，老老少少，全都打扮得很漂亮，显然是在欢度什么节日。海岸上的人越聚越多，伊阿宋发现人们的头顶上方有一团烟雾正歪歪扭扭地升上蓝天。他开始向周围的人打听：这座小城叫什么？为什么会有这么多人聚集在这里？

"这里是伊俄尔科斯王国，"那个人答道，"我们都是珀利阿斯国王的子民。国王把我们召集到这里，是想让我们看他宰杀黑牛，为尼普顿献祭，据说那是我们国王的父亲。国王就在那边，就在那团黑烟升起的祭坛上。"

这个人一边说话，一边好奇地打量着伊阿宋。他发现伊阿宋的打扮跟这里的人很不一样，而且这个年轻人的肩膀上还披着豹子皮，两只手各握着一支长矛，看起来非常古怪。伊阿宋也感觉到这个人正盯着自己的脚。还记得吧，他现在正光着一只脚，另一只脚上则穿着父亲给他的金线鞋。

"看！快看！"这个人对旁边的人说，"看到没？他只穿了一只鞋！"

听到这话，人们开始一个接一个地盯向伊阿宋，所有人似乎都对伊阿宋的外貌感到很震惊。可人们看得最多的还是他的双脚，而不是他的容

貌。伊阿宋听到他们相互间在窃窃私语。

"一只鞋！一只鞋！"他们不停地说着，"一个只穿一只鞋的人！他终于来了！他是从哪里来的？他来做什么？国王会对他说些什么？"

可怜的伊阿宋感觉很不好意思，他觉得这个国家的人太没有教养了，所以才会对他穿着上偶尔的小缺陷这样大惊小怪。与此同时，伊阿宋不知道是被人们推向前的，还是自己主动走向前的，总之人群中闪开了一条通道。接着他立刻发现，自己在飞快地靠近那座冒烟的祭坛，珀利阿斯国王正准备在那里宰杀一头黑色的公牛。人们看到伊阿宋光着一只脚，都非常吃惊，人群中发出越来越响的嗡嗡声，扰乱了整个祭奠仪式的秩序。国王此时手执大刀，正要割断公牛的喉咙，于是愤怒地转过身，眼睛一眨不眨地瞪着伊阿宋。伊阿宋身边的人都纷纷向后退去，只剩下这个年轻人站在空旷的广场上，离那座冒烟的祭坛很近，与愤怒的珀利阿斯对视着。

"你是谁？"国王皱着眉头大叫，"我正在祭奠海神尼普顿，你竟敢制造这么大的骚乱！"

"这不是我的错，"伊阿宋说，"陛下，您应该去责怪您那些粗鲁的子民，仅仅因为我只穿着一只鞋，就引起了他们如此大的不安。"

听到伊阿宋这么说，国王急忙低下头，吃惊地看着他的脚。

"哈！"他小声咕哝着，"那个只穿一只鞋的家伙真的来了！一定就是他，我该怎么对付他呢？"

他把手里的大刀握得更紧，似乎改变了主意。现在他要杀掉伊阿宋，而不是那头黑牛。虽然国王的说话声并不大，但周围的人群还是听得一清二楚。起初，他们只是小声嘀咕，后来便开始大叫起来。

"穿一只鞋子的人来了！那个预言应验了！"

要知道，很多年以前，多度那神殿前那棵会说话的橡树曾对珀利阿斯国王说过：一个穿着一只鞋的人最终会推翻他的王位。因此，他颁布严厉

的法令，所有没穿好两只鞋子的人，一律不准到他跟前。他还委派一名大臣，专门在王宫里检查每个人的鞋子，一旦发现有人的鞋子破了，就立刻从王室库房里拿出一双新鞋，让他们换上。在他整个在位期间，这位国王从来没有如此惶恐和激动过，直到见到伊阿宋的一只光脚。可他天生胆大心硬，很快，他就鼓起勇气，开始在心中盘算，要怎样摆脱这个可怕的陌生人。

"年轻人，"为了让伊阿宋放松警惕，珀利阿斯国王用最温柔的语调说道，"非常欢迎你来到我的王国。从你的衣着判断，你一定走了很久的路，因为我们这里的人从不穿豹子皮。请问你尊姓大名？曾在哪里接受教育？"

"我叫伊阿宋，"年轻人答道，"出生没多久，我就住进了半人马喀戎的山洞。他是我的老师，教我音乐、骑术和医术，同时还教会我怎样利用武器为别人制造伤口！"

"喀戎？听说过，"珀利阿斯国王说道，"他的脑子里的确装着许多知识和智慧，只不过这样的脑袋碰巧生在了马的身上。在我的王宫里能见到他的学生，真是荣幸之至。不过，为了看看你在这位老师那里到底学到了多少学问，能允许我问一个简单的问题吗？"

"我不会装作很聪明，"伊阿宋说，"不过，你随便问吧，我会尽力回答你。"

此时，狡猾的珀利阿斯国王打算将这个年轻人诱骗进一个圈套，让他自己说出会给自己带来灾祸的办法。于是，他露出诡诈而又恶毒的笑容，继续说道："勇敢的伊阿宋，如果世界上有这样一个人，你完全有理由相信，自己注定会被他毁灭和杀害，你会怎么办呢？我是说，如果这个人就站在你眼前，就在你的势力范围之内，你会怎么办？"

伊阿宋看到了珀利阿斯眼里难以隐藏的狠毒和恶意，他也许猜到了这

位国王已经知道他的来意，而且想让他自己说出对自己不利的话。然而，作为一个正直诚实的王子，他不屑于撒谎，于是决定说出真话。既然国王选择这个问题来问他，伊阿宋也已经答应会回答他的提问，那么就只有如实地告诉国王，如果最可恶的敌人正置于自己的掌控之内，该怎样做才是最谨慎的。

思索片刻之后，他坚定而果断地说道："我会派这个人去寻取金羊毛！"

要知道，这可是世界上最困难、最危险的任务。首先，它需要穿过众多不知名的海域，凡是经历过这种远航的年轻人，几乎都没有希望成功取到金羊毛，更别说是活着回来讲述旅途中遇到的危险。因此，珀利阿斯听到伊阿宋的回答后，眼里不禁迸发出欣喜的火花。

"说得好，只穿一只鞋的聪明人！"他喊道，"那就去吧！冒着生命的危险，为我把金羊毛取回来！"

"好的，"伊阿宋相当沉着，"如果我没有取到金羊毛，那么从今以后，你就不必再害怕我会回来给你找麻烦。但是如果我取到了金羊毛，并回到这里，你就必须立刻从高贵的王位上滚下来，把王冠和王杖还给我。"

"没问题，"国王冷笑道，"在这段时间里，我会安全地为你保管着它们。"

离开王宫之后，伊阿宋想到要做的第一件事，就是去多度那，向那棵会说话的橡树请求神谕，询问该走哪条路最好。这棵神奇的橡树长在一片古老的森林中央，一百英尺高的树干威严地高耸在空中，向地面投下一片宽阔而浓重的阴影。伊阿宋站在树下，抬头看着橡树多节的树枝和绿色的叶子，注视着这棵老树神秘的内心，像是对着隐藏在枝叶深处的人讲话一样。

"我该怎么办？"他说，"要怎样才能取得金羊毛？"

起初，四下里鸦雀无声，无论是橡树的树影，还是整个幽静的树林。可过了一会儿，老橡树的树叶开始沙沙作响，枝叶间似乎正吹过一阵微

"我该怎么办？"伊阿宋说。

风，而树林里的其他树木却没有任何动静。这种沙沙声越来越响，最后像是大风在怒吼。很快，伊阿宋便能听出其中的说话声。可这声音却很模糊，因为每片树叶都像是一条舌头，数不清的舌头同时开始喋喋不休。后来声音变得越来越响，越来越低沉，最后就像一阵龙卷风席卷整个橡树林，千千万万片叶子在低语，汇成了巨大的说话声。现在，茂密的树枝中

虽然还有强风的怒吼声，但却更像是一种深沉的男低音，此时终于可以从中分辨出清晰的声音："找到造船专家阿耳戈斯，请他为你打造一艘拥有五十支船桨的大船。"

接着，声音又融进了模糊不清的沙沙声中，最后慢慢消失。当一切都恢复平静之后，伊阿宋有点怀疑自己是否真的听到了说话声，是不是只是一种幻觉，只是微风吹过茂密的枝叶时发出的普通响声。

可向当地人打听之后，伊阿宋才知道，城里真的有一个名叫阿耳戈斯的人，是相当有经验的造船专家。这表明了那棵橡树果真富有智慧，否则怎么会知道真有这样一个人存在呢？在伊阿宋的请求下，阿耳戈斯欣然同意为他打造一艘拥有五十支船桨的大船，虽然到目前为止，世界上还从未出现过这么大的船。这位工匠带上众多的雇工和学徒立即投入工作，叮当的伐木声和锤子的敲击声一直响了很久很久，最后，这艘名为"阿耳戈号"的大船终于打造完毕，准备下水远航。

因为那棵橡树的正确指点，伊阿宋觉得有必要再去祈求神谕。于是，他又来到橡树下，站在粗大的树干旁，询问接下来应该做些什么。

这一次，橡树的叶子并没有像上次那样摇晃起来。但过了一会儿，伊阿宋发现，头顶上的一根大树枝伸展了过来，上面的叶子开始沙沙作响，似乎微风只吹动这一根树枝，其他的树枝都在休息。

"把我砍下来！"那声音清晰地说，"把我砍下来！把我砍下来！把我做成大船的船首雕像。"

于是，伊阿宋遵照神谕，把大树枝砍了下来，委托附近的一个雕刻工匠把它雕刻成船首雕像。这个工匠手艺不错，过去也雕过几个船首雕像，这回他打算把大树枝雕成一个美丽女人的形象，就像我们今天看到的立在桅杆下面的船头雕像，有一双凝视前方的大眼睛，任凭狂风恶浪的冲击，也绝不会眨一下眼。但这个工匠奇怪地发现，自己的手根本不受自己控

制，而是被一种无形的力量牵引着，以远超出自己水平的技艺雕刻出一个做梦都没有想到的形象。那个女子太美丽了，头戴头盔，头盔下是一头秀丽的披肩长发，左臂挽着盾牌，盾牌中间刻着蛇发妖女美杜莎的头像，栩栩如生。她的右臂伸出，像是在指向远方。这个神奇雕像的面部表情既不是愤怒，也并不可怕，但却十分严肃庄重，或许也可以说是严厉。至于她的嘴巴，则似乎随时都会张开，准备说出最富有智慧的语言似的。

伊阿宋非常喜欢这个橡木雕像，要求工匠夜以继日地工作，直到完工，然后把它安放在船首，让它从此以后一直矗立在船头。

"现在，"他站在雕像面前，凝视着她那庄严平静的面容，大声喊道，"我还是要去那棵橡树那里，问问下一步该怎么办。"

"不用去了，伊阿宋，"一个声音响了起来。尽管这声音更加低沉，但还是让他联想起了橡树那铿锵有力的语调，"当你需要得到忠告时，尽可以找我。"

伊阿宋边听边紧紧地盯着雕像的脸，他几乎不敢相信自己的耳朵和眼睛。可事实就是如此，那个橡木雕像的嘴唇正在动，很明显，这个声音是从雕像的嘴里发出来的。

伊阿宋从惊愕中稍稍恢复之后，便想起雕像是用橡树的树枝雕成的，所以它理所当然地开口说话，这不是很正常的吗？它本来就具备说话的能力。如果它不会，那才是真的奇怪呢。毫无疑问，能拥有这样一个智慧的雕像去踏上冒险之旅，真是太幸运了！

"告诉我，奇妙的雕像，"伊阿宋大叫道，"既然你继承了多度那橡树的智慧，那么你就是它的女儿。现在，请你告诉我，要到哪里去寻找五十个勇敢的年轻人？好让他们当我的船手。他们不仅要有强壮的臂膀，而且还要有一颗勇敢的心，敢于面对危险，否则，我们永远都无法取回金羊毛。"

"去吧，"橡木雕像答道，"去吧，去把希腊所有的英雄都召集起来。"

这的确是一件非常了不起的事！还有什么能比雕像的建议更富有智慧的呢？于是伊阿宋立即派使者前往希腊的各个城市，让全希腊人民都知道，埃宋国王的儿子伊阿宋正要出海去寻找金羊毛，他热切地期盼能有四十九个最勇敢、最强壮的年轻人来帮他一起划船，与他共同涉险；而第五十名船手正是伊阿宋自己。

听到这个消息，全希腊所有爱冒险的年轻人都跃跃欲试起来。他们当中有的曾和巨人战斗，并杀死过巨龙；而其余年轻一点的勇士，虽然还没有碰到这样的好运气，觉得自己到现在还没有骑过飞龙，或是没有用长矛刺杀过喷火怪兽，甚至没有用武器刺进过巨狮的喉咙，真是一件遗憾的事，但如今他们的未来又充满了希望，因为只有在遭遇各种冒险之后才能找到金羊毛。于是，他们立即擦亮头盔和盾牌，佩戴上心爱的宝剑，成群结队地来到伊俄尔科斯，登上大船的甲板，纷纷和伊阿宋握手，并向他保证不惜牺牲自己的生命，也要帮他将船划往他想去的天涯海角。

这些勇敢的年轻人当中，有很多都是半人马喀戎的学生，因此也都是伊阿宋的老同学，他们都知道伊阿宋一向很有志气。其中包括后来用肩膀撑起天空的大力士赫拉克勒斯；孪生兄弟卡斯托耳和波鲁克斯，虽然他们来自同一个母亲，但从来没有人敢说他们是胆小鬼；还有因杀死牛头怪弥诺陶洛斯而名扬天下的忒修斯；有着一双神奇锐眼的林叩斯，他可以看穿磨石和大地深处，发现地下隐藏的金银财宝；还有最出色的琴师俄耳甫斯，他可以用七弦竖琴边弹边唱，歌声美妙动听，连野兽听了都会用后脚站立，随着音乐快乐地跳舞。的确如此，听到俄耳甫斯动人的歌曲，连岩石都会感动得从长满苔藓的地上跳出来，树丛中的小树也会自动地连根拔起，相互点头致意，跳起舞蹈。

这些人当中还有一位美丽的少女，名叫阿塔兰忒，是深山里的一头

熊抚养长大的。她脚步轻盈，能在大海上从一个汹涌的浪尖走到另一个浪尖，连鞋底都不会打湿。她小时候的生存环境非常野蛮，因此和针线活相比，她更喜欢谈论妇女权利、狩猎和战斗。不过我觉得，在这群著名的英雄之中，还是北风神的两个儿子最引人注目，这是两个动作轻快如风的年轻人，性情也有点狂暴，肩膀上长着翅膀，安静时也能像他们的父亲一样，鼓着腮帮，吹出一阵清新的微风。当然，我不会忘记船员中还有几位预言家和魔法师，他们能够预言明天、后天，甚至一百年后的事，但对眼前发生的事却通常一无所知。

伊阿宋指派提费斯担任舵手，因为他是占星家，熟悉罗盘的使用。目光锐利的林叩斯担任领航员，被安排在船头瞭望，以探明全天的航行方向。不过林叩斯更喜欢观察鼻子底下的东西，只要海水足够深，他会准确说出海底岩石和沙子的种类，并常常冲伙伴们大喊，说大船正从一堆堆沉船的残骸上驶过，那些船里装满了金银财宝。不过即便是被他发现了，他也没有因此变得更加富有。不得不承认，其实几乎没有几个人相信他的话。

噢！五十位勇敢的冒险家，又称为"阿耳戈英雄"，已经为远行做好一切准备。可就在出发前，一个意想不到的困难出现了。要知道，这艘船太长、太宽，而且十分笨重，五十位英雄的力量也无法将它推下水。我想，当时的赫拉克勒斯还没有长大，力气也不够大，否则他完全可以像小朋友放纸船一样，轻而易举地把船推下水。可五十个人一起又推又拉，拼尽全力，个个脸涨得通红，也没能让"阿耳戈号"移动分毫。最后，大家累得筋疲力尽，跌坐在海岸边，心情沮丧到了极点。他们觉得，这只船注定要留在这里烂成碎片，他们此时要么游过海去，要么就放弃金羊毛。

这时，伊阿宋想起了那个不同寻常的橡木雕像。

"啊，橡树的女儿，"他大声问道，"我们要怎么做才能让大船下水？"

"各位请坐好，"雕像从一开始就知道该怎么做，只是一直在等待他们自己提出这个问题，"请坐在各自的位置上，拿起大桨。现在，请俄耳甫斯弹奏七弦竖琴。"

五十位英雄立即上船，抓过船桨，笔直地举到空中，俄耳甫斯此时则弹起七弦竖琴（这可比划桨好多了）。当第一阵琴声响起时，他们就感觉到船身在抖动。俄耳甫斯于是更轻快地弹拨起琴弦，帆船立刻滑向大海，船头深深扎进海水里，船首那个神奇的雕像也浸入了海浪之中，但立刻又像天鹅一般浮了上来。船手们使劲儿地划动五十支大桨，船头激起白色的浪花，海水在船后留下一道泛着泡沫的尾迹。俄耳甫斯继续弹奏着欢快的乐曲，大船像是在浪尖上随着音乐翩翩起舞。在人们的欢呼声和祝福声中，"阿耳戈号"欢欣鼓舞地驶出了海港，只剩下恶毒的老珀利阿斯国王站在海岬上，皱着眉，怒视着大船，恨不得从心肺里吹出一阵愤怒的暴风雨，将这艘船连同船上的人统统沉入大海。驶出五十英里之后，林叩斯偶尔用他那锐利的目光向后扫了一眼，之后便告诉大家，那个坏心眼的国王还一直站在海岬上，阴沉着脸，皱着眉，就像是停在地平线上的一大块乌云。

为了能够愉快地打发时光，英雄们谈起了金羊毛的故事。据说，金羊毛最初属于波伊俄提亚的一只公羊，这只羊背着两个逃命的孩子，翻山过海，逃到遥远的科尔基斯。其中一个女孩名叫赫勒，后来跌进海里淹死了；另一个男孩名叫佛里克索斯，最后被这只忠诚的公羊安全带上了海岸。然而，刚一上岸，公羊就因劳累过度立刻倒地而死。为了纪念这只公羊的善举，公羊全身的羊毛奇迹般地变成了纯金的，以象征它那颗真诚的心，从而成为世界上最美丽的珍宝之一。后来，金羊毛被挂在了一片圣林的树上，据我所知，几年前它还挂在那里。许多国王都对此艳羡不已，因为他们的宫殿里还没有一件如此辉煌高贵的宝贝。

如果将阿耳戈英雄们此次冒险的所有经历都讲出来，恐怕天都要黑了，而且故事也太长了。你们听过那么多故事，应该可以判断出来，此次冒险绝少不了奇妙有趣的情节。一次，在一个岛上，他们受到了国王基济科斯的热情欢迎，还为他们举行了一个盛大宴会，把他们当作兄弟一样款待。但阿耳戈英雄们发现，这位善良的国王垂头丧气，忧心忡忡，于是便询问发生了什么事。基济科斯国王告诉他们，他和他的臣民一直受到附近山民的骚扰和凌辱。那些山民曾向他们发动战争，杀死了不少人，还劫掠了整个国家。国王一边说，一边指着一座山，问伊阿宋和他的伙伴是否看到了什么。

"我看到了，那些东西很高，"伊阿宋说道，"可因为太远，我看不清那到底是什么。说实话，陛下，它们看上去很奇怪，我想，可能是云吧，碰巧变成了人的样子。"

"我倒是看得很清楚，"林叩斯说。要知道，他的眼睛就和望远镜一样，"是一群可怕的巨人，每个人都长着六只手臂，每只手上都拿着大棒、利剑和其他武器。"

"眼力不错，"基济科斯国王说，"没错，正像你说的，他们都是六臂巨人，也就是我们的敌人。"

第二天，伊阿宋率领阿耳戈英雄准备扬帆起航。这时那群可怕的巨人冲下了山，每跨出一步就足有一百码，每个人都狂舞着六只手臂，巍然耸立在半空中，样子十分凶狠。这群怪物个个都足以独立发动一场战争，因为他们可以用一只手投掷巨石，另一只手挥舞大棒，第三只手拿着利剑，第四只手舞动长矛，第五只和第六只手则用来张弓搭箭。幸好，这群巨人虽然又高大手又多，但却只有一颗心，而且这颗心也不比普通人更大、更勇敢。另外，如果他们像百手巨人布里阿瑞奥斯那样的话，这些勇敢的阿耳戈英雄就必须全力以赴了。伊阿宋和朋友们勇敢地迎上前去，杀死了一

大批巨人，剩下的便落荒而逃。如果这些巨人长的是六条腿而不是六只手的话，可能还会逃得更快些。

这群航海家来到色雷斯时，又遇到了一件奇怪的事。他们在那里发现了一位盲人国王，名叫菲纽斯。他被臣民抛弃，一个人孤苦伶仃，生活得很悲惨。当伊阿宋问他是否能帮得上忙时，这位国王回答说，他一直饱受三个怪物的痛苦折磨，这些怪物长着翅膀，名叫哈耳庇厄，长着女人的脸，却拥有秃鹫的翅膀、身体和利爪。这些丑恶的家伙常常会抢走他的食物，让他的生活不得安宁。听到这里，阿耳戈英雄们便在海滩上摆起了丰盛的宴席，因为根据国王的描述，这三个家伙非常贪吃，只要一闻到饭香，就会立刻飞过来偷吃。果然不出所料，宴席还没完全摆好，那三个丑陋的女妖就拍着翅膀来了，用爪子抓起食物，飞快地逃走。这时，北风神的两个儿子立刻抽出宝剑，张开翅膀，飞到空中追赶这几个女妖。追了几百英里之后，他们终于在几个岛屿间追上了她们。这两个长着翅膀的年轻人对哈耳庇厄发出可怕的咆哮（他们和北风神一样脾气暴躁），并用寒光闪闪的宝剑恐吓女妖，直到女妖郑重发誓，今后再也不敢来打扰菲纽斯国王。

阿耳戈英雄们继续扬帆前行，期间又遇到了许多其他稀奇古怪的事，每一件都可以写成一个绝好的故事。一次，他们登上一座海岛，正在草地上休息，突然雨点般地射来一阵钢箭，有的射在了地上，有的射在了盾牌上，还有的则射到了他们的身上。五十位英雄立刻惊起，机警地向四周张望，寻找隐蔽的敌人，但却什么都没有发现，整个海岛也没有可以隐藏弓箭手的地方。可那些钢箭还在不停地朝他们射过来。后来，他们向上一看，才发现头上正盘旋着一大群鸟，它们正用自己的羽毛射向这些英雄。原来羽毛就可以是钢头利箭，打在身上疼痛难忍，使他们没有办法抵抗。如果不是伊阿宋想起向那个橡木雕像求教，说不定这五十位勇敢的阿耳戈

英雄还没看到金羊毛是什么样子，就被这群讨厌的飞鸟射死了。

伊阿宋拼命地向大船跑去。

"橡树的女儿！"他气喘吁吁地大喊，"我们比任何时候都更需要你的智慧和帮助！现在十分危险，一群飞鸟正用尖利的羽毛射向我们。我们怎样才能赶走它们？"

"敲响你们的盾牌。"雕像答道。

听到这个极妙的建议后，伊阿宋急忙回到同伴中间，此时这些英雄要比对付六臂巨人时还要惊慌，他命令他们用剑敲响盾牌。五十个勇士立刻敲起铜盾，使出浑身的力气，发出阵阵可怕的叮当声，吓得那群飞鸟急忙飞走了。尽管它们翅膀上的羽毛已经被射出了一半，可还是能飞快地掠过云端，像一群野鹅，飞到了远远的天边。俄耳甫斯便用七弦竖琴弹起胜利的乐曲，那歌声如此悦耳，使得伊阿宋不得不让他停下来，唯恐那些被盾牌声吓走的铁羽飞鸟受到优美曲调的引诱再飞回来。

英雄们在这个岛上逗留时，还看到一条小船正慢慢地靠近岸边，船上有两个气质高贵的年轻人，长得英俊无比，像是某个国家的年轻王子。你们猜一猜，这两个人到底是谁？如果你们相信我的话，那我就告诉你们，他们就是佛里克索斯的儿子，他们的父亲小时候就是骑在后来长了金羊毛的公羊背上来到科尔基斯的。后来，佛里克索斯和国王的女儿结婚，这两个年轻的王子就在科尔基斯出生并长大，在挂着金羊毛的圣林边度过了童年时光。他们此时正在赶往希腊的路上，希望夺回从他父亲手里被无端抢走的王国。

当两位王子知道这些英雄此行的目的之后，便主动提出折返回去，将他们带领到科尔基斯。不过，他们同时也很怀疑伊阿宋是否能够成功地取到金羊毛。据他们所说，悬挂着金羊毛的那棵树下，有一条可怕的恶龙在守护，任何走近防守范围内的人都会被它一口吞掉，从来没有人

世界名画 《美狄亚打算杀掉她的孩子》（*Medea about to Kill her Children*），布面油画，法国浪漫主义画派典型代表欧仁·德拉克罗瓦（Eugène Delacroix, 1798—1863）于1862年创作，122×84cm。

能够幸免。

"这一路还会有许多其他困难，"两个年轻的王子接着说，"不过单单一条恶龙就足够了！噢，勇敢的伊阿宋，还是回去吧，免得太迟了。如果你和这四十九个同伴被那条可怕的恶龙吞掉，我们会很伤心的。"

"年轻的朋友，"伊阿宋平静地说道，"也难怪你们会觉得那条恶龙很可怕，因为你们自从一出生，就一直生活在对那个怪物的恐惧之中，因此，你们会一直怕它，就像孩子会害怕保姆口中的妖魔鬼怪一样。不过在我看来，那不过是一条大蛇罢了，它不可能一口把我吞掉，因为我要先砍掉它丑陋的脑袋，剥下它的皮。无论如何，谁如果想回去，那就回去吧，反正我不拿到金羊毛，是绝对不会回希腊的。"

"我们不会走的！"四十九个勇敢的伙伴异口同声地大叫，"赶快上船吧，如果那条恶龙敢把我们当早餐，就让它尝尝我们的厉害。"

于是，俄耳甫斯开始弹奏竖琴，愉快地唱歌，他总是习惯为每个事件谱曲。这乐声让每个人都觉得，世界上没有比跟恶龙战斗更快乐的事，即使在最坏的情况下，也没有比被它一口吞掉更光荣的了。

后来，两个轻车熟路的王子带领他们乘船迅速朝科尔基斯驶去。科尔基斯国王埃厄忒斯听到他们到来的消息，立刻召见了伊阿宋。这位国王看上去非常严厉和残酷，虽然极力装着彬彬有礼、热情好客，可伊阿宋一点都不喜欢他，觉得他和夺走他父亲王位的珀利阿斯一样讨厌。"欢迎你，勇敢的伊阿宋，"埃厄忒斯说，"请问，你们是在做一次愉快的航海旅行，还是前来寻找未知的岛屿？或者是其他什么原因，使我有幸能在我的王宫里见到你们？"

"尊敬的陛下，"伊阿宋毕恭毕敬地答道，喀戎曾经教导过他对人要谦恭礼让，无论是国王还是乞丐，"我来这里有一个目的，恳请陛下能准许我实现它。坐上我父亲王位宝座的珀利阿斯已经和我约定，只要我把

金羊毛带回去，他就会把王冠和王杖还给我，他将再也无权坐在王位宝座上。陛下您知道，金羊毛就悬挂在科尔基斯的一棵大树上，我恭请陛下恩准，让我把它取走。"国王埃厄忒斯的脸已经愤怒得扭曲变形，因为他把金羊毛看得比世界上任何东西都要珍贵。为了将其据为己有，他甚至还采取过许多恶毒手段。因此，一听到勇敢的伊阿宋王子和四十九个希腊勇士此行竟然是要取走他的国宝，心情简直糟糕透了。

"你知道吗？"国王严厉地看着伊阿宋，"在取得金羊毛之前，你们必须还要满足一个条件。"

"我听说过，"年轻人接着说，"那棵悬挂金羊毛的树下有一条恶龙，谁敢靠近它，就会被它一口吃掉。"

"不错，"国王的脸上露出一丝坏笑，"的确如此，年轻人。在你拥有被恶龙吃掉的特权之前，其实还有许多困难，或者说，是更加困难的事情要完成。比如，你首先要驯服两头铜脚火肺的公牛，它们出自著名的铁匠伏尔甘之手，肚子里各有一座火炉，嘴巴和鼻孔里能喷出一团团烈火。到现在为止，凡是走近它们的人，无一不被立刻烧成黑渣。你觉得怎么样，勇敢的伊阿宋？"

"既然它们会阻碍我拿到金羊毛，"伊阿宋沉着地回答，"那就必须干掉它们。"

"就算驯服了暴躁的火牛，"国王竭力想要吓退伊阿宋，"你还必须给它们套上牛轭，然后让它们去耕耘圣林的土地，种上龙牙。卡德摩斯就是这样种出了一群好战的武士。这些龙牙武士都是难以驯服的恶人，除非你找到办法对付他们，否则他们永远都不会屈服于你的宝剑。勇敢的伊阿宋，还有这四十九位阿耳戈英雄们，你们要想和这群从地里长出来的龙牙武士战斗，无论是人数还是实力，都远远难以匹敌。"

"很久以前，"伊阿宋答道，"我的老师喀戎就曾和我讲过卡德摩

斯的故事。也许我也能像卡德摩斯一样，想到办法对付这群好斗的龙牙武士。"

"真希望那条恶龙能把他吃掉，"埃厄忒斯自言自语道，"还有他的那个老师，四条腿的学者。噢，真是一个有勇无谋、自以为是的王子！到时看我那两头喷火的公牛会怎么收拾他！好吧，伊阿宋王子，"他突然提高声音，尽可能显得彬彬有礼，"你今天就好好休息一下吧，如果你非要一意孤行，那明早就去看看有没有驾犁的本事。"

就在国王与伊阿宋说话的时候，一个漂亮的少女一直站在宝座后面，眼睛里充满热情，注视着这个年轻的陌生人，并仔细听着他说的每一句话。伊阿宋退出宫殿后，这个少女也跟着他走了出来。

"我是国王的女儿，"她开口道，"名叫美狄亚。和其他年轻的公主不一样，我知道许多东西，也能做出许多她们连做梦都不敢想的事。如果你相信我，我会告诉你如何驯服那两头暴躁的火牛，以及如何播种龙牙，最后帮你取得金羊毛。"

"如果是真的，美丽的公主，"伊阿宋答道，"我会终生感激你。"他久久地注视着美狄亚，发现她的脸上闪烁着奇异而智慧的光芒。她的眼睛里充满神秘，看着那样一双眼睛，就像是在看一口深井，无法肯定究竟是一眼看到了井底，还是井底下还藏着其他东西。此时的伊阿宋如果还会害怕，那可能就是他很怕这位年轻的公主会成为他的敌人。因为她现在看上去虽然很美，但很可能转眼间就会变得像那条恶龙一样可怕。

"公主，"他大声说道，"你看上去的确很聪明，也很有本事。不过，你要怎样帮助我完成那些任务？你是女巫吗？"

"没错，伊阿宋王子，"美狄亚微笑着说，"你说对了，我是女巫，是我的姑姑喀耳刻教会了我巫术。如果我愿意，我还可以告诉你，那个老妇人是谁，就是那个带着刻有杜鹃鸟的拐杖，身边还有一只孔雀，让你背

"我是国王的女儿。"美狄亚说道。

过河的老妇人。另外，我还可以告诉你，那个站在你船头上会说话的橡木雕像又是谁。你看得出来，我知道你的许多秘密，但我非常愿意帮助你。这可对你大有好处，否则，你会很难逃脱被恶龙吃掉的厄运。"

"我倒不是很在乎那条恶龙，"伊阿宋回答，"我只想知道如何对付那两头铜脚火肺的公牛。"

"如果你和我想象的一样勇敢，因为你必须勇敢，"美狄亚说，"你那颗勇敢的心将会告诉你，对付疯牛只有一个办法。但到底是什么办法，我会让你在危急关头自己去发现。至于那两头喷火的公牛，我这里有一种神奇的药膏，它可以使你避免被烧伤。万一被烧伤，也可以用

它来治好。"

接着，美狄亚把一个金盒放到他手上，并告诉他该如何使用盒子里的药膏，最后还约定了两人半夜会面的地点。

"勇敢一些，"她接着又说，"在天亮以前，你要驯服那些铜牛。"

年轻人向美狄亚保证，他的心告诉他不许失败。然后他便回去和同伴们会合，将公主的事告诉给了他们，并提醒他们做好战斗准备，随时帮他战胜火牛。

入夜后，伊阿宋在约定好的时间来到王宫的大理石台阶上，再次见到了漂亮的美狄亚。美狄亚这回交给他一个装着龙牙的篮子，这些龙牙正是卡德摩斯很早以前从恶龙嘴里拔出来的。接着，美狄亚拉着伊阿宋走下台阶，穿过寂静的大道，来到王室牧场，这里饲养着那两头铜脚公牛。这个夜晚满天星斗，东边的夜空闪烁着一丝亮光，月亮很快就会从那里升起。走进牧场后，公主停下来，朝四周张望了一下。

"它们就在那里，"她说，"正在草地最远的角落里休息，反刍胃里火热的食物。我敢保证，只要一看到你的身影，它们的情绪就会立刻激动起来。父王和他的大臣最喜欢看到那些陌生人为了取得金羊毛，来给这些铜牛套上牛轭。每当有这种事发生，整个科尔基斯就像是过节。至于我，其实也很喜欢。你简直无法想象，只一眨眼的工夫，它们喷出来的热气就会把一个年轻人烧成黑炭。"

"美丽的美狄亚，"伊阿宋问道，"你确定吗？你能确定，这个金盒子里的药膏可以治愈可怕的烧伤？"

"如果你还有一丝怀疑，或者是一丝胆怯，"公主在微弱的星光下盯着他的脸，"那就最好不要来到这个世界上，也好过靠近那两头公牛。"

不过，伊阿宋已经下定决心要取到金羊毛。我绝不相信伊阿宋会空手而归，哪怕他明知再往前走一步，就会变成一块烧红的火炭或是一堆白

在约定好的时间，伊阿宋见到了漂亮的美狄亚。（弗吉尼亚·弗朗西斯·斯特雷特，手绘插图。）

灰。于是，伊阿宋松开美狄亚的手，大胆地朝公牛走去。刚走没几步，他就发现前面蒸腾起四股炽热的气流。这些气流出现得没有规律，会把四周的暗处微微照亮，然后又隐没在黑暗中。你们可能猜到了，那正是铜牛呼出的气息，它们正躺在地上反刍，四个鼻孔里静静地往外冒着气。

伊阿宋又走了两三步，四股灼热的气流似乎变得更强，那两头铜牛已经听到了他的脚步声，立即抬起灼热的鼻子使劲地呼吸。他又走了几步，只见一股红色的火焰向他喷过来，他断定那两头铜牛此时已经站了起来。现在他已经能够看到闪亮的火花和跳动的火焰。接着，两头铜牛发出巨大的吼声，响彻牧场，同时又喷出熊熊的火焰，霎时照亮整个田野。勇敢的伊阿宋又向前迈了一大步，突然，两头火牛发出雷鸣般的怒吼，像闪电一样冲了过来，喷出一道道白色的火焰，把四周照得雪亮，让伊阿宋看清了周围的一切。只见两头可怕的铜牛正朝他奔来，铜蹄踏在地上叮当作响，尾巴直直地向上耸起，与平时发怒的公牛一模一样。它们的气息烧焦了面前的牧草，炙热得烧着了伊阿宋头上的枯树，大火熊熊燃烧起来。不过，伊阿宋幸亏有了美狄亚的魔法药膏，此时他虽然已被白色的火焰团团围住，身上却丝毫没有烧伤，就像全身裹上了石棉。

发现自己并没有被烧成黑渣，伊阿宋极受鼓舞，开始自信满满地等待铜牛的进攻。正当铜牛以为它们肯定能把他挑到空中时，伊阿宋冷不防用右手抓住一头牛的牛角，左手抓住另一头牛的尾巴，就像铁钳一样牢牢抓住不放。的确，他的双臂非常强壮有力，整个事情的奥秘在于，尽管这两头牛是被施了魔法的怪物，但伊阿宋勇敢地抓住了它们，从而破了它们能够喷火的巫术。从那以后，每当遇到危险的疯牛，勇敢的人们就最喜欢这一招，也被人称作"执牛角"，或是"抓住牛尾巴"，就是说要抛开畏惧之心，蔑视危险，克服困难。现在，要给这些牛套上牛轭并系上犁铧就很容易了。那个多年不用的犁铧被搁置在地上，已经锈迹斑斑，因为很长

时间都没有找到能够耕种那块土地的人了。我想，善良的老喀戎一定也教过伊阿宋如何犁地，或许还常常纵容别人给自己套上轭具，拉犁耕地。总之，我们的英雄成功地将那块草地翻耕了一遍，到夜空中出现上弦月时，眼前已经是一大片犁好的黑土地，随时准备播种龙牙。然后，伊阿宋将龙牙撒在地里，接着又用耙子把它们埋了起来。做完这些之后，他站在一旁，急切地想要看到接下来会发生什么。

"要等很长时间才能收获吗？"他问站在一边的美狄亚。

"无论早晚，这个时刻迟早都会到来。"公主答道，"只要种上龙牙，就一定会长出全副武装的战士。"

月亮已经高挂中天，银色的月光洒在犁过的土地上，可地里还是什么都没有。任何有点种地经验的人，见此情景都会对伊阿宋说，还要等上几个星期才能看到地里冒出绿叶，而要想收获成熟的金色谷物，则必须要等上几个月的时间。然而慢慢地，在月光的照耀下，地里渐渐冒出了一些闪闪发光的东西，就像闪耀的露珠。这些闪亮的东西越长越高，仔细一看，原来是几个寒光闪闪的钢铁矛尖。随后，一大批闪亮的头盔又冒了出来，发出耀眼的光亮。接着这些铜盔越升越高，下面渐渐露出一张张长着胡须的黑脸，这些武士正挣扎着想要摆脱泥土的束缚。他们一出来，眼睛里就带着愤怒和藐视。接下来是他们身上明亮的铠甲，右手握着宝剑或长矛，左手持着盾牌，他们的半个身子刚刚露出地面，就不断地拼命挣扎，迫不及待地想把自己连根拔出。就这样，凡是撒下龙牙的地方，都长出了一个全副武装、时刻准备战斗的武士。他们用宝剑把盾牌敲得叮当作响，互相怒目而视。他们来到这个宁静月光下的美丽世界，充满了愤怒和狂暴的激情，为的就是夺去每个人类兄弟的生命，为自己的存在扫清障碍。

世界上有许多士兵，也和这些龙牙武士一样凶猛无比。这些在月光下田野里长出来的武士，之所以会如此凶猛，倒也情有可原，因为从来没有

女人做他们的母亲。那些想征服全世界的伟大人物，比如亚历山大、拿破仑，如果能像伊阿宋这样，轻而易举地就能集合起一群全副武装的士兵，这些统帅不知会有多么欣喜若狂！此时，这些龙牙武士就站在地上，挥舞着手里的武器，用宝剑敲击着盾牌，群情激昂，渴望进入战斗。他们高喊着："敌人在哪里？冲吧！胜利或是死亡！……勇敢的弟兄们，前进！不是征服就是灭亡！"以及其他各种各样的战场口号，龙牙武士似乎全都能喊出来。最后，最前排的武士看到了伊阿宋。此时面对眼前月光下出现的这么多明晃晃的刀枪，伊阿宋心想最好还是拔出自己的宝剑。结果，这立刻招来了所有龙牙武士的敌意，他们齐声高喊："保卫金羊毛！"然后高举宝剑，挥动长矛，向他奔了过来。伊阿宋知道，仅凭自己一个人是绝对抵挡不了这么多嗜血成性的敌人的。可他决定，既然没有更好的办法，那就把自己也当作龙牙武士英勇地战死杀场。

这时，美狄亚却叫他赶快从地上捡起一块石头。

"快扔向他们！"她大叫道，"这是唯一有效的办法。"

武士们现在已近在眼前，伊阿宋能够清楚地看到他们眼中的怒火。他扔出一块石头，碰巧打中了一个高个子武士的头盔，这个武士正高举宝剑向他扑来。石头碰到头盔后又弹到身边一个同伴的盾牌上，最后又飞起来打到另一个武士的脸，正中他的眉心。三个挨了打的武士，都理所当然地以为是旁边的人打了自己。于是，他们不再奔向伊阿宋，反而自相残杀了起来。这种混乱的局面开始在整个军队中扩散开来，以致几乎在一瞬间，所有的武士都在互相乱砍、乱劈、乱刺。于是，被砍断的胳膊、大腿和人头滚得到处都是。伊阿宋不禁佩服起这些勇士的英勇行为，可看到他们居然是因为自己而相互恶斗，他又忍不住笑了起来。这种互相残杀的时间持续得很短，短得令人难以置信。真的，就像他们从地底下冒出来的时间一样短。最后，整个田野只剩下一个龙牙武士，其余都变成了横卧的尸体。

世界名画 《伊阿宋与美狄亚》（*Jason and Medea*），英国画家约翰·威廉姆·沃特豪斯于1907年创作。

最后这个幸存者，应该是所有龙牙武士中最勇敢、最强壮的，此时还有力气挥舞头上的宝剑，得意地欢呼着："胜利！胜利！永恒的荣誉！"接着，他也倒了下去，无声无息地倒在了被他杀死的兄弟们中间。

龙牙武士就这样全军覆没了。这场激烈而狂热的战斗，是他们在这个美丽世界上能够体会到的唯一的快乐。

"就让他们在光荣的大地上安息吧！"美狄亚公主的脸上挂着一丝狡黠的微笑，"世界上总有这么多傻瓜，就像他们一样，斗得你死我活，也不知道为了什么，甚至还幻想子孙后代会不嫌麻烦地把桂冠戴在他们生锈的破烂头盔上。伊阿宋王子，看到最后那个自负的家伙倒下去时，你不觉得好笑吗？"

"我觉得很悲哀，"伊阿宋严肃地说道，"说实话，公主，见到这样的场面之后，我开始觉得，也许我不该如此大费周章地夺取金羊毛。"

"明天早上你就会改变想法，"美狄亚说，"的确，金羊毛并不像你之前想象的那么宝贵，但世界上的确没有比它更好的东西。要知道，人生总要有一个目标。好吧，你这一晚的工作干得不错，明天你就可以通知埃厄忒斯国王，他派给你的第一个任务已经完成。"

伊阿宋接受了美狄亚的提议。第二天一早，他便准时来到了埃厄忒斯的王宫，走进会客厅，站在王座下，毕恭毕敬地行礼。

"你的眼神看上去很忧郁，伊阿宋王子，"国王说道，"看来，你度过了一个不眠之夜。我希望你已经明智地考虑过，不要为了驯服我的铜脚公牛，而把自己变成黑渣。"

"陛下，但愿你听后不要生气，这个任务已经完成。"伊阿宋说道，"铜牛已经被我驯服，并套上了牛轭；田地也已经耕好，龙牙已经撒进土地；武士也已经长了出来，并且经过相互残杀，一个也没剩下。现在，我恳求陛下，允许我去找那条恶龙，让我可以从树上拿走金羊毛，然后和

四十九个同伴一起离开。"

埃厄忒斯紧皱着双眉，看上去极其恼怒不安。因为他知道，按照自己的许诺，如果伊阿宋有能力和勇气完成这些事，就应该准许他去取金羊毛。可这个年轻人怎么会如此好运？驯服了铜牛，又播种了龙牙。国王开始担心他也会同样成功地杀死恶龙。因此，虽然他一心希望伊阿宋被恶龙吃掉，但还是决定，绝不能冒险失去心爱的金羊毛。可对于这位邪恶的国王来说，这样做其实是大错特错了。

"如果不是我那个不孝顺的女儿美狄亚用魔法帮助你，"他说，"你是绝对不会成功的，年轻人。如果只靠你自己，此时可能早就变成一块黑炭或一堆白灰了。我不准许你以死亡为代价，再采取任何行动夺取金羊毛。实话告诉你，你永远也别想见到金羊毛。"

伊阿宋又生气又难过，只好离开了会客厅。他也想不出更好的办法了，除非把四十九个英雄召集到一起，冲进战神圣林，杀死恶龙，夺取金羊毛，然后登上"阿耳戈号"，扬帆回到伊俄尔科斯。不过这个计划的成功，完全取决于一个非常不确定的因素，那就是五十个英雄不会被恶龙全部吃掉。伊阿宋正急匆匆地走下宫殿的台阶，美狄亚公主在背后叫住了他，示意他回来。她的黑色眼睛里闪烁出锐利而智慧的光芒，让他觉得眼睛深处似乎有条蛇在向外窥探。虽然就在昨晚，她曾经帮助过他，可他不敢肯定的是，在今天日落之前，她就不会对自己造成同样巨大的伤害。要知道，女巫从来都是靠不住的。

"我那位正直高贵的父亲都说了什么？"美狄亚微笑着问道，"他会把金羊毛直接给你，省得让你再冒更多的风险吗？"

"恰恰相反，"伊阿宋回答，"他非常生气，就因为我驯服了铜牛，播种了龙牙。他直接拒绝让我取走金羊毛，无论我是否能够杀死恶龙。"

"好吧，伊阿宋，"公主说道，"我还可以告诉你更多。你必须在明

天日出之前离开科尔基斯，否则，我父亲就会烧掉你的大船，还会把你和你的四十九个伙伴统统杀掉。不过，你要勇敢一些，你终会得到金羊毛。只要是在我的魔力控制范围之内，我就一定会让你得到它。今天午夜前一小时，你在这里等我。"

于是在约定的时间，伊阿宋王子和美狄亚公主再次肩并肩地悄悄出现在科尔基斯的街道上，朝那片悬挂着金羊毛的圣林走去。他们穿过牧场时，铜牛朝伊阿宋迎了过来，对他哞哞地叫着，点着头，还把嘴巴伸了过来，就和其他牛一样，也喜欢被人类友好的手亲切地抚摸。它们已经全然没有了凶狠的本性，肚子里的火炉也随之熄灭。现在，它们在吃草和反刍时可能还比以往任何时候都要舒服。的确，在此之前，两头可怜的牲畜非常不幸，每当想吃上一口青草，鼻子里喷出来的火就会把面前的青草烧焦，根本吃不到，真是难以想象它们是怎么活下来的。可现在，它们呼出来的已不再是火焰和带着硫黄味的水汽，而是充满着奶牛的芳香气息。

伊阿宋温柔地拍了拍两头牛，然后在美狄亚的带领下走进战神圣林。林子中长着许多百年橡树，浓荫密布，连月光都透不进来，只有斑斑点点的微光落在满是树叶的地上。微风不时地将枝叶吹向一边，伊阿宋这才得以瞥见夜空。不然，在这深沉的黑暗里，恐怕连天空的存在都会忘记了。最后，他们越走越深，来到了黑暗的树林中央，美狄亚这时紧紧抓住了伊阿宋的手。

"看那边，"她低声说，"看到了吗？"

庄严的橡树中间正闪烁着一点亮光，那不像是月光，而像夕阳西下时的余晖。光是从一个物体上发出的，这个物体好像离地一人多高，就在树林中稍远一些的地方。

"那是什么？"伊阿宋问道。

"你跑这么远，不就是为了寻找它吗？"美狄亚说，"它就在你的眼

前闪耀，是你千辛万苦的回报，你难道认不出吗？那就是金羊毛！"

伊阿宋又向前走了几步，然后停下来仔细看着。啊！那是一种多么神奇的光芒！那么美！有多少英雄渴望看到这个无价之宝，却为了寻找它而葬身大海，或死于铜脚公牛的烈焰中。

"它的光是多么灿烂！"伊阿宋欣喜若狂，"一定被最耀眼的落日金光浸染过，我要赶快过去，把它取下来，放在怀里。"

"等等，"美狄亚把他拉了回来，"你忘了还有东西在守护它吗？"

说实话，因为见到了长期梦寐以求的珍宝，伊阿宋激动得早把那条恶龙忘得一干二净。可这时一个东西突然从旁边掠过，提醒他要随时面对危险。那是一只羚羊，可能把金黄色的光误当成了日出，迅速跳进树林，径直朝金羊毛奔了过去。突然，那边传来一阵可怕的嘶鸣声。接着，一个巨大的龙头和半个长满鳞片的身躯扑了出来，捉住那只可怜的羚羊，大嘴一张把它吞了下去。原来这条恶龙一直缠在悬挂金羊毛的树干上。

吃掉羚羊之后，恶龙似乎察觉到附近还有生灵存在，于是觉得应该继续享受这顿晚餐。它伸出可怕的长脖子，用丑陋的大嘴在树木间嗅来嗅去，此时正朝着躲在一棵橡树后的伊阿宋和公主闻过来。我保证，当那颗龙头在空中摇摇摆摆，一起一伏地伸过来时，距离伊阿宋王子只有一臂之遥，真是太可怕了。这条恶龙的大嘴足足有国王宫殿的大门那么宽。

"喂，伊阿宋，"美狄亚轻声说，这个生性调皮的女巫想吓一吓勇敢的年轻人，"现在，你还想要金羊毛吗？"

伊阿宋拔出宝剑，向前跨了一步。

"等等，你这个笨蛋，"美狄亚紧紧抓住他的手臂，"你还看不出来吗？没有我做你的天使，你就会失败。这只金盒子里有一剂魔药，用它制服恶龙，远比你的宝剑有效。"

恶龙像是听到了他们的说话声，于是闪电一样往前又探出四十英

"那是什么？"伊阿宋问道。（弗吉尼亚·弗朗西斯·斯特雷特，手绘插图。）

尺，黑色的脑袋和分叉的舌头不停地发出一阵阵咝咝的声音。等到它更加靠近时，美狄亚打开盒子，将里面的魔药抛进怪物张开的大嘴。顷刻间，随着一阵恐怖的嘶叫和猛烈的扭动，恶龙把尾巴直甩向最高处的树梢，随后又重重地落到地面，把树枝压得粉碎，整个身体重重摔在地上，一动不动了。

"只是安眠药而已，"女巫公主对伊阿宋王子说，"人们迟早会发现，完全可以用它来对付作恶的怪物。所以，我还不想直接把它杀掉。快！取下你的宝物，离开这里，你已经拿到了金羊毛。"

伊阿宋从树上取下金羊毛，带着宝物一路跑过圣林，金色的光芒将他深沉的阴影照得通亮。就在前面不远处，他看见了那个曾经让他背过河的老妇人，身旁还站着那只孔雀。老妇人高兴地拍着手，示意他快一点，然后便消失在了黑暗的树林中。这时伊阿宋看到北风神的两个儿子正趁着月色在几百英尺的高空玩耍，于是命令他们快去通知其他阿耳戈英雄，尽快上船。目光锐利的林叩斯，早就看穿了几道石墙、一座小山和战神圣林浓重的阴影，发现伊阿宋带着金羊毛回来了。于是在他的建议下，英雄们早已上船，各就各位，直直地举起船桨，随时准备开船。

伊阿宋越来越靠近帆船，就在这时，他听到了橡木雕像那严肃而甜美的声音，像是比平时更加急切地在向他呼喊："快，伊阿宋王子！为了你的生命，再快点！"

伊阿宋纵身一跃，跳上了大船。看到金光灿灿的金羊毛，四十九位英雄大声欢呼，俄耳甫斯弹起了竖琴，唱起胜利的凯歌。大船伴着音乐和歌声，像插上翅膀一样，在水面上飞快地向伊俄尔科斯驶去。